9787531365501

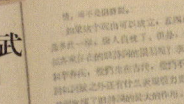

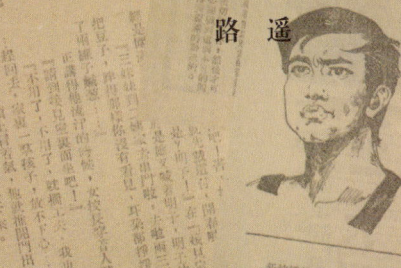

闻捷　郭小川　浩然　杨朔
邓友梅　昌耀　李瑛　刘心武
汪曾祺　高晓声　陆文夫　铁凝
路遥　蒋子龙

刊名：东北文艺
刊期：1946 年 12 月至 1948 年 1 月
　　（共 12 期）

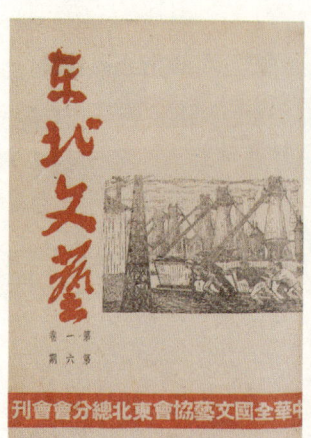

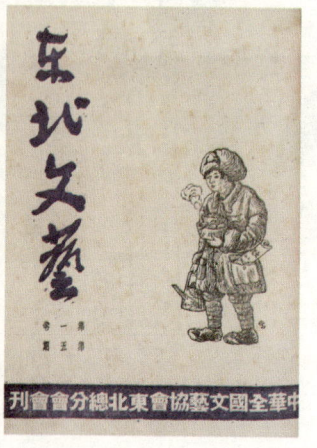

刊名：文学战线

刊期：1948年7月至1948年12月（共6期）

刊名：东北文艺

刊期：1950年2月至1953年1月

（共36期）

刊名：文学月刊
刊期：1955年5月至1956年12月（共18期）

刊名：处女地
刊期：1957年1月至1958年12月
（共24期）

刊名：文艺红旗
刊期：1959年1月至1962年9月
（共45期）

刊名：辽宁文艺
刊期：1972年6月至1978年6月
（共69期）

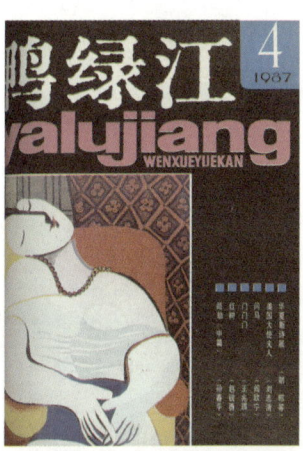

刊名：鸭绿江
刊期：1978年7月至2022年末（共569期）

序

序一

我的期待

韶　华

1951年我从朝鲜前线回到沈阳不久，就被任命为《东北文艺》的主编。其实我当时并不真正懂文艺，只是想歌颂那些战争中的英雄，写过一些文艺通讯式的作品而已。所以，我一上任，不仅组织作者创作以抗日战争、解放战争、抗美援朝为题材的文学作品，还要求作者跟形势，配合当前任务来进行写作。在20世纪50年代的政治运动中，我都有作品发表。我甚至动员我们的编辑，在"三反""五反"运动中组稿，在春种、夏锄、秋收中组稿，以服务于党的中心工作。就这样，我在《东北文艺》做了几年主编之后，转为专业作家。在我创作发表的作品中，配合、服务政治是一大特点。当然，并不是我一个人这样做，这是当时文艺工作者的普遍自我要求，是革命时代赋予一个作家的责任。

《东北文艺》是《鸭绿江》最早的刊名，1946年12月在哈尔滨创刊，是草明、周立波、萧军、白朗、马加等在延安亲自聆听了毛主席《在延安文艺座谈会上的讲话》之后，奔赴东北解放区，受东北局宣传部委托一手创办的，是党的文化队伍建设的一块重要阵地。刘白羽、赵树理、周立波、萧军、严文井、草明、丁玲、白朗等都发表了一些鼓舞人心、反映解放区人民生活的各类文学作品，成为"团结人民，教育人民，打击敌人，消灭敌人"的有力武器。《鸭绿江》在"东北文艺""文学战线"时期，团结、调动了一些作家的创作积极性，发现、培养了一批工农出身的业余作者。

新中国成立以后，刊物几易其名。《东北文艺》叫了三年；《东北文学》叫了一年；然后是《文学丛刊》《文学月刊》《处女地》；《文艺红旗》叫了三年；1962年10月改用《鸭绿江》刊名。1972年6月开始改叫《辽宁文艺》四年，自1978年7期又恢复了《鸭绿江》。经过历次政治运动颠簸，经过改革开放八面来风洗礼，视域开阔，文学观念随之丰富起来，我们终于对文学有了较为清醒的认知。一味配合形势，忽略艺术标准，光工具、光武器，概念化、简单化，很难写出、留下好作品。大部分时间，我是《鸭绿江》的作者，还是读者。若检索刊物发表过的作品，有不少篇章能在新中国文学史册上占有一席之地，这是我们引以为傲的生命光彩。几代人的呼吸与命运，几代人的青春与理想，都深深地熔铸在了这本刊物里。

中国是一个有先进文化、优秀文化的国度，千百年来，诗经、楚辞、唐诗、宋词、元曲……

五六百年前，我们的先贤就创作出了《三国演义》《水浒传》《西游记》等名篇，还有举世闻名、距今三百多年的曹雪芹的《红楼梦》……面对这些家喻户晓的经典，《鸭绿江》的文学生涯有着任重道远的距离，有着巨大的空间来发愤图强。七十五年来，公木、吴梦起、杨大群、胡景芳、胡昭、李云德、浩然、张天民、王绶青、刘饶民、张长弓、刘镇、晓凡、刘湛秋、刘文玉、金河、邓刚、达理等一大批诗人、作家，从《鸭绿江》的重要版面走出、发展、壮大；七十五年来，古元、华君武、李默然、劫夫、张望、王盛烈、赵华胜、刘旦宅、关山月、傅抱石、黄胄等大师名家，也都在《鸭绿江》上不止一次地留下了珍贵墨宝，这同样是值得我们自豪的艺术资本。

《鸭绿江》是一本在全国有影响力的文学期刊，七十五年来的办刊发展历程不平坦、不平凡，一批又一批的为他人作嫁衣的编辑兢兢业业、勤勤恳恳，把自己最好的年华献给了刊物，令人肃然起敬。希望《鸭绿江》在今后的办刊路上，进一步解放思想，发挥创造性，成为一本更受读者喜爱的文学刊物。作为一名文坛老兵，我愿与大家共勉。

2022 年 6 月 20 日于沈阳金秋医院

作者简介

韶华，原名周玉铭，1925 年 11 月出生在河南省滑县，1940 年参加革命队伍，1950 年任《东北文艺》《东北文学》副主编。1964 年任辽宁省作家协会副主席。1985 年 1 月任中国作家协会书记处书记。现已离休。先后出版长篇小说《燃烧的土地》《浪涛滚滚》《沧海横流》和短篇小说集《第六颗手榴弹》《巨人的故事》《你要小心》，寓言集《风筝和雄鹰》等。

序二

亦江亦河亦清溪

滕贞甫

《鸭绿江》是当代文坛名副其实的老牌期刊,许多名家大家在这块园地里留下了耕耘的锄印。如果说当下有哪一本期刊可以浓缩当代文学史的话,无论怎么说,《鸭绿江》都是绕不过去的存在。七十五年来,有多少文学爱好者从这里得到文学启蒙,有多少作家从这里起步,又有多少读者从这里得到文学的滋养和熏陶,这恐怕是个难以统计的海量数字。就我接触到的文人和读者来说,交流中一旦提起《鸭绿江》,许多人都有清晰的记忆,随口便可道出一二。可见,这本当初发行量在全国领先的期刊给读者留下的印象是多么深刻。

有人问我,《鸭绿江》在你心目中是个什么形象,分量有多重。说实话,我一时很难描述,就像你无法对一个七十五岁老者的人生一言以蔽之一样。老者的少年、青年、壮年和老年应该各有千秋,简单笼统地去下结论是不负责任的表现。但是经过一番梳理之后,对于《鸭绿江》的形象,我却想用"亦江亦河亦清溪"来加以概括。

在相当长一段时间里,《鸭绿江》是一条天赋异禀的大江。这里曾经名家云集、气势如虹。且不说主刊当年水漫金山、气吞万里的豪迈,单就子刊《文学大观》的发行数量与函授培训高达五十余万学员的规模,其情景之壮观也是今日无法想象的。不能否认,那是一个属于文学的时代,激情满怀的青年人以梦为马,在文学的世界里自由驰骋。事实上确实有文学的宠儿应运而生,昨天还默默无闻,今日凭一篇小说就名满天下,进入公职系列,因为文学而彻底改变了命运。我的身边就不乏这种活生生的例子,他们对哺育自己的《鸭绿江》充满了感激之情。当然,能登上文学金字塔的毕竟是少数,更多的文学爱好者虽勤于笔耕、苦读终日,最后却颗粒无收。我也接触过这些当年的文学爱好者,让我感慨的是少有人因此而抱怨,他们并不因为爱过文学而后悔,每每谈起青年时代对文学的痴迷,像回忆初恋一样深情并充满暖意。我知道这是文学的魅力,是文学在他们的精神世界里点燃一盏虽不明亮却永不熄灭的灯。应该说,每一个热爱文学的人都是一个燃灯者,在照亮自己的同时,也温暖了他人。《鸭绿江》就是在这种诗意充沛的环境里得到了滋润,进而变得水势浩渺,云蒸霞蔚。这情景呼应了古人对长江的书写:"天际孤云来去,水际孤帆上下,天共水相邀。远岫忽明晦,好景画难描。"

有那么一段时间，《鸭绿江》像一条九曲回肠的长河，或肥或瘦，或急或缓，高涨时似牤牛狂奔，低落时如倦蟒长卧。也难怪，生命之树常青只能是美好的祝愿，任何生命体都是有周期的，黄河可以改道，长江曾经断流，正所谓花无百日红，人无千日好，《鸭绿江》这条颇有秉性的长河随着时代变迁，也有举步维艰的窘境。生存，生存，第一位是生存，为了生存，这条原本心高气傲的长河无法排斥市场大潮裹挟的泥沙，接纳、沉淀，再接纳、再沉淀，用"静之徐清"的不变来应对所有的变化。事物总在曲折中前行，暂时的困顿不是躺平的理由，《鸭绿江》人一直在坚守，在等待，在期望。此时的《鸭绿江》不禁让人联想起海子的诗："你这带着泥沙的飞不起来的蓝色火舌／是谁／领我走进这片无边的土地／让黑夜和白天的大脚／轮流踩上我的额头／颅骨里总有沉重的东西／在流动／流动／人和水／相遇在尘土中／吸收着太阳和盐。"

与大江大河不同的是，当下的《鸭绿江》则更像一条波光粼粼的清溪，自然地流出山谷，流向原野不知名的远方。没有必要为她的去向担心，也没有必要为她的明天焦虑，上善合大道，万川终归海。作为清溪的《鸭绿江》，不求大富大贵，也就不会有与之相伴的大起大落，平静本来就是文学应有的姿态。既为清溪，就应该像古人笔下的绝句一样：杨柳汀洲绿四围，沙中禽鸟杂相依。烟留群鹭和鸥卧，霞带孤鸿与鹜飞。惊涛无法持续，细水才能长流，《鸭绿江》保持一种清溪的品相不是坏事，在坚挺粗犷的东北，有一丝江南水乡的婉约，不失为文坛的一道风景。

说到《鸭绿江》在我心中的分量，这又是一个难题，因为你无法给一条动态的江河溪流去称重，但《鸭绿江》在我的文学生涯中是醒目的地标这一点毫无疑问。我与这本期刊的缘起是因为一次邮寄地址的误写。这要从二十六年前我第一次在《鸭绿江》发表作品说起。我当时在大连某机关工作，《北方文学》的编辑向我约稿，我在工作之余匆匆写就一个短篇小说来交差。那时候电子信箱尚未普及，投稿多在邮局邮寄，我因为经常给沈阳发公函，稿子封好后，提笔就在信封上写下了沈阳市三个字，写完后才发现笔误，因为《北方文学》在哈尔滨市。但信封已经封好，不想撕开重写，一转念干脆把稿子投给《鸭绿江》吧，因为《鸭绿江》在当时也是名刊，我还没有在这本期刊上发表作品。稿子寄出后不久，我收到了《鸭绿江》编辑李黎的回信，信写了整整一页稿纸，谈了她对这篇小说的肯定看法并决定送审。很快，这篇小说在当年第六期刊发出来，由此，我开始与《鸭绿江》有了联系。应该说《鸭绿江》的编辑非常敬业，我与李黎老师素昧平生，对一篇自然来稿能这样认真负责，让我对这本期刊充满敬意。后来我知道，李黎老师毕业于南开大学中文系，是一位比我还要年长的资深女编辑。接下来我又在《鸭绿江》上发表了一些作品，像《黄昏里的"双规"》《萨满咒》等被有关选刊青睐的中篇小说都发表在《鸭绿江》上。若干年后，我从大连调到省作协任职，《鸭绿江》更是每期必看，对期刊面临的一些体制编制问题也深为忧虑。这个阶段我就不再给《鸭绿江》写稿，只当读者，不当作者。当时的主编于晓威多次约稿，我都婉拒了，其实这样做没有其他因素，主要是为避瓜田李下之嫌，刊物版面有限，我再去挤占的话，本省作者就少了发表作品的机会。平心而论，因为心中对《鸭绿江》多了一份敬意，我总是想为它创造一个更加宽松自如的编辑环境，我不仅自己不在《鸭绿江》上发表作品，而且要求其他作协领导也不要给《鸭绿江》推荐稿件，这样做无非是确保刊物发稿质量。省作协的领导们十分支持这一做法，让《鸭绿江》在方向不变的前提下以文学的脉动自由流淌。

七十多年来，《鸭绿江》作为省作协主办的期刊，一直与省作协休戚与共，不分彼此。就像某首歌中唱的那样："因为爱着你的爱，因为梦着你的梦，所以悲伤着你的悲伤，幸福着你的幸福。"2018年，因为全省事业单位改革，《鸭绿江》与省作协改变了隶属关系，成为省文化演艺集团的重要一员。我觉得变与不变，《鸭绿江》为全省作家和文学工作者服务的情怀都会始终如一，《鸭绿江》作为文学辽军主阵地的地位都会始终如一，《鸭绿江》人对文学的坚守与追求都会始终如一。习近平总书记曾强调说，要保持战略定力，增强发展自信，坚持变中求新、变中求进、变中突破。习近平总书记这一指示精神，是我们把握大势、推动新时代文学阔步前行的行动指南。我们有理由相信，《鸭绿江》这条从历史岁月中流淌而来的清溪，一定会有柳暗花明的未来。

作者简介

滕贞甫，笔名老藤，1963年11月生于山东即墨。十四届全国政协委员，中国作家协会第十届主席团委员，现任辽宁省作家协会党组书记、主席。出版长篇小说《刀兵过》《战国红》《北地》《北障》《北爱》《铜行里》等11部。小说集《黑画眉》《熬鹰》《没有乌鸦的城市》等9部。文化随笔集《儒学笔记》等3部，《老藤作品典藏（15卷）》。曾获《小说选刊》奖、百花文学奖、丁玲文学奖、中国作家出版集团优秀作家贡献奖、中国好书奖等多种奖项。作品译成英、德、法、俄、阿拉伯、希伯来语等多种文字。长篇小说《战国红》获第十五届全国"五个一工程奖"，长篇小说《铜行里》获第十六届全国"五个一工程奖"。

目录

记忆

002　《东北文艺》创刊回溯　草　明

004　《文学战线》的前前后后　马　加

006　主编工作忆琐　韶　华

008　回顾一年间　申　蔚

010　写给《鸭绿江》的同志们　江　帆

011　鱼和水　思　基

014　我与《鸭绿江》　崔　璇

016　兼任主编三年的一点回忆　于　铁

019　且说笔会　刘　燧

021　还是这条江——编辑杂记　范　程

026　我的故乡在鸭绿江畔　童玉云

028　要做点实在的事情　于成全

030　我当编辑的那个年代　刘元举

036　昙花一现　自留色彩——关于《文学青年》的图书馆阅读　宁珍志

041　文学的河流　女　真

047　从不停息，也不想停息　陈昌平

051　有一种热爱，一直都在　盖艳恒

053　《鸭绿江》：往事悠悠水汤汤　胡海迪

风华

058　回忆和怀念　张凤珠

062　我怀念这四年　高越

064　一段难忘的编辑生活　杨麦

067　漫卷诗书　高节操

071　在那座黄色的楼里　厉风

073　沸腾的钢都——鞍钢特辑组稿记　单复

075　发现的喜悦　肖贲

077　鸭绿江，我的文学摇篮　赵郁秀

083　深刻的烙印　戴言

086　从风雨中走来　陶书琴

088　我做编辑终生不悔　路地

090　编辑：在作者和读者之间架桥　解洛成

093　我爱我的美术编辑工作　贾维毅

095　关于凌璞三的记忆　于化龙

099　编辑+作者=朋友　于宗信

102　一个暮夏的傍晚　陈秀庭

105　在昭盟组稿的路上　张淑兰

107	我是"江"中一瓢水	王金屏
112	我是鸭绿江一滴水	边玲玲
114	那时我们正年少	刘嘉陵
116	竹外桃花	刁斗
119	工作着是美丽的	李黎
122	七年	高威
123	这由不得《鸭绿江》	牛健哲
124	我的现在时	铁菁妤

成长

126	感激与祝福	胡昭
128	我的回顾与反思	杨大群
130	我从东北走来	谭谊
133	难忘的鸭绿江	刘真
136	我是个"土"作家	潘洪禹
137	我与《鸭绿江》	鲁琪
139	友情的回顾	吴梦起
143	往事悠悠	满锐
146	愿她绿水长流	关沫南
148	这里留下了我的笑容,也有泪痕	陈玙
152	我和《文学月刊》	胡景芳

154	我感谢《东北文学》和《处女地》	丛　深
156	我们是君子之交	浩　然
159	生活离不开《鸭绿江》	李云德
162	我和《处女地》	王忠瑜
164	温暖的回忆	梁学政
166	青水长流	邓友梅
168	也算一点回忆	刘湛秋
170	温暖的记忆	刘　镇
173	感受与祝愿	黄益庸
175	难以忘怀的事	王荆岩
178	情深意长	程树榛
182	一束感情的浪花	徐光荣
185	少年生活中的《鸭绿江》	胡小胡
188	这儿有一条起跑线	刘兆林
189	我不会忘记这些编辑	胡清和
192	我的一点感想	李惠文
194	鸭绿江水，潺潺的，甜甜的	熙　高
196	见面在赤峰	金　河
198	从《鸭绿江》编辑的几封信说起	胡世宗
201	我和《鸭绿江》的编辑老师们	邓　刚
204	往事如月如雪如烟——纪念《鸭绿江》并追念柯老	王中才

207	难忘的《杏花婆》 于德才
210	我这样开始写作 林和平
212	作家的温床 人生的课堂——忆《鸭绿江》笔会 肖士庆
215	北陵，临近靶场的那栋小楼 吕永岩
217	跨过鸭绿江 晨哥
219	《鸭绿江》滋润了我 谢友鄞
222	我怎能忘记 刘齐
225	从《鸭绿江》顺流而下 素素
228	在老龙头写《重合》 洪兆惠
231	我与《鸭绿江》的情缘 白小易
233	攀过"青黄岭" 孙惠芬
235	在《鸭绿江》上发小说 津子围
238	一条大江波浪宽——我与《鸭绿江》的滔滔情缘 李铁
241	《鸭绿江》与我的众多第一次 苏兰朵
243	《鸭绿江》1946—1956年总目录

记忆

《东北文艺》创刊回溯

草 明

战火纷飞，硝烟弥漫，鹅毛大雪飘扬中，东北的佳木斯、哈尔滨、牡丹江等地先后解放了。日本侵略军奴役统治了14年的历史结束了。我国东北边陲的人民欢天喜地迎接中国共产党，庆祝自己的翻身解放，阴暗的大地重放光明，历史掀开了新的一页。为了根本推翻封建地主的剥削制度，让农民彻底翻身，耕者有其田，中国共产党号召在东北解放地区进行土地改革运动。中国农民几千年来盼望的一天终于来到了。所有老区来的干部都兴奋地、自觉自愿地响应号召到农村去参加领导土地改革的工作。农民的力量是势不可挡的，地主恶霸的抵抗也是顽固的，这场斗争将会产生多么动人的一页啊。一批曾在1942年亲聆和学习过毛泽东同志的《在延安文艺座谈会上的讲话》的作家、艺术家争先恐后地响应党的号召，到广阔的农村去参加土改。作家、艺术家们都认为，这是投身到工农兵的火热斗争中去的大好机会：可以从斗争和工作实践中锻炼思想、增强才干，并为创作出新中国的历史见证的文艺作品做准备。大家背起铺盖卷到农村去，到部队去，做群众的知心朋友去。那时候是多么火红多么艰辛的年代啊！

我回忆所及，当年在东北到部队和农村的作家中，就有许多我熟悉的。例如周立波同志在牡丹江的尚志县元宝区当区委书记，马加同志在佳木斯当区长，那位曾是陕北米脂县县委书记的魏伯同志在白城子搞土改……在部队工作的有刘白羽、曲波、西虹、白刃、周洁夫同志等。

我当然也报名下乡搞土改，但组织上没有让我去，把我分配到中苏友协去编刊物《青年知识》（那时还没有成立文联作协那样的团体，只好在友协那儿出刊物）。我虽然服从分配，但心里总惦记下乡土改。于是我到东北局组织部找部长林枫同志，要求批准我下乡，他还是不同意我下乡，并指出："今后的形势变了，是城市领导农村。我们的作家应该熟悉城市，熟悉工厂，熟悉工人阶级。现在已有不少作家到农村去了，你就到工厂去吧。"我听李立三同志去镜泊湖水力发电厂当文化教员，后来也参加过城市贫民诉苦会，也曾和孟贵民同志去接收哈尔滨邮政局，并参加创立东北邮电总局。那两年，我的工作调动频繁，但都围绕着城市的企业、工厂转。这大概是领导有意叫我熟悉城市和工厂而安排的吧。

那个年代，作家都迅速选择自己的点下去工作，和工农兵结合蔚然成风，大家都不让时光流逝，生怕历史在自己眼前白白走过。据我所知，周立波、马加等同志，在农村工作之余，正酝酿反映伟大的土改运动的长篇巨著。刘白羽、曲波等同志也在构思着反映火热的解放战争中的英雄业绩的作品。

中共东北局宣传部的领导同志早已把这一切情况都看在眼里，认为召开一次文艺工作会议，给作家、艺术家们鼓鼓气，给他们创造一些条件是适时的。于是，在1946年深秋召开了会议。

那次的会虽然很简朴，但是令人难忘的。因为在这火热的斗争中，大家的热情十分高涨，争先恐后地讲述各个地区的尖锐斗争和复杂多彩的情景，抒发自己与群众共同工作和生活中所触发的灵感。周立波的《暴风骤雨》的构思搞出来了；马加的《江山村十月》已动笔了；刘白羽的《无敌三勇士》已写完了。我听了心中纳闷，工厂的情形和土改、解放战争都不一样——工厂内没有敌人，但不同的是思想斗争却挺复杂的（可惜的是那时还没提出"人民内部矛盾"这个词）。

"人家都写敌我矛盾，而我呢？"我心里在打鼓……

正是这时候，会议决定先办个综合性的文艺刊物。让作家、艺术家有用武之地。并且为成立东北作协做准备。会上，要我牵头和几位编辑同志主持这个刊物。于是，《东北文艺》创刊号于1946年12月和读者见面了。

办这个刊物的宗旨，是坚持毛主席《在延安文艺座谈会上的讲话》的方向。提倡作家深入生活，反映现实生活中的英雄业绩以鼓舞和教育人民。那时的稿源是丰富的，因为大家都在现实生活中，写出来的作品比较扎实生动。大家那时的思想也活跃，提出不少好见解。为本刊早期写稿的作家有：周立波、赵树理、沫南、罗烽、公木、萧军、塞克、舒群、白朗、严文井、刘白羽、西虹、周洁夫、范政、史松北、张东川等；音乐家有：吕骥、丁洪、向阳、张棣昌、苏扬、陈紫、王一丁；美术家有：华君武、朱丹、铸夫、张汀、张望；翻译家有：金人、冯亦代等许多名家。

我实在不是个称职的编辑。20世纪30年代在左联的时候参加过《作家》《现实文学》的编辑工作，但只是看看稿子，并没有挑办刊物的大梁，所以缺少经验。而且，一编刊物就不能到工厂中去。因此我在编了两期之后，取得了领导同意便辞掉了这个工作，由白朗同志主办这个刊物。

1947年2月，东北文协成立，可以说，《东北文艺》当时起到团结文艺界的作用，同时也是对后来的"文协"成立起了催生的作用。

作者简介

草明（1913年6月15日—2002年2月16日），原名吴绚文，广东顺德县人，历任中国作协理事、中国文联全委、全国政协委员。1932年参加革命文学活动，加入左联从事专业创作，皖南事变后到延安，任中央研究院文艺研究室特别研究员，参加了延安文艺座谈会，受到毛泽东同志多次接见。抗战胜利后到东北，创办并出任《东北文艺》首任主编。1948年，创作了新中国第一部描写工人阶级的优秀长篇小说《原动力》，新中国成立后发表了长篇小说《火车头》，随后又到鞍山深入生活并任第一炼钢厂党委副书记，于1959年创作了反映我国钢铁战线的优秀长篇小说《乘风破浪》。1982年被中华全国总工会授予"五一劳动奖章"和"全国优秀作家"的光荣称号，以表彰她终身从事工人文学创作所做出的努力和不平凡的贡献。

《文学战线》的前前后后

马 加

　　《文学战线》的前身是《东北文艺》,《文学战线》的后身还是《东北文艺》。这几个文艺刊物创刊的前前后后,都和我发生一些不可分割的关系。今天回顾过去的历史,也许有点参考的价值。

　　1946年我从张家口来到东北,下决心要深入群众,做点实际工作,不回到文艺机关里来,更不做编辑工作。因为我是刚刚离开《晋察冀日报》文艺栏主编的职务,经过再三再四的请求,才允许我回到东北来的。我到哈尔滨的时候,有些领导同志和文艺界朋友也曾经打过我的主意。由于我坚持自己的主意,终于到桦川县的乡下参加土地改革工作。

　　当时,党中央把工作重点放在东北解放区,从延安到东北的作家也非常多。但是,绝大多数作家都参加实际工作,留在机关里搞创作的寥寥无几。东北也有一个文艺刊物《东北文艺》,主编是草明,副主编是白朗,后来草明到镜泊湖水电站去参加工作,只剩下白朗一个人主持刊物,因为写稿人少,只好四处拉稿。1946年夏天,我正在桦川乡下搞土改的时候,白朗打发编辑徐汲平到我住的乡下去拉稿。我也曾一度激发了创作激情,想描写我经过蒙古草原的战斗经历,它就是后来出版的《开不败的花朵》。但是,土地改革却深深地吸引了我,我不能放下贫雇农的翻身大业,去写小说。

　　1948年春天,东北土地改革结束,组织上把我调到东北文协工作,让周立波和我主持《文学战线》的编辑工作。《文学战线》是东北党的文工会议的产物,停了《东北文艺》,改名"文学战线"。现在我归了队,在工作上,就不好讲价钱,好在我和周立波还处得来。由于刊物处于战争的环境下,又受党的文工会议的影响,过分强调战斗性,在评论文章里发生一些"左"的倾向,对于优秀的文艺作品,缺乏热情的支持,像《太阳照在桑干河上》,当时东北报刊上没有发表一篇正面评价的文章。因为当时评论家很少,很容易就沉默了。刊物总的倾向是好的,曾发表了许多有影响的作家的作品,如茅盾的《西蒙诺夫访问记》,丁玲的《太阳照在桑干河上》(选载),刘白羽的《战火纷飞》,舒群的《评无敌三勇士》。草明写了《原动力》还没有最后脱稿,先在刊物上发表了小说《一天》。周立波的《暴风骤雨》即将出书,他觉得篇幅过长,就选登了我的《江山村十日》的一章《金永生》。后来,这些作品都编入《文学战线》丛书。共印12册,相继出版。当时,留在东北的知名作家大力支持写稿,有陈学昭、白朗、宋之的、严文井、戈宝权、金人、雷加、谢挺宇、锡金、丁洪、白刃、赵洵等。有一位上海左联的盟员,多年不写诗了,也发表了一首《团圆》的诗歌。魏伯是北平左联的盟员,他领导土改后写了一篇出色的小说《民政助理老杜》。小说内容深刻、语言生动,我和立波都很赞赏,也有些读者提出相反的意见。我们收到董速和韶华的第一次来稿《孙大娘的新日月》和《组织妇女能手》,觉得新鲜可取,很快就在刊物上发表了。

这里应该提到的是新生力量的长成,诗人胡昭发表了《自卫队长》。同时代还有谭亿,他们是东北解放后第一代文艺新军,在白山黑水之间,显露出自己的才华。当时,在刊物上发表了蓝澄的剧本,天蓝和艾耶的诗歌,李尔重的小说,胥树人的评论,安波的大鼓词,西虹描写战斗的故事,华山和周洁夫的报告文学,都博得了读者的好评。

刊物封面选登的设计木刻,我们得到国内一些知名艺术家的大力支持。应该感谢华君武、古元、彦涵、沃渣,几位热心的同志。

东北是老解放区,也居全国最先解放的地位,这里集中一大批从延安来的作家,由于作家的支持,《文学战线》才办得起来。这里也成为对外文化交流的窗口。在纪念"八一五"的时候,以丁玲同志为首的十三位作家(其中有六名东北作家)在第二期刊物上发表了"八一五"致苏联作家的信。不久,丁玲去苏联访问,她的《太阳照在桑干河上》译成俄文产生国际影响。

我主编《文学战线》前后不到一年时间。后来,周立波去了北京,原来住在东北的作家都陆续地进了北京。全国第一次文代会后,我有机会搞专业创作,我离开《文学战线》,刊物改了名字,又叫《东北文艺》。主编也换了人。不久,我写完《开不败的花朵》,曾在《东北文艺》和《小说月刊》上同时连载。

编辑需要作家的支持,作家要体谅编辑的甘苦,两种手段,干的是一桩事业。

作者简介

马加(1910年2月7日—2004年10月21日),满族,原名白晓光,辽宁省新民县人。他先后参加抗日战争、土地革命和抗美援朝战争,新中国成立后任东北作家协会主席、辽宁省文联主席、中国作协辽宁分会名誉主席、中国文联委员、中国作协理事。在五十余年的创作生涯中,他发表了大量作品,其中中篇小说《江山村十日》《开不败的花朵》和长篇小说《北国风云录》产生过广泛影响,另有长篇《在祖国的东方》《红色的果实》《滹沱河流域》及短篇小说集《新生的光辉》《过甸子梁》等。

主编工作忆琐

韶 华

1951年夏季，我从抗美援朝前线回来，参加了《东北文艺》的编辑工作，出任副主编（主编蔡天心）。"大区"撤销，《东北文艺》停刊。过了一段时间，文学界的同志都感到要繁荣文学事业没有个阵地不行，于是创办了不定期的《文学丛刊》，不久又改为《文学月刊》，仍由我主持编辑工作，一直到1955年秋天我到大伙房水库去"担任工作体验生活"为止。

在我主持编辑部工作期间，除了正常的编辑业务外，首先感到培养青年作家是关系到我们文学事业前途的一个重大问题。1951年夏天就开始举办小型的文学讲习班。利用星期日，组织一些青年文学爱好者，请作家向他们讲创作实践中的经验，也请大学中文系的老师讲讲文学史和文学理论。现在作协的马加、谢挺宇、慕柯夫等同志都讲过，我也讲过。辽宁大学的张震泽、冉欲达教授也都讲过。到了1954年，青年文学爱好者队伍越来越大，同志们都感到一个小型讲习班远远不能满足需求，经过研究，决定办两个班，一个是大型文学讲座，每月一次，着重讲文学鉴赏和文学创作的普及知识；一个是高级班，高级班的学员正式招生，学员要带着自己的习作经过笔试和面试才能录取。记得招生那几天省作协大院里青年文学爱好者熙来攘往，十分热闹。到了1960年，为了培养青年作者，在《鸭绿江》上（此时刊名已改为《鸭绿江》）还开辟了一个"文学讲座"的栏目。就文学创作方面的一些问题，拟定一个统一的提纲，大家分头撰文，统一用"冀群一"的名字发表。其中的第一篇《当你提笔写作的时候……》就是由我执笔写的。目前还活跃在文坛上的中年作家，可能有不少同志都参加过这类的讲习班或者听过"讲座"。1966年后，《鸭绿江》编辑部在全国首创"函授创作中心"，与我50年代的指导思想，未尝没有渊源关系——在培养青年作者方面，《鸭绿江》编辑部是有传统的。

要提高刊物质量，首先是提高作品的质量。1952年我曾给编辑部做过一个统计：自然来稿的采用率，仅为百分之一左右。所以，要有比较成熟的作家的作品，每期至少有两三篇，以支撑刊物的门面。但专业作家的稿子不能坐在编辑部等，要经常走出去组稿；要腿勤、嘴勤、脸厚，不厌其烦地去"催生"，以诚挚的感情团结一批比较成熟的作家在刊物周围。这样做的效果是很好的。许多有影响的作品，是编辑向作家跑出来的，催出来的，求出来的，"逼"出来的。这些稿子成为每期的重点作品。当然，有些稿子到手后，也有使编辑为难的时候。记得，1952年就曾经收到一篇名家之作，题目叫作"谁是最可怜的人"（当时《谁是最可爱的人》发表不久）。文中说美国鬼子被骗到朝鲜当炮灰，白白送死，是世界上"最可怜的人"。这有几分道理。但当敌人放下武器以前，刊物立场不能摇摆。退稿后，招致一场不愉快，那也没办法。毕竟编辑部还是应当为刊物、为读者负责，不能只崇拜名家。

编辑队伍的建设也很重要。编辑应该有基本功，有艺术鉴赏力。艺术鉴赏力有两方面：一个是对社会生活的理解；一个是对创作规律的把握。不了解生活，很难衡量文学作品的优劣；不了解创作规律，给作品提意见难免瞎指挥。1953年，编辑部曾经有过规定：每个编辑每年给两三个月的假期，到社会上去体验生活。回来每人要自己写一两篇作品。编辑不一定都能写作，但自己有一番创作实践，对提高编辑业务水平有益处。这个制度实行了一阵子，记得有好几位编辑都发表了作品，但没有坚持下去。

做一个好编辑还要有一个基本素质：甘做"人梯"的思想。应该说，许多作品的发表，编辑都是花了心血的。从提意见，反复修改到文字润色、标点正校，都有编辑的思想、生活、艺术，作品发表了，有了影响，作者出名，拿稿费，当什么委员、代表以及出国访问等等；编辑是无名英雄；数十年如一日的"爬格子"，不见得有这种荣誉。为别人做嫁衣裳，不会去计较。这是编辑的高贵品质。记得1954年，我曾经写过一篇杂文《编辑——文字的服务业》，就是赞颂这种精神的。我自己当过编辑，也是作家，两种生活均有体会。有一年我的一部长篇小说出版，送了一本给我的责任编辑，卷首写了一首格律极不讲究的"律诗"，题目叫《作者赠编辑》。原作不在手头，追忆如下：

堆山稿卷欲埋身，沙海石砾鉴玉金。
拂尘喷露添光彩，指疵补漏磨瑕纹。
篇篇沉浸千滴汗，页页织进一片心。
虽是忐忑捧新卷，尤思催生浇花人。

作者简介

韶华，原名周玉铭，1925年11月出生在河南省滑县，1940年参加革命队伍，1946年调东北安东（丹东）白山杂志社任编辑，1947年调《西满日报》做记者。1950年去抗美援朝前线体验生活，次年回国任《东北文艺》《东北文学》副主编。1956年出版了描写抗美援朝战争的长篇小说《燃烧的土地》和短篇小说集《第六颗手榴弹》。1955年至1960年去大伙房水库和清河水库工地参加工作，体验生活，先后出版了长篇小说《浪涛滚滚》、短篇小说集《巨人的故事》等。1964年任辽宁省作家协会副主席。1973年去东北输油管理局工作，体验生活，粉碎"四人帮"以后重新拿起笔来，到1982年先后出版了长篇小说《沧海横流》、短篇小说集《你要小心》、寓言集《风筝和雄鹰》等。1985年1月在中国作家协会书记处任书记。现已离休。

回顾一年间

申 蔚

1961年在我主编《文艺红旗》的时候，祖国正处在困难时期，为了度过困难，国家进行一系列调整，总结工作中的失误和教训，全国人民团结在党的领导下，奋发图强终于战胜了困难，迎来社会主义建设的新局面。在文艺上也纠正了前一时期出现的浮夸风，作品的公式化概念化，理论上的形而上学的批判现象。8月，全国文联召开第三次文代大会，辽宁省相继召开第一次文代大会，贯彻中央制定的文艺八条，在总结经验教训的基础上提出繁荣社会主义文艺的方针即是贯彻毛主席提出的"百花齐放，百家争鸣"的"双百"方针。辽宁文艺界在东北旅社召开大会，统一了大家的思想，调动起大家的积极性，解放思想，放开手脚，畅所欲言，心情舒畅，给被批判的同志正名，之后便出现了一派繁荣的景象。

当时的《文艺红旗》即是遵循这一指导思想，努力贯彻"双百"方针的，提倡题材和体裁的多样化，艺术形式风格的多样化，在创作方法上提倡现实主义和浪漫主义相结合，在文学艺术上鼓励探索和创新，提倡深入生活，讴歌英雄人物，反映社会主义建设的面貌。为社会主义，为人民，为政治服务。根据这些想法，全体编辑同志勤奋耕耘，深入各地组织稿件，发现题材，组织创作，辅导作者，培养新人。使刊物伴随着时代前进，出现了生动活泼、欣欣向荣的局面。我们在工作中，一方面注重老作家和著名作家，一方面又以老带中，带新，团结老、中、青各阶层的作家，我们不但发表艺术质量比较高的作品，也发表群众喜闻乐见的通俗作品。我们取得了很大的收获，在这里只能略举一二。

首先是我们选载了韶华的《浪涛滚滚》，选载了林予的《雁飞塞北》，这是两部反映东北地区建设，且有地方特色的作品，我们选载了鞍山市原市长李维民的革命回忆录《地下烽火》中的章节《战斗在敌人的心脏》，《动荡的年代》（由陈屿执笔），反映东北在敌伪统治时期我地下党和敌人进行斗争的传奇式英雄事迹，获得读者的欢迎和好评。我们发表了全国著名诗人郭小川的《两都颂》，他从北京来到辽宁，怀着极大的热情，参观鞍钢，访问著名劳模王崇伦、孟泰，继而又参观抚顺矿山，他不仅留下了足迹，也为我们刊物留下了热情的诗篇，很多年轻的诗人有机会和他结识，受到他的鼓励和关注。在培养工农作者方面，诗歌的成绩是比较突出的，当时编辑部诗歌组的组长阿红同志，他不仅是一个诗人，也是诗歌爱好者的知心人，是青年诗人的良师和益友，当时工作条件比较差，阿红同志一手一字一句地刻写钢板，为诗歌作者提供学习资料，对于作者的热情扶植和真诚的帮助是有口皆碑的，很多有才能的诗人是在他的帮助扶植下成长起来的。如农民作者霍满生和金玉廷，他们是农民中涌现出来的天才，经过艺术的提高，放射出灿烂的火花。霍满生的《铁牛传》《喜唱春耕》《星星跟着月亮走》影响都很大。1961年霍满生被推选为全国第三次文代大会的代表，他在大会上的发言，是用质朴生动的诗歌连贯起来的一曲颂歌，博得全体代表的热烈掌声。农民诗人金玉廷，是一位热情洋溢的年轻人，他出口成诗，不但朗朗上口而且情谊深长，韵律优美。他俩是辽宁当时最受欢迎的农民诗人。在工人作者方面，当时最突出的是晓凡和刘镇，为了扶植他们扩大影响，阿红同志有计划地推选出他们的组诗，如晓凡的《鞍钢人与钢》《煤都人与煤》，刘镇的组诗《咱们是时代的总装工》，这些豪迈刚毅，深厚有力，铿锵有声的诗一出来就受到群众的欢迎和文艺界的重视。记得有一次阿红请刘镇到作协改稿，我去看望他，发现他面貌清秀好似一个文弱的知识分子。我才理解工人的气质不是在外形上，而是在他们的胸膛里和骨骼里。

我们的刊物力争和时代同步前进，及时反映社会主义建设的面貌和新人新事。当时小说编辑组组长赵郁秀经常跑鞍钢，热情为刊物推荐《王秀兰和姐妹们》《孟泰休养小记》及徐光夫的报告文学。诗歌组推出李代生反映毛主席视察煤矿的诗《毛主席在露天矿》。

在选载上我们注重发表健康作品的同时，注重艺术优美的作品，如于敏的散文《西湖即景》很受群众的喜爱。当然还有很多优秀的作品，不能一一列举。

此外，为了贯彻"双百"方针，繁荣创作，攀登社会主义文艺高峰，让大家畅所欲言，发扬艺术民主，使编者和作者携起手来，共同办好刊物，我们开辟了"文艺随笔"栏目，发表了三十多篇短小精悍的文章，如马加的《草生一秋》、方冰的《眼泪与微笑》、师田手的《昙花与兰》、崔德志的《应该有作家自己的东西》等，活跃了思想，对创作起了促进作用。

《文艺红旗》的刊名，恰恰体现我们的决心，也许有人会认为我们太不谦虚，岂不知我们确实要高举社会主义的文艺红旗，鲁迅先生是革命文艺的旗手，我们特意在鲁迅的书信中找出鲁迅亲笔写的这四个字作为刊头，把刊物办成文艺红旗成为我们奋斗的目标。

历史在前进，新的事物层出不穷，今天看来，我们当时还有一定的局限性，还存在着很多问题和不足。我们的刊物在东北大地上诞生，经受了风雨的洗礼，更加成熟了，祝愿我们的刊物长命百岁，繁荣发展。

作者简介

申蔚，原名申毓秀，1919年1月生于河南省尉氏县，1937年加入中国共产党。1938年冬加入新四军挺进队，到根据地做党群工作。1939年5月被送往延安中国女子大学学习。1941年调中央妇委妇女生活调查团工作。1945年到张家口晋察冀日报社任记者及编辑。1946年5月到东北，先后任佳木斯区委书记、市委秘书。1948年冬调沈阳市人民政府任职。1954年9月调辽宁作协分会从事专业创作，曾主编过《文艺红旗》，出版小说集《雨后彩虹》、散文集《友谊散记》等。

写给《鸭绿江》的同志们

江 帆

回忆常常是温馨的，但有时却也是苦涩的。我编刊物的时间不长，可两次都赶上了点儿。1956年，"双百"方针提出来，心里真高兴啊，眼界豁然开朗了，觉得这回真好，创作的路子宽了，刊物的局面也可以打开了，我们打开旧框框，增辟了新栏目，开拓新路子，提倡题材多样化，写散文、杂文……1960年，我编刊物时，又赶上贯彻"文艺十条"，我这"不老实"的思想又活跃起来，嘴也把不住门了，在东北旅社的文艺界座谈会上，我"大放厥词"，说什么"现在不是政治标准和艺术标准的统一，而是政治标准成了唯一的了"。在鞍山的小说座谈会上，我也说："写工厂不能光写车间和机器隆隆响，要跳出车间，写人，人的心灵……"

现在看来，那只能说是思想刚打开了点缝儿，还远远谈不上解放。可是，就这些可怜的言论，连同我所写的一些散文、杂文和小说，统统在那场空前的浩劫中，遭到了毁灭性的批判。

往事重提，并不很愉快，我常想：我们为此曾付出过多少沉重的代价啊！

迷雾澄清后，我们才逐渐醒悟过来，变得聪明些了。世界原本是广阔的，我们面对着复杂纷纭的现实，从实践中逐渐学会从新的高度思索，分辨，再实践，走出自己的路子。我羡慕你们，现在刊物的路子多宽广啊，你们在鸭绿江边，渤海之滨，脚踏东北的黑土地，拥有和正在孕育着成批有才华的作家和新人，真是"海阔凭鱼跃，天高任鸟飞"啊！作为刊物的一个老作者和编辑，衷心祝愿你们腾飞！再腾飞！

作者简介

江帆，原名朱文渊，1916年出生于江苏南京，1936年入南京中央大学学习，1937年抗日战争爆发后赴延安，1938年3月加入中国共产党，在中央党校学习，后任教员并主编《党校生活》，开始业余写作。1941年到中央研究院文艺研究室当研究员。1942年参加延安整风运动及延安文艺座谈会。1945年秋赴东北，在辽宁、吉林等地从事宣教工作。1950年东北作家协会成立，从事专业写作，曾任《文学月刊》《文艺红旗》主编，《文学青年》编委，作协沈阳分会理事、党组成员，沈阳市政协委员等。1965年任辽宁人民出版社社长。1977年调入北京，出任国家外文局中国文学杂志社领导小组副组长，后为副总编辑。主要作品有《女厂长》《白菜的故事》《水泉村纪事》《阳光照耀的日子》等。

鱼和水

思 基

《鸭绿江》创刊周年纪念,要我写点纪念文字。写什么东西呢?考虑再三,还是谈点同作者的关系吧。编辑是离不开作者的,作者也离不开编辑。人们常把军民关系比作鱼和水,其实编辑同作家的关系更像鱼和水。编辑要靠作家支持刊物,作家要靠刊物展示自己的才能。特别是新出现的作家,编辑一旦发现,就会锲而不舍,要把他变作刊物的支柱。新作家对发表他处女作的刊物,也有一种特别的亲近感,有了作品总是首先愿意给它。记得我的第一篇作品在延安《解放日报》发表以后,我仿佛觉得天天必看的《解放日报》,好像忽然同我亲近起来,拿在手里感觉都与往常不一样。

正是因为这种感情,刊物才成为某些作家自然集聚的地方。因为刊物有了困难、有了需要,编辑总是想到他们,把他们当作自己的知心朋友,要他们同心协力,为一个共同目标,同舟共济。十几年的编辑生涯,这种事情可经历得太多了,成百上千的作者,帮助刊物绞尽了脑汁,做出了自己的贡献,有些人的功劳是终身难以忘怀的。金河、村人、孙淑敏就是这长长的作者队伍中交往得较多的几个人。

我同金河的认识,最初应该说是在《赤峰文艺》那个内部刊物上(以前虽也见过面,但印象不深)。他在那里发表了小说《交鞭记》,记述了一个车老板如何挑选和培养接班人的故事。现在看来,也并非他的精彩之作。但在那时,却有如见了一颗新星,编辑部的人都很高兴。随即请他给刊物写文章,那时还没有稿费制,他的生活又很困窘,可紧接着他就寄来了《山菊》和《龙驹传》。语言和结构都不一般,熟练而且紧严,很有讲说文学的风格。那年五六月间,我们组织昭乌达盟报告文学专辑,我特意到赤峰市宣传部去看他。他那时还不到三十岁,精力正旺,谈吐幽默。见了面,互相都感到很亲近。他讲了一个生产队遭洪水袭击,队长顾不上老婆孩子,领着全队人马拼死搏斗,终于取得丰收的故事。我们听了觉得需要宣传这种为公忘私的精神,就又请他写成文字。这就是1973年9月号发表的《顶浪行》。

《顶浪行》是他这一年在《辽宁文艺》上发表的第四篇作品。他写得快,文笔又好,他写完了,有的同志还没找出头绪来哩。那时他们都住在东北旅社,发稿不能等人,我们就请他"团结互助",帮助别的同志改写。有一篇描绘林东县兴修水渠,灌溉漫撒子地的《渠水长流》,就是他连夜改写出来的。从此,他就成了编辑部解决稿件难题的一把钥匙。记忆最深的是1975年的《"社会公仆"的家》。那是一篇赞颂不用职权谋取私利的小说。题材是村人同志搜集的。村人是个诗人,写小说就像木匠抡大锤一样,伸展不开手脚,几经周折,都不成功。刊物很需要这种作品来批判当时许多人滥用职权，给子女上学走后门的歪风邪气，于是就又想到了金河。虽感到他没去过东部山区，凭第二手材料进行创作，可能会有困难。但他是在农村长大的，对基层干部又很熟悉，他山之石也许是可攻玉的。不料，几天之后，他竟拿出了一篇十分令人振奋的小说。人物和生活，都写得极为生动和自然。编辑部的人都拍手叫好。从此，他就同刊物结下了不解之缘，成了刊物的得力支柱。1976年编辑部组织人写报告文学，就把他借到编辑部来，专门从事创作。他后来获奖的作品《历史之章》和写土壤学专家陈恩凤教授的《大地的青春》就是这个时期写出来的。

村人是带着一种朴实的山乡风味闯进编辑部来的。他为人朴实，诗也朴实。我从见他那天起，他就穿一身灰布制服，光着脑袋，像一个山沟里的青年农民。他是桓仁县一个养路工段的工人，整天跟沙石打交道。他的活动天地，就是他的养路工段。他的诗写的就是那工段上的所见所闻。我不记得是1972年还是1973年认识他的。只记得他经常给刊物写诗。他的第一首诗《九月进山沟》是在1973年8月号《辽宁文艺》发表的。之后，他在刊物上发表了好几个组诗：《养路工人之歌》（1974年1月）、《春满公路》（1975年7月）、《山乡擎旗人》（1975年10月）、《云峰山上养路人》（1976年6月）、《战斗在金色的公路上》（1977年4月）等。养路的工作本来是很单调的。"在深深的大山里，冬天就是砍冰、备料；夏天就是撒沙子、填坑槽；成年风吹雨淋日头晒，来往的汽车把公路弄得灰尘滚滚，都能呛死人！"可村人却在这单调平凡的劳动中，看出那些平凡工人的不平凡的感情。他们把自己的工作同整个社会主义建设事业联系起来，每人心中都有一种自豪感。村人细心体察了他们这种自豪感，他就能在那一条弯弯曲曲的公路上，天天有所发现，不断产生诗情。他写的都是养路工人，内容却从不重复。他笔下的沙石、草木、路标牌……总是深情地在叙述自己尽忠职守的衷肠。加之他语言朴实，景色的点染俊俏多姿，更增添了他诗的感染力。

编辑都喜欢有风格的作者。他就以他诗的朴实清新和我们交上了朋友。

孙淑敏在刊物发的作品不多，但她以自己顽强的创作毅力，也同编辑部结下了深厚友谊。我同她的相识，最初大概是在1973年的一次创作"学习班"上。那时，她已是几个孩子的母亲了。她个头不高，戴一副近视眼镜，说话有点腼腆，是本溪矿务局的。我问她："家里有孩子，矿上有工作，还有时间写东西吗？"

她说："挤呗。白天没有，晚上还是有的。"

我又问她："以前写过东西吗？"

她说："没有。"

我说："这可是个吃劲的活儿。"

她说："我决心学习。"

那次"学习班"上，她写的是一篇标题为《路》的小说。写一个房产科长如何尽心竭力为住户服务的事迹。材料堆得很多，像一个"讲用"发言。我们提意见时，都觉得有些信心不足。她却白天黑夜不停地改，终于把它改成了。我们看到一个有几个孩子的妈妈，写起东西来还这么锲而不舍，觉得很是难得。那时女作者又特别少，便每次组织人写稿都把她请来。她的文笔不是那么太好，有时写出来能用，有时写出来的也不一定发表。但她从不气馁，总是高高兴兴的。时间长了，她作品的质量也渐渐好起来，仅1977年8月、9月、10月连续三个月，刊物就连着给她发了三篇小说。她高兴，我们也高兴。

有一次我到本溪出差。听说她得了癌症，不禁大为震惊，我还没来得及去看她，她却跑到招待所看我来了。她仍旧谈吐自然。我很焦虑地试探着问她："听说你最近得了点病？"

她不以为然地说："嘿，什么病？可能是写东西累了点！"

"你还在写东西？"

"还写。煤矿工人写的人少，我又笨，只得每天多干几个钟头。"

听她这一说，我不好再深问了，也许家里人还瞒着她哩。便笼统劝慰她说，还是要注意休息。

不久，听说她住了院，病更重了。可她坐在床上还天天写。医生劝她静养，她却说："你让我写吧，我起步得晚，写得很少，还想在能活动的时候，多给煤炭工人唱两支歌。"

她这种精神感动了编辑部的同志。她去世后，童玉云同志把她的事迹推荐给了煤炭部文艺创作评奖委员会。她被授予了文艺创作一等奖。她的小说后来还出了一本集子。

刊物就是依靠着许许多多这样的作者和朋友，来延续生命的。他们同刊物的关系，是鱼和水的关系。要办刊物就得发展这种关系。

想起了这些同志，同时也想起了有人曾问过我这样一句话："想在刊物上发表文章，是不是先得给编辑送礼？"我听得很是怅然，便说："一个真正的编辑是不做这种买卖的。"我们的确也曾接到过愿意送礼，换取发表作品的信，但那只不过在编辑部引起了一场哄堂大笑。

作者简介

思基，原名田儒璧，土家族，1920年生于贵州省印江县，1938年在《印江日报》发表反对国民党抓壮丁的话剧剧本，1940年2月到达延安，在陕北公学和鲁迅艺术文学院学习。1944年曾到三五九旅深入生活，1946年被分配到晋冀鲁豫边区文联工作，次年到东北解放区双城县有志村当村长，体验生活。1948年被分配到吉林东北大学任教。1952年任东北师范大学中文系副主任，副教授。1953年3月入党。1957年到中国作家协会沈阳分会从事专业创作，次年任《处女地》主编。1960年任辽宁省文学研究所所长，1963年至1966年任作家协会沈阳分会副主席兼《鸭绿江》主编。1972年从插队落户的赤峰调回沈阳，编辑《辽宁文艺》。1978年，当选为省文联副主席。著有短篇小说集《生长》、评论集《生活与创作论集》《论"李自成"及其他》等。

我与《鸭绿江》

崔 璇

人上了年纪，总喜欢静静地回忆。在那匆匆流逝掉的岁月里，自己就像一条平凡的小溪，也曾响过淙淙的声音，激溅出无数闪光的水点。也有过迂回曲折的悄悄低吟，更多的是面对几十年人生道路的思考。而"鸭绿江"这条胸襟宽阔、雄伟的"大江"，却激起我无限美好难忘的回忆浪花，每每思之，深感自己中年时期的那股执拗创作的热劲，跳进生活旋涡里的旺盛的活力，都是这条"大江"赋予的力量。因此长期以来，我对"鸭绿江"的感情是厚实的、默默的、真正出自内心底层深处的。

前些日子，在翻阅《文艺报》时，突然有十多个熟悉的名字，跳进眼帘，这都是一些在辽宁作协辛辛苦苦干了25年以上的老编辑同志，最近获得了中国作协颁发的荣誉证书。当我看到这条喜人的消息时，我的心情激动万分，目光长久地凝视着一连串并不陌生的名字，脑海里轮番地闪过他们一个个年轻时代的面容，有的同志质朴寡言，有的热情奔溢，有的直率坦荡，有的则谨慎细心。这是一个多么好的群体啊！尽管性格不同，男女有别，每个人在漫长的25年多的时间里，却为这条"大江"奉献出无数心血与智慧，付出了艰巨的不被人所知的贡献，和这条"大江"的命运结合为一体，饱尝甘苦。风风雨雨中排除恶风险浪，度过了四季，树立起一代编辑人的风范！就凭这个，我替他们高兴，和他们同样受到精神上的慰藉。

说来惭愧，我当主编的时间是短暂的，而且做的工作并不多，值得庆幸的是当时沈阳作协拥有那么多老一辈的作家，济济一堂；有罗烽、白朗、马加、草明等同志。我经常受到他们的热情指点，和年轻编辑们的得力辅助，我才尽到了应尽的职责。所以说，在沈阳作协的一段创作生活中，与"鸭绿江"编辑同志们相处得那么团结和谐，永远值得我留恋，难以忘怀。

作者与编辑，打个极普通的比喻，犹如鱼水之情，试想想：一个"弄潮儿"在他第一次游进江河大海时，不都有人在身后手把着手教他如何游泳吗？"鸭绿江"这条"大江"啊！你曾经为颇具才华的一些初下水者，提供了多么宽阔舒展身手的场所，他们中间有的人日后成为名家，我相信这些名家，绝不会忘掉这条曾哺育自己成长的"大江"，忘不了那些深夜灯下执笔，认真推敲修改过自己稿件的编辑。

至于说到我自己，从业余写作转到专业作家的行列里，已人到中年，还是一员新兵。那时，绝大多数的稿件都是在老作家的鼓励，年轻编辑同志的热情催促下完成的。20世纪五六十年代，我和沈阳所有深入生活的作家一样，一头扎下农村。东北新农村沸腾的生活，将我整个身心都卷进去了，它冲击着我，鞭策着我。每次风尘仆仆地自乡下回来，在作协那幽静的院子里，在灰色的大楼前面，碰到编辑同志，他们都笑盈盈地要我赶快写些东西，也许是出于作家的一种社会责任感，这期间我连续发表了不少的短篇小说及散文：像《迎接朝霞》《在水电站工地上》《涨潮季节》《金色的秋天》等十五六篇作品，以及选载了长篇小说《不平静的白洋淀》中的几段章节，后来都分别选入《迎接朝霞》（作家出版社出版）和《道路》（辽宁人民出版社出版）两个短篇小说集里了。虽说是创作海洋里的涓涓滴水，微不足道，但这点点滴水，也凝聚着编辑同志们的一片心血和期望啊！如对有的稿件，他们曾提出过中肯的修改意见，使作品写得更好一些。如果说我那时写出了不少的东西，首先要感谢《鸭绿江》编辑部的所有同志。

算起来，我离开辽宁，离开沈阳作协廿多个年头了。《鸭绿江》的老熟人们并没有忘记我，我也没有忘记他们。只要有人到北京来碰到面，我总要一个个地打听他们每个人的消息。近几年来自己发表过的几篇散文，也是得到崔琪、赵郁秀和一些同志的热情敦促，我才遵命交了稿的。一旦回顾和同志们几十年来结下的深厚情谊，老熟人之间的彼此关怀，胸臆间顷刻涌上一股热烘烘的感觉，这难道不是人间最宝贵的感情吗？

为了纪念"鸭绿江"创刊，想写的话是很多很多的，遗憾的是我确实无法用笔来畅叙此时既感慨万端又欣慰的心境。"鸭绿江"仍以它特有的碧绿与壮阔的波涛，迎来一个个温馨春天，送走一个个严冬，我自己已踏上了老年的阶梯。桑榆之年，牢牢谨记老熟人们的殷切鼓励，要重新拿起笔来，以自己的涓涓细流，为这条充满生命活力的滔滔大江，汇进点点水珠。

窗外，北京下了冬天以来第一场难得的瑞雪，洁白晶莹，太阳却是那么的温暖，松间甬道地皮上的雪开始融化，风也是轻软的，吹得人怪舒适，预示着改革的春天早就到来，大潮在汹涌，发出呼唤的强音，祝"鸭绿江"乘风破浪，奔腾不息。

作者简介

崔璇，1921年11月生于北京，1936年夏就读北平女二中，因参加"一二·九"学生运动被开除。1937年七七事变后到冀中参加抗日，1938年7月入党，先后担任安平县妇救会主任、第五专区妇救会主任。1942年到延安中央党校学习。1945年由延安到东北，在辽中县做区委书记、县联合会主任。1946年冬任桓仁县委宣传部长。1949年调回辽东省委宣传部任理论教育处副处长、文艺处长、省文联主任。1952年冬调东北作家协会从事专业创作，任协会理事。1960年曾任《文艺红旗》主编，分会党组成员。1964年初任辽宁省人民政府政策研究室副主任，同年10月调北京农业部任科技局副局长。出版短篇小说集《井》《迎接朝霞》《道路》。

兼任主编三年的一点回忆

于 铁

我于1981年被任命为省作协党组副书记、书记处常务书记，不久又被理事会补选为副主席。这一大串职务，其实也就意味着是省作协"文化大革命"以前的"执行副主席"的角色。马加主席兼党组书记同时又是专职作家，不到作协机关办公，其他几位副主席也都不到机关办公，所以作协的党政日常工作，就由"执行副主席"顶着。而按照惯例，这个角色都是兼任《鸭绿江》主编的，我自然也不例外。直至1984年10月辞去这个兼职为止。大约工作了三年左右。

回忆自己兼任主编三年的历史，似无大功也无大过。四个字：平平庸庸。应当承认，作为主编，我是没能尽职尽责的。事实上，我只是一位比"挂名主编"强不多少的"甩手主编"。对编辑工作过问甚少，当然也就谈不到主编应有的作为和建树了。现在回忆起来，多少有些歉然。历史就是历史，逝去的时光如流去之水，既然不可能追回，也就只能老老实实地评论自己的功过是非了。

然而，这篇文字却并非检讨，根据当时的形势，我也只能做"甩手主编"。"执行副主席"兼任《鸭绿江》主编的惯例，形成于20世纪五六十年代。历史进入80年代，全省文学事业大发展，省级机关团体中唯一主管文学创作的省作协，其工作必然要从封闭型发展为面向全省的开放型。省作协主管常务工作的人，既不可能也不应当把主要精力放在编辑一个文学刊物上（尽管《鸭绿江》是省作协最重要的机关刊物）。而1981年，我任常务书记、党组副书记之时，又正是省委常委刘异云代表省委向文艺界提出全省文艺界十年奋斗目标之时。"在十年左右时间内，力争使我省文学创作达到国内先进水平；力争出现第一流作家和作品。"这是一个严肃而光荣的任务。我作为全省唯一主管文学创作的群众团体的第一线主要的领导干部，是不能把省委三番五次的强调当作耳旁风的。我必须把全部精力使用得更好一些。全部思想集中在如何扎扎实实落实省委提出的这个历史任务上。

然而，毕竟兼了三年，虽不能把主要精力放在编辑部，却也多多少少抓了一点工作。回忆起来，大一点的事情主要抓了三件。一件大事就是所谓"掌舵"，保证刊物在政治上正确贯彻党的方针政策。这是作为共产党员主编的首要责任。我在《辽宁日报》待过26年，自然懂得这个问题的严肃性。文学刊物的编辑工作同党报编辑工作当然有所不同，文学界是要贯彻"双百"方针和创作自由的，不如此就很难促进创作的繁荣和人才的成长，而党报作为党的喉舌，宣传纪律自然要严些。因此，我以为文学刊物的主编在防"左"防右问题上头脑要十分清醒。

从1981年底到1984年底，这3年之中《鸭绿江》是否有"左"的性质或右的性质的错误？现在回顾起来，大的问题似还没有。是否老王卖瓜？有3年刊物的白纸黑字在，任何时候任何人都可以翻阅检查。

另外两件大事是参与创建《鸭绿江》创作函授中心和提倡由《鸭绿江》编辑部出面每年办一次或两次青年作者笔会。

我于1981年6月开始做常务书记和党组副书记工作，到第四季度才正式兼任《鸭绿江》主编。这时，经过几个月工作和思考，对如何落实省委十年奋斗目标开始形成了一些想法。其要点之一为：重点抓人才建设，尤其要突出地抓青年文学人才建设。通过《鸭绿江》编辑部重点抓的这两件大事，都是同我的重点抓青年人才建设的一点觉悟相通的。

大约是1981年10月前后，《鸭绿江》编辑室副主任阿红同志，受关内某刊物办刊授大学的启发，提出办《鸭绿江》创作函授中心的建议，并提出初步方案。我认为这是抓青年文学人才建设的一项好措施。不花国家钱，不要增加编制，经费取之于民，用之于民，培养人才的面很宽，正适合省作协每年经费极少却又要多办点事业的实际情况。因此我立即表示支持。由于当时国内文学界办创作函授的还属绝无仅有，不仅事业体制和工作方式方法有明显改革性质，而且成败难卜。所以创办当时十分慎重。我先向作协主席、党组书记马加做了详细汇报，马老很支持，并且拍板定了《鸭绿江》函授创作中心的名称。然后我们又向省委宣传部做了书面报告，向文菲副部长做了详细汇报，最后经宣传部部长刘异云亲笔批准。就这样，《鸭绿江》函授创作中心于1981年底诞生了。"中心"的最高领导机构为理事会，由我兼任理事长，闻功、范程兼任副理事长。下设教务处，由阿红兼任教务处长，执责"中心"的教务工作。经过两个月的紧张筹备，"中心"第一期（学员一万五千余人）于1982年1月开学。在第一期函授教材《路，应该这样走》上，我以理事长身份写了开学的话：《红灯和绿灯》。

关于《鸭绿江》编辑部办青年作者笔会的情况就不具体说了，我一贯认为《鸭绿江》既是辽宁作协的机关刊物，理应以刊登本省老、中、青年作家的作品为主，对发现和培养本省青年作家有义不容辞的责任。三年中，我曾反复向编辑部同志宣传上述观点。除反复强调编辑要热情、负责地对待本省作家，尤其是青年作者来稿之外，还支持小说组于1982年开始实行的编辑记分评奖制，提议编辑部每年举行一至两次青年作者笔会。

笔会，大体上分为两种：一种是"锦上添花"的笔会，主要对象是全国知名作家；再一种是"雪中送炭"的笔会，请本省一些刚刚冒头，还不成熟的青年作者，替他们请半个月至一个月的创作假，集中到某地写作，交流创作经验，不仅能收获一些作品，而且对作者成长大有好处。从1982年至1984年《鸭绿江》经济情况逐渐紧张（直至1985年办起《文学大观》，经济才有好转），我并不反对"锦上添花"，但更主张把有限的钱花在"雪中送炭"上。近十年来，邓刚、刘兆林、迟松年、谢友鄞、于德才、林和平等人的成长，多多少少都是同《鸭绿江》举办的青年笔会有关的。

1984年9月，辽宁作协为了争取出书权，同以张僖同志为社长的作家出版社达成协议，由辽宁作协组建作家出版社辽宁分社。在10月的一次党组会上，决定由我兼任作家出版社辽宁分社社长，开始筹建分社，但后来计划流产。我考虑到自己兼职过多，提出辞去《鸭绿江》主编兼职。从这时起，我的主编职务和"函授中心"理事长职务就终止了。

大约两个月后，党组决定原副主编兼编辑室主任范程同志任主编。几十年来形成的，由省作协领导兼任《鸭绿江》主编的惯例终于消止。

作者简介

于铁，沈阳人，"九三"前夕，在北平参加党领导的华北抗日地下军。"九三"后到解放区，任西满军区司令部参谋，参加北满土改斗争。1947年2月在哈尔滨入党后，派回白区，入北平中国大学，参加学生运动，同时为平津进步报刊写过影剧评论近三十篇。沈阳解放后，在市委宣传部任组长、副处长。1955年调《辽宁日报》任文艺部主任。1956年加入省作协分会。1958年被错划为右派，1979年改正，回辽宁日报社任文艺部主任、总编室主任。1981年任省作协副主席、党组副书记、常务书记兼《鸭绿江》主编。1986年被聘为辽宁文学院院长。

《劳动英雄得奖》（木刻）　夏　风
1947年第3期《东北文艺》

且说笔会

刘 燧

笔会，作者麇集一起挥笔创作之集会也，表面看无何道理可言，然而细究一下却也有许多值得说道的内涵在。

单说我在任的五年期间，每年都要举办一次或两次小说创作笔会。有时为了提高刊物作品质量，邀请省内外知名作家前来参加笔会，有时又同时为了培养作者而举办笔会。前者一般是与作家交流感情，增进友谊，并不能立见成果，后者则应当说是培养作者的好办法。我省现在一些小有名气的青年作家，大都没参加过我刊笔会。

几乎各省作协的文学刊物都是立足本省，面向全国，即各省作协开发本地人才、发现和培养本省作者的任务，要由文学刊物分担一部分，这也许是笔会兴起的一个重要原因。这一点从各市县文联刊物所办的笔会看，更为明显。

那么，笔会在培养作者方面都有哪些好处？

一，笔会含有竞赛性质。邀请来的作者，过去都发表过数量不等的作品，水平不差上下，集中一起进行创作无形中形成一个不声不响的竞赛局面：人人要奋力写出上乘篇什。结果正是这样，几年来每次进行的《鸭绿江》作品评奖，其中获奖篇目差不多有一半出自笔会。以前笔会还曾产生过获全国小说奖的作品。

二，竞赛的同时，笔会又提供一个互相探讨、切磋琢磨的场所。平时大家各自为战，难得在一起朝夕相处，共同研讨创作问题，笔会正好给了一次团聚机会。在笔会上，我多次看到很多作者写出作品后互相传阅，互相提意见，然后经过认真修改，最终成为不错的作品发表出来，实现了互相促进，共同提高。

三，编辑直接辅导作者，是笔会的又一个长处。以往编辑与作者联系感情、研讨稿件只是靠书信往来，常有远水不解近渴、隔靴搔痒之感。如今编者与作者可以面对面地充分探讨作品问题，双方都感到亲切、实在、有效，同时编者与作者之间建立了密切的感情交往。我们几乎每次都请著名作家辅导，这对今后发展文学创作、办好刊物更为直接有利。

有一位作者，因长时间没写出像样的作品，处境显得十分困难，正在这时他参加了笔会。开始题材选不准，编辑就与他一起选定题材，可是接着他又写不下去，一连三天开不了头，编辑便与他共同研究写法，于是作品写成了，还获得当年《鸭绿江》创作奖。这一次成功大大坚定了他的创作信心，随后接连写出了两篇拳头作品，一举获得了全国优秀短篇和中篇小说奖。这一事实，完全说明了办笔会的必要性和重要性。

四，笔会同时举办文学报告会，是培养作者成长、促进创作的好形式。1985年冬由省作协牵头，我刊与《春风》《芒种》《当代诗歌》《当代作家评论》等共同举办笔会，同时请省内外几位名家做学术报告，大家从民间文学到当代小说发展走向等各个角度开阔了眼界，打开了思维空间，这对发展我省未来的文学创作无疑是一个有力的促进。

综合上述情况，我认为以培养本省作者为主的笔会，每年都应坚持办下去，即使花一笔可观的经费，从长远看也是值得的。

当然，笔会只是编辑部工作的一个方面，不能对它期望过高，要有个实事求是的估量。笔会参加者不一定都能写出成功作品，即使写不出也应允许，现在写不出将来还会写得出。编者进行辅导要因人而异，主要是要有个平等协商的态度，要善于因势利导，不能包办代替。

作者简介

刘燧，1925年出生，祖籍山东掖县。1940年春入营口市第一国民高等学校读书，1947年春到沈阳，受地下党派遣到鞍山任《远东日报》总编辑。1948年7月开始在辽南白山艺术学校学习，后在辽东省话剧团任创作组长，又在辽东省文联和辽宁省文联从事创作和文学编辑工作。1959年开始在作协沈阳分会从事文学编辑工作。共发表小说、话剧、诗歌、报告文学、曲艺及文学评论等二百多篇作品。出版小说集《命运》，创作话剧《月亮湾》《江边之夜》《波浪滔滔》《桥》等。1991年11月29日病逝。

《站岗放哨》（木刻） 夏风
1947年第3期《东北文艺》

还是这条江
——编辑杂记

范 程

我吃编辑这碗饭整整36年。经历了《热河文艺》的全过程（1951—1955）；迎送过辽宁作协创办的《文学青年》（1958—1959）；然后转到《文艺红旗》（《鸭绿江》前身），那是1960年。论岁数，当时已是"而立"。先是编辑部副主任，1966年后当主任、副主编、主编，在《鸭绿江》编辑部度过了我一生最宝贵的壮年时期。直至花甲之年，光荣离休。

文艺界好称编辑是"为人作嫁衣"者。褒词乎？贬义乎？似乎二者都有。我没有多去计较，横竖安于职守地干编辑工作。可干编辑，我迄今仍不敢以"大师"自诩，至1987年才获得专业职称。我并不悔。几十年来，我在编辑岗位上默默地工作，愉快地送一批批文学新人上路。

我主持《鸭绿江》编辑工作是1978年。欣逢拨乱反正、改革开放的盛世，我和同志们充当了这条"江"里的弄潮儿。虽然当时上有分会执行主席和秘书长领导，但刊物的具体工作由我负责（先有单复、阿红，后有刘燧、童玉云任副职）。

"把刊物办到读者心坎上去！"就在恢复《鸭绿江》刊名的时候，我们喊出这一句响亮的口号。这是一句极普通的话。既然文艺要为人民服务，为社会主义服务，那么具体到一个刊物，理应想到它的对象——读者。很快，这句口号激发了全体编辑人员的热情，很快，《鸭绿江》迎来了创刊以来前所未有的大潮。最能说明问题的是它的发行量，由原来的3万多份猛增到39万份。它犹如波涛翻滚的鸭绿江水，汇进时代的大海，流入广大读者对文艺如饥似渴的心田。

一本地方文学刊物竟然发行这么大份数，我从不认为是正常现象。但它毕竟是时代大潮带来的令人兴奋的事实，说明我们的办刊思想和广大读者的愿望、需求相吻合。无论从哪个角度审视大潮的出现，归根结底是有了党的十一届三中全会制定的实事求是、解放思想的正确路线。没有这个路线，文艺也得不到解放，更谈不到繁荣，我们也不敢提这个口号。

有人说，《鸭绿江》发行份数这么多，是因为发表了小说《大海作证》以后。虽不是全部事实，但有一定道理。有时我到省内外组稿和学习办刊经验，所到之处，读者、作者都说《大海作证》反响很大，大伙疯抢这一期刊物，一片啧啧赞誉之声，说《鸭绿江》思想解放，敢于突破"禁区"，等等。

还有一件事给我的印象很深。那是刊载小说《良心》（作者出书时改名《战士，请别开枪》）这一期开始上市的某一天。这篇作品是以革命烈士张志新惨遭"四人帮"杀害为生活背景，但又经过艺术虚构写成的。这天我到原沈阳军区招待所开会，趁午休时间到太原街报刊门市部想摸摸发行信息。刚进门，正赶上这一期《鸭绿江》开封，不等营业员摆上书架，只见一群群男女读者蜂拥而上，争先抢购。我默默站在一边观看这激动人心的场面，心里直后悔没有带相机来，不过这个场景已经摄入我心灵的底版。不到一个小时，这一期刊物全卖光了，没有买到的读者只好怏怏而去。我走过去向营业员亮出工作证，问销售多少册。女营业员回答是三百册。又问每期都畅销吗？答曰看内容如何，读者往往冲一篇作品买刊物，这一期不是有小说《良心》吗？噢，良心！作家这篇作品正是召唤良心的复归。在回来的路上，我心里高兴又有点沉重。亲爱的读者，你们的行动是对烈士在天之灵莫大的告慰，也是对作者和编者莫大的鼓舞，可你们并不了解编者为发这篇作品承受过难以名状的精神压力。

一种刊物是否受读者欢迎，最根本的一条还是看它的思想、艺术质量如何，作品质量又取决于作家，尤其是本地作家是否关照它，支持它。这正是我们历年为之奋斗的目标。粉碎"四人帮"以后的几年中，一支以中青年为骨干的文学新军迅速崛起，他们成了《鸭绿江》的主要依靠力量。他们的作品也不断受到读者的品评和检验。为了繁荣文学创作，提高刊物质量，自 1980 年起，设置了《鸭绿江》作品奖，每年评选一次，社会影响很大。除此之外，1980—1985 年，《鸭绿江》所发作品荣获全国奖的有，小说：《不称心的姐夫》（关庚寅）、《普通老百姓》（迟松年）、《阵痛》（邓刚）、《最后的堑壕》（王中才）；报告文学：《历史之歌》（金河）、《生命之歌》（张书绅）。其中只有一年《鸭绿江》在全国没有获奖作品，被剃了"光头"。于是乎上下左右唏嘘了一阵子，好像丢了什么面子，无形中加重了我的耻辱感和精神压力。耻辱感固然是感情脆弱的表现，压力似乎也不该有。人们有时不承认文艺有其商品属性的一面，可在获奖问题上不是也染上一点精神商品的味道吗？

说起办刊物，也是一种从事精神产品的"商品"，只是它在性质、作用等方面不能等同于其他门类的商品。

在我主持工作期间，《鸭绿江》曾经历了一次自它创刊以来从未有过的经营管理上的变革——事业单位，企业化管理，独立核算，自负盈亏。

那是 1981 年，作协党组专门开会讨论《鸭绿江》试行企业化管理问题，一致表示支持，并上报省编委和财政厅正式批准。从此以后，刊物的经济管理体制发生了质的变化，就是说过去由国家拿钱办刊物，花多少给多少，或者每年予以定额补贴，一句话，躺在国家怀里办刊物，刊物成本，赔挣多少，用不着谁去费脑筋，抱着"铁饭碗"搞好刊物就是了。试行企业化管理以后，"铁饭碗"被没收了，不仅刊物本身的盈亏要考虑，就连编辑部的人头费、行政费、旅差费、医疗费等，凡是花钱的项目，都要由这本刊物承包。长期吃"皇粮"的人，现在要自力更生，二十来号人"全靠自己救自己"。不仅要理文，还要理财，不仅主编刊物，还要当"大老板"，身上的担子确乎沉重。

当时之所以敢于迎接这种变革，一是觉得

这是全国经济体制改革的大环境带来的新事物，既然一切都要按照经济规律办事，一切都要讲求经济效益，刊物也不可例外。十一届三中全会的改革浪潮不可逆转，刊物改革仅仅是初潮乍起，可能大潮还在后边，应该顺应时代走向；二是我心里有点底数，1978—1980年，省财政厅每年给《鸭绿江》拨款8万元，这笔专款省财政厅没有收缴，加上几年来刊物自身的盈余，数额可观。小小编辑部一夜间竟拥有几十万元的巨资，即使赔，也不至于赔到估衣当被的境地。三是刊物发行份数仍然不少，纸价稳定邮费合理，几方面综合计算，仍有盈余。基于上述几点，我和编辑部同志们就斗胆干上了。像这样比较彻底地连"皇粮"都不吃的做法，当时在全国省级刊物中可说是凤毛麟角。

一晃过去六个年头，《鸭绿江》究竟带来什么经济效果呢？列表如下：

年份	盈	亏
1981年	116,681.58元	
1982年	1,483.54元	
1983年		21,832.09元
1984年		58,402.06元
1985年	16,093.57元	
1985年	16,093.57元	
1986年	134,8957元	
合计	269,152.55元	80,230.15元

审视上表盈亏数字，六年中减去8万多元的亏损，尚盈余19万元。区区小数，不足挂齿，但我们终究改变了过去一切仰赖国家补贴的局面。

需要说明的是，1981—1982年约12万元系《鸭绿江》刊物自身的纯收入；1983—1984年约8万元也是刊物的纯亏损。为什么亏损？原因很复杂，也很简单——全国文学期刊成倍增加，通俗刊物和纯文学期刊争夺读者、曾经出现的少有的文学热现象已经过去、读者的求知和审美要求趋向多元化等因素。《鸭绿江》和全国所有的纯文学期刊一样，印数逐年下降，给刊物自负盈亏必然带来威胁。说心里话，我承受着形势和舆论的压力。我曾想再走"回头路"，重新端"铁饭碗"，或请拨编辑人员工资，但是省财政厅早有文件在。天塌有地补，赔就赔吧。我又想，没动老本，还不要说盈余19万元，即使一分钱不挣，我认为有两笔大账也应估计进去。一是六年节省了国家财政补贴48万元；二是为国家节省了包括工资在内的一切行政开支，一年以5万元计，六年共30万元。二者相加78万元。这种算法是不是沿袭老祖宗的"精神胜利"？我不这样认为。

因此，刊物自身亏损，并不等于改革经营管理的制度不好，我笃信这一点。既然骑上马，就得朝前闯。消极、悲观情绪是不对的。这时曾有过"以文养文"的主张，于是我们提请作协党组和上级主管部门批准，创办另一种刊物，以肥补瘦，原则是一不要经费，二不要编制，一切自筹。就这样，1985年以文学性、知识性、趣味性兼备的《文学大观》（选刊）应运而生。《文学大观》内容是健康的，雅俗共赏，受到广大读者的欢迎，在经济上也弥补了《鸭绿江》的亏损。

改革给开拓者插上聪颖和勇敢的双翼。

在我主持《鸭绿江》工作期间，又一项引为自豪的是创办了《鸭绿江》函授创作中心。那是1981年的事。在全国文艺界，我们率先竖起这面新事物的旗帜。

提起创办"中心"，首功应推当时任编辑

部副主任、诗歌评论家的阿红同志，还有分会的几位领导者方冰、于铁、闻功等同志。阿红既是"中心"的倡导者，又是具体领导者和实践者，第一、第二届"中心"工作就是他一手操办的，为后几届乃至今后的工作积累了许多新鲜经验。

大凡新事物的诞生、成长都要经历七灾八难吧。函授中心虽不可和经济界的改革家所遭受的沉浮与折腾相提并论，但它的道路也不是平坦的，尤其是创业阶段。障碍固然有经验不足的一面——怎么编印教材啦，怎么聘请辅导老师啦，建立各种工作制度啦……没有先例可循，但都可以在实践中摸索创造，不可怕。可怕的是一些误解。比如，"《鸭绿江》办函授是为了撸钱"，这种谣言就传播了一阵子，这是一；办函授是项群众性的工作，又是要求业余时间搞，依照"按劳取酬"的分配原则，自然要按照工作性质、繁简，付给一定的劳务报酬，但就在这"一定的劳务报酬"上，经常发生平均主义带来的顽症"红眼病"的矛盾，干扰工作的大方向，耗费人的精力，此其二；有的人好告状，一会儿说财务开支有问题，一会儿说谁谁对函授有意见，刮风下雨，无非是损人以利己，此其三。好告状的恶行不知何时才能绝迹。我害怕，也厌恶。

改革的路上都布满荆棘。踩着荆棘之路一步一个脚窝地走下去才算得上新事物的品格。到1985年，函授中心已经走过六个年头，累计接收了整整18万文学爱好者、习作者，经过"中心"的扶植与熏陶，不仅为辽宁省，也为全国各省、市输送了一大批文学后备力量。

鸭函之所以越办越红火，我的体会有以下三条：

首先，目的明确。从鸭函筹办之日起，就确定以发现和扶植文学新人为己任，确认它是繁荣社会主义文学事业的奠基工作。而不是从经济收入着眼，搞"以函养刊"和个人发"昧心财"。财务上严格遵守"取之于学员，用之于学员"的规定。刊物和函授财务分开。必需的劳务津贴实行低标准……这一切，社会和学员是十分清楚的。

其次，领导支持。省委宣传部深知鸭函是有利于精神文明建设的开拓性工作，多次强调要坚持方向，不断提高，只许办好，不许办坏。分会党组把鸭函视为培养文学新人的阶梯之一。我们的老主席、老作家马加同志曾语重心长地说，要珍惜《鸭绿江》这块牌子。他的话给我印象很深。他是我们这个刊物创始人之一。刊物经过风风雨雨度过了数个春秋，虽然多次更换刊名，但它印着东北、辽宁几代文学工作者的足迹，是这块土地文学发展的印证。函授是《鸭绿江》主办的，我们说话办事应该珍惜这块倾注老一代心血的牌子，不给函授抹黑，也就是不给主办它的《鸭绿江》抹黑。

第三，和学员交心。学员是我们服务的对象，是我们心中的"上帝"。函授固然是我们办的，更确切地说是学员集资委托我们办的。他们经过观察、鉴别，最后连钱带心一起交给我们。对此，鸭函在这几年工作中体会很深。因此，我们宁可多花些钱，多做笨工作，对学员的来稿来信尽力做到认真负责。不仅关心学员成才，还要关心学员成人。以心交心，黄土变金。向学员说真话，给学员办实事，函授才会产生凝聚力。函授质量和工作效率的基础是一颗赤诚的心。我先后兼过鸭函的副理事长、理事长,没有干过具体工作,但我始终把它摆在编辑部工作很重要的位置上,选派责任心强、业务水平高的角色担任鸭函教务长。离休后,《鸭绿江》新的领导班子荐举我为鸭函顾问,我情愿为鸭函干些具体工作,以效"犬马之劳"。

回顾我在任的这段工作,兴奋而又惴惴不安。这八九年是我们国家改革开放带来的百业兴旺、活力喷发的鼎盛时期,也是社会主义文学事业走向繁荣的极好时期。在美好的新形势下,《鸭绿江》这本刊物曾经高潮迭起,引起同行的注目。编辑部在没有增加编制,没有花国家一分钱的情况下,依靠一部分社会力量,干了三件事,出了三本刊物,工作十分繁忙,在同志们团结努力下,取得一些成绩。当然,我在一阵阵风雨中工作上有这样那样的失误,甚至为了刊物生存和发展,也干了一些应该做又似乎不该做的蠢事。有的已经认识了,有的需要较长时间才能更清楚地认识。

作者简介

范程,1927年2月出生于陕西省富平县。1947年高中毕业后考取北平华北文法学院。1948年10月经我北平地下党介绍到解放区,先入冀察热辽联大鲁艺学院文学系学习,后分配到热河省文工团创作组。1950年调热河省文联。1957年调至辽宁作协,在《文学青年》任小说组组长,1960年任《鸭绿江》编辑部副主任。粉碎"四人帮"后,任《鸭绿江》编辑部主任、副主编、主编,并为辽宁作协党组成员、书记处书记。1949年开始发表作品,以现名和铁崖、卞玉山、永学、杨波等笔名发表过报告文学、小说、散文、评论等。

1950年第1卷第2期《东北文艺》
扉页插画

我的故乡在鸭绿江畔

童玉云

写下这个题目,不得不赶快声明一下:实际上我的故乡不是辽宁的鸭绿江畔,而是江南的扬子江畔。我1936年生于江畔古城南京,后来在那里的纺织机械厂(后改为曙光机械厂)当了一名车床工人,在那里我开始了业余文学创作,在报刊上发了一些小说、演唱和诗歌。再后来,在上海戏剧学院戏剧文学系读了四年书,1963年秋天分配到广义上是鸭绿江畔的辽宁人民艺术剧院,当了一名专业创作员。

我把奔流着鸭绿江水的辽宁当作我的故乡,使我对这片土地有着特别浓厚的感情。

然而这种感情却又像是酸甜苦辣麻的五味瓶。

在那个非常的时期,我在农村劳动改造,再后在当地文工团干些零杂工作。著名音乐家雷雨声、杨治中,著名儿童文学作家胡景芳等和我一块爬天棚,打灯光,卖饭票。

真是亏了这一着,我才有机会从表演团体跳出来,游进《鸭绿江》这条永不枯涸的江。经著名剧作家崔德志同志的推荐,刚从农村调回筹备《辽宁文艺》刊物的老作家思基同志接纳了我,经过刚恢复工作的刘敬之、文菲同志的努力,我成了一名正式的编辑人员。

我爱《鸭绿江》,是和那些纯朴、善良、正直的作家分不开的,在那个艰难的年头,他们真诚地给我以友情,我也热情地付出我的心血,他们中有我,我中有他们。吴文泮、李述宽、岳长贵,我们在大孤山偏僻的乡舍一块琢磨作品;王栋、张向午、戴云卿,我们在草原上一块饱饮风沙;还有,在本溪矿山,和周熙高、孙淑敏在一起,为一篇作品的修改,共同熬红了眼睛。特别是在赤峰,我和思基同志、姜郁文同志拜访了刚刚开始踏上文学道路的金河、武春河同志,那时,我们的生活都很艰难,但是差不多一两个月我总要去看一次他们,不然心就安静不下来。

编辑和作者是兄弟,是朋友,只有相互信任和坦率的友情才能浇灌开鲜艳的花朵。当然,这不仅是私交,广义上来说,认识的或不认识的作者,都是兄弟和朋友。上述的作者原先并不认识,都是通过来稿认识的。忘不了那一个傍晚,一个作家代表团路过沈阳时,陈愉庆作为大连来听会的工作人员,悄悄地把一叠稿子交给我。我并不认识她,当天夜里我把稿子看了,很激动,再找她时,她已回大连了。我马上派李啸同志去谈稿,这时才知道稿子是她和她爱人马大京合写的,因为文章有才气,我们接连在刊物上发表他们的作品《失去的爱情》《生命线》等,这就是今天的著名作家达理。对金河的发现纯属偶然,那是我们在一个县级刊物上看到他的一篇作品,立即千里迢迢赶到内蒙古的赤峰,冒着大雨找到了他的家。迟松年是在一次笔会上相识的,后来在另一次笔会上我和他一块吃住，一块研究素材，获奖作品《普通老百姓》就是这样产生的。

我爱《鸭绿江》，《鸭绿江》的水滋育了我，我把我的青春献给了《鸭绿江》。谁说"为人作嫁衣"没有出息？这里另有一种特殊的幸福，不当编辑的人是无法体会到的。就说办笔会吧，我主持和参加的笔会有七八个，每次不仅和作者一块研究作品，而且负责伙食杂务，自己无法写东西，精力和时间全贡献给了笔会，但是一看到优秀作品的产生，就有说不出的幸福和愉快。金河的《阀门》、邓刚的《八级工匠》和《芦花虾》、达理的《等着我》、王中才的《暖雪》、迟松年的《普通老百姓》、刘兆林的《爸爸啊爸爸》、邓洪文的《小老道从军记》以及林和平、于德才、宫魁斌、王金力、谢友鄞等人的作品就是这样诞生的。1976年到1984年末，我担任《鸭绿江》编辑部小说组组长期间，本刊发表的小说作品获全国短篇小说优秀作品奖的有4篇、获辽宁省政府颁发的优秀作品奖的有6篇、获《鸭绿江》作品奖的有43篇。在这期间，我责编的作品有2篇获全国短篇小说优秀作品奖、1篇获煤炭部全国优秀作品奖、获辽宁省优秀作品奖有5篇、获《鸭绿江》优秀作品奖有25篇、获全国报刊转载的优秀作品有11篇。

1984年末，在编辑部同志们的支持下，我筹办《文学大观》，一没有资金，二没有编制，在企业家的支持下，自筹资金4.5万元，于1985年1月创办《文学大观》月刊，发行量从开办初期20000册，年底增至30余万册，1987年发行73万余册，受到了广大读者的欢迎。

我爱奔流着鸭绿江水的辽宁土地，它的的确确是我的故乡。

作者简介

童玉云，1936年5月生于南京。1956年开始学习文学创作。1959年考入上海戏剧学院戏剧文学系，1963年毕业分配到辽宁人民艺术剧院创作组，1972年调《辽宁文艺》任编辑，后任《鸭绿江》小说组组长。曾任《鸭绿江》副主编、《文学大观》主编。著有中篇小说《相亲的喜剧》《紫罗兰》《老正鑫饭店疑案》及短篇小说、论文、随笔若干。

要做点实在的事情

于成全

我1960年大学毕业不久就当了《文艺红旗》(后改名《鸭绿江》)的编辑,到现在算起来也有三十个年头了。这三十年,我从一个年轻小伙子,已成为五十多岁的老头了。

1966年之前,在辽宁作协、《鸭绿江》编辑部的同事当中,我的年岁最小,大家都叫我"小于"。这"小于"的称呼,一直延续到现在,一些老作家、老同志还这样叫我。"小于"这称呼,使我从心里感到亲切。那时,我真"小"——小编辑,经验最少,成绩最小。可是,就在那些叫我"小于"的老编辑的关怀、帮助下我逐渐学会了阅稿、组稿、改稿、校对等具体编辑业务。当时我年轻、身体好,不怕吃苦,最愿意出去跑,与作者联系,多年来与全省的一些业余和专业作家结下了深厚的友谊。干了几年编辑之后,我就觉得,只要肯埋头干点实在的事情,就会感受到当编辑的甜头。每当我看到一篇篇经过自己的手亲自编过的稿件在刊物上发表,当看到自己接触的作者获得成功的时候,我就切实地体会到自己所做的那些编辑工作中琐琐碎碎、实实在在的事没有白干,心里会涌出无限的幸福感。

经过风风雨雨,坎坎坷坷,我和其他老编辑一起又回到了《鸭绿江》。从1983年开始,大家让我担任《鸭绿江》函授创作中心的负责工作。这个"中心"的宗旨就是:以初学写作者为对象,通过函授辅导方式引导文学青年自学成才,为有前途的文学青年早日走上文坛铺路。这是一项甘为人梯的艰苦而又细致的工作:有辛勤的编辑业务——每月要给学员编一本有效、适用的文学创作教材;有费神劳心的组织工作——要组织有学问、有经验的作家、评论家和编辑去对广大文学青年做认真辅导;有事无巨细的管理工作——要搞教材发行、信件处理和财务管理。我本来是个书呆子,要搞好这些事情真是"赶鸭子上架"。可是,我觉得这项工作虽然琐碎、具体,但又是一项很有意义的事业。在辽宁作协和《鸭绿江》诸领导和同事的关怀、帮助下,我比较认真地学习、摸索,克服了不少困难,坚持干了十年。这十年,我与《鸭绿江》的同事们一起为近二十五万学员编了一百一十几本文学函授教材,组织了近千人次的文学辅导队伍。从1982年创办函授中心,到现在,一共办了十届,有近二十五万文学青年先后参加了学习。其中有近万人在各地报刊上发表了作品,有几百人成为各地文学社团的会员和宣传、创作骨干,有二十几位学员还成为市文联、省级出版部门的领导。当我收到来自全国各地学员的来信,当我看到许多学员的作品问世的时候,我的心里又不断涌出幸福之感。我又想道:我和《鸭绿江》的同事们所做的这些实实在在、琐琐碎碎的事情没有白干。这些实实在在、琐琐碎碎的事情归结起来就是一件——引导文学青年成长，为文坛出现更多的作家更好的作品服务，甘为他人作嫁衣裳。

三十年，我由小于变成老于。现在《鸭绿江》的老编辑大部分都离退休了，换上来的多是二三十岁的年轻编辑。现在我常想，我能给这些有前途、有作为的年轻编辑一些什么样的启发和希望呢？想来想去只有一句话：要当好编辑，就要沉下心来做点实在的事情，甘为他人作嫁衣裳，就应当为出现大作家、好作品做点琐琐碎碎、实实在在的具体事情。这些事情看来不起眼，有时干起来还有些"掉价"，还得"吃苦"，但天长日久干多了，就会见到明显的成果，就会尝到甜头，就会感到幸福和神圣。

当了三十年编辑，有时感到很累、很苦，但也在苦和累中感到了幸福——因为我没有白干，我干的是实在的事情。

文学事业是神圣的事业。古往今来，有多少人执着地追求着她，迷恋着她，甚至有的人为她付出了毕生的精力。当然，在这些人中，人们记得的多是一些成名的或伟大的作家、作品。可是，有多少人能记得这些人中还有为作家、作品服务的编辑呢？在我的一些编辑同行中，有时一想到这个问题，往往觉得当编辑是吃亏的事。我曾有过这种苦恼。可是，当我看到在我的身旁，一些人通过我们编辑的手搭桥、铺路走上文坛，获得成功的时候，我就觉得我的工作是那样地神圣、光荣，我为自己是个老编辑而自豪！

有一年9月，我应邀到新疆阿克苏参加全国部分文学期刊函授年会，会上大家交流了文学期刊、函授编辑工作经验，而且大会还表彰了十几名在文学期刊函授编辑工作中成绩突出的编辑，授予他们"人梯奖"，我是"人梯奖"的获得者之一。当我上台领奖的时候，我是何等的激动啊！人梯、人梯，我将永远做一副人梯，让更多的有志青年踩着这副人梯登上文学的高峰！

人活着不只为了自己，而应当更多地为着社会，为着他人。编辑工作就是这样的工作。我愿意永远做这样的工作。

作者简介

于成全，男，1938年生于大连。1954年初中毕业，被保送到旅大师范学校念书。1957毕业后被保送进了辽宁大学中文系读书，毕业后分配到辽宁作协文学研究所工作。1961年调到《文艺红旗》当编辑。1979年调至辽宁作协研究室从事创作研究工作。1983年调至《鸭绿江》当编辑。1986年秋任《鸭绿江》副主任、副主编，主管《鸭绿江》函授中心工作，任教务长。1988年任《文学大观》编辑部主编。1978年，与刘思鹏等人合作创作了歌颂张志新烈士的大型话剧《谁之罪》，与李作祥等合写过歌颂张志新的报告文学《最后一个夜晚》。

我当编辑的那个年代

刘元举

不一定什么时候，我就会想起四十年前的那个冬日，我从普兰店的俄式建筑风格的小车站，兴冲冲登上了北去的列车。在一声悠长的鸣笛中，巨大的轮子啃啮着冷凝的钢轨，火车头喷吐出的滚滚烟絮，被寒风立刻撕碎，在飘零中，我告别了生活了二十五年的故乡。

一路都是光秃战栗的辽南平原，漫长而单调。当我落脚沈阳站时，一下子就被站台上的西北风洞穿。我穿着一件军大衣，凛冽的风掀动下摆，露出白色的里子，映着地上的残雪。瞬间暴露了这件军大衣是仿制的，真正的军大衣是那种黄绿色的里子。

我穿行在洋味十足的沈阳站广场上。那巨大的穹顶弧状车站是杨廷宝先生设计的，那种装饰性的对称的塔式顶部，像经风沐雨的绿色头盔，见证着奉天的历史变迁。我被寒风推着疾走，每次呼吸，都会吐出一股奶白色的气流。那个冬天，似乎把过去的一切都冰结了，而待到春风揉软大地时，中国有了改天换地的变化。

于我而言，这次命运的转折皆因我的两个短篇小说《我和老师》和《选择》。它们分别刊于1978年上半年的《辽宁文艺》和下半年的《鸭绿江》头题。刊物上半年叫《辽宁文艺》，下半年改回《鸭绿江》。改刊头一期（第6期）刊发的是刘心武的短篇小说《面对祖国大地》。第8期就是《选择》。小说的选择也暗合了我

个人命运的一次选择，恢复高考第一年，我考取了辽宁大学中文系，却因为醉心创作而放弃了入学机会。需要说明的是，《鸭绿江》从1946年创刊以来，先后有过多个刊名："处女地""文艺红旗""东北文学"等，改叫"鸭绿江"多年后，又改为《辽宁文艺》。再改回"鸭绿江"时，编辑部同仁都觉得应该换个刊名，因为别人一听这个名字就以为是丹东的，就打算改叫《十月》。在我进编辑部后参加的第一次会议上，老范接到了北京一家刊物的来函，从中得知他们新创办的一本文学杂志，取名为《十月》。就这样，我们刊物又改回《鸭绿江》。新刊素色封面，显赫着三个方正破边印刷体大字"鸭绿江"，这是把那种印刷的铅字模板，敲破边缘，做成一种朽状，透出悠深的历史感。

毋庸置疑，我是那个年代的幸运儿，因省委书记特批，破例从县城调入辽宁省作家协会。用一位工友的话说，是一步登天。这种童话般的经历，只能是在改革开放的破冰之时。

数年后，当我在一次文学活动中碰巧跟当年的省委书记郭峰坐在一张圆桌时，我虔诚地举杯敬这位恩人，我说感恩您改变了我的命运，并表达了我一直以来的感谢。

退休多年的郭峰书记虽然外表已有耄耋之相，却很睿智。他风趣地做了个表情说，早知道，我就不调你了。

我前往省作协和省文联所在的大青楼报道。

跨进楼内，陈年的地板与幽暗高挺的门楣，体现了肃穆的空间威严，但迎面看到的矮墙裙上镶贴着彩色瓷砖，觉得不大舒服，楼梯也莫名隐匿在内大门后边，这种格局跟巍然气氛颇不协调。后来才知道这是遭受了日本人的扭曲改造。

一楼东侧三个大房间，靠北面的一间是作协办公室，挨着那间是资料室。靠南面一间是音协和《音乐生活》编辑部。寒溪、孙凤举、张名河、寒冰，还有当时最年轻的晓丹，日后做了《音乐生活》的主编。当时我只觉得跟他们很谈得来，却不想那就是我日后跨进音乐界的先机。

这条大走廊经常有拍戏的人进进出出。白天喧闹，到了晚间却异常沉寂，缭绕着一种古怪而神秘的气息。

我们《鸭绿江》文学月刊社小说组在二楼的一个大房间，诗歌组、报告文学组还有散文和评论组都在三楼一个大房间。挨着的是书法家协会、摄影家协会。我们美术编辑也在三楼，临时间壁出来的一条小走廊，曲径通幽处一个靠北面的小房间，屋子里面有张单人床，这就是我的宿舍。因白天有美编要来办公，我得早点起床，收拾好房间。这种办公室与宿舍的混搭在这栋楼内四处可见。

最有趣的是到了晚上做饭的时间，各路人马齐聚在一条大走廊里，每家一个煤气罐，沿墙依次排列，差不多有十来家吧。有美术家协会的领导，也有摄影家协会主席，有作家、音乐家，我们慈祥的范主编也在这个队伍中。每当他们开始做饭时，就是最为热闹的锅碗瓢盆交响曲。

"锅碗瓢盆交响曲"是蒋子龙的一部中篇小说题目，在他写完《乔厂长上任记》之后，最抢手的《一个工厂秘书的日记》曾先给了我们刊物，小说是以日记体形式叙述，时间是1979年3月4日。当时采用日记体写小说十分新鲜。我最喜欢的日记体小说是纪德的《田园交响曲》，不知道蒋子龙那时是否读过此书。我只知道我们那个经手的编辑为了让其更加完美，提了点修改意见，结果这篇就被别的刊物抢走了。一经发出，便轰动全国。蒋子龙也够仁义，随后又给了我们一篇《人事厂长》，但还是无法弥补"日记"之憾。

范程主编在当时是主持杂志社工作的副主编。主编仍由作协领导兼任。那时候我们杂志以思想解放著称，别的刊物不敢发的文章，我们敢发，诸如河北作家李克灵的小说《省委第一书记》，被好多刊物退稿，我们接到稿子后，立刻以头题刊登，引起全国瞩目；湖北作家祖慰的一封来信，其他刊物均不敢发，我们却以"来函照登"为题，当期刊出；还有我们经常刊登阎纲先生见地犀利的评论。这一系列作品，使得这本杂志以"思想解放"的品质与特色，冲到了中国改革开放的前沿阵地，名噪一时。

还有李宏林的开山之作《大海作证》，这个中篇题材相当敏感，《鸭绿江》以显赫位置推出后，引发巨大社会反响，刊物发行量飙升，这让老范整天幸福而痛苦地搔着光亮的额顶，愁叹每期的纸张，哪里去弄。

当时编辑部总共12位编辑，除我之外，都是老同志。我被分到了小说组。我们采取三审制，我提稿给小说组组长童玉云，之后是吴竟，二审通过了，才提交终审范程那里。如果涉及过于敏感的题材把握不准，再提交党组分管刊物的主编那里把关定舵。作协党组的思基、方冰、金河等都分管过杂志，轮流做过刊物主编，后来党组领导不再兼任主编，范程得以扶正。

作协的人都管范程叫老范。他看稿十分仔细，无论通过还是没通过的稿子，他每次在提稿签的终审意见栏里，总是写得满满当当，甚至会溢出边框，写到稿签的下边底脚。他的钢笔字也如同毛笔字一样的清婉明丽。他的意见，条理分明，细致入微，从中让我学到了一个编辑的职业精神。

范程是一位恩威并重的长者。他找我谈话时，声音很小却颇有威严，他说，原本调你来是要做专职作家的，但是因为你太年轻了，党组研究让你在编辑部锻炼几年，再去搞专业，这对你会大有好处的。我深以为然。

在我进到小说组之后，一位年轻女编辑边玲玲由辽宁大学毕业分配过来。其实她是老三届，也不年轻了。她说一到编辑部，推开那扇高大厚重的朱漆大门，便看到一张皱纹那么深那么密、全埋藏着苦楚的面孔，便为之一怔：当编辑要当到这个样子？她被吓到了。

我们小说组的分工，是按照六大区（东北区、华北区、华东区、中南区、西南区、西北区）来分片的。我是分管西北地区，再加上本省的大连市和朝阳市。我曾写过到西安组稿见到王汶石、杜鹏程那一代老作家围坐在一铺土炕上的情景，也写过与路遥、陈忠实、贾平凹等名家的交往。贾平凹早期给我们写稿子时，会将稿纸翻到背面去写，如果说他是不喜欢被稿纸正面方格限制，但他在背面写的每一个字，也都规规矩矩地缩在格子内。据说他每次投稿前总会有一个仪式，或者叫作"法式"。我曾带着好奇心去拜访他，果然在他的客厅最显赫的位置看到了一个大花瓶里竖着一支巨大的毛笔，用以供奉，周围有焚香缭绕，堪称"笔神"。有副对联至今记忆深刻："不可无一，不可有二"。后来我多次去过他家，得到一幅墨宝："静乃制动也"。那是写在一块古砖上的。

因为大连是我的故乡，那里朋友也多，因此也是我经常去组稿的地方。达理、邓刚是联系最多的。每次去大连，邓刚都会跟我讲他的最新构思。他极有讲小说的天赋，绘声绘色，比他写出来的文字更具感染力。他盯着你时，会让一双小眼睛格外放光灼人，他讲工人下岗的故事，每个细节都生动丰富，我催他赶快写出来。不出一周，我就接到了他的稿子《真刀真枪时》。他写字如小学生楷书般一笔一画，十分工整。我们当时规定谁组来的稿子，谁就是责任编辑。当时刊物是不署责编名字的。我跟一位老编辑研究，将这篇小说题目改为《阵痛》。小说经《小说选刊》头题选载之后，荣获当年全国短篇小说奖。随后，边玲玲责编了王中才的短篇小说《最后的堑壕》，也荣获了全国短篇小说奖。

邓刚是从《鸭绿江》走红文坛的。继我们刊发《八级工匠》，中篇《刘关张》之后，他佳作迭出：《龙兵过》发表于《青年文学》，《蛤蜊滩》发表于《人民文学》，一发不可收。《我叫威尔逊》也是我去大连组稿时，他先给我讲构思，我催他赶出来的。在我们刊物出了三校之后，我把大样寄给《小说月报》，得以当期选载，并获得"百花奖"。还有他发在《上海文学》的《迷人的海》，获得全国中篇小说奖，就此开启了邓刚年。

还有军旅作家刘兆林，也是从我们刊物走出来的名家。在我力荐下，他得以参加《鸭绿江》笔会，有了发轫之作《爸爸呵，爸爸》。这篇获得《鸭绿江》奖后，他的创作迎来了井喷般的爆发，连续在《解放军文艺》上发出《雪国热闹镇》《索伦河谷的枪声》《船的陆地》等，连续获得全军和全国的中短篇小说奖项。他与邓刚同期进了鲁迅文学院（文学讲习所），我多次去那里组稿，结识了一大批优秀小说家：朱苏进、乔良、简嘉、赵本夫、储福金、姜天民、聂鑫森、张石山、郑九蝉等。他们的作品为《鸭绿江》增添了新的风景。

除了关注名作家之外，我们还会注意发现培养新作者，尤其本地年轻作者。在谢友鄞、晨哥、吕永岩、庞天舒、孙惠芬之后，更年轻的一代作家中，于晓威的处女作《无法不疲劳》、张宏杰的《蒙古无边》，还有李铁的处女作，也都是在《鸭绿江》这块园地刊发的，还有周建新、白天光、力哥、徐锦川等许多年轻作家，都是跨过"鸭绿江"，走向全国。

回顾刊物扶持一茬茬年轻作家成长之路，难免有遗憾之处。辽宁曾有个业余作者，出手不凡，才华毕现，我特别看好，可惜后劲不足。作为编辑，发现作者是欣喜的，但发现一个有才华的作者，却没有把他扶植到应有的成功地步，总会为之叹息。还有位部队作者在1986年写出一个很精彩的短篇小说，我在参加那一年全国短篇小说评奖时，代表刊物力荐此篇，可惜时运不济，终评没有上去。这也影响了他后来的创作。

作者的成名跟编辑密不可分。在跟业余作者广泛联系方面，阿红为我们树立了榜样。每天有许多的自然来稿，小说和诗歌的稿件是最多的，阿红是诗歌组长，编辑有于宗信、陈秀庭。继迟松年、于成全之后，陈秀庭当过《鸭绿江》主编。阿红头脑灵活，有着过人的精力，他似乎永远都在埋头写信。他是在那种便签上给作者写退稿信，我们有铅印的退稿签他不用，一味地用圆珠笔写，把个笔珠磨得格外光滑。对于作者而言，接到一封铅印退稿签和一封手写的信，那是天壤之别的。我曾与阿红住过一段近邻，下半夜两点还看到他在伏案写信，印象中他是整夜无眠。他肯定是编辑部写信最多的人。

阿红的过人精力还表现在精明的头脑方面。我们刊物在全国最早创办函授创作中心，就是他的提议。我们的函授中心第一届就招了八万学员，从中培养了大批作家，其中就有写出《燕儿窝之夜》的魏继新、获过全国小说奖的军旅作家宋学武，还有甘肃的作家柏渊等。那时候，我出差到全国任何一个地方，只要报出《鸭绿江》的名字，就会有人热情地告诉我，他是我们的函授学员。

阿红是笔名，不知道他当初为何取了这个女性化的笔名，只知道我们编辑部当时接到读者来信时，称呼他"阿红阿姨"。还有把童玉云称作"童阿姨"，女编辑被误称作叔叔的，也是常事儿。后来，阿红离开《鸭绿江》去《当代诗歌》当主编。他退休后喜欢书法，将求字者的名字作成诗，自成一格。再后来，他寂然辞世，我去殡仪馆为他做了最后的送行，很是感伤……

编辑部年纪最大的要算单复先生。他出生在一个菲律宾华侨世家，操着一口福建泉州口音，左手写字，写得飞快。他为人不设防，开朗笑声中焕发天真。他是散文组的组长。第一次见到他时，就发现他笑时与两道长寿眉一起生动着。之后几十年下来，他的长寿眉还是那么灵动飘逸。评论组是由顾希恩负责，他是复旦大学毕业，一件军大衣披在肩上，里子是黄绿色的。当他在陈年的地板上踱步思索时，有着军旅指挥官的威严。他们几个都吸烟，范主编吸得深，吐得慢，丝丝缕缕，一枝一叶；单复吸烟是仰着面孔，端着胳膊吸，每一口吐出的烟团，似乎在飘升中寻觅灵感；阿红吸烟吸得最轻浅，从不往肚里吞，好像沾到唇边就马上喷出来。三楼办公室去的作者最多，而诗歌作者又是最多的。他们中有很多抽烟的，因此，每天屋子里都是烟雾弥漫，人气腾腾。

那是一个文学爆炸的时代，那也是一个文学期刊大繁荣的时代，《鸭绿江》不仅在全国林立的刊物中拥有领先地位，而且，每月都有近十万册的《函授教材》。后来又创办了《文学大观》，以通俗刊物养纯文学刊物，《文学大观》的发行量最高时达到67万册。

那时候，一贯谨言慎行的范主编，俨然一位先锋诗人。记得他那一年去南京参加一个全国性的期刊会议。会上《雨花》《鸭绿江》《延河》等刊物，联合提议再创办一份小说选刊式的刊物，跟《小说月报》并峙。每期由各省级刊物轮流选编。那次会上，《雨花》的顾尔潭与我们的范程等那一代主编们的激情与魅力，赢得了与会者的热烈拥戴。他们的方案并未得到上面的认可，但那次会议在中国期刊界产生了一定的影响。不知道是否与后来创办的《小说选刊》有联系。

王蒙先生在文学最热的年代曾说过这样的话：全国青年都拥挤在文学这条狭窄的小路上。那时作为一个文学青年是个挺时尚的事儿。写作人多，给刊物投稿的量就剧增。我的办公桌上，总是会有砖垛似的一沓稿件。每天从早看到晚。我就是从这些稿件堆里沙里淘金，认识了好多作家，并经常给他们写信，后来还在高产的小说家杜光辉的作品，就是从这些"砖垛"里发现的。他一直保留着我给他写的几十封信，每一封都是对他稿件的意见。即便他在海口漂泊到了最艰难的时刻，也没舍得丢掉这些信。他说这是他的幸运，而我则大为感动，认为这是我做编辑的幸运。

范程主编那时经常提醒我要摆正创作与编辑的关系。当编辑是为他人作嫁衣，但能够作好嫁衣实属不易。那时的编辑工作确实很繁忙，但再忙我也没有放弃业余创作。感念范主编以他的黄土高原般厚实的人品，宽容与包容兼备，以黄河奔腾般的诗人激情和魄力，与阿红、单复、于成全、童玉云等精英们一道，为文学事业做出了巨大贡献。在他们那一代编辑身上，我看到了许多优秀品质，这些都是那个年代《鸭绿江》积攒的宝贵财富，让我和先后来到编辑部的同仁们（刁斗、张颖［女真］、李黎、宁珍志、刘嘉陵、柳沄等），受益多多。

我从小说组组长到主编兼社长，这一路走过来，多有感慨。不当家不知柴米贵，当一个刊物的法人代表时，你是主要负责人，肩上的担子分量是很重的。现在已经今非昔比了。市场经济，一切都发生了变化。再也不似当年的纯文学时代。想起范主编当初跟我说的因为年轻而锻炼，却完全没有想到，这一锻炼就是二十三年。

2004年的某一天，在岭南的中国作协创作基地我与陕西的峭石意外相逢。谈笑间他举杯感触颇深地说："为了我二十三年的编辑生涯，干一杯！"我起身应和："我也是二十三年的编龄。"

他一下子怔住了，嗫嚅着："你这么年轻，就二十三年了啊，二十三年是多好的年华……"

是啊，二十三年的编辑生涯，结束于2003年。那一年我去鲁院参加了第二届高级作家班（主编班）学习，结业后，便随着中国作协的作家采风团去了广东，成为中国作协驻东莞创作基地的首任作家。在深圳特区成立三十周年时，全国百余名作家云集深圳。我也没有想到，就此我与深圳结缘，一晃，又是十五六年过去。

这些年我一直在进行跨界写作或讲学，参加了很多的音乐与建筑界活动，出版了多种文章和书籍。然而，在很多场合，人们还会把我跟《鸭绿江》联系在一起。即便后来被北京一家影视公司邀为剧本医生，在联系作者时，对方还是一下子说出了我跟《鸭绿江》的渊源。

编辑生涯，总会打上烙印的，无论如何转换地域，无论怎样跨界，我的标签依然无法跟《鸭绿江》脱离干系。我曾经写了一篇文章，题为"我是鸭绿江的'女婿'"。那是为《鸭绿江》成立四十五周年的纪念册所撰。一想，再过四年，《鸭绿江》就是八十岁了。

作者简介

刘元举，1954年生于辽宁省新金县普兰店镇。1974年中学毕业，次年参加工作。1980年调入《鸭绿江》，曾任第一编辑室主任、副主编、常务副主编、执行主编、主编兼社长。著有中短篇小说集《人·情》、散文集《西部生命》《用镜头亲吻西藏》、长篇报告文学《中国钢琴梦》《爸爸的心就这么高——钢琴天才郎朗和他的父亲》《天才郎朗》等十六部。

昙花一现　自留色彩
——关于《文学青年》的图书馆阅读

宁珍志

英雄可问出处，火红的年代火红的事儿。《文学青年》杂志于1958年1月创刊，由中国作家协会沈阳分会（大区作协，辽宁省作家协会前身）主办，是本该充实《处女地》（《鸭绿江》曾用名）文学月刊编辑力量的一队人马，重新辟出的又一方以发表青年作者作品的文学园地，可称之《鸭绿江》姊妹刊。其实，从1946年12月创刊的《东北文艺》开始，《鸭绿江》就一刻也没有放松对青年作者的发现、关注与培养，发展到《处女地》阶段，览刊名就知晓对青年作者，尤其是首发作品的重视程度。因此，《文学青年》出世之后，《处女地》自1959年1月起，即更名"文艺红旗"，《鸭绿江》进入了一个崭新时期。

《文艺红旗》虽然不减对青年一代文学创作者的厚爱，但更多责任自然落到《文学青年》肩上。如"创刊的话"所说，"从刊物的名称就可以知道，这是一个青年文学工作者和文学爱好者们自己的创作园地"。主编也把编刊初衷表达得相当明确，是遵循着党的"百花齐放，百家争鸣"方针，"在为工农兵服务的前提下，展开创作竞赛，为发展和繁荣我国社会主义的文学艺术，贡献出自己的才能"，"如果说过去反映工厂和农村生活面貌的作品不多的话，今后就会多起来；如果说过去的作品反映的生活面窄，人物思想感情肤浅的话，今后的作品反映生活面就会宽阔，艺术形象也会更深刻"。文学青年"将是一支在文学创作上的新生力量"，《文学青年》的"一个重要任务，就是发现、团结和辅导这一支文学的新生力量"。

《文学青年》存在两年零七个月，出刊31期，从创刊之日起就在全国范围内引起热烈反响并受到广泛注目，发行量一路飙升，短时间内的影响力国内罕见。我们不妨列出《文学青年》读者逐渐扩大的数字变化，从侧面了解这本杂志所受到的欢迎程度。《文学青年》1958年一期（创刊号）32178册，二期34896册，三期37627册，四期59214册，五期71631册，六期80125册……到九期，突破10万册，十二期，达到121155册。第七期封三《满足读者需要　再版一二三期》的启事格外醒目："自本刊创刊以来，深受广大读者的支持与爱护。每期印数都不能满足广大读者的需要，尤其一、二、三期脱销情况严重，许多读者一再来信，要求重印。为了满足读者的需要，本刊决定将创刊号和二期三期再版。于8月28日出版。希速到当地邮局办理登记手续。"如此再版往期的文学杂志，新中国出版史上恐怕绝无仅有，即使有，也属凤毛麟角。《文学青年》办至1960年第三期，印数已经扩大到176333

册。一夜之间，"青年"变"壮年"了。

《文学青年》的确为一批有才华、肯努力、在坚持的文学青年们提供了生命亮相与精彩的广阔舞台，为个人呈现生活的时代风貌和实施青春理想的文字驰骋提供了硕大空间。著名作家浩然，虽然他短篇小说处女作《喜鹊登枝》是在1956年11月《北京文艺》发表的，可自1957到1959年，他在《鸭绿江》的"处女地""文艺红旗"时期，竟发表了《风雨》《北斗星》《搬家》《过河记》《满堂光辉》《箭杆河边》《朝霞红似火》《炊烟》八个短篇。若细数浩然在《文学青年》上发表的小说，也有《监察主任》（1958.1）、《姑娘和铁匠》（1950.10）、《有一个小伙子》（1958.11）、《帮助》（1959.2）、《夏》（1959.5）、《葡萄架下》（1959.8）、《阳关大道》（1960.3）七篇之多。两年时间，十五个短篇，《鸭绿江》和《文学青年》，才是浩然成长、成熟的重要领地。值得珍视的是浩然小说创作的第一篇"经验"之谈《我学习写作的点滴体会》，便刊发在1959年7期的《文学青年》上。今天再读，有两点仍然醒目：一是"要想真实地反映生活，就必须关心生活。关心生活就是关心人，关心他们的衣食住行柴米油盐，关心他们的喜怒哀乐……"。二是创作"什么法，什么窍门和秘诀是不存在的""所谓技巧，会随着不断地写，不断地生活而产生，常言说，熟能生巧"。娓娓道来，亲切、朴素而实际，强调在文学创作队伍里，自己是个小小学徒，一己体会感受，只供各位参考，因为每个人的生活环境与认知不尽相同。

在辽宁，工业题材创作是亮点，鞍钢是重心，会油然想起李云德，大多时间却忽略徐光夫。查"中国作家网"或"百度"，徐光夫只有寥寥几行。如此，《文学青年》刊发的徐光夫短篇小说、特写就愈发宝贵起来，它们不仅仅是鞍钢在一个时代里的生活写照，更是鞍钢人在一个时代里精神风貌与境界的特别展示。徐光夫唯一的、执着的"鞍钢题材"，由衷体现出一位业余作者的专注度。翻阅《文学青年》，如数家珍：《在小站上》（1958.3）、《钢厂散记》（1958.5）、《眼底下的热流》（1959.4）、《五点二十分的纪录》（1959.5）、《熔炼》（1959.12）、《一部未完成的电影的预告——老孟泰支援农业的故事》（1960.7）。徐光夫1956年开始发表作品，和李云德一样，是《鸭绿江》首任主编草明在鞍钢十年深入生活时期的业余文学班成员，《处女地》《文艺红旗》自然是徐光夫重要作品的出处。《在规划的日子里》《扯皮》《到新厂之前》《马福大哥》《一面红旗》《炉火纯青》《运酒迎春》《胡延林》《王崇伦和他的伙伴们》《金光闪闪，红光闪闪》《猛虎班长刘国胜》等小说、特写，奠定了徐光夫在辽宁文学史，甚至是新中国工业文学史的一个位置。就短篇创作、就题材而言，还没有哪一位业余作者像他这样高产、高发表率，他着力写"人"——高温下的人。还有1959年、1964年《人民文学》的短篇小说《三套锣鼓》、特写《钢城养路工》，1964年《萌芽》杂志的《高炉热浪十五年》……如果查阅得再宽阔仔细些，还能发现徐光夫同时期更多作品。

稍加盘点，表现新中国鞍钢生活的，不仅有草明的《乘风破浪》、艾芜的《百炼成钢》、罗丹的《风雨的黎明》、于敏的《第一百个回合》、李云德的《沸腾的群山》《鹰之歌》等长篇小说，还有徐光夫的一系列的短篇小说与特写。

徐光夫生于1919年，1947年参加革命，有银行职员、防疫科长、鞍钢车间主任、《冶金报》驻鞍钢记者站记者、鞍钢文联创研室主任等从业经历，1960年由春风文艺出版社出版短篇作品集《炉火纯青》（《文艺红旗》丛书），是从《文学青年》走出来的两位拥有大学学历的著名作家之一（另一位原《人民文学》主编程树臻），八十岁时去世。最为遗憾的是已经完成的长篇小说《欢跃的火焰》的丢失。友人曾几次当面问徐光夫，长篇还有没有找到的可能？他摇摇头，没有就没有了呗。洒脱背后是内心不尽的疼痛。遗憾还在继续，徐光夫作为当时影响力、发表量颇为壮观的鞍钢题材"专业"作家，仅建国三十周年《短篇小说选》收录他的《飞雪迎春》，尔后的一茬茬编辑出版的建国"五十年""六十年"的作品选里以及其他"作品选"中，竟然找不出他的一篇作品，无论短篇小说还是报告文学。徐光夫不幸，丢了自己长篇；我们遗忘，丢失了他的短篇。作为时代、题材、短篇的优良之作，不该被忘却，虽然选家眼光、标准不同。文学的遗忘就是历史的遗忘，后人的遗忘就是现实的遗忘。"文化大革命"中徐光夫受到冲击，被当作牛鬼蛇神比喻了一阵子。灾难结束他写了一个短篇《"牛"斗"牛"》，发表在鞍山市文联《千山》杂志，幽默而智慧的控诉，颠覆着以往创作风格。

于敏创作的长篇报告文学《老孟泰的故事》，发表于《文学青年》，从1959年10期开始连载，于1960年3期连载完毕（后由春风文艺出版社出版），连续六期。第一次以这么大的篇幅把普通劳动者当作英雄来歌颂，受到读者普遍赞誉，成为社会的一次大文化"事件"。还是凌源山区小学教师的胡景芳，第一篇儿童文学作品《山村的孩子》在1956年《文学月刊》（《鸭绿江》曾用名）发表后，继续为《文学青年》献出力作《两代人》（1958.1）、《拜师记》（1958.11）。胡景芳曾言："我又在这个（《文学青年》）摇篮里继续成长起来。现在全国颇有影响的作家，不少是从这个摇篮中出颖的。"晓凡、刘镇、高东昶、刘文超、刘湛秋、郎恩才、王维州、纪征民等工人出身的业余作者在《文学青年》的作品才华已现端倪，以沈阳铁西工业区和鞍山钢铁公司为代表的两个工人诗歌创作群体已然形成阵容。王绶青、李荔的乡土诗歌接连在《文学青年》刊发，是著名诗人张志民"村风"的又一代接续；儿童诗人刘饶民、青年诗人张天民、部队诗人宫玺在《文学青年》发表了多首诗歌之后，声名鹊起，四处开花。诗人刘文玉成名作《挑着山歌进北京》在《文学青年》（1958.10）发表，而后长诗《安业民》（1959.7）、《祖国颂》（1959.10）相继发表，蜚声文坛。小说家张长弓、郭澄清、王宗汉等从《文学青年》出发走向全国，诗人沈仁康、王书怀、纪鹏等从《文学青年》出发走向全国……著名美学家蒋孔阳教授在《文学青年》1958年3期发表的《谈谈内心生活描写》，毋庸置疑地把1978年以后才能讨论的一些问题或是把刘再复《性格组合论》的某些观点提前给予了明示："面对着社会的矛盾和斗争，一个人的内心里面也就会不断地产生矛盾和斗争，产生着苦恼、犹豫和不安等等情绪。""英雄人物内心的矛盾和苦恼，除了个人的自我斗争之外，还来自对集体事业的操心与关怀。""人，真不是简单的。人的思想意识，比起他的行动来，又有着更多的复杂性。"

除了小说诗歌散文，《文学青年》最受欢迎的是"评论"栏目里的"作家与青年"。《读了你第十篇作品以后》（韶华，1958.5）、《谈谈"红"与"专"、"业"和"余"》（蔡天心，1958.6）、《谈青年业余创作》（茅盾，1958.7）、《给青年作者的信》（马加，1958.8）、《致青年文学爱好者》（师田手，1958.9）、《诗是从劳动中产生的》（方冰，1958.11）、《文艺创作要不要想象》（谢挺宇，1958.12）、《谈谈〈青春之歌〉里的人物和创作过程》（杨沫，1959.1）、《青年人，你学习文学创作的目的是什么》（纪叶，1959.3）、《怎样写人物》（师田手，1959.4）、《又文又武》（吴伯箫，1959.4）、《不能不加选择地写作》（柯夫，1959.6）、《怎样进行作品的结构》（关沫南，1959.7）、《创作态度杂谈》（罗丹，1959.8）、《讨论一个问题》（井岩盾，1959.9）、《全面地准备》（老舍，1959.10）、《也来谈谈提高》（师田手，1959.10）、《谈生活的思索》（思基，1959.11）、《谈思想和创作》（蔡天心，1959.12）、《戏剧创作中塑造人物形象问题》（赵寻，1959.12）、《略谈提高》（老舍，1960.1）、《群众创作和天才》（马加，1960.1）、《谈谈所谓"人类之爱"》（韶华，1960.3）、《该从哪方面努力》（李满天，1960.5）……名家荟萃，群星璀璨，共计三十余篇（略去几篇），几乎每期都有。现在读来，有些观点，有些话语，肯定有错，有的甚至背道而驰。站在今天文学认知的高处，回望文学创作发展的进化过程，不尽如人意之处，在所难免。《文学青年》依据大量青年业余作者来信，有针对性地请文学前辈撰文释疑解答，不故作高深，不隔靴搔痒，不脱离实际，就形式而言，当下欠缺。

《文学青年》的创办与停刊，距今已有五十多载光阴，每期不止一次翻读，打开、合上，总想摸摸脸，扑面的是一股股热浪在灼咬你，掩卷不用深思，便有直觉：一为时代感，真如诗人郭小川的著名诗篇所言，"在社会主义高潮中""投入火热的斗争""向困难进军""闪耀吧，青春的火光"（均为郭小川1950年代诗作标题）。时下有的文学刊物如果遮蔽封面，不容易分辨是今天办的，还是昨天办的；二为生活潮，看小说题目即见分晓。《驮粪》（吴竞，1958.3）、《洼地青春》（申蔚，1958.4）、《没有人主持的会》（赵克胜，1958.7）、《连长和战士》（王世阁，1958.8）、《雨夜》（崔璇，1958.8）、《宜入新春》（刘燧，1958.12）、《苹果树绽叶的季节》（敬信，1959.9）……感性得如临现场，眼前身边的生活细节，唾手可得，与时下一些作者喜欢抽象题目构成反差；三为作者群——工农兵一线业余作者的比例，每期杂志不必详细统计，都能达到70%以上，青年占比90%，还时不时推出"邮电工人之歌""工人的诗""铁锤镰刀歌""百花争艳不胜采""万首新歌唱儿童""文学小组""农民作者金玉廷诗选"等业余作者作品小辑，"普及"的程度近乎家喻户晓；四为协调性——编委的实际作用，《文学青年》编委之一的团省委书记，隔三岔五会发表一篇"社论"式文章，结合形势进行思想动员，对于以青年读者为主要对象的刊物来说，这是行之有效的牵引。胡景芳回忆，团省委还与杂志社多次联合举办作者、读者文学研讨学习班，都成为直接的鞭策和鼓励。

《文学青年》产生的年代，文言文向白话文进展才四十余年，一些概念的出现，一些口号的提出，一些运动的痕迹，不可能不对社会、作者心理和笔墨产生影响，一些直观、表象地反映生活的作品，也许距离心灵很远，但也需留意，那时极单一热情的年代。同时，作家、作者纵向继承、横向移植的资源都是有局限的，古典的略好，现代不少名家名篇是被禁锢的，外国文学大多囿于俄苏文学，或者仅限于"批判现实主义"。这样的语言环境和精神环境，作家尤其年轻的工农兵业余作者，想写出深刻的、流传后世的优秀文学作品，太难。文学之于《文学青年》，基本上是青年们踊跃迈出的一阵阵青春的铿锵脚步声。至于"文学青年"现在流行成为对怀揣理想、对生活充满美好憧憬而单纯澄明的年轻人的一个时髦称呼，我想绝对与《文学青年》杂志有关。需要记取的是，靠群众运动，靠劳动竞赛，虽然也能发现文学人才，但不是培养作者的最佳途径。文学创作说到底是孤苦寂寥的精神创造，是大浪淘沙的博弈过程，走向高峰，走向成功的只能是少数人。《文学青年》当年频频出现的一些作者，后来大部分都不爱好、不再写文学作品了，可当你与他提起曾经的小说、散文，哪怕是仅仅四行的一首歌谣，他都会愉悦，他都会喜不自禁。这就是青春，这就是梦想，这就是"文学青年"。

三十一期杂志，三十一朵鲜花，我把它们合并为昙花。《文学青年》停刊，太清晰、太直接的原因不详，只在"终刊号"（1960.7）看到了《文艺红旗》《文学青年》合刊启事，"为了发展和繁荣社会主义文学创作事业，集中精力办好刊物，我们两个刊物决定自八月号起合并，继续出版《文艺红旗》，仍由中国作家协会沈阳分会主办"。诗人路地也惊讶，"不知咋回事儿，两本刊物就合一起了"。但有前兆，1960年6期上的主编、编委名字不见了，7期内容编排仓促，有"草草收兵"之象，呈"蛇尾"状。笔者问过几位前辈和查过几沓书刊，当年柯夫主编曾缺席"庐山会议"传达大会，他的若干杂文又招致批判；同时，三年困难时期开始，节省人力物力也是工作之需。历史的拐角之处常有谜团。

《文学青年》——《鸭绿江》的一条支流，曾经热烈，曾经喧腾，流水落花，远成记忆。走出图书馆，我周身仍有色彩和香气缭绕。念念不忘的，还包括徐光夫遗失的长篇小说——《欢跃的火焰》。

作者简介

宁珍志，中国作协会员，编审。曾任《鸭绿江》副主编、《文学大观》主编、鸭绿江文学函授创作中心教务长。现已退休。

文学的河流

女　真

鸭绿江源自长白山南麓，在黄海北部入海，是中国和朝鲜的界河。论长度和流域面积，鸭绿江不如长江、黄河、黑龙江、辽河，但因为一首跟抗美援朝战争有关的歌，我很小就知道这条江——歌的第一句是"雄赳赳气昂昂，跨过鸭绿江"，最后一句是"打败美帝野心狼"。这首歌是我青少年时代集体活动拉歌时的常选曲目，旋律铿锵有力，歌词朗朗上口。大学毕业以后，我做了以"鸭绿江"为刊名的杂志编辑，在我心中，鸭绿江不但是一条流淌在东北大地、地理意义上的河流，也是或风平浪静或波涛汹涌的文学的河流。我在这条文学的河流上泛舟十几载，许多人和事至今难忘。那些年的编辑历练、所见所闻，事关我的青春岁月，有我个人的难忘记忆。我经历过《鸭绿江》的红火，也目睹这本老牌文学杂志的低谷、艰难。从这家省级文学杂志的跌宕沉浮，应该可以管窥近几十年辽宁文学乃至中国文学的一些面貌吧。

1985年7月，我离开大学校园，走进位于沈河区大南门里少帅府巷的大青楼，分到《鸭绿江》做小说编辑。20世纪80年代我经历两任主编，一位范程，一位迟松年。范程是1966年之前的老编辑，我回辽宁、到省作协工作，跟范老有直接关系。1985年初，学校放寒假期间，我应刘琪华老师邀请到沈阳改稿。刘老师是《鸭绿江》的小说编辑，她从自然来稿中看到我的投稿，是我第一篇小说的责任编辑。后来我写稿寄给她，她认为有修改价值，写信约我假期到沈阳面谈。到沈阳后，刘老师安排我到一个部队招待所免费吃住，我在那里改稿，中间去《鸭绿江》编辑部拜访，第一次进张氏帅府（现为张学良旧居陈列馆），第一次见到范老。那是我人生第一次到一个叫编辑部的地方，第一次接触文学刊物主编，至今印象深刻。范老高高瘦瘦，一脸慈祥。知道我是辽宁鞍山人，范老热诚相邀："你这么热爱写作，毕业以后到作家协会工作吧！"20世纪80年代文学正热，当作家、到作家协会工作，是我的向往。范老这句话，让我后来有缘走进这里。范老待人诚恳、宽厚、不偏激。他那个年龄的文化人，年轻时参加革命，经历过多次政治运动，政治上受过煎熬，业务上受过压抑，环境宽松之后发发牢骚很正常，但我从没听他在我们这些年轻人面前说过激的话。1966年以前的编辑部，编辑要敬业当人梯，不鼓励编辑写作。范老当主编，鼓励手下年轻编辑动手写作。他自己年轻时写过小说，因为组织上不提倡，后来就放弃了，这种遗憾是他鼓励我们后辈的理由吧？我到编辑部不长时间，范老离休了。关于他的为人，更多是从编辑同行和老作者那里感受的。

文学期刊从20世纪90年代开始发行量普

遍减少，为了生存，刊物都在多方突围，试图找到生路，《鸭绿江》也同样。对新创作手法的探索少了，表现方式向可读性靠拢，装帧市场化。有老编辑看不惯，当面批评，但已经离休回家的范老却表现出包容、理解。2003年，我重返《鸭绿江》编刊，每次见面，范老总说："你们不容易，挺难。"关切、焦急之情溢于言表。《鸭绿江》曾经月发行四十万份，子刊《文学大观》最高月发行七十万份，《鸭绿江》函授创作中心学员遍布大江南北。范老不提当年勇，体谅后来者的难处，处处为他人考虑，从不给晚辈添麻烦。记忆中他给我提过一个建议是刊物内文的字号能不能再大些，他自己感觉字号小读起来费劲。可能怕我为难、不愿意接受，他马上又说读者毕竟年轻人多，他只是老年人的一家之言，还是要考虑多数读者，字号小些可以多发作品，也挺好。那时候他已经七十多岁了。

范老当主编时，审稿严谨、小心，带着经历过多次政治运动洗礼的老文化工作者特有的审慎、警觉。而我这个初入行的年轻编辑，初生牛犊不怕虎，被毙掉几篇提稿后，天真地以为范主编胆子太小，稍微破格些的稿子都不敢发。多年以后，我发现自己面对年轻编辑的提稿也开始犹豫再三、左右掂量，开始理解范主编这样的老人儿当年为什么会如此小心——不是天生胆小，而是多年的经验和教训使然。事实上，改革开放初期的《鸭绿江》并不保守、胆小，发表李宏林的《大海作证》就是例证之一。那些年《鸭绿江》在文学界的影响很大原因是发表了一批直面现实的作品，刊物在读者中的影响是一篇篇作品积累起来的。刊物的良好口碑，离不开历任主编的把关、经营。

迟松年主编因为写小说有成就，从辽西朝阳调任省作协，担当刊物主编职务。那些年流行作家当文学刊物主编，写作出身的主编对新题材、新创作手法比较敏感，可能把个人创作的偏向带入编辑工作，在约稿方面有优势。我记得自己责编过的陆文夫小说就是当时作协领导和迟主编做工作约来的。我当编辑时，迟主编已经很少写小说了，我们交流他为什么写得少了，探讨激情与作家创作的关系，他感慨没有稿费、写作可能惹来祸端的年代，自己趴饭桌上点灯熬油也要写；而当生活条件好了，写作既有名又有利的时候，反而没有写作的激情和动力了。作家如何保持活力，克服年龄、阅历带来的创作心理瓶颈，是一个值得研究的课题，可惜我们几句话一带而过，没再深入探讨，以我当时对文学的粗浅理解，可能也得不出更有价值的结论。新世纪初，我在省作协创研部工作，代表单位到鞍山看望病中的老迟，那时他已经卧床不起，他跟我讲病情、说杂事，没谈文学。2021年，人民文学出版社的徐晨亮联系我，让我帮忙找老迟的家属，该社编辑出版一套建党百年百篇文学短经典丛书，准备收入《普通老百姓》，需要与家属联系。收入《普通老百姓》的那册书中，我看到迟松年的名字与高晓声、陈忠实、陈世旭、蒋子龙、王蒙、徐怀中、梁晓声、李存葆、王安忆等作家同在一页目录上，那册书中只收入他一篇当代辽宁作家的小说——身后仍有读者，是所有写作者的希望吧。

我初到编辑部时，编辑们年纪参差，出身复杂，性格多样。有1949年10月前参加工作的前辈，有1966年以前毕业的老大学生，有因为写作突出调入的诗人、作家，也有大学毕业分来的年轻人。无论多老的资格，只要是文字编辑，都看自然来稿。编辑部每天收到大量自然来稿，设专人接收、分发，编辑的案头上都有高高摞起的一大堆文稿，稿子按地域、文体划分，分管编辑看上的稿子写上审读意见提交，等待二审、三审；有潜力的作者、有修改价值的稿子，编辑会给作者写信联系；不能用的稿子，编辑手写退稿信，至少会附上退稿签。审稿、编稿、几次校对，去印刷厂下版付印刊物，编辑工作周而复始，我们是走在时间前面的人。范程、崔琪、吴竞、刘燧、李啸都是老资格。吴竞从改造多年的辽西义县回来当小说编辑，爱喝酒、爱笑，很容易跟作者打成一片，你从他的笑容中看不出这个人的经历，看不出他受过的磨难，看不出他有一大家子人需要维持。李啸是公认的美男子，玉树临风，接近退休年龄仍风度翩翩。崔琪年纪不小，也是老资格，但我看作协有些老前辈一直喊他"小崔"，可能跟他个子矮小、性格活泼有关。刘燧黑黑胖胖，长得富态，他当副主编，负责二审。老编辑刘琪华、张福祥退休回家前都是普通编辑。刘老师做过我小说责编，我到现在都想不明白，她一个普通编辑，怎么有能力找到部队招待所，让我这样的无名小丫头免费吃住。张福祥大学毕业后分在北京的一家报纸工作，1966年之后从下放地辽北落实政策到省作协，他烟瘾大，抽的烟很廉价，容易激动，看到精彩稿件或者听到触动他某根神经的话语都可能突然拍案，让我猜想他当年下放到底犯了什么错误。那时我太年轻，不知道人生阅历是财富，多年以后，我真的遗憾当年没跟这些前辈深入交流、求教，他们每个人可能都值得书写，而我对他们的了解是多么肤浅。

我刚到编辑部时，1966年以前的老大学生是编辑骨干。刘琪华、张福祥是北大毕业。接任迟松年当主编的于成全与老迟一样，同为辽大毕业生。于主编曾主持函授创作中心工作，我称他"心长"。他的女儿于勤那时正在辽大中文系读书，和一个叫任洪杰的男生同到《鸭绿江》实习，因为与我年龄相近，我们在一起相处的时间多一些，从此结下几十年的友谊。于勤长期编辑《沈阳日报》万泉副刊，发表许多辽沈作家的作品，可谓女承父业，两代人同为一个地区的文学事业奉献，是为佳话。当时主编《文学大观》的童玉云毕业于上海戏剧学院，老童平时说话语言夸张，嗓门也大，不知道是否跟他学戏剧的出身有关。老童很善于捕捉社会热点问题——《文学大观》转载的稿件要有纪实性、可读性，要小心不犯错误，定发的每一篇稿子都要反复斟酌、慎而又慎，这种办刊思路是当年发行量大、备受读者欢迎的原因，也是未来《文学大观》失去办刊资格的隐患。理论编辑顾希恩毕业于复旦大学，他跟范老住三好小区同一个单元。顾老师在岗时话不多，闷头看稿、编稿。退休多年后，有一次我在小区院里跟他打招呼，他看我好像不认识了，他老伴解释：小脑萎缩，经常不认识人了。于化龙也是辽大毕业，编散文，也编过小说，休息时间爱打乒乓球，后来调离《鸭绿江》。诗歌编辑于宗信从哈尔滨师范学院毕业后应征入伍，转业后当《鸭绿江》编辑，后来也调离。当年流行一首歌曲《台湾同胞我的骨肉兄弟》，吴雁泽演唱，于宗信作词。2003年底我去台湾参加文学交流活动，站在日月潭边，马上想起他写的歌词：日月潭碧波在心中荡漾，阿里山林涛在耳边震响……我对宝岛风景的想象，最早来自这两句。美术编辑贾维义毕业于鲁迅美术学院，《鸭绿江》前几题小说安排美术插图，很多手绘插图来自鲁美出身的画家，应该与贾老师毕业于鲁美有关。铅字印刷时代，送印刷厂的稿件附带纸质版式，《鸭绿江》有带名头的专用版式纸，上面标识每一篇稿子的字体、字号和内文布局。负责版式的是姜淑敏，我一直叫她姜姐。姜姐是老沈阳坐地户，前辈曾在中街开五金店，我们同住三好小区，因此经常一起下班回家，在公交车上海阔天空，闲话家常。刘元举是我之前最年轻的编辑，他那时候写小说，也写报告文学，出了很多本书。

20世纪80年代《鸭绿江》发行量大，加上《文学大观》、函授创作中心收入不菲，经济日渐宽裕，编辑部陆续给员工改善住房。诗人于宗信分到新房子从三好小区搬走，他住过的六楼两居室分配给我，从此我结束借住办公室的历史，在沈阳有了自己的小家。于老师让我难忘的一件事是主动借我粮本。我刚到沈阳时，到粮店买粮还需要粮本，每个人有米面油定量，而我落户作协集体户，在作家协会食堂吃饭，个人手中没有粮本。于老师听说我偶尔自己做饭，主动把家里粮本借我，告诉我可以用粮本上的细粮份儿。头些年我搬家，翻出一本20世纪90年代灰蓝色封皮的沈阳城镇粮籍证，老物件勾起我的记忆，我在一篇小文中写过这事，那时于老师已经去世了。

我到《鸭绿江》后，年轻编辑渐渐多起来。毕业于南开大学中文系的李黎离开任教的大学过来当小说编辑，她来之前，我做过她小说责编；北京广播学院毕业的刁斗放弃辽宁电台体育记者职务前来追求文学梦，他在大学时写作的《脚印》由谷建芬谱曲，成为当年流行的校园歌曲之一；写诗歌的宁珍志毕业于沈阳师范学院，他从《小学生报》转来，是编辑部的杂家、多面手，他收藏了很多编辑部和文学界的珍贵资料；写作多种体裁、多才多艺的刘嘉陵是散文作家刘齐的弟弟，他是编辑部学历最高的编辑，东北师大研究生毕业，他的到来让编辑部多了音乐之声，把编辑部的平均身高提高一大截；诗人柳沄当过兵，从辽宁文学院毕业后，任《当代诗歌》编辑，后调入《鸭绿江》。以上是我八九十年代经历的《鸭绿江》编辑同事。

那时全国文学期刊联谊活动多，《鸭绿江》与《北京文学》互动，曾集体拉到北京去活动。东北三省刊物《鸭绿江》《作家》《北方文学》频繁交流，《北方文学》做东时去黑河，《作家》做东时去长白山，《鸭绿江》做东时去大连。我那时还代表刊物参加过两次《小说选刊》组织的全国文学期刊联谊活动，一次去四川乐山、峨眉山，一次去大连蛇岛。《鸭绿江》的编辑队伍让兄弟刊物羡慕，我们年轻编辑多，学历高，还都有自己的创作想法和尝试，无论跟著名作家打交道，还是与普通作者交流，编辑们都游刃有余。打铁还需自身硬，会写作的编辑，跟作家打交道时有底气。那时三省刊物交流多，作家也有多样民间交流，记得吉林作家洪峰、胡冬林、李不空等曾组队到沈阳踢球，以球会友。我不会踢球，只能当个看客。

编《鸭绿江》，出《文学大观》，办函授创作中心——多年以后，在一些与文学有关或无关的场合，不止一个人告诉我他们曾是鸭绿江函授创作中心的学员。有著名作家，有刊物主编或者从事文化工作的人，也有的只是普通读者，不再写作甚至不再阅读文学作品，但提起函授学员经历，他们多数人眼里仍旧有光，让我感慨鸭绿江函授创作中心虽然早已经成为历史，但当年的函授教学像文学播火者，照亮过那一代文学爱好者的年轻岁月，也可能影响了他们后来的人生道路。

身处20世纪80年代活跃的文学领域中，我想不到后来人会不断提起文学的20世纪80年代，回忆和羡慕文学的20世纪80年代，花力气研究文学的20世纪80年代。不识庐山真面目，只缘身在此山中。我想不到20世纪80年代会是一些后人眼中文学和文学刊物的特殊时代、黄金时代。20世纪80年代文学刊物多，上到国家级刊物，下到市地级刊物，发行量都不小。那时各种报刊，尤其文学刊物，林林总总摆满街头报刊亭。社会上的热点话题和思潮在文学刊物上都能找到对应的文字，压抑多年的思想以文学的管道，以小说、诗歌、散文、报告文学等多种文学样式喷涌。20世纪80年代的作家、诗人，可能因为一篇小说、一首诗就在文坛炸响。发行量大，经济上富裕，刊物经常开笔会联系著名作家、培养本地作者。20世纪80年代中后期，《鸭绿江》连续去大连金石滩、锦州老龙口办笔会，请来张贤亮、叶楠、何立伟等著名作家，多次把全省有潜力的中青年作家聚一起，交流现成的稿子，有人在笔会上讲故事得到肯定，马上开写。各种活动不断，忙碌并快乐着。在单位没看完、没校对完的稿子，下班背回家里继续看，编辑上下班的标配是拎一个方便装稿件、校样的大兜子。我那时候以约稿的名义去了很多地方，结识了很多作家。年轻人，不怕约稿对象名气大，跟普通作者谈稿子也没学会圆滑、世故，有意见直接说、不拐弯儿。那时电话还没普及，有急事跟作者联系不方便，比如已经下到印刷厂的稿子，因为版面等临时原因需要删去多少字，跟作者联系不上，让作者自己删改来不及，只有靠责任编辑。年轻人胆大敢动手，事后没听到哪个作家抱怨。我知道作家们爱屋及乌，我的身后是一个叫《鸭绿江》的他们喜欢的刊物。感谢当年的那些作者，他们的支持、包容、理解，让我的小说编辑时代多数都是晴天、好日子。

20世纪90年代以后，文学期刊普遍进入瓶颈期。文学热度下降，刊物印数断崖式减少，《文学大观》、函授创作中心坚持若干年后最终停摆。刊物在市场挣扎，编辑的集体"逃亡"也开始了。与我脚前脚后到来的年轻编辑，后来全部离开编辑部。有的是主动调离，到电视台这样当时的热门单位；也有的是作协为了保护这批年轻人，先后将这些编辑的人事关系转到更有保障的部门。因为热爱文学而流入一条河流的前同事们，后来也都在认真编刊，仍旧热爱文学，但刊物印数小，意味着读者少，工作成就感变得虚无缥缈，大家离开时虽然舍不得，却也不得不下决心迈开脚步。生存是第一位的，人总要有最基本的生活保障。春江水暖鸭先知，文学刊物状态如何，人员流动是晴雨表。这些同事，包括我自己，后来偶有回《鸭绿江》编刊、编专栏的经历，多是出于友情出演——谁能第二次走进同一条河流？多年来，《鸭绿江》的老编辑再见面也都是亲切的，因为彼此见证过年轻时的模样，大家有共同的一个文学时代的经历和回忆，我们个人后来的很多文学观念、创作实践，都与80年代、与在编辑部的经历密切相关，新出版的外国文学作品层出不穷，看不看、看得懂看不懂另说，先买回家摆书架上，仿佛因此有了强大的精神支柱。大家读书多而杂，交流读书、讨论思潮、反思过去、展望未来，读文学，也关心政治，关注哲学、心理学等各种学科，《追忆似水年华》《百年孤独》《城市与狗》《第二性》《梦的解析》《尤利西斯》等世界名著，存在主义、魔幻现实主义、结构现实主义、意识流、新小说等创作流派，马尔克斯、略萨、博尔赫斯、萨特、波伏娃、加缪、卡夫卡等著名作家……世界文化之缤纷让我们眼花缭乱，世界文学的范围从俄苏文学扩大到欧洲、美洲，我们被拉丁美洲的文学爆炸震惊，争议现代派是否适合中国国情，辨析现实主义的真伪和出路，探讨小说语言应该是什么样子的，分析诗与歌词的区别、高下，讨论这些问题，不是在正襟危坐的研讨会上，没有写成可以拿学位的论文，而是在编辑部日常对话或者街边小酒店、某位编辑陋室的酒气与烟雾中。因为某一篇稿子、某一个观点或者看过的某本书而交流和争论，那些读过的书，急赤白脸或者心平气和的争论、探讨，虽然可能支离破碎、不成体系、得不出明确结论，却在心中慢慢发酵，成为我们一生的财富。

光阴荏苒，我早已不再编文学刊物，但一直写作，是《鸭绿江》多年作者，仍旧关注发表我第一篇小说、给我第一次工作机会的地方。《鸭绿江》近些年的主编于晓威、陈昌平都是小说家，他们策划栏目、跟作家约稿时的纠结我特别能理解，那也是我曾经的经历。办杂志跟居家过日子一样，开门柴米油盐酱醋茶，没钱日子难过。《鸭绿江》后来经费不足，编辑人员太少，无法给作者像样的稿费，这是现实。

互联网普及、电子阅读兴起，纸质文学杂志还将继续面临考验，但我对文学本身是乐观的。人类不亡，文学不死——可以乐府，可以唐诗、宋词、明清小说，表达方式不一样而已。四十年、三十年前，谁想到会有电子书、流行网络阅读？文学样式还有多少种，阅读方式还可能是什么，现在不必武断下结论。人类文明绵绵发展，文学也将继续向前，总会有人写，也将有人读。蜿蜒曲折的鸭绿江，无论地理还是文学的，都将源远流长。祝福，祝愿！

作者简介

女真，原名张颖，曾任职鸭绿江杂志社。辽宁鞍山人，毕业于北京大学中文系，写作小说、散文、评论等多种文体，曾获中国图书奖、《小说选刊》年度优秀作品奖、辽宁文学奖等多种奖项。中国作协会员，辽宁省文艺评论家协会副主席，省优秀专家。现居沈阳。

从不停息，也不想停息

陈昌平

在开始之前，一定还有一个开始。只不过这个开始看起来与后来发生的一切似乎没有关联。1978年，我就读大连二十一中学，它的前身是1935年建立的日本殖民统治时期的大连女子高等学校。教室是拉门，窗户是钢窗，地面是猩红的地板。语文老师陈梅卿，胖胖的，相貌庄严，说南方话，读起课文抑扬顿挫，平日说话慢条斯理。同学们都有点怕她。她上作文课，我交了一首诗歌——其实就是顺口溜，形式模仿七言，记得其中一句是"抓纲治国显神威"。现在想，这样的"诗歌"不过就是口号的罗列。但是，想来陈老师是为了鼓励我，在二楼的墙报上，她把我的"口号"用毛笔抄录上去了。这是我人生第一篇"发表"的作品，为此我获得了同学们大量的艳羡目光。不久，我又参加了市中学生"祖国颂"征文，凭着一篇模仿痕迹浓重的《礁石》荣获了一等奖。奖品是几本书，至今躲在我的书架上。

如果说"诗歌"上墙是挖坑，那么《礁石》获奖就是播种了。在当年的文理分班之时，数理化还不错的我选择了文科班。文科班学习期间，我确立了将来的专业方向——中文。1981年夏天，我以417.25的分数被东北师范大学中文系提档。417.25，很长一段时间，这都是我记得最清晰的数字。

80年代，中国文学的黄金时期，感觉文学像火车头一般骄傲地带动着时代在奔驰，而小说和诗歌就像两个轮流值班的火车司机。诗歌性情激越，小说生性沉稳，所以细论起来，小说像兄，诗歌如弟。我们这群懵懂的大学生，理所应当地把中文系跟作家、诗人焊接在一起了。彼时，作家几乎与英雄画上了等号。这样的时代风气，校园之于我们就像作家蹲点体验生活一样了。是的，我们对文学作品的兴趣与热情远远超过了上课，害得老师们不厌其烦地强调，大学不是培养作家的——意思就是你们啊好好念书吧。只是，火车司机哪能听得进乘客的低语？多少学生啊，整天像专业作家一样醉心于创作。

当时对我们影响最大的，就是文学期刊。师大中文系二楼小小的资料室，每月上架的期刊成了同学们最抢手的精神食粮。在那里，我们结识了《当代》《十月》《上海文学》等名动天下的大刊，也读到了惊心动魄的《迷人的海》《北方的河》《绿化树》。当然，我也记住了辽宁省作家协会的《鸭绿江》。那三个雄浑强健的宋体大字——我称之为残宋，醒目如同多少年后的奔驰宝马车标。只是，那时候，这样的大刊，离我们太远啦。

我真正与《鸭绿江》结缘，是在1986年。1985年大连华北路扩建，遭遇到一棵百年老树。现代化道路与象征着传统的老树，这样冲突关系很容易激发与建构出一篇小说。受到当时名噪一时的刘心武的《倾斜的足球场》的影响，我把这个故事写成了报告文学。本地故事，本地人写，我自然就想着投给本市的《海燕》。我把稿子投给了《海燕》的大编辑王传珍老师——高个子、吊眉、玉树临风的王老师。不久，我得到王老师的回话，稿子没有通过。不过，王老师却告诉我，东西写得不错，大连发不了，他推荐给外刊了。外刊在哪里？找的是谁？我一概不知，王老师也不说。不久之后，1986年第3期《鸭绿江》登出了我的报告文学《老树》。再不久，我接到了来自沈阳的一个电话，邀请我到沈阳参加颁奖仪式。

于是我以获奖作者的身份来到了沈阳。其实《老树》只是获得了一个"中国潮"报告文学荣誉奖——这是我人生第一个奖。《鸭绿江》邀请我参加，绝对是想给一个二十三岁小伙子一个鼓励，就像陈梅卿老师做的那样。

这是我第一次参加文学刊物组织的活动。印象最深的是见到了责编刁斗，一个比我大不了几岁的具有摇滚范儿的小哥，并且在太原街一个略显寒酸的馆子吃了顿饭。那时候我想不到，三十多年后的2019年起我会成为这本刊物的主编，挨近文学史上诸如草明、周立波这些闪亮的名字。看起来与有荣焉，实则乃汗颜无地。

其后两年，我又投给王传珍老师两篇小说。那段时间，我作为一个初学写作者，对家乡的刊物有一种盲目的执拗。这两篇小说的命运跟《老树》一样，被《海燕》退稿，经王老师推荐，在《天津文学》得以发表。我在此无意于对《海燕》的用稿标准说三道四，我那些倾心模仿现代派的小说——1989年的《扁太阳》和1990年的《老地方》，不被崇尚现实主义精神的《海燕》采用，无可厚非。

我要表达的是，我从王传珍、刁斗和康泓那里，感到了编辑的无私奉献精神。王传珍老师是我的伯乐，他认准了我不但能写小说，而且也可以写电视剧，我的《太阳小队》几乎就是被他催着、拽着写出来的。直到2010年前后，我才想到请他吃一顿便饭，算是迟来的感谢。《天津文学》的康泓老师作为我的责编，至今未曾谋面，也没有任何联系。前几年，我与李黎聊天，得知她与康泓是南开的同班同学，我赶紧说你跟康老师说一声谢谢哈。仅此而已。这样想来，我几乎是一寡情之人，我的小说处女作发表在1984年6月的《鹿鸣》，我至今保留着用稿通知，却从来没有想着去问候一下我的处女作编辑。

在辽宁，如果你是一个文学爱好者，你几乎无法不与辽宁文学院发生联系。同样，在辽宁，如果你是一个写作者，你也几乎无法不与《鸭绿江》产生关系。2001年，我重新开始写作，2003年在《作家》《人民文学》《收获》上连续发出来中篇小说《英雄》《汉奸》和短篇《特务》，三篇小说都被《小说选刊》转摘，也都进入当年的年度选本，《英雄》还获得了《小说选刊》颁发的全国优秀小说奖。我要说的是，《鸭绿江》不仅关注自己的作者，也关注着省内的写作动态。记得时任执行主编的张颖（女真）给我写了一封信——不是邮件，是手写的信件，对我刚发表的中篇小说《汉奸》赞誉有加。于是，就有了我与《鸭绿江》的续缘。还是张颖，盛情邀请我参加那年夏天的《鸭绿江》本溪关门山笔会。实话说，笔会并没有多少文学内容，但是作家们坐在一起，喝酒抽烟调侃，确实让人有一种过年回乡的亲切。至少于我，有一种找到组织的幸福感觉。这是我人生第一次参加文学笔会，也是1986年之后又一次走进《鸭绿江》。看似聚会一样的笔会，请来了《小说选刊》的刘玉浦和《小说月报》的刘书琪，让大编与作家们结识，其时杂志因为改制已呈衰微之势，但其骨子里的眼界与宽厚，依然令人赞叹。

《鸭绿江》的传统就是作协的传统。我初涉文坛，对写作之外的诸多活动全然不知。2004年我接到一个电话，是作协办公室打来的，电话说正在评选辽宁文学奖，在审议参评作品时，刘兆林主席发现《英雄》并未申报，于是遣人电话问询。当年的评奖程序，是各市作协推荐方可参加申报。我"偏居"大连，无人推荐。我说这个细节，意思是分享一个感受，就是只要你写得还不错，作协和《鸭绿江》都会留意你、关注你，并且在适当的时候推介你。

而今，我们正在编撰《鸭绿江》创刊75周年纪念文集，为此我拜读了杂志前辈的诸多文章。我在他们的文字里，看到了艰辛与执着，看到了颠沛与奉献。《鸭绿江》刊发过的许多名篇佳作，都有这些编辑的心血，包括一些获得全国大奖的作品，都有他们的参与。这种参与包括但不限于人物设置、矛盾建立和细节刻画。夸张地说，有些作品几乎是共同创作了。正是从他们身上，我看到了、也学到了如何做一个好编辑。尤其在2019年我出任《鸭绿江》主编之时，我就是用这个标准来要求自己的。主编得有主编的胸怀与眼界啊，你代表一个刊物，尤其是一个有着七十多年光荣历史的老刊与大刊。从这个意义上说，先前我所感受到的属于那个时代的优秀传统，现在传递到我手里了，我也要像王传珍们对待我一样，去对待那些需要被发现的青年作者。

沧海桑田，斗转星移，曾经的辉煌不再，我出任主编之时，《鸭绿江》面临着前所未有的困境，人员短缺，资金紧张。在诸多大刊均开出千字千元的当下，我们一直在稿酬方面寻找大幅提升的转机。于是，在我主编杂志这几年，我有意识地调整办刊思路，目光下沉，面向基层，去发现和推出迫切希望得到承认的青年作者。

《鸭绿江》一向有挖掘新人的传统——刊名一度更名为《处女地》便是明证。在我主持杂志工作期间，我们重点推介梁霜、付久江、陈萨日娜、黑铁等青年作家。2020年夏天，责编安勇提了一篇小说，作者是朝阳地区一个基层教师，作品写得好，发表没问题。我对好作品的审稿要求是，争取更好，争取转载。于是我跟作者几次电话交谈，把作品的核心意象做了调整，题目最后定为《哈布特格与公牛角》。当时，评论家陈培浩和小说家王威廉正给《鸭绿江》主持一个"新城市 新青年"的栏目，主推青年作家的城市写作。我把《哈布特格与公牛角》放在这个栏目里，发表在2020年9期《鸭绿江》，配上陈培浩、王威廉和梁霜的三人对谈《现代小说与"故事新编"》，又约请才华横溢的评论家曹霞撰写了《天真汉与好故事》的评论文章。小说发表后，11月即被《中华文学选刊》转载。2021年10月，首届梁晓声青年文学奖评选结果正式揭晓，《哈布特格与公牛角》获短篇小说奖。该奖从990部作品评选出4部，难度可想而知。2021年12月，《鸭绿江》文学奖颁奖，评委也把最佳小说奖授予了该作品。有时候，作品的命运就是作家的命运，我相信这篇作品一定会成为梁箫创作上的一个崭新的起点。

鸭绿江是一条河，浩荡过、咆哮过，也徘徊过，甚至干涸过。但在这里工作的人们，无不感念她，怀念她。我们知道，不是每一个职业都能与自己的爱好结合起来的。而文学编辑，至少是很多的《鸭绿江》编辑，非但是职业与爱好的结合，不夸张地说几乎是职业与信仰的融合了。所以我有理由说，《鸭绿江》的编辑是幸福的。近三年，我们一直致力于挖掘与梳理刊物历史，为此我们推出了"《鸭绿江》与新中国文学经典""回眸与重温""重现的镜子"等栏目。这些栏目从策划、组稿、评点到编校，都不是青年编辑能够胜任的，况且现在编辑部人员短缺。于是就出现了这样一种状况——这几年我们一直邀请退休的老编辑来为刊物主持栏目。在此我非常想念叨一下他们的名字：宁珍志、刁斗、林雪、柳沄、刘嘉陵诸君，他们都在他们曾经的刊物遭遇困境的时候慷慨地出手相助。如果把这个名单少许扩大一下，作协的诸多领导与同仁——金河、孙春平、高海涛、张颖等人，从来都对《鸭绿江》予以不遗余力的支持，就像给缺粮少米的日子送来白面和猪肉。我不想把这篇文字写成一篇感谢信，因为我知道这对于他们是不公平的。他们从来就把《鸭绿江》的事当作自家的事。这份情谊，这份惦念，这份付出，源自七十五年前《鸭绿江》创刊之初的那份热爱与执着，而这份热爱与执着，如同江水一般从未停息，也不想停息。

作者简介

陈昌平，1963年8月生于大连，祖籍山东牟平，1985年毕业于东北师大中文系，现任教于辽宁大学广播影视学院，硕士研究生导师，一级作家。1984年开始小说创作并发表作品，曾获得第四届、第六届辽宁文学奖，第六届辽宁优秀青年作家奖，《小说选刊》2003—2006年全国优秀中篇小说奖，《作家》第六届金短篇奖等。出版小说集四部。2013年至2017年任《鸭绿江》编委、艺术总监，2019年1月起任主编、执行主编。

有一种热爱，一直都在

盖艳恒

1992年的夏天，我在辽宁文学院求学，没黑没白地做着一个叫"文学"的梦。那时候，《鸭绿江》杂志对于我们这些初入文学大门的学子来说是远在天边的星辰，看得见，摸不着，整天眼巴巴地观望着，偶然听说谁在《鸭绿江》发了稿子，羡慕嫉妒都毫不掩饰。1993年秋天，我的一首小诗在《鸭绿江》刊发了，责编是柳沄老师，他对诗歌的挑剔众所周知，所以，我的骄傲、自豪甚至炫耀都无可厚非。遗憾的是，我在《鸭绿江》的第一首诗居然用的笔名。那时候的文学青年，作品没几篇，笔名倒是一大堆，我至今也想不起来，为啥给自己起了个"亦白"的名字，不知道是搭错了哪根筋。"搞文学的人都多少有点病"——这是文学圈外共识，是的，我那时也在病中。这一病，就是三十年。三十年，没走出"文学"这个圈。

2008年的冬天，我从省作协九楼一阵风似的搬到六楼，完成了从文学少年杂志社到鸭绿江杂志社的工作转移。到新单位的欢喜远远大于离开一群老友的悲伤。《鸭绿江》是我做文学女青年时的一个执念，能为她工作，该是多少人不可企及的梦想啊！她不止是一种情结，某种程度上，这是一种自我实现，是我心底的虚荣放任的升华。有很长一段时间，我喜欢端详杂志上自己的名字，反复确认，盯得久了，甚至恍惚觉得不大认识了。这个事儿，留到今天才说，是想在《鸭绿江》七十五周年的时候，郑重地表达对她的敬意和热爱。

年龄大了，经历的自然就多。七十五岁的《鸭绿江》，遇到的坎坷、跨越的沟壑、经过的风霜、掸落的雨雪，老一辈的《鸭绿江》人都有着详尽的描述，我不再重复了。这一路走来，风尘在脸上结痂，伤痛在心里沉疴，脚步虽然沉重，但向前的信念不改。

2019年8月20日，中国期刊协会在北京召开"迎接新中国成立70周年期刊出版座谈会"，《鸭绿江》杂志获得"致敬创刊七十年"荣誉奖杯与荣誉证书并入选2019年北京国际图书博览会（BIBF）"庆祝中华人民共和国成立70周年精品期刊展"。我作为《鸭绿江》杂志副主编，很荣幸能亲历现场，当我接过那大红证书和沉甸甸的奖杯，和《人民文学》《长江文艺》的主编们站在一起，油然而生的自豪感荡满胸腔。面对这些行业骄子、翘楚，一路蹒跚而来的《鸭绿江》单薄而弱小。但是，她还活着，还能站在这里。所以，所有艰辛不易，都无足挂齿。

《鸭绿江》杂志是一本有着七十五年光荣历史的老牌刊物，关照过几代人的精神家园，培养、发掘过无数优秀的文学新人，为辽宁乃至全国的文学事业做出了卓越贡献，这离不开几代文学编辑的辛勤付出，尤其是老一辈编辑们的敬业奉献，更为广大作者敬仰。

2022年7月29日，我和辽宁文学院领导去看望《鸭绿江》最早一代的老编辑刘琪华老师。刘老师1929年生人，今年已经是九十三岁高龄，虽然行走不便，有些耳背，但依然精神矍铄，开朗健谈。对于我们的到来，老人家的激动、喜悦溢于言表，不停地和我们讲述她和《鸭绿江》共同成长的过往，那些年，那些人，那些事，那些辉煌和骄傲……几次想要告别，都不忍打断老人家兴奋的回忆，不忍放下老人家紧紧握着的手。刘老师听不清楚我的名字，让我写下来，当我写完，她像个孩子似的说："哎呀，你就是小盖啊，我记得啊，我们通过好多次电话啊！"她反复询问《鸭绿江》老同志们的情况，询问《鸭绿江》杂志的情况，满怀惦念。我伏在她耳边，告诉她，《鸭绿江》今年已经七十五周年了，她大声说："好啊好啊！"笑容满面。怎奈时间实在有限，必须得走了。我搀着老人家回到卧室，不肯让她送我们，好说歹说，刘老师终于同意了，坐在床边，不再起身。我走到门口，想给她一个告别的微笑，一转身，却看到老人家依依不舍的目光。那一刹那，我百感交集，立刻回转身，紧紧抱住她，轻轻拍着她的肩膀，热泪盈眶……

作为《鸭绿江》的后来者，我心有惭愧。好在《鸭绿江》还有未来，还有希望，还有一种热爱，一直都在。

作者简介

盖艳恒，辽宁文学院第四届青年作家班学员，辽宁省作家协会会员，二级作家。现就职于辽宁文学院，任辽宁鸭绿江杂志社有限责任公司法人代表、《鸭绿江》杂志原副主编、《文学少年》杂志主编。

《鸭绿江》：往事悠悠水汤汤

胡海迪

2022年6月，我加入《鸭绿江》编辑部——在编辑队伍中，我是目前最晚到来的一个。

最近几个月，我特别想念我的中学老同学。我特别想穿越回那个社会上洋溢着文学气息、我们洋溢着青春气息的20世纪80年代。我特别想告诉那些曾经狂热追求文学梦想的老同学：我成了《鸭绿江》编辑部的一员。我认为，这事儿，值得显摆。时代变迁，我不敢保证老同学们一定有我期待的表情和反应，但我仍要显摆。文学，曾是我们成长年代的阳光雨露，听到"鸭绿江"三个字，他们不会无动于衷。

那些年，绿漆、铁皮的书报亭随处可见，像栽种在城市各个角落的棵棵小树，树上盛开的繁花，是五颜六色、争奇斗艳的报刊封面。我和《鸭绿江》的最初相识，就应该在那时。《鸭绿江》应当在书报亭的橱窗、展板上俯视过我，我也仰视过它。那时，《鸭绿江》和许多文学报刊形成的文学空气弥漫在我们身边。在学校图书室里，在某个同学家长的书柜里，在同学们幼稚而又热烈的闲谈里，在刚刚兴起的租书铺里，我常常与它邂逅。可这都不算与《鸭绿江》的正式接触——直到我上初中后的某一个下午。

我读的初中是沈阳市第十一中学。1983年或1984年的一个下午，我们一群"文学兴趣小组"的少年聆听了方冰先生的讲座。实际上，那时没用"讲座"这个词儿，主持的老师只是说请一位著名作家为我们讲一讲写作的经验。没有条幅，没有麦克，没有今天的电子屏幕，只有一位衣着朴素的老者和一群孩子，面对面坐在一间洒满黄昏阳光的教室里。这个"讲座"过去近四十年了，在记忆中早已模糊，但有两点，至今难忘。一是方冰先生的声音，沉稳、平和，语速很慢。我的父母、邻居、老师，讲话的速度全是一溜儿小跑，而方冰先生，一个字一个字，仿佛踢着庄严的正步走出来。神奇的是，他这样慢速讲话，能让我们对他讲的每个字（是的，每个字！）听得都很认真、很入心。整个教室进入一种宁静。用中学生作文常用的成语来说，是鸦雀无声——一群常常鸦雀一般吵闹的半大孩子保持着少有的宁静，凝神倾听。第二是他讲写作修改的问题。他说，想把文章写好，要多次修改，通常写好一稿后，隔上几天再看一遍，再修改，为什么不是马上修改？——要让自己头脑冷下来。或许这对成年的写作者是一个常识，但我们这些学生，还是头一次听到。后来长大了，偶尔在书中看到巴尔扎克、托尔斯泰手稿上密密麻麻修改的痕迹，总会在脑海中浮现出方冰先生的话。

多年以后我才知道，方冰先生曾任《鸭绿江》的副主编。这是我平生第一次近距离接触《鸭绿江》编辑部的人。当时虽然只有一个多小时，但久久难忘。后来我在电影、电视里看到他的女儿方青卓，就有一种亲切感——我曾亲耳聆听她老父亲的声音、曾同处一间小小的教室啊！

过去好多年，经历过对自己和对世界的很多误解，我发现文学才是我心中最好的归宿——"托身已得所，千载不相违。"于是，十多年前，我与《鸭绿江》又有一次神奇的相遇。

那时，我的研究生还没毕业，借鉴古代传统小说技法，写了一篇当代题材的小说。写好之后，鼓足勇气，把心一横，投稿到《鸭绿江》，没想到居然被采用了。那感觉，真是很幸福！当然，发表之路并不平坦。责任编辑几次传主编的话儿，说题目得改。我冥思苦想，与编辑反复沟通：这样行不？那样行不？结果都不行。据说，最后，题目改定了，是由主编改的，一看，确实比原来的好很多。

生活中常有一种现象：你认为某个人远在天边，遥不可及，可老天爷会把你们聚到一块，让你们朝夕相处。这叫什么？这叫缘分。

我专业学习六年后毕业，来到辽宁省文联的文艺理论研究室工作，做《艺术广角》杂志编辑。不久后，省作协创研部的张颖老师就来做研究室主任，兼《艺术广角》执行主编。在文联的欢迎会上，她说，很高兴来到省文联工作，很多同志以前就很熟悉，包括年轻同志，如胡海迪，我在《鸭绿江》还编过他的小说……省文联领导很惊异——怎么这位同志还能写小说吗？我也很惊异——原来那位给我改标题的主编，就是眼前这位笔名"女真"的张颖老师？

张老师工作认真负责，性格温和，待人宽厚，举重若轻，能把很多挺难办的事情处理得十分妥当。她是一位小说家，她的作品总是对人物心理有细腻、准确的把握，善于发现、捕捉日常生活中的美和趣味。她在生活中也是一个细腻的、善解人意、替人着想的人。我们在张颖老师领导下很愉快甚至幸福地工作了八年。

张颖老师经常回忆她在《鸭绿江》的岁月。那里的人，那里的事，我们虽未目见身历，但也耳熟能详。张老师对《鸭绿江》充满感情，因为《鸭绿江》是她的处女作发表的地方，是她职业生涯开始的地方，甚至，退休的前夕，她又因省内事业单位改革回到《鸭绿江》所在的辽宁文学院。她见证了《鸭绿江》的辉煌，感受过《鸭绿江》的温暖。所以，直到现在，《鸭绿江》的很多事儿，她都当作自己的事儿，积极参与、倾情支持，让我们感动。"路当平处行更稳，人有常情耐久看。"张老师与《鸭绿江》的"铁"，没的说，这也深深影响了我们。

张颖老师多年"航行"在《鸭绿江》上，另一位《鸭绿江》的主编也差不多，简直是"永远离不开鸭绿江的人"。他就是于晓威主编。晓威兄出生于丹东，是在鸭绿江边上长大、成家、立业的，后来他到位于沈阳市鸭绿江街的《鸭绿江》做主编。四年后，他卸任回丹东，我觉得，他不过是从《鸭绿江》回到鸭绿江而已。晓威兄如果是孙悟空，鸭绿江就是如来佛，手心是逃不出去的。

晓威兄也是一位优秀的小说家，我读过他的小说集《L形转弯》，很喜欢，摆在我办公室的小书架里，常常"见书如面"。他做事勤恳扎实，不苟言笑，外冷内热。他个子不高，远看有些瘦削，但近看眼睛，锐利、深沉、澄澈。望之俨然，即之也温，听其言也厉，晓威兄庶几近之。他近些年腰椎有些不好，我愿他像七八年前那样，仍能在雪地上翻跟头。

陈昌平老师是晓威兄的继任，做主编的时间稍晚。他大个子，戴一副黑框圆眼镜，仪表堂堂、威风凛凛。如果说晓威兄瘦削的体形承载着一种庄重刚劲的气质，昌平老师强健雄伟的体形，除自然体现的庄重、沉着之外，还不时流露出幽默、机智，混熟了，还会发现一点点没有随童年时代褪去的顽皮。大人者，不失其赤子之心者也。陈老师的小说和他的为人，都始终不离可贵的率真，还有对生活的深入反省、思考。

我认识的这几位主编，都是很好的小说家，我与他们深度交流，学到了很多有益的东西。他们对文学的虔诚、信心、坚持，始终感染着我。2018年底，我随省文联的理论研究室来到辽宁文学院，渐渐接近《鸭绿江》。我曾受命为《鸭绿江》做一点审稿的工作，曾受命在集团党课上向入党积极分子讲述《鸭绿江》的光荣、悠久的历史。后来，我进入《鸭绿江》编辑部。这就是缘分——我忽然发现，《鸭绿江》，一直就在身边。我作为《鸭绿江》正式成员的第一项工作，是为《鸭绿江》成立七十五周年纪念文集整理某些底稿——在这个过程中，我了解了《鸭绿江》的前辈们和很多历史细节。他们让我真心敬仰。真的。他们让我知道——我们现在做的事情，是从他们一代代人手里接过来的，因此，这不是轻飘飘的事。

现实地说，现在的文学，现在的《鸭绿江》，已经与20世纪80年代不可同日而语。未来相当长的一段时间，编辑部的每一位同仁都任重而道远，将努力克服很多实际的困难。"君子素其位而行，不愿乎其外。"不管怎样，路得走下去。用自己的脚走下去。普希金自信"我将永远光荣，只要还有一个诗人，活在这月光下的世界上"，孔夫子在危难中自信"文王既没，文不在兹乎？"——我们的《鸭绿江》，其承载的历史使命和文学使命，不同样如此吗？在互联网多媒体时代，不要奢望文学会像过去那样辉煌，但也不必对文学的命运过分悲观。经济学的"长尾理论"告诉我们：热爱文学、需要文学的人，即使不是主流，也一定会长期存在于世界上，且有相当数量。寻找到、稳固住那些视文学为"刚需"的小众，我们就会重新过上好日子。相信文学中的《鸭绿江》，《鸭绿江》中的文学，虽百转千回，仍会浩荡向前，沛然莫之能御，流向充满希望的远方。

作者简介

胡海迪，男，1971年1月生，沈阳人，满族。文学博士，文学创作二级，副编审。就职于辽宁文学院，任文艺创作研究发展中心主任，2022年6月任《鸭绿江》副主编。

风华

回忆和怀念

张凤珠

青年时代的岁月是难忘的。尤其当我身处逆境时，我曾多么怀念亲切培育过我的《东北文艺》编辑部。虽说往事如烟，但那是我生命中一段最单纯、最充实的日子。

1949—1952 年，我在东北文联工作，这四年主要是在《东北文学》编辑部。

那时我们国家虽然刚刚解放，处于经济恢复时期，干部都是供给制，吃大灶，生活清苦，但是人们的精神面貌、社会风气，和现在是多么不同。回忆起来依然令人神往，那是一个充满豪情、充满幻想，也充满献身精神的年代！

《东北文艺》是 1950 年改刊的。1949 年春，东北文联出版的文学期刊《文学战线》在全国第一次文艺工作者代表大会以后，就处于停刊状态，文联的工作人员全部投入到筹备召开东北文代会的工作。

在东北文代会召开以后，《文学战线》改刊名为"东北文艺"，蔡天心同志为主编，文戎同志是编辑部主任。杂志为 16 开本，月刊。

最初，编辑部人很少，只有六个编辑：肖贡、黄三川、高越、浦漫湘、盛德（简慧）和我，除黄三川外，其余的人都很年轻，在文学上也刚刚起步。

文戎同志离开编辑部较早，而且在离开时心情很不愉快，关于她，我想多说两句。文戎同志性格豪爽，为人坦直，但是从我现在的认识，她不大会处理人际关系。她曾是燕京大学的学生，抗战后参加革命，到延安在鲁艺学习。她的英文水平不低，翻译过一些东西。是个热心的编辑。在创刊的最初阶段，她对我们这些年轻同志，曾给过热情的扶助。分开多少年了，而且从未通音讯，但我一直记得这位老大姐。

在编辑部的六个编辑中，比较年长的是黄三川同志。我和他都来自东北文工团。三川写过一首歌词，大约名为"道江南"。词很优美，所以安波同志为之配曲，传唱一时。在我的眼里，他的文学水平似乎高我们一个档次。现在也是几十年未听到他的消息了，在这几十年的风风雨雨中，三川同志，你好吗？祝福你。

东北文联在 1952 年以前，办公地址在大西城门里的一个圈楼里，那好像是一个什么银行的旧址。旋转的门，进门后是个大厅，大厅里放一张打台球的台子，罗烽、舒群同志都是打台球的积极分子，草明后来都被引起兴趣，这里算是机关的一个文娱场所。穿过大厅是方形天井，环着天井是二层楼建筑。楼下有一部分是宿舍，我们这些年轻女同志就住在这里。

《东北文艺》办公室在二楼，有两个房间。里间是主编办公室；外间像中学生课堂式的，八张桌子面向窗子排成两排。这种桌子的排列阵式，是不是也表明当年这群年轻人的精神和风格呢？

蔡天心同志主编《东北文艺》期间，留给我印象最深的，就是他非常重视对初学写作者的培养。在这项工作上，他倾注了很大的热情和心血。蔡天心同志逝世许多年了，我想，当年接触过他的一些爱好文学的青年，将不会忘记他。

《东北文艺》刚创刊不久，蔡天心同志就酝酿、计划办一个业余作者文学补习班，时间安排在星期天。开班后，参加的人不少。可惜年深月久，关于补习班的许多事都在记忆中消逝了。留给我印象比较深刻、至今不忘的是杨大群、高节操两位同志。杨大群在创作上已经做出成绩，高节操也写了不少作品，有些作品当时就发表在《东北文艺》上。补习班像一个播种者，我相信还有许多我回忆不起来的人，都曾因这段渊源而走上文学道路。

参加补习班的同志，对学习文学十分热情。有一件事，直至今日我还印象深刻。

1950年冬季，抗美援朝开始了。当时沈阳战争气氛很浓，机关里已没有什么星期日或休息天。青年团员们每天分三班轮流为志愿军做炒面，这也是一段值得回味的生活。当时我们这批青年人是怀着神圣的感情来参加劳动的。能为志愿军做点事，流流汗，感到幸福和安慰。编辑部还有没参加青年团的同志，开始时没得机会去做炒面或做别项劳动，为此这两个同志不知流过多少眼泪。我们在年轻时对党的号召，是满怀赤诚、积极参加。这不仅是义务，也被看作是光荣。

在我们几乎没有什么休息时间的情况下，哪里还有什么"业余"。补习班怎么办下去？蔡天心同志和编辑部商量的结果，只能暂时停止一段时间，看局势变化，有条件时再恢复吧。

当这个决定提到补习班学员面前时，最初一刻，课堂上沉默了，空气里流动的似乎都是惋惜之情，无可奈何！后来忽然有人提出："放到星期六的晚上吧。"这个建议使人们的情绪顿时活跃起来，许多人把期待的目光投向蔡天心同志。蔡天心是容易激动的人，他欣赏热情昂扬，在他认为有意义的事业上，他不辞辛苦。对编辑部的青年人他也一直这样要求。他只是担心来学习的同志，有人距离太远，怎么赶来上课？像高节操，还有几个同志，住在北陵。那时北陵和城里的距离，可不同于现在，在那个年代，没有现在的交通条件，北陵在人们的概念里是相当遥远的。

但是高节操却呼呼得最积极，比谁都热情。蔡关心被感染了，他立刻就同意了大家的要求，把补习班办下去。星期六晚间值班炒面的人可以不来。

记得有一晚上课时间，天下雪了，隆冬数九，晚上的气温经常是零下二十几摄氏度，雪片鹅毛似纷纷扬扬。在这样天气里，人们能来上课吗？

我们到课堂时，大多数人都来了，高节操等几个远处的同志没有到。人们说："他们不可能来了，雪下得这样大，电车都没法开，他们还能从北陵走来吗？"

讲课已经进行了一段时间，站在讲台上的蔡天心忽然愣住了，我们一回头，只见高节操和另两位同志雪人似的走进课堂。冒着雪，为了听两小时的课，他们居然走来了！这样的赤诚和热情是那个时代的标志。现在回忆起这些不免感叹，在感叹里有着复杂的感情。

再值得回味的是我在《东北文艺》工作期间，由于稿件结交了一位朋友，就是刘真。

《东北文艺》创刊初期，一般的来稿大都是出自初学写作者之手。那时候没有现在这样庞大的文艺队伍，很少数的专业作家，都是从延安或老解放区出来的老同志。所以一般来稿都是比较幼稚的。

一天，我从来稿堆中翻出一篇稿件，题目叫"好大娘"。我第一个感觉就以为，又是写什么农村的，好人好事，婆婆妈妈鸡毛蒜皮的，这样来稿太多，质量不高，都看腻了。看看这篇稿件的字迹，也是歪歪扭扭的。我料想是篇没什么指望的稿子，就随手把它放到一边，又去翻看别的稿子。过了几天，我又把这篇稿子拿出来准备硬着头皮读完就处理掉。没想到只看了几页，我就被吸引了，原来是估计大谬。我津津有味地把它读完，读了一遍，又翻回再看。这是一篇记叙性小说，好像作者就站在你面前，讲述她的童年。与其说是她的语言文字，不如说是她的生活经历打动了我。谁都有童年，但有她这样不平凡童年生活的人却太少了！她是在别人刚进小学的年龄就投身革命，在战争的硝烟中长大。她的生活既奇特，又很带点罗曼蒂克味道。"小老革命"，这样的身份和经历是引人敬佩、引人羡慕的。

我捧着稿子，心想，我一定要去认识这个作者，和她做朋友。查阅稿件地址，竟是志愿军某部，原来是"最可爱的人"！不过她已要到鲁艺学习去了。

我欣喜地把这件事告诉蔡天心同志。他问："作者叫刘真吗？"

我说："是。"

蔡天心说："我正要问这篇稿子，作者是晋驼的妹妹，今天上午晋驼问起这篇稿子。"

我把稿子送蔡天心，他立刻看了，也认为是篇好作品。

晋驼同志当时是东北文联的专业作家，刘真原来是她的妹妹，我太高兴了，通过晋驼我很容易就可以找到她了，不必踏破铁鞋。

在没见到刘真之前，我心里总想着：这个刘真还像《好大娘》里描写的那样，梳个男孩儿式的小分头吗？

我们见面了，她好像是在等着我，我们一见如故，两个人还未谈话，先都笑起来。虽然我们俩的经历性格几乎都不相同，但却互相爱悦。我是比较腼腆的，刘真却是爽朗而热情的人。她亲热地拉我坐在一起，几乎漫无边际地谈起来。我端详她，脸黑黑的，弯眉，眼睛一笑像月牙，也弯弯的。不是小分头，而是又粗又长的两条乌黑的大辫子。她在部队文工团多年，演过戏，说话带表情，但又有战士的洒脱和豪放。

初次相会，我们谈得很晚，主要是听她谈，她很会讲故事，我感觉她本身就像一个宝库，可写的东西太多了。她唱歌给我听，她的音色不错，嗓子很宽厚，她唱《喀秋莎》，唱《顿河上的向日葵》，声音里充满了感情，似乎满怀意情无处诉说。她说她喜欢阿克西妮亚。这些方面可不像她的作品中那个小清莲（这是她本名）的性格了。和她的经历也对不上号。我模糊地感到她在感情生活上有什么波折和沉闷吧，但是初交我不愿多问。

刘真几乎从七八岁起就过着戎马生涯，战争是她的学校。她当过小侦察员、通信员、交通员，夜里送同志过封锁线。后来就进文工团，演过很多戏，就是没正规地在学校好好学习过。她渴望学习。这次从志愿军前线回来，就是准备去东北鲁艺学习。

我们的友谊就从这篇《好大娘》开始，后来她又因作品被中央文学讲习所接受为学员。我也阴差阳错地在同期到中央文学讲习所学习。我们又变成同学。

1953年，《好大娘》被宋庆龄儿童福利基金会评选为优秀儿童文学作品。我为她高兴，也为《东北文艺》自豪！

我和刘真一起下过乡。在农村她和乡亲们的关系，确实就像《好大娘》里所描写的，她是大娘们的闺女、大嫂们的妹子。她在进城多少年之后，再回农村时，依然像是回家来了，谁家有什么疾苦，好像都和她密切关联着。这种和人民的关系，这种感情绝不是三朝两日就学得来的。在这一方面，刘真给过我一些启示，那就是文学和生活，和人民思想感情的水乳交融，是创作的生命。

在《东北文艺》四年，可回忆怀念的事太多了，如果无尽无休地回忆下去，就变成唠叨了！愿这本刊物在百年纪念时，我们祖国早已是另一番景象，富！强！文明大国！

作者简介

张凤珠，祖籍辽阳，生于沈阳。曾在沈阳万泉河畔坤光女中读过书。后随兄长等去四川，抗战胜利后改入东北大学。1948年入冀察热辽联大鲁迅文学院学习，1949年5月调东北文联任《东北文艺》编辑；1953年到北京中央文学讲习所学习。给丁玲做过秘书，在《新观察》又当编辑。在1959年调《宁夏文艺》当编辑。1966年之后随爱人在陕西临潼国防科委的一个研究所当工人。1980年又调回中国作家协会。在新观察杂志社三年。1983年到作家出版社主持《中国作家》工作后任《中国作家》副主编。

我怀念这四年

高 越

我是1950年秋到《东北文艺》(后改名《东北文学》)，1954年春离开的。不足四年。可我感觉这段时间很长很长。我从这儿起步做编辑工作，我喜欢这儿的同志，他们坦诚、质朴、彼此相处亲如兄妹。这正是我舍不得离开的感情点吧。

初到《东北文艺》时，编辑部只有肖贲、张凤珠、盛德、黄三川四位同志。加上我才五人。前三位是女同志。当时我们人少，又缺乏经验，工作量大，校对都须自己跑厂。这工作是怎样做的呢？我不时在脑海里思索这个问题。物质上的贴补一文不名。上班清水一杯。每期刊物出版，两人才能分到一本。我们所以能办好刊物，靠的是一门心思扑在工作上，一门心思扑在学习上（工作之余）。人少没有分组。除三川一人看诗稿外，其余的人什么稿都看。走进编辑部，就埋头在稿子堆里。以后实在忙不过来，才用铅印退稿信退走少量不用的来稿，大部仍由编辑亲手回信。

我们也要求发表的作品风格多彩多姿，但更注意作品贴近生活，富有战斗性，文风朴实，为群众喜闻乐见。刊物也发作家的作品。但更多发青年作者的作品，及对他们的培养。后来成为作家的杨大群同志就是这时发现的。大群开始寄来的稿子粗糙得很，谈不到什么结构，但他写得质朴、自然，有浓郁的乡土味。每次来编辑部谈稿改稿，总是带着一脸憨态，仔细倾听意见，回去反复修改。大群同志之所以取得以后的成就，主要的是靠他在创作上勤奋地耕耘。

我们对青年作者的辅导实实在在，不讲究花架子。我们诚挚地告诉他们，创作的道路坎坷曲折无捷径可走。要走这条路，需牢牢记着三条，并实践之：一是不能脱离生活；二是多写，不怕失败；三是多读书（特别是经典作品）。

当时刊物主要发东北地区的作品。对青年作者的培养也以当地为主。没有天南海北地去组稿、抢稿，一窝蜂地去拜求少数名家。刊风朴实正派，脚踏实地。

人少工作量大，又正值抗美援朝。挖防空洞躲警报，夜里做炒面支援前方。真够紧张的。一度战事吃紧，沈阳准备疏散老弱到哈尔滨去。记得这时开了一个读者、作者座谈会，蔡天心同志在会上宣布，编辑部全体人员留下来同大家一起并肩战斗。与会者一致表示，全力支援《东北文艺》。有困难找他们，忙不过来找他们，并以高质量的作品奉献给刊物。作为编辑，什么能比广大读者、作者对刊物的热爱和信任更珍贵？自然，我们进一步认清了，编辑就是读者、作者、服务员的深刻含义。

为了提高编辑的素质和业务能力，蔡天心和后期的主编韶华都很关心对编辑的培养。他们督促我们多读名著，并订出读书计划。鼓励大家练笔。说编辑是鉴赏家，也是评论家。你从来稿中选出能用的稿子，写退稿信，同作者谈对稿子的意见，这都是评论工作。因此要学会驾驭文字的本领，编辑对作者的心理和来稿中的问题最知情，把这些变成文字，发表在刊物上，对青年作者是最亲切的辅导。也要搞点创作，尝尝其中的甘苦，你的心和作者才会更贴近，和作者会有更多的共同语言。我开始写东西，在刊物上发表几篇辅导性的短文，都是被这样"逼"出来的。韶华同志平易近人，没有一点架子。你隔段时间不写了，他就笑呵呵地对你说：当编辑怕拿笔还行。写，不要怕。多写写就顺手了。写了交给他，他还不辞辛苦地为你修改。

开始人手少编务忙，没有时间下去体验生活，只能到沈阳市的工厂看看。一名编辑脱离了千变万化的沸腾的生活，是很难办好刊物的。后期轮流下到工厂、农村、部队去。我去过黑龙江省和郊区农村、伊春森林，并到营口参加过普选工作。到黑龙江是同韩梅岑等二位同志去的，是肇东市大榆树村。村里的互助组是省里兴办较早的，又是模范互助组。组长安排我们三人吃住在他家里。去时约在三四月间，还相当冷。他家里四口人，老两口、儿子、媳妇。儿子新婚不久。他儿子的屋里是对面炕，他让我们三人住在北炕上。对我这个南方人来说，睡炕是头一次，这倒也没什么。可这么个住法，实在叫我感到别扭。晚上南炕挂上一块布幔隔开。可能主人怕我们冷，炕烧得烫人。我担心烧着炕席和被褥，加上对面炕传来的细碎的低语、嬉笑声，搅得我几夜不能成眠。后来习惯了，觉得炕真好，能解乏，听老人说，还能治腰、腿疼毛病，当时我年轻，没有这种感受。

日子一长混熟了，晚上和对面炕上的小两口聊起天来。吃饭，也不习惯，炕上放个炕桌，盘腿坐在炕上，腿酸不能动不说，总感到臭脚丫子味往上蹿。几天一过也就习惯了。没有这些真情实感你就对写东北农村的稿子不会有更深的体会，和东北作者交朋友也隔了一层。去伊春林区，和单复一路。记得回来还写了篇散文登在刊物上。

我从事编辑工作四十年了。自认为是诚诚恳恳而艰辛地在这块土地上耕耘着，是忠于职责的。而在这条路上迈出第一步，却自《东北文艺》始。《东北文艺》是我起步的第一位老师，是她教我迈出了坚实的第一步。我怎能不怀念在《东北文艺》起点的这四年。

作者简介

高越，安徽省蚌埠市人。1924年12月生，1939年春在重庆歌乐山难童保育院，经测试被选进育才学校（著名教育家陶行知创办）文学组学习。1945年7月去中原解放区新四军第五师，在部队做文化教员等工作。1946年7月解放战争爆发前夕，做过小学教员，1949年1月蚌埠解放即又参军，在第三野战军军政干部学校（后改华东军政大学）招生委员会做招生工作。是年11月去长春东北大学（后改东北师大）中文系学习，因身体不好退学。1950年9月到《东北文艺》做编辑工作，1954年春调《文艺学习》（中国作协主办）。1957年冬调《火花》（山西文联办），1959年冬调《安徽文艺》。1972年秋分配到安徽省纪录电影制片厂当编辑，1977年秋调《江淮文艺》任编辑。

一段难忘的编辑生活

杨 麦

我是1952年到东北文艺杂志社做编辑工作的。在这之前,由于我的短篇小说《柳河》发表在1950年第10期的《东北文艺》上,便和编辑部建立了联系。后经东北人事部由辽西省直机关文化学校调来。当时东北文艺杂志社、东北文联都和东北文化部在大西门里原中国银行的一座大圈楼里办公。

《东北文艺》的主编是蔡天心同志,编辑部主任是韶华同志。因蔡天心还兼东北文联秘书长,韶华也有写作任务,所以不常到编辑部坐班。记得韶华同志在编辑部的一角放个办公桌,需要他看的文稿和信件均放到他的桌子里。隔几天他来后,处理完便离去。韶华同志不在时,编辑部的事务性工作由李中耀同志负责。

我到编辑部后分在小说组。组长是肖贲和张凤珠,其他同志记得有:简慧、浦漫湘、高越、高节操、齐平、林茂伟等,其他组的同志有:单复、寒梅、厉风、黄三川、马炬、崔琪、唐纪等。

那时我还是个二十刚出头的毛头小伙儿,别说做编辑工作,就连跨编辑部的门槛也是第一次(因以前投稿全是邮寄),所以工作颇为生疏,校对符号不会用,退稿信写不好……但在同志们的帮助下,很快就熟悉了编辑业务。

编辑部的业务除了发稿、校对外,日常还需大量阅读来稿和联系作者。通过来稿发现作者。经过研究确定给某个编辑负责联系,接着又会有新的稿件寄来。如此继续下去,刊物便有了群众基础。

当时对处理自然来稿是比较审慎的,退稿大都得经过两审,而且必须写退稿信指出优缺点,经组长甚至主任看后才可盖章发出,从没用过现在那种印好的小纸条。蔡天心同志常说,编辑拿起一篇来稿几个小时就看完了,但作者要写几天,甚至要酝酿几个月。编辑要理解作者的甘苦,尊重作者的劳动。韶华同志则更具体地抽看退稿信,有时指出失当处,有时甚至动手修改,以期对作者有所帮助。

那时不论处理稿件还是联系作者,基本上不个人具名。所以,许多作者与编辑部打了多年交道仍不知编辑是谁。记得我负责联系辽东地区的刘燧和赵郁秀同志,直到并省后在沈阳才得谋面。再如发表在《东北文艺》1952年3月号丁帆的小说《暴风雨中》,后来分别在1959年和1979年均由我编入辽宁十年和三十年小说选。时隔很久,在1985年夏去南方旅行的列车上,我才和作者丁帆同志相识。

这样做,一方面可使编辑在下笔时意识到是代表编辑部,增强责任心。同时作者拆封后,会感到是编辑部的回信,而不是某个人的偏颇之见,增强信任感。所以那个时期编辑、作者之间的关系是颇为融洽的。从未发生过某些作者暗中把稿纸粘上几页，以验证编辑是否认真翻阅等不信任现象。彼此充满理解和体谅。比如《东北文艺》曾发过刘真的一篇小说《好大娘》，文中写了一位梳辫子的女战士，但插图者竟给画成了短发。因付印紧迫，来不及重新制版，只好按图把文字改动一下。几年后，在鲁艺偶然与刘真相遇时，我们谈起了这件事。刘真毫不介意地说："我以为东北的女战士不许留辫子呢！"说完大家哈哈一笑了之，表现出充分的体谅和信赖。

这种文学之交，不敢说是什么值得人人效法的上好经验。但比起当今某些交易所气味颇浓的编辑部来讲，起码不会被指责为污染文坛的坏风气吧！

编辑部联系作者还有一个措施，就是开办文学讲习班。这个讲习班，请作家讲课时，可达数百人。研究作品时有几十人不等。后期由李中耀和我负责，做了一些服务性的工作。那时学员们的热情极高，在抗美援朝最紧张的形势下，还坚持了很长时间。后来经过个人的努力，这些学员中有不少成了颇有成就的作家，杨大群同志就是较突出的代表。

当时工作是紧张的，但也是愉快的。同样紧张和愉快的则是学习。

记得那时编辑部读书之风极盛，有本新书便轮着看。有的女同志怕影响同宿舍的人休息，夜里只好捧着书在走廊的灯下看。当时单复同志是我们的长兄，他年岁大阅历广，文学功底也比我深，加上他当时也是单身汉，所以我们在一起互相介绍新书、谈论读后心得等机会就更多了。有时单复同志参加我们团支部的读书会，但更多的是聚在羊尾胡同的宿舍里，或谈论三国的"五虎将"，或一替一句背诵《长恨歌》。当时读得最多谈论也较多的则是苏联文学。那幸福和不幸家庭的悲欢离合，那辽阔大地上的秀丽风光，那些为祖国献身的英雄，那些创造新生活的劳动者……都曾激动过我们年轻而火热的心。

除了读书，通过处理稿件学到的则更为实际。如对哪篇稿子有点滴见解，还可写点读后感和短评之类的文章。我曾以杨大宽、穆惠民等笔名在刊物上发过几篇短文，既完成了工作，也受到了锻炼。还记得大家在阅读白朗和江帆两位女作家的稿件时，都被她们那整洁的原稿和清秀的文字所吸引。于是在编辑部曾有过一阵练字之风。有位年岁不轻的同志甚至用小学生的田字格一笔一画地认真苦练。这无疑对编辑工作大有好处。

不久，蔡天心同志请了创作假，改由安危、韶华同志主编。东北文联也随东北文化部一起搬进张氏帅府（现为张学良旧居陈列馆）。又不久，东北大区撤销，《东北文艺》改成丛刊，人员开始有了较大的变动。面对着原编辑部即将解体，大家不免产生一股眷恋之情。就在这个时候，韶华同志安排我参加东北各界慰问团北上慰问从朝鲜战场下来的伤病员。临行那个冬夜，崔琪同志冒着寒风去电车站送我。因为我预感到此行意味着将从我们火热的群体分离出去，所以心情极不平静，与崔琪同志沉默良久，含泪而别。两个月后，我随慰问团去黑龙江的几个野战医院慰问归来，就去施展、安危主持的东北文艺出版社报到。至此，在《东北文艺》这段生活便结束了。

时序匆匆，屈指算来已近几十个年头过去

了。当时少年气盛的一群青年人有的已经作古，大部均已两鬓霜白，进入老年。但回忆起在《东北文艺》的那段生活，那股火热的青春气息仍能从记忆深处拂面而来。近期有友人来信，屡屡忆起圈楼和张氏帅府（现为张学良旧居陈列馆）那些难忘的旧事，使人百感交集。

《东北文艺》与我，则更难以忘怀。因为我的第一篇小说发表在《东北文艺》上，我第一次在《东北文艺》开始编辑生活，也是第一次从那里出入文艺界。有这么多第一次，当然是不应该也不可能忘记的。

作者简介

杨麦，中国作家协会会员，辽宁散文学会理事，抚顺市文联委员，市文学工作者协会副理事长，专业作家。1929年生于辽宁省清原县湾甸子村。1949年春考入辽北学院教育系，1952年调《东北文艺》编辑部工作。1954年后，调东北文艺出版社、辽宁人民出版社、春风文艺出版社做编辑工作。1970年由省干校下放清原农村插队，1973年调抚顺市文化局，1981年调市文联。

1950年在《东北文艺》发表小说《柳河》后，陆续在省内外报刊发表小说及其他体裁的文艺作品多篇。已结集出版的有：短篇小说集《旅途上》(1957年)、《青翠的山谷》(1959年)，中篇报告文学《高清连》(1962年)，长篇小说《月是故乡明》(1985年)。

1950年第1卷第2期《东北文艺》
扉页插画

漫卷诗书

高节操

有感
（七律）

四十余年雨露均，
和风沃土费耕耘。
新苗成树多丰果，
小草青葱化作茵。
花朵果然开不败，
园丁代继总翻新。
愧余如絮飘零瘁，
园外园中未实根。

收到《鸭绿江》编辑部约写纪念《鸭绿江》创刊稿子的来信。一读再读，感慨万千，辗转不寐，开灯命笔。写出这么八句，谓之有感。

从《东北文艺》到今天的《鸭绿江》已走过了漫长的旅程，真是日月如梭人生易老啊！作为一个文艺刊物，一块文艺园地来说，它在这么多年中经历了风雷激昂雨雪冰霜严寒酷暑。它培育了许许多多诗人、作家、编辑、理论家，有的蜚声中外，有的饮誉文坛，有的像螺丝钉默默地紧固在自己的岗位上。而我既是这块园地里培育的一棵幼苗，又在这块园地里做过片刻园丁，三十七八年的岁月飘忽而逝，一事无成，两鬓堆雪，抚今追昔，真是思潮滚滚无从倾泻，万语千言何处开端？思之再三，彷徨竟日，只好寻觅消失的旅踪，温絮旧日的蔓迹了。

常忆初登帅府时，
何多益友与良师？

大约是1952年的秋天，我离开了北陵大院（东北人民政府所在地）走进了张氏帅府（现为张学良旧居陈列馆）的大门（《东北文艺》编辑部所在地），那时候的《东北文艺》编辑部是在张氏帅府（现为张学良旧居陈列馆）二楼东头的两间房子里，主要负责的是蔡天心同志、韶华同志，编辑部里有单复、肖贲、寒梅、凤珠、高越、郭峰、崔琪、简慧、杨麦、浦漫湘，可能还有厉风同志，我算是新同志，却早相识了。

那时候东北的驻会作家如草明、马加、白朗、罗烽、舒群、安危、谢挺宇、江帆……我们都能经常见到，得到教益。我们常成群结伙到草明家里去做客，每次去她都热情地欢迎招待，摆上水果，沏上茶，谈体验生活，谈创作。

蔡天心、韶华同志差不多天天上班，八小时工作，星期日的时间多是消耗在东北文学研究班上，或做报告，或组织作品讨论……而那时根本没有讲课费这个名词！如今，蔡天心老师是音容如在人已千古了！编辑部同志的办公桌都是面窗背墙，彼此既无拘谨也无相碍，有时恬静无声，也有时笑语满堂，穿的都是棉线衣着，没有呢绒毛料的追求，吃的多是粗粮蔬菜，没有精肉鱼鲜的话题，住的也没有今天三气双间的议论……仿佛只有一个心眼的工作，没有拉关系走后门之类的风气！同志与同志之间，领导与被领导之间，人与人之间的距离似乎并不明显！啊！使人从心眼里感觉到这真是一个革命的大家庭！

我出生在辽阳东南的一个偏僻的山沟里，懂事的时候就在日本军国主义铁蹄下呻吟，家穷养不起牲畜，种几亩山坡地全靠镐头或人拉犁，我只上了三年半学，便被生活的鞭子赶出学校的大门，流浪在辽阳、沈阳，当学徒工，当杂货店的小伙计，当车工工人，当国民党兵。最后找到了共产党，又能迈进《东北文艺》编辑部的门槛，从事神圣的编辑工作，这可以说是我梦想不到的事，也可以说是一个难逢的机遇！

研究班上发言简，

赶稿夜深住笔迟！

大约是1951年春天，我参加了《东北文艺》研究班学习，这是由《东北文艺》蔡天心和沈阳市文化局局长郑文领头办起来的文学学习活动阵地，聚集沈阳市内的一些青年文学爱好者，如写小说的大群、众牛和写诗的张捷等都是这一期的学员，附近的鞍山、抚顺、本溪等也有些人来参加学习，共有四十多人，《东北文艺》编辑部的同志也大都参加学习。每星期天活动一个上午，有时请作家做报告，有时是学员作品讨论，有时是世界名家作品分析……特别是《在延安文艺座谈会上的讲话》，是由刘芝明部长给做两次报告，我们讨论了两三次，使我们明确了许多问题。

我过去只在报纸上发表过一些小东西，这年碰巧在《东北文艺》上发表了《山沟的妇女》，并同期发表了肖贡同志的评价。接着又被《新华月报》转载，团中央编入团员婚姻法学习材料中，不久，教育部编的职工中学课本又编入了它，东北人民出版社编辑出版的《写作与阅读》也编入了它……也可谓轰动一时，我也有些飘飘然了，觉得写作也没什么？我似乎也可以当作家了。实际呢？《山沟的妇女》几乎是我自身写照，有其生活基础，写来水到渠成，所以能够发表。与在文学研究班的学习，和那些良师益友的教导，以及《东北文艺》的培育是分不开的，又正好遇上了公布《婚姻法》、宣传《婚姻法》那么一个机遇！但确使我产生走上文艺路途的念头，于是，我便向蔡天心同志表达了，他笑了笑说：如果你们组织同意，我们欢迎。那时我在最高人民法院东北分院做三审审判工作，正跟着许烈秘书长处理东北银行系统的三反案件。我表示了心意。他片刻才说："搞司法审判工作也可能埋没了写作天才，中国作家不是太多，而是太少了！……"就这样，只经过五六天时间，我便迈进了张氏帅府（现为张学良旧居陈列馆）的门槛。

《东北文艺》编辑部和文学研究班，可以说是两位一体，但我对文学研究班的学习已经不是那么热烈了，讨论会前没有充分的准备多是即兴发言，或拾人牙慧重复几句，而是把精力专注于创作上。白天上班审稿、修稿、写退稿信退稿，下班回到家里便一头扎进创作工作中。不久，又在《东北文艺》上发表了与郭峰合作的多幕剧《水流千里归大海》，这是一个反映农业合作化的剧本，是为配合运动赶任务赶出来的东西，免不了编造故事粉饰生活。但是却使我产生了一个错觉，认为文学配合政治运动是天经地义的事，赶任务也是天经地义的事！是走上作家路的途径……

> 拙笔常承珠玉润，
> 胸襟久受露华滋。

好景不长，不久，东北大区撤销了，辽西辽东两省合并了。《东北文艺》停刊了。刘芝明出任中央文化部副部长，张东川、安西等戏剧界一些人进京了，编辑部的一些独身青年如凤珠、简慧、高越也进京了。寒梅到大学去任教。传说蔡天心将出任中央文化部副秘书长。他曾问过我说："节操，你打算怎么办呢？能先扔下山沟妇女吗？"我没有正面回答，不知为什么我忽然冒出了这么一句："此生付与党安排！到哪都行啊！"他点点头笑了。这时节安危成立东北文艺出版社，郭峰、杨麦、厉风和我便一起去了。然而《东北文学》过了些时间又改称《文学丛刊》问世了。东北文艺出版社也并入了东北人民出版社，组成了文艺编辑部。我在《人民文学》上发表了小说《被面的故事》，在《文学月刊》发表了《群众心上的人》，在上海《展望周刊》上连三期发表了《好人里面选好人》……这些作品的发表，助长了我专职搞创作的欲望。这时，恰恰辽东通俗出版社撤销，一部分人转至文艺编辑部，似乎有满员之感，恰恰本溪市需要专搞剧本创作的人，因之，我向主编李一黎提出要调转工作，他就慨然同意了。大约也就七八天我便离开了沈阳来到了本溪。我没有考虑到，这意味着我和东北文学研究班、东北人民出版社文艺编辑部以及《文学月刊》编辑部……那些良师益友的距离远了，我没意识到，这如同一棵幼苗从培育它的苗圃拔出来移向另一块田地，它必须很快重新扎根施肥上水才能茁壮生长……这以后我下去体验生活准备搞剧本创作。在《辽宁文艺》上发表了独幕剧《老人的心》、散文《在山坡上写的信》，在《芒种》上发表了小说《棠棣花香》《归途》，在辽宁人民出版社出版了独幕剧《春归何处》……然而，我知道这些东西能得发表，多半是借助文学研究班的余温，我已感觉到我如枯黄的禾苗而需要雨露滋润。

> 可怜身世付萍梗，
> 质浅时衰莫问蓍！

正当我认识到需要良师益友的雨露时，正当我体会到需要向书山沃土里扎根时，1957年那场运动来了。我顺理成章地成了运动员，又理所当然地去劳动教养。我想教养又能怎样？不就是三年吗？于是，我又操纵起机床来，又开始和纸、活件、砂轮、车刀打起交道。可这不仅和文艺园地、文学研究班甚至文艺界隔绝了，同时还和人民群众隔了一条无形的线，而且不止三年一千多天，还要无止境地延伸下去。因之，我才枯了，笔冻了，当作家的幻梦破碎了，思想似乎凝滞了。只有呼吸不能停滞，生命不能停止。何况，我已到"不惑"之年，还有养妻育子的责任！那么就当车工吧！总得干活、吃饭、活命啊！节、假工余，我有时抚弄几部剧作原稿，有时悄悄低吟写几首古旧诗词。如寄郭峰、于雷的一首七律：

> 又是秋风落叶时，
> 茫茫情绪两心知。
> 东门携犬岂无悟？
> 西陆吟蝉应有思，
> 何日登临同把盏？
> 几时抵足共谈诗，
> 此情应料今生少，

对镜更愁两鬓丝。

后来，于1969年寄鞍山胞妹写道：

风已温和雪已酥，
残冬对我有如无。
萱堂喜庆七十寿，
棠棣荣发三四株。
万水无言知冷暖，
千山有语话荣枯。
莫愁再起风兼雪，
一响惊雷万物苏！

"残冬对我有如无"我估计错了。翌年我就被清除出了工人队伍，遣送到原籍监督劳动，而且雷厉风行。也许是我思想凝滞的关系，认为监督劳动为农种地也没什么？工人、农民同样可以干活吃饭活命！动乱年月结束了，三中全会开过了，我又梦幻般回到了文艺这条道路上来！然而，二十多年的光阴空空逝去，我已经如一根枯干的草茎，没了根须，没了绿叶。而《鸭绿江》这块园地，那些辛劳的园丁，又送来了春风，洒来了甘露，又帮助我将小说《樱花恋》在《鸭绿江》上发表与读者见面，我除了感谢、感慨，还有深深的反思。四十多年的事实证明，我是文艺征途上一个落伍老兵，是文艺长河中一粒沙。而《鸭绿江》是旭日初升，是真的鸭绿江滚滚长流奔腾不息。而函授班更胜当年的文学研究班，高举红旗开拓前进，作家辈出，诗人迭现！

最后，我谨将1987年2月21日同郭峰晤大群同志，归后感慨题七律四首，择一录下，作结作鉴，蛇足否未可知也。

当年同上研究班，
三十余年天壤间，
橡笔如龙吸沈水，
寒蝉若喋卧溪山。
非缘水土分柑枳，
多以怠勤定后先。
岁月虚抛我朽矣，
空怀枥志奋蹄难。

作者简介

高节操，男，汉族。1924年生，原籍辽宁省辽阳县。沈阳解放后即参加革命，入东北行政学院（吉林大学前身）法律系学习，1950年春毕业分配到东北人民政府司法部工作。在《东北日报》《中苏友好报》等发表一些小说、鼓词。同时参加《东北文艺》研究班，在《东北文艺》上发表了小说《山沟里的妇女》，剧本《难逃法网》《水流千里归大海》等。1952年在《东北文艺》编辑部工作。1980年在本溪市评剧团做编剧工作，发表了小说《樱花恋》《山沟的呼唤》以及独幕剧《长生不老》，1984年秋离休。

在那座黄色的楼里

厉 风

每次进城，经过大西城门内路北那座造型一般的黄色二层楼房，我总是不由得放慢脚步，或是停下来多看它两眼。20世纪50年代的头几年，这里是东北人民政府文化部，东北文学艺术界联合会也设在这儿，在二楼上东南面占用了几个房间。

《东北文艺》是个16开的中型杂志，大约九个印张，是东北文联的机关刊物，也是当时东北地区的唯一一家刊物。编辑部除正副主编外，共有编辑十六七人，我曾是其中的一员，负责诗歌稿件。我在这个编辑部工作时间不长，不过一年半，却是我以后长期编辑生涯中时常怀念的一段。

我是1951年深秋（或是初冬）同崔琪、马炬一起从当时的哈尔滨东北鲁艺调来《东北文艺》的。鲁艺是个艺术院校，因为贪恋那里的艺术气氛在同志们给我举办的饯行宴席上竟然有些失态，及至来到编辑部，才发现这儿是一个多么理想的所在。十几个编辑，都是风华正茂的文学青年，以写作清丽散文而闻名的单复也不过三十出头。我本来是搞文学的，在天津读书期间也曾主办过《文艺风》杂志，来到这么一个群体中，大家有更多的共同语言，所以甚感欣慰。

整个编辑部内始终保持着团结互爱，和谐轻松的气氛。真正是心情舒畅，工作愉快，常常是下班了还不愿离开。那时我写过一首《把阳光钉在办公桌上》的诗，发表在《东北日报》上（这首诗在1981年经过改写收进了诗集《露珠和星星》中），反映的就是当时的心情。

我所以常常怀念那座黄色楼房里的情景，还由于那里面的风气的纯正。那时没有"关系稿"这个词，作者寄稿给编辑部，编辑们在大量的来稿中沙里淘金；编辑登门找作家组稿，把作家的作品看作是对刊物的支持；作者不需要携带礼物去叩编辑的门……杨麦的小说《辨河》是在他调入编辑部之前，从稿件堆里"淘"出来的，高节操的《山沟的妇女》也不是托人求情才发表的。那时选取稿件真正是"在质量面前人人平等"。

在编辑部，除了规定的政治学习外，我们也常做一些有趣的业务切磋，比如关于标点符号的正确使用，比如对一些名词、成语和俚语中字义的推敲等。记得有一次，稿件中出现了"小小不然"这么一个短句，有人对这个"不然"的"然"字提出质疑，认为这是地区语言发音平卷舌不分造成的，"然"应为"言"。但也有人认为"然"没错，"不然"也含否定之意。经过七嘴八舌的争论才认定"然"应为"言"，"小小不言"，是说"些微小事不必提了"，"微不足道"正是此意。

几十年后看过去也很感慨。那时，我们也

太天真幼稚了。我们不知道加强政治修养，不懂得注重历史的经验，有时不免有点忘乎所以，以致几年后，我们中间不少人都为此吃了苦头……这是题外话，这里不谈也罢。

作者简介

厉风，原名翟立峰，1925年生，河北新河人。1948年肄业于天津育德学院。1950年在东北鲁迅文艺学院音乐研究室从事歌词创作，历任《东北文艺》编辑、东北文艺出版社文学组长，辽宁人民出版社文艺编辑室组长、副主任，春风文艺出版社副总编辑，1946年开始发表作品，著有长篇小说《倾斜的岁月》、诗集《露珠和星星》《梦土》《窗外没有风景》《门铃不语》、随笔评论集《诗与诗人》等。

《光荣参军》（木刻） 夏风
1947 第2卷第5期《东北文艺》封底

沸腾的钢都
——鞍钢特辑组稿记

单 复

回忆像钓鱼,有的钓着了,有的溜脱了。老年人的回忆,往往像这样。回忆几十年的编辑生涯,有的朦胧,有的淡忘,有的清晰。虽是清晰,但不一定百分之百地翔实,有时,未免掺杂了向往和想象的成分。姑且算是这样吧。

钢都是祖国的骄傲,也是我们辽宁的一颗明珠,她就在我们身边熠熠闪光,尤其是我们亲爱的钢都儿女们,那些英雄的建设者,他们的事迹和名字应该记在金色的史册上。作为辽宁省作协的机关文学刊物《东北文学》,有责任也有义务为鞍钢建设者"树碑立传"。

于是,我们登程赶赴钢都,汇入庞大的捏笔杆子和举摄影机的群体里,任务是编一栏"鞍钢特辑"。当年鞍钢的红火和盛况,不在此文描述。

作为编辑,我只能谈谈组织"鞍钢特辑"的情况。为了集中和突出,我又只能谈谈报告文学《李金芝》一文的前前后后。举一反三,片鳞只斑,或可窥其全豹。

鞍钢有我们关系密切的作者群,温俊权,这个年轻的鞍钢工会干部,就是其中的一位。他在工会工作,平日下厂、下车间,熟悉工人、干部,熟悉鞍钢,对厂有着深厚的感情。他勤奋刻苦,坚持业余创作,发表过一些作品,是个有希望的作者。一到鞍钢,我首先找到的就是这位热情认真的温俊权。我们彻夜长谈。

当他谈到一群乡下来的姑娘,李金芝、孙玉英、丁秀英……这些拿惯了锄把、镰刀、牧羊鞭子,被田野的太阳和风,吹晒得黧黑的姑娘,如何在老师傅和辅导员的培养下,刻苦学习,克服文化低、理解慢的重重困难,终于成长为新一代的现代化炼钢厂的工人,走上操纵台,走上炼钢炉……他的神采是那么飞扬,声音是那么充满着感情,把我深深地吸引了。尤其是那个看什么都觉得新鲜,总是睁着一双又黑又亮的大眼睛,紧紧盯着你的李金芝。热试轧那天,她将登上操纵台,扳动操纵机,让浑身通红的,光闪闪的钢管通过穿孔机,轧出新中国第一根无缝钢管的生动故事,更深深地把我吸引了。温俊权说,我对她很有兴趣,我很想写她和她的姐妹们,写她的师傅和辅导员。我说,对,就写她,写这个李金芝,写这个用拿惯锄把和镰刀的双手,为新中国轧出第一根无缝钢管的从田野走来的姑娘。

初稿基本上是不错的,但我总觉得不够理想,有些地方还应加强,细节还欠生动。我和俊权再三研究,再三推敲,决定由他拿回去修改。

修改稿仍然不够理想,我们都认为,这是个很好的题材,应该把它写得更好。关在屋里不一定能改好,还是让我们到生活里去吧,生活会告诉我们许多东西的。

于是,我们到无缝钢管厂去,到车间去,到李金芝班组去,我们登上操纵台,看李金芝她们学习操作。我们访问了老师傅刘班长,访问了辅导员朱惟治,听听他们对李金芝的看法和品评。我们又到李金芝她们的宿舍、食堂,了解她们的生活、爱好和趣味。总之,我们沉到生活的激流里,尽量捕捉有关李金芝的素材,哪怕是一个微小的细节。

我们心里装了一个活脱脱的李金芝形象,回来后我们重新读一遍修改稿,把写在纸上的李金芝和生活里的李金芝互相印证,立刻就发现还没有把她写活,她还缺那么一点血肉。经过再三研究,决定由我执笔修改。生活真像一道亮光,迎着这道亮光走去,李金芝的音容笑貌,言行举止,甚至心灵的波澜,就都呈现在眼前,向你点头示意。我觉得修改得颇为顺利。最后,我们两人又坐下来共同做了一次修改,终算定稿。

"鞍钢特辑"在刊物上和读者见面了。《李金芝》《刨床上的花朵》(写王崇伦的创造精神和出色的成就,当时他操纵的一台刨床,连创纪录)等文,受到了读者的好评。中央广播电台、辽宁广播电台,都先后全文播出了《李金芝》。《中国文学》英、日文版,翻译转载,中国作家协会编的《散文特写选》(1953.9—1955.12)也选了进去。还有美术工作者画了小人书,广为流传。

这一次鞍钢组稿,给我的启示是很深的。作为一个编辑,不仅仅是下去了,伸手向作者要稿就算完成任务。当然,成名的作家出手不凡,只要他们答应给稿,就可放心。但我们面对的,往往是一些正在摸索的业余作者,这就有一个关心爱护,帮助培养和鼓励的过程。当作者辛辛苦苦,惨淡耕耘,好不容易把一篇作品送到你面前时,你读了,觉得不够理想,离发表还有一些距离时,你是不是能耐心地,有见解地提出意见让他修改?你提的意见他是否能理解和接受?他修改后仍不理想,你又该怎么办?是他对生活还不够熟悉呢?还是创作的水平还差点火候?或者二者都有。面对着这些问题,我觉得正是考验一个编辑的责任心和素养的关键时刻。和俊权的这一次合作,使我们双方都得到了提高,虽然由于一场政治旋涡,把我们卷了进去,二十多年大家都在磨难中,但直到现在,我们的友谊还是如苍松翠柏,常绿青青。

作者简介

单复,原名林景煌,福建晋江人。曾任上海文化生活出版社编辑,华北革命大学经济研究所学员,《群众文艺》编辑,《东北文艺》及《处女地》编辑、组长、编委,《鸭绿江》编辑部副主编,朝阳县图书馆职员;辽宁省作家协会专业作家、理事及散文学会名誉会长、侨联委员。1936年开始发表作品,1956年加入中国作家协会。著有散文集《金色的翅膀》《玫瑰香》《单复散文集》《多棱集》《文坛师友情》(上、下卷)等,部分作品选入《中国新文学大系》等十多部选集。《黑心树》获1981年辽宁省优秀散文奖,《姐姐》获1982年《鸭绿江》优秀散文奖,《槐树花开》获1982年《海燕》优秀散文奖。

发现的喜悦

肖 贲

多年的编辑工作，除了组稿，就是看稿，当然也还有其他的事情要做，但组稿有组稿的体会，看稿有看稿的喜悦，这一切仿佛在沉积的泥沙中筛选、寻找那明亮而美丽的珠子，然后编纂加工成珍品捧给读者去欣赏、思考、回味。无论怎样的比喻，都是那么蹩脚，这怎能表达编者工作的全过程？可是多年工作的感受，久久不忘而又感触颇深的是那发现的喜悦，这喜悦是真挚的、新鲜的、无私的。

20世纪50年代初，《东北文艺》刚刚创刊，我们从来稿中发现了高节操同志写的短篇小说《山沟的妇女》，小说以浓郁的山村生活气息见长，又具体形象地描写了山沟妇女的纯朴并揭示她那丈夫的心灵。新中国成立初期，干部进城，大学生毕业，思想随着生活的变化而变，在夫妻生活中引起矛盾，作者视角敏锐地反映了这个变化，提出了问题，在当时还是有影响的。后来，高节操同志已是一位专业作家。不久，具有历史意义的抗美援朝战争开始。《东北文艺》编辑部，坚持出刊，和作协沈阳分会举办青年作者学习班，每个星期天由作家讲课。这时，我们又发现了杨大群同志。他的习作《东大坝》语言浑厚，有地方特色，我们发表在"写作与阅读"专栏中，写了评点。大群同志坚持参加学习，几个月的星期天，一次都不耽误。以后，无论是《东北文学》时期还是改为《文学月刊》时期，都发表了他写的许多作品。后来他成了省作协的副主席。

1956年，我们已经开始重视和组织儿童文学作品了，我们抱着极大的希冀和美好的愿望去组稿，可是，那时的儿童文学作品真少啊。当我们从来稿中发现胡景芳同志的《山村的孩子》时，真是一口气读下去，好似发现了闪光的金子。那山村生活气氛扑面而来，孩子的形象刻画得聪明可爱。记得在东北旅社，我们高兴地和他一块研究如何改得更好。之后这篇作品获得刊物的二等奖。同样的喜悦，还表现在60年代初，发现了李述宽同志写的儿童小说《山雀惊飞》。

如果说这些作家的作品是以生活气息浓厚，人物形象生动为长处的话，那么丁仁堂同志和晓凡同志的作品就以才思敏捷、蓄意出新为长处了。那时的侦察小说还不像现在这样风行，我们是从大量的来稿中发现了小说《熊掌印》，作者兄弟二人均在重型厂。我们立即请他来谈谈。当时的晓凡同志像个十六岁的中学生，谈起话来，对如何修改作品反应敏锐，竟是那么有条有理，思维敏捷。丁仁堂同志的小说《春夜》和《一畦菜花》是从吉林的来稿中发现的。（以后他成为很有影响的专业作家，可惜如今他已辞世了。）我深感祖国的辽阔，人才众多，既感到离我们是那么遥远，可又感到很近，很近，近在眼前。

20世纪60年代我们发现刚刚十八岁的刘鹏学写了一篇反映农村生活疾苦的小说《在马槽边》。小小的年纪，观察感受生活比较细致。那老农的干部服，四个大兜老是装着捡来的豆粒或苞米，这个细节到今天也忘不了。我们把它发表在《习作者之友》小册子中。从那时起，尽管刘鹏学遭受许多挫折，生活坎坷，可是他没有放弃学习写作。党的十一届三中全会以后，他充分发挥才智，是《盘锦日报》多次得奖的记者，也是儿童文学作者。

20世纪80年代，是作家腾飞的年代。我们这些插队的编辑从农村回到作协。深感失去了许多时间，就又极力提倡作协抓一抓儿童文学。我们欣喜地发现了科学童话作者郑小凯同志。在儿童文学讲座的讨论中，他是那么内向而沉静。此后他连续发表了许多幽默而又隽永的童话作品。

几十年过去了，我只不过举几个小小的例子。在我们伟大的祖国，人才辈出，如同浩瀚的大海，前浪、后浪，后浪推着前浪，浪涛滚滚。我曾说过，我愿成为铺那文学之路的泥土。当我看到文学园地中的百花，而又有自己发现的花朵成长得美好时，真是由衷地欣慰和喜悦。

作者简介

肖贲，1925年生，自幼在哈尔滨市上学，深受进步作家作品影响。1947年参加鲁迅文艺工作团，为解放战争、民主改革进行宣传。1950年调至《东北文艺》从事编辑工作，任小说组组长多年。1979年回到省作协，编辑《文学少年》，任儿童文学研究室主任。1985年6月离休。著有儿童文学《在小河边》《一幅画儿》《嫩芽》等。

鸭绿江，我的文学摇篮

赵郁秀

鸭绿江，家乡的河。我迎着她悠悠轻风，望着她闪闪碧波，听着老祖母述说着她神奇的传说，渐渐长大。于是，当我有了读书欲望时，从流亡关内的叔叔丢下的书籍里翻出的第一本书，便是《在鸭绿江上》，我认不全作者蒋光慈三个字，却深记着书名。因为我是那样爱着我家乡美丽的河啊！于是，当日寇投降后，我一个小小初中学生也提笔抒情，写了第一首诗《我的家在祖国边陲鸭绿江》。尽管我曾将蒋光慈等作家看得那样神圣，但从未想到我成人后也会以笔耕为生，成为以我家乡河流命名之刊物的一名文学编辑。恰似鸭绿江之水，蜿蜒、奔腾，不知流向何方。我，仅是江中一水珠。逢《鸭绿江》纪念创刊之际，记下我一滴水之片段回忆吧！

我和《东北文艺》

迎接新中国诞生的前夕，我兴奋得连夜写了一个庆胜利的歌舞脚本。当时辽东省文联主任谢力鸣命我和于颖（现代舞剧《红楼梦》编导）联合导演。因角色多，还要充当演员。那时我是个将满十六岁的少年候补党员，一切听从组织分配。街头演出结束后，谢主任（已故）让我写篇文章交给他。年底，首届东北文代大会于沈阳召开，出刊《文艺报》。我交给谢力鸣的那篇文章竟于该报12月25日三版头题发表了（此报为《东北文艺》前身、主编蔡天心。我文章的背后，即头版头题便是蔡天心的《塑造时代英雄》的大堆文章）。此前我虽发表、出版过歌词、剧本等，但登东北大雅之堂还是初次，心中不禁暗喜。不过，接《东北文艺》创刊的约稿信后，仍不敢联系。

1950年夏季，我同别人合写一三幕歌剧《师徒连心》准备参加东北首届文艺汇演。因抗美援朝会演停止。但，剧本又在我们不知不觉中于1951年第二期的《东北文艺》发表了。这使我鼓起了同《东北文艺》联系的勇气。

在炮火连天的日子，我于防空洞里写了个儿童剧《五条红领巾》，被辽东省省委书记杨海波推荐到全国首届夏令营演出了。我将演出本改改寄给了《东北文艺》。这是我第一次自己向外投稿，寄后便担心能否被理睬？很快，于当年九期刊发了。我感谢，猜想:《东北文艺》里有什么能人在编稿？1952年夏，我下乡归来见一信条。大意是:《东北文艺》一行几人随主编蔡天心来安东，很想看看您……不在，遗憾……署名：杨麦。当时我对东北作家马加、舒群、草明、白朗等都极为崇拜，对蔡天心也久闻大名，杨麦何许人也？一打听，是一位青年小伙子，我打消了写回信的念头。那时我被人喊着"小丫头""大姑娘"，平时随随便便，大大咧咧，实质，还很注意同男同志的个别交往，不敢轻举妄动。但是《东北文艺》却一直向我伸出热情之手。1953年第二期又刊登了我同已故郎纯林同志合写的曾获东北区调演创作奖的二人转《杨大嫂找马》。以后听说责编却是浦漫湘同志。不久，我这个生长在鸭绿江边的土丫头第一次走进山海关——被辽东省文联推荐到北京中央文学研究所（二期。后改讲习所，现在鲁迅文学院）学习了。未想到，在文研所竟同《东北文艺》的女编辑张凤珠成了同学，又同《东北文艺》的老作者刘真是同屋。我们见了面，很高兴。张凤珠同志说："好，我们都从《东北文艺》走来。"刘真说："我很爱你的家乡鸭绿江！"

第一课

1955年秋，我从文讲所毕业不久，被调到东北作协任文艺记者。第一个接待我的是《文学月刊》主编罗丹。解放战争时期，我们白山艺校由辽南游击区撤退至大连，我在大连报纸上拜读过作家罗丹的文章。未料，久仰的作家罗丹竟是一位其貌不扬、操着难懂的广东话的矮瘦老头。他热情又客气，向我介绍了由《东北文艺》变为《文学月刊》的情况，并问我愿意到理论组还是小说组。说有人听了我在全省《女报务员日记》的讨论会上的发言，大胆批庸俗社会学，引起注意，作协当即决定调我搞评论，但小说组也缺人。我问："不是让我干文艺记者吗？"

他哈哈大笑说："那是听宣传部文菲同志说你坚决不来，愿意下去落户或当记者，我们就说到这儿来当记者吧！"

我心里很不痛快。罗丹仍很热情，边介绍编辑部情况，边交我几篇稿子让我看看。我猜测是主编测验我的水平。当晚，作协执行主席师田手找我谈话，让我暂替一女同志去看守草明。我不禁一惊！草明是堂堂东北作家协会的主席，何须看守？原来她正在隔离审查。我恐惑不已。晚间被人领进草明同志住屋，她坐在里床边上热情向我招呼，我习惯地上前要和她握手，她没起身，我手足无措。想起两年前，她到北京参加全国文代会，特将东三省在文讲所学习的同学李宏林、谭忆等都请去，同我们亲切交谈。加之我早读过她的《原动力》等作品，印象极好，尊敬、崇拜。现在我如何执行看守任务？看她那不足八十斤重的瘦小身躯，从前感到是小巧、精明，现在觉得羸弱、可怜，谈话，我不敢，躺下睡不着。待草明躺下，我便把罗丹交我的几篇稿子拿出来翻看。其中有一篇署名李云德写的小说《生活第一课》吸引了我，写的是一位刚出校门的女勘探队员初进森林勘探的故事，色彩浓郁，颇有生活气息。我很兴奋，不觉睡熟了。第二天一早，还是草明同志把我喊醒。她笑说："哎呀！小鬼，你睡得真死啊，我来回出去几次，你动都不动。"潜台词是：你还看守我？

上班后，我拿着几篇稿子到罗丹处，告诉他我对《生活第一课》的看法和意见。他连连点头，问我：能不能到鞍山去一趟，帮作者改好？这是我料不到的。虽然我去北京上学前当过两年多《辽东文艺》报的编辑，但从未专程去作者那里谈稿。这位李云德同志写的是家庭地址，像是位勘探队员，男性。我一个刚上任的女编辑怎样去找他呢？我有些忧虑，问："就我一个人去吗？"罗丹答："就你吧，别人都有事情。"看罗丹的态度是希望我快去快回等发稿。我考虑下回答："我明天就出发。"心想：要去就快走，再不用看守草明了。

1948年冬辽沈大捷后，我们随部队进驻过刚解放的鞍山。那时火车不通，缺粮、断水、停电，街心立碉堡，楼墙遍弹痕，钢铁公司一片废墟。这次，火车进入鞍山便有一种热气腾腾的感觉。鞍钢上空红云飞舞、火花四溅，路边白杨耸天直立，新式高楼拔地而起。我兴奋已极，一路走一路看，不觉找到了鞍钢红楼招待所。一切安顿好后方知，这正是星期六下午。第二天我早早起床乘车、换车，按稿上写的地址找去。原来李云德家住在需爬山、走石的大郊外。未等我敲门便听到婴儿的哭声，进屋第一眼看到的是半空像悬着万国旗一样，挂满了红、蓝、白等各色尿布。女主人穿着蓝阴丹士林大褂，男主人身着劳动布上衣、黄军裤，床上好像还未叠被子，更不像吃过饭的样子。这时我才感到自己太莽撞了，休息之日岂能如此早早闯进陌生人之家？只见李云德同志直愣愣望着我这不速之客，看出这是一位十分纯朴、憨厚又腼腆的同志。我忙从兜里拿出稿子问：这是您写的吧？他点头又有些紧张，我急忙说明来意，他似松了口气，但窘相仍未解除。我们就站在他家屋门旁，面对小说稿，一页一页说着意见。我以好奇心理很愿意听听他说说地质队的野外生活。可是他说得不多，有时口吃，头也不抬，总是眼盯脚尖。不过他听我讲意见却很认真，最后表示好好修改。我匆匆告辞了。

第二天我又找到李云德的单位，想同他告别，也想再细谈谈。他悄悄将我领出大门，我俩就坐在大门外树荫下的马路牙子上交谈了一番。这时他向我介绍了他的简历和工作情况。这是他第一次向省级文艺刊物投稿，他表示如能采用，愿继续写下去。

《生活第一课》很快于《文学月刊》10月号头题发表了。以后我又从第一次来稿中发现了鞍山的徐光夫等几位现今已有名气的作家，我负责联系鞍山、旅大地区。如今，李云德同志已是鞍山市文联主席，名作家了。他说他写女勘探队员第一课，是他步入文坛的第一课。对我，也算正式投入文学编辑摇篮的第一课吧！

请茅盾撰稿

1961年刚过，文艺界充满了自由空气，由《文学月刊》演变的《文艺红旗》，又要改换刊名了。这时从北京来了戈扬同志，她是编刊老将，胸有成竹，要使刊物焕然一新。改什么名更棒呢？又是七嘴八舌。这次我的意见占了上风。鸭绿江哺育我长大，鸭绿江水送我走上革命生涯；我目睹鸭绿江在抗击侵略者的狂轰滥炸中是怎样巍然屹立；鸭绿江是英雄的河流。辽宁的骄傲、祖国的自豪！

筹备改刊时，正值全国作协在大连召开小说创作座谈会。会议由全国作协副主席邵荃麟主持，周立波、赵树理、康濯、胡采、陈笑雨、马加、李束为、李准、刘澍德等二十余位全国著名小说家、理论家出席了会议，编辑部派我列席。列席会议的编辑还有：后为全国作协党组书记、当时在《文艺报》的唐达成同志和《人民文学》涂光群同志共三人。文化部部长沈雁冰携夫人在大连度假，未出席会议。

组稿是编辑的职业习性，见了茅盾等文豪，自然想到：难得的组稿好时机。不过我组稿一般不单刀直入，设法"水到渠成"。我在文讲所学习时听过茅盾讲课，也知道他对我们学习非常关心；改学制三年、去南方旅行、系统读书、多开眼界等建议都是他提的。同学们十分感谢他、崇敬他。

大连会议开头几天，每当茅公走进会场，大家便肃静起来，正说笑的人板起了脸，我更是坐在最边角处一声不吭。而茅公听大家发言却极认真，常亲切发问、插话，有时拍着他随身携带的得空便读的一部书谈古论今。谈唐王李世民怎样善用人才，魏徵怎样刚直不阿，隋炀帝怎样刚愎自用，从而说到文学要从生活出发塑造各种有血有肉的典型人物，不要回避现实；英雄人物要写，中间人物也可写，他们不是落后分子，是有特征、有缺点的可爱的人，如李双双、喜旺、老坚决等，人无完人，均具个性，文学要真实反映。有一次还有声有色地讲到他去苏联在街上怎样被小偷掏了包，说明社会主义社会不是尽善尽美，但写，要"投鼠忌器"。他分析了很多优秀短篇，如茹志鹃的《百合花》、马烽的《老社员》等，对心理分析、细节描写都谈得十分细微、惟妙惟肖，看来他对当今的作品读得极其认真，对后起之秀是热情关切的。有时李准等活跃人物便无拘无束地为他的发言补充插话、互相谈笑风生、气氛十分融洽，严肃拘谨之感很快消除了。当时出席会议的女同志极少，只有一位女作家——邵荃麟的夫人葛琴，有时茅公同我们一道用餐，葛琴便拉我坐她身边，席间茅公同荃麟同志常用地道的上海话轻声畅谈并一再为"女同志"让菜。那时我的四岁女儿星星正在大连，一天，茅公在走廊上看见我领着她，便上前逗她玩。以后有时给她带糖果，有时把他的孙子领来让他们同游戏，有时还让我带她同他们一道吃饭。看她光头穿裙子，故意问：小囡的头发哪里去啦？小囡啥人？小囡爸爸做啥子事情？原来我曾不敢搭话，看上去很严肃的大文豪还是这样平易近人、普普通通，我不再那样拘谨了，考虑如何进入我的"主题"。

这时省委文化部长安波同志陪同周扬到达大连，常共同去海滨游泳，安波同志嘱我多关照沈夫人，因为她体胖、脚小（解放脚），行动不甚灵活。一次在夏家河海滨，她摔倒了（也许头晕），扶起后，我看安波陪茅公游进大海深处。我忙把孩子安顿好，向深海游去。我悄声向安波口头汇报了情况，安波命我快回岸护理。只见安波靠近茅公笑说：沈部长，里边水凉，我们往回游吧！待他们到来时，沈夫人孔大姐已能行动了。茅公笑说：无来事。同时还对我表示感谢。这天饭后我便恳请茅公为《鸭绿江》撰稿了。虽然关于改刊之事我早已寻机下过"毛毛雨"，但他还是很认真地问：为啥子要改刊？改后打算怎样办？都请谁写了文章？我说到请了老舍、沈从文先生等。他笑说：你们很有办法哩，蛮好，他们都是大手笔，我没什么好写，不成文章。还说，你们还是请当地作家多写，特别注意多发青年人的文章哩！我连连表示：一定努力。我又说明：这次是戈扬同志派我来，请您支持我们改刊。他想想说，戈扬是能干的女将，办杂志蛮有办法的。还问我：她爱人现在哪里？他能画也能写，工作了没有？这时戈扬夫妇都刚摘了右派帽子，她爱人还没分配工作。可是沈雁冰部长却如此了解他们，关心他们，我作为一个晚辈都感到周身发热。这是一位前辈、一位部长、一位大文学家的关怀，他的心始终同人民、同老通宝、同受苦受难的人贴得很紧。之后，他便很谦虚地向我说：他手里有些读作品笔记，不成文章，给我看看可用不？我喜出望外，要立即随他取稿。他说要整理，第二天交我。第二天开会前，茅公果真交我一个鼓鼓的牛皮纸封筒，打开一看，是用毛笔小楷竖写在黄色宣纸上的《读书札记》，约四五千字，共评了四个短篇，有孙峻青的《交通站的故事》和《鹰》，有管桦的《旷野上》和《葛梅》。前言写道：五六月间，委有任务，读了1959至1961三年间的优秀小说若干篇……《文艺红旗》将改版为《鸭绿江》，嘱写短稿，仓促间不知何以应命，不得已遂将此项笔记拣数则付之……

字迹清晰、工整；评点细腻、深刻，画龙点睛，又颇有感情，由浅入深，使人一口气读完。我高兴得连连道谢。当时在场的唐达成同志也为我庆幸，他说：我们在北京也不容易拿到茅公的手稿呢，这次，你是独家。

茅公的《读书札记》于1962年10月《鸭绿江》第一期头题发表了。发稿后我给茅公写了一封信，表示戈扬同志及我们全体编辑的谢意，同时希望他能继续赐稿。为表示期望他能评点我省作家作品，我随信又寄去了崔璇的《迎接朝霞》和韶华的《巨人的故事》两本书。他很快回了信，一表谢意，二寄来了《读书札记之二》，评的是马烽和王汶石的短篇。我们当即决定于1963年一期头题发表。发表后我又写信约稿。不久，茅公又寄来了评韶华同志《巨人的故事》短篇集的《渴及其他》，刊于《鸭绿江》1963年三期。

1964年，上海《萌芽》创刊，于第一期头题发了茅盾同志评论《举一个例子》。举的就是我寄给他的《迎接朝霞》一书。文前说明：《鸭绿江》编辑赵郁秀同志在一年前寄两本书给我，要我读后提点意见。我只读了一、二篇，别的事情就来了，一搁就是一年，没有时间再读；可是读过的两篇中，其中一篇，至今我还记得它的轮廓。为了想借它来说明问题，我又找出来读一遍……

下面便是对崔璇《迎接朝霞》的评介，共五六千字。我读后高兴又后悔，悔不该同部长停止联系，这篇好文章明明该《鸭绿江》发表，岂能外流？我立即提笔给沈部长写信。不久，又收到了他的亲笔信，说明《萌芽》的主编哈华见《鸭绿江》连发他稿便赴京登门索稿，他便给了他们（以后哈华同志向我致谢并致歉），以后有暇还可给我们写，但目前不行，他正领受一个评《红楼梦》的任务，他想写得短些，但短文也要苦读大量资料和几十部书，身体不佳，实感吃力，致歉，等等。以后，我看到《文艺报》上真的刊登了他评《红楼梦》的文章，确实不长，但见解精辟、颇有深度。我立即想象七十老翁伏案苦读的崇高形象，看到一代文豪严肃治学的姿态，以此为楷模，永远激励自己。他的来信我精心保存。不料，1966年祖国大地刮起恐怖狂风，我曾精心保存的茅盾同志及很多著名作家的来信都遗失了。这是无法弥补的损失。每想及此，痛楚不已。但，茅盾前辈那隽秀、有力的字体，那质朴、亲切的话语，那平易近人的音容笑貌，至今历历在目，永难忘怀。

在那不堪回首的灾难岁月，我离开了《鸭绿江》，被发配到漫卷黄沙的辽北边外村。我愿永别文学"危险"职业，进入了妇女工作行列。粉碎"四人帮"后我奉省妇联之命写了些妇女典型人物。不知谁之功，将其中《为了明天》变为打印稿流落到了《鸭绿江》编辑部。于是稿签上便写下：文笔不错……可查作者姓名、地址，请来面谈……（事后我见此稿签，是崔琪同志之手笔）啊！我这多年的《鸭绿江》的小说、报告文学组长又像三十年前被《东北文艺》发现一样，见到了编辑同志的一双热烈的目光，滚烫的心。我又回到了《鸭绿江》的怀抱。

现在我虽未工作在《鸭绿江》，但是，正像我小时听老祖母所讲：千万条小河汇入鸭绿江……我们历经艰难、曲折，最终又流入一条河。愿鸭绿江水源远流长。

作者简介

赵郁秀，1933年出生，1946年进入辽东省白山艺术学校学习。在辽南游击、土改运动中开始学习写作。1949年先后出版与人合写的剧本单行本《姐妹比赛》《金不换》等四部。抗美援朝炮声中，于安东前沿的防空洞里开始了编辑生涯，任《辽东文艺》编辑，并开始在《东北文艺》发表作品。1953年至北京中央文学研究所（后改为讲习所）学习，1955年毕业，先去沈阳变压器厂任车间支部副书记，后调至省作家协会任编辑。1969年下放农村劳动，担任过县、地、市妇联主任。1985年调回作协，任儿童文学研究室主任，8月成立省儿童文学学会，被选为会长，随后接办《文学少年》杂志，任主编。著有《党的女儿张志新》《傲风寒》等二十余篇散文、报告文学。

深刻的烙印

戴 言

我在编辑部的时间不到三年，而打下的烙印却非常深刻。一则，因为我夙愿克遂地生平第一次开始专干文学工作，尽管因为热河省建制撤销，我的省文联副主席之职自然免职，可是到东北地区的作家协会当编辑室主任，专门从事文学工作，再不干一般行政工作了，还是挺高兴的。记得1956年7月17日，我从中共中央第一中级党校毕业那天作协常务副主席蔡天心亲自坐车到党校来接我，真令人自豪添美。二是因为这两三年虽然时间不长，而变化频繁，波动大，由刚刚宣布实行"双百"方针，文艺初步繁荣，到整风"反右"，反右倾，又到高举三面红旗，大办钢铁的同时大办文艺。作协的刊物三年三易其名，由最没有个性的《文学月刊》，到稍带洋气、嫩气的《处女地》，又到最时髦、标榜最高的《文艺红旗》。主编三易其人，主张、做法、风格自然各有其"三把火"，因而这三年真是波涛起伏，马鞍形跌宕的三年，在刊物上在编辑工作上都有相当的反映，怎么能不留下深深的烙印呢？

1956年5月，中宣部部长陆定一同志在《人民日报》上发表《百花齐放、百家争鸣》的文章，在全国学术界、文艺界引起了极大的反响，我到编辑部的时候，人们正在讨论、学习、宣传贯彻。作协连续召开各种规模的座谈会，《文学月刊》上辟专栏，请文艺界各方面代表人物笔谈。在"双百"方针指引下，下半年9月号刊物上发表了邓友梅同志的小说《在悬崖上》。小说不仅破天荒地写爱情题材，而且是三角恋爱，在读者中引起强烈的反响，有的来信赞扬，有的批评。给刊物增加了声色，扩大了影响。12月号上发表范敬宜同志的杂文《说齆》，典雅、生动、轻松幽默，通过形象讽刺不学无术、主观主义而又多少有点官僚主义的卑微人物。

刊物上思想活跃，绚丽多彩，清新气息扑面而来，创作空气为之一振。这时提出用社会方式，即摆脱衙门作风、行政方式、不坐门等稿，而是走出去，同作者交朋友，联系感情，组织稿件。这时正值中国作家协会十二月间召开全国文学期刊编辑会议。编辑部我们三个专职编委：单复、肖贡和我全去参加会议。临行前即商量好同北京部分作者会餐。记得光临的有邓友梅、林斤澜等人……会餐自然是在热烈友好的气氛中进行的，邓友梅是在刊物上刚刚打了炮的作者。他本人又是一位谈笑风生、潇洒风趣，眉毛和嘴角上总是挂着笑的人，因而给我留下的印象特别深刻。我和他只见过一次面，想不到一别二十四年，1980年冬，辽宁省文学学会年会上，他同舒群同志来参加座谈会，邓友梅一进屋即向坐在一大排人中间的我投来似曾相识的友好目光，点头示意，我即自报家门：当年《文学月刊》的编辑，自然是热烈握手。我十分佩服这位作家过人的眼力和记忆力。

办刊物主要靠组稿，坐门等客不行，同时得加强辅导，培养新人，扩大创作队伍，作协的文学刊物，历来如此。1958年以前作协是东北大区作协，我在这两三年中，跑过哈尔滨、长春，去吉黑二省组稿有时也讲点创作知识。在辽宁省内，沈阳市不用说了，我去组过稿或讲过课的有：大连、鞍山、本溪、抚顺、营口、丹东、辽阳、阜新、铁岭、朝阳、锦州。县一级去过建平、北票、新宾。1958年改名《文艺红旗》后，刊物上辟"遍地开花"栏目，主编分配大家到各市县组织辅导群众创作。1958年更涌现出一批文艺创作积极分子，最突出的是金玉廷、王国兴同志。我们到法库后，组织"文艺红旗创作小组"学习创作知识，讨论作品修改初稿。记得王国兴等同志的《一封没法投递的信》《快嘴台长》《摔香炉》等等都在"遍地开花"栏目或地区刊物上发表过。王国兴同志以后见面总是谦虚地说你们编辑是我的"启蒙老师"，这倒不敢当，倒是他们增强了我们当编辑的信心。金玉廷是农民诗人，没念过多少书却出口成章，当时不到三十岁，他作诗说："从小我是放牛郎，土炕上生的山上长，要不是共产党领导翻身得解放，我做梦也想不到写诗章。"在《处女地》发表过。《高粱像红花》《破除迷信》，在《文艺红旗》的"遍地开花"栏里发表过。后来他参加省的文艺创作会、全国青年代表会、第三次文代大会，成了全国八大农民诗人之一。刊物有了这样深厚的群众基础，编辑心里有底。

《文艺红旗》主张两条腿走路：一方面向著名作家组稿，用大量篇幅发表名家名作；同时向广大业余作者、青年作者开门给他们提供园地。用提高与普及相结合的办法提高刊物的质量和群众性，扩大刊物的影响。除了靠刊物本身赢得读者，靠刊登广告扩大订户之外，主编思基同志提出派人到关内各省市邮局、报刊零售亭去当面宣传扩大影响。记得1958年4月19日我带着从沈阳市邮局了解到的各省市订户数字、《文艺红旗》5月号要目和4月号一二百本《文艺红旗》上路了。我这个任务与游山玩水逛大都市天然地结合，不逛完不成任务，越大越热闹的地方越得去。头一站天津，第二站是济南，然后是南京、苏州、无锡……我第一次过黄河，看到河流很细，并不像《黄河大合唱》中说的那样奔腾澎湃。到济南一下火车看到拖拉机厂工人开着新制成的拖拉机，机身上披红挂彩、锣鼓喧天鞭炮齐鸣，向市委报捷。到大明湖报刊亭去，看到人们正在挖湖泥作肥料。总之一路上的气氛十分鼓舞人，于是我心血来潮写诗四首。

到南京后，也是先跑报刊亭然后去邮局，照样办理。不过到后来越接触越摸到邮局人员的心理和顾虑，越有的放矢地做说明工作……跑报刊亭到玄武湖、燕子矶、秦淮河畔都与工作结合，只有紫金山例外。它不是公共场所，不许游人进去，可是著名的天文台不去一下将是终生遗憾，于是我从松林中爬上去，到了天文台，进了观天楼，到天文望远镜前，什么也没看到，不过以后再看万年历农家历，有了感性知识。

五一节是在上海作协过的。访问巴金是指定的任务。巴金在他家庭前纳凉中接待了我。他询问马加等同志的创作情况和刊物情况并答应给我们写稿。姚文元那时已出名两年了，自然也在拜访名单之中。作协的同志向走廊喊："姚文元，姚文元，有人找！"他正在打乒乓球，原来是一位毛毛愣愣的小伙子，他自然也应酬式地答应寄写稿子。在上海觉得见到了这一老一少两位名人，也算不虚此行。

由上海去杭州，下车后先到西湖，是从西南头进去的从"苏堤"打了个通关，据说堤长五里，因为忙着赶路，无心细看，只在堤边一个所在看了一下，在堤边休息，因为出汗脱了衣服，着了凉。接着看岳墓到钱塘江，到邮局、报亭……回到旅馆，觉得"人间天堂"也不过如是，任务既然完成了，不如赶路为好，于是提前起程。

在广州住了三天，仍然住在作协。一些大作家都不在，只有跑发行的任务。邮局报亭都照例去做了工作，越秀公园、珠江岸边、中苏友好大厦……在广州饭馆闹了一个笑话：喝浆子似的稀粥，桌子上放一大杯"白糖"，我舀了一勺放到"浆子"里，结果很咸，原来是精盐。

武汉，因为解放战争时期鲁艺的老同志较多，住了四天。见到了我参加革命的引路人程云同志和鲁艺的老同志骆文，然后横渡长江去武昌，游龟蛇山，到武汉大学访了一些大报亭，回到汉口，看江汉关大钟楼。武汉长江大桥，是多年来倾慕之处，自然流连好久。

接下来到郑州。街头上牡丹盛开，真是"号称花中王，丽富又堂皇，满街尽牡丹，疑是到仙乡"。像这样直抒胸怀的诗，所到之处都写了不少，部分诗已发表。

…………

到北京，照例跑邮局、报亭。但已有别的同志来组过稿了，我只拜访了曲波同志，这位与东北地区有特殊感情的《林海雪原》作者，在他家接待了我。他平头圆脸，很富有行伍出身的特点，朴实亲切。曲波询问了沈阳作协一些情况，答应给我们写稿，那时他正在酝酿《桥隆飙》。

南方之行，转了这么大一圈只花了三十五天、费用二百二十元，路上几乎宵行昼跑，没住大旅馆，没睡卧铺，纯为个人事坐车为访老同志或单纯看景致的几元车费，没报销。节省开支是小事，给刊物扩大点影响，是经济上无法计量的。对我个人增加了爱国情怀，是平生幸福之事。这种幸福感越老越深厚。

作者简介

戴言，原名戴成均，汉族。1919年3月5日生于喀喇沁左翼旗大城子乡小城子村。1941年由奉天农业大学农学科毕业。后任中学教员。1947年8月参加冀察热辽联合大学鲁迅艺术文学院，负责教务科工作。1948年加入中国共产党。先后任热河省文工团团长、省文联文艺运动部、创作编辑部部长，省文化局艺术科长。1954年任热河省文联副主任。1956年1月热河省撤销，分配到辽宁省中国作家协会沈阳分会任《文学月刊》（后改名《处女地》）编辑室主任，1962年任省作家协会研究室副主任。1977年10月任朝阳地区文化局局长，1978年5月任中共朝阳地委宣传部副部长。同时兼朝阳地区文联主席，主持《朝阳》文艺刊物。1981年3月调辽宁社会科学院任文学研究所副所长，主要从事东北现代文学研究。

从风雨中走来

陶书琴

作为一名美术编辑,我曾在《鸭绿江》服务过十二年,那是 1955 年,我刚从鲁美毕业,经全国统一分配到辽宁省作协,直到 1967 年停刊为止。在这十二个年头里经历了风风雨雨。

我学的是绘画专业,对印刷装潢了解得很少。一来到作协报到,办公室管人事的同志跟我说:"我们是搞文艺的机关,这里人很少。要专搞美术工作是不可能的,你还要看稿,做些其他事,大家都这样。"随后编辑部负责同志又对我说:"这里的美术工作自己可以画点但不能多,主要是向外面的画家组稿。"我的任务就十分明确了。

那时的编辑部设在张氏帅府(现为张学良旧居陈列馆)大灰楼内。正赶上这一期的刊物下版,我马上作为见习,一起工作。排版中间见有许多空白的版面应放上刊头装饰一下,我便把自己剪贴搜集的刊头资料挖下来补这些空白。这一期就这样排完了,由我送到工厂拣字排版。

编辑部当时的人员很少,但很精干,我除了负责美术工作外,还兼管出版、发行、广告宣传、纸张等日常杂务。

一本杂志的装潢如同一个人的脸面一样,刊物的特色需要通过它表现出来。内文发些美术作品增加刊物的活气,对人们也是阅读之余的一种消遣,对美术工作者来说增添了一个发表作品的园地。发表一些名作,也是交流、借鉴、提高的一个重要条件。所以这里的工作对我来说也是很适合的。

那是新中国成立初期,百废待兴,全国各地刊物在装潢编排上除了几家杂志以外,其他无非是互相模仿,形式呆板、色调单一。大部分刊物还是竖行排版。我初来乍到一切都是生疏的,我四处学习,请教专家走访作者。经过一个阶段消化,我提出了改进工作的一些方案。首先将内文由竖排改为横排。其次扩大与加强美术作品的园地。内文加彩页。这一切得到了大家的一致支持。这段工作给我的突出印象是大家很齐心,很团结,一心想把刊物搞上去。

当时的作家协会规定,刊物主编由驻会作家轮流值班,当时称之为"轮流坐庄制"。但每个人对美术装潢设计的欣赏兴趣很不一致。所以刊物的封面格调很不统一。我清楚地记得我初到的时候刊名叫"文学月刊",小 32 开,封面发表的美术作品是一幅反映秋收的风景画。换了接任的主编以后,又改为 16 开的大本。封面用的是国画没骨花卉。到 1958 年前后,主编已经换了两三位领导,这期间是以"卫星上天""钢铁元帅升帐"等以宣传三面红旗为内容的美术作品为主要内容了。

1961 年是三年困难时期中最为严重的一年,给出版印刷业带来的灾难也是很沉重的,首先纸张供应紧张，连供应指标也保证不了，质量程度下降，内文新闻纸，色泽发黑且脆。封面纸也不好。作协机关的职工生活也困难到极点，院内的榆树墙上的嫩叶几乎给家属撸光了，大榆树的树皮被剥下，剩了光秃秃的树干。这时组织上决定我去筹办机关农场，开荒种地度荒年。美编工作由其他同志兼任。直到1962年我从农场回来为止。

在三年困难时期，电力供应紧张，印刷厂也常停电。粮食供应不足，每人每天靠七八两定量过日子，工厂装订车间，在糨糊里掺上毒药，怕工人用它充饥。有一次我在封面打样车间赶活时，工人饿得竟昏倒在机台旁边。这期间画家们的生活也不例外，赶上停电就在煤油灯下熬夜为我们赶制插图、刊头。而我们当时付给的稿酬十分微薄。到了"文化大革命"期间，更干脆取消了稿酬。期刊与书籍出版不同，时间性要求特别强，稍有迟误，就会造成拖期。记得1962年辽宁省召开先进人物讲用大会，刊物为了配合这个全省的隆重盛会，要出专辑，撰写文章要配上人物头像、大会速写，而发稿时间又迫在眉睫。只能外请报社记者照相、画家写生。在短短的几天内几乎人物写生与专访同时进行，文字稿件撰写完毕，插图也齐备了。同时完稿下版。这种画家与我们同甘苦共患难的精神至今如此。

刊物跟出版社的关系更是唇齿相依。纸张的保管、调剂全由出版科统筹，有外出任务时工作上也经常互相代办，单位之间通力合作，像一家人一样。后来，随着工作发展的需要，作家协会办公室调整人力，刊物出版工作改由作协自己管理。和出版社打交道的工作就减少了。

总的说来，我们编辑部是个团结战斗的集体，文字、美术编辑之间的配合可以说是很默契的。如1962年改刊，光封面就准备了40幅供大家挑选。邀请了擅长各种风格的画家为刊物绘制，大家干劲十足，兴致勃勃。

1968年11月我结束了在《鸭绿江》编辑部美编的这段生活。

作者简介

陶书琴，1929年生，1947年在新华社西满新华广播电台，任播音员、播音室主任。1949年调至沈阳，在东北局青委任干事。1950年10月到鲁迅美术学院普通部学绘画，1955年毕业，分配到《文学月刊》任美编。1969年到铁岭插队，1973年调回，在共青团辽宁省委红小兵杂志社任美编。1979年调至省作协少儿文学创研室工作，1985年去北京成为驻京工作人员，次年离休。

我做编辑终生不悔

路　地

原来作家协会有两个刊物：楼上《处女地》，楼下《文学青年》，同走一个楼门。我在《文学青年》做诗歌编辑。不知为什么，后将两个刊物合并改名《鸭绿江》。这是1962年的事。

两个编辑部合并，又是"沈阳作协"（东北大区）的班底，可谓人强马壮，连茅盾、郭小川等名家的稿子都能约来。编辑思想又很稳定，不记得有谁不安于位，都是埋头干活，不计其他。致使后来有些人一生不懂处世之道。

那时，我们编辑部有几条不成文法：稿子改不好要返工。我改的稿子就返工几次，有的说稿子文字啰唆，需再删削，有时是说标点改得不细等。有一次，主编在文稿的一段文字旁画个"？"，我竟找二位编辑同行研究，才算找出修改的最佳方案，"过关"了。还有一篇小说稿，经过几位编辑之手，仍未通过，后来到诗歌组找我，让我冷眼冷手再修改一次，才勉强通过，自己心里感到挺美。二十多年后的今天想起来，这种编辑基本功的训练，对做好编辑工作，是大有裨益的。

另一条规定，就是编辑不露姓名，理由是防止名利思想和拉关系。今天看或失之偏颇。但那时大家执行起来，都是心安理得。我1969年底，到丹东地区插队，诗作者吕福成曾带来一大本编辑退稿信给我看，其中有我写的几十封，都是盖着"诗歌组"的戳。完全忠诚，一次姓名没露。（当然，提的那些意见中，谈诗艺远不及谈思想内容多，或有误人之处！）那年诗人寒星从贵州来，我俩一见如故，他对作者们说："我们才见面，他是我当年的责任编辑。"虽不相知，真情却在储存着。是那时的做法对，还是现在的做法好，我不想评论。但那时的编辑们却因此减少许多私心杂念，这一点倒是招人忆念的。

再一条就是不许接受请客送礼，这一条也很严格。外出组稿，生怕作者提出这种事。一旦提出要请吃饭，则冷语拒绝，可能使作者觉得难堪，也在所不惜。我曾在丹东、辽阳两次不得已吃了作者的酒饭，回去都如实"交代"。有一年诗作者要集会，规定每个人自带一菜或一瓶酒，到诗人巴牧家欢聚，也别有一番滋味。又有一次开诗歌作者会，会后觉得太素待了，议定大家出钱，在沈河饭店聚餐一次，以后阿红为此事做了检讨。那时的编辑绝不搞不正之风，这是值得骄傲的。

那时的编辑，是不辞辛劳、不计报酬的。晚上开会，星期天加班，是常有的事。当时诗稿极多，且每稿必退，工作量很大。几乎星期天都要加班退稿。诗作者来谈诗谈稿赶上了，就同我一起退稿，如同做他们分内的工作一般。沈阳的诗作者，好多人都协助我退过稿，工作完了各自回家吃饭。编者和作者的感情，是很真挚的。这些作者如今多是中年诗人了。每次见面时，仍是亲切如初。个中我体会到编辑劳动的滋味。

我手头有一封我已记不住面貌的、辽阳的作者李先普的一封信，信中说到："……如今有的编辑对作者的劳动太不尊重了，尽管我的诗写得不好。使我想起了您，使我看到一位编辑同志晶莹的心。二十多年前，您在《鸭绿江》编诗，当时我是二十岁才出头的人，在我的诗稿上，您花费了不知多少心血，像改学生作文一样，并邀我到编辑部，亲自指教。（把当年您的退稿信附上）当年您算得上我的老师。1977年我曾写信给您，不知收到否？现在您仍然是我的老师，因为我的记忆中不能忘却您，是您让人不能忘却。"

不避炫耀自己之嫌，引了上面这封信中的话，是想说，编辑工作是有意义的，编辑的劳动，加入了作家的创作，尽管是看不见的，但却是凿实存在的。编辑工作的意义，让我们看到用眼看不到的东西，触摸到用手触摸不到的东西，这思维层次不低，聊以自慰。

总之，我做编辑终生不悔！

作者简介

路地，1928年生，满族。1947年参加工作，历任地工人员、文工团员、政府科员、志愿军参谋等职。20世纪50年代起做文学编辑工作，历任《辽宁文艺》《文学青年》《鸭绿江》《杜鹃》《满族文学》编辑、主编。1947年开始发表作品，业余创作以诗歌为主，也写散文、小说、报告文学、评论、剧本等。著有诗集《绿纱窗》。

编辑：在作者和读者之间架桥

解洛成

从《东北文艺》到《鸭绿江》，其间虽几易刊名，但刊物的青春常驻，工作人员虽"你来他往"，不断流动，但为了一个共同的革命理想继往开来把刊物办了下来，这并非易事。我曾有幸在这个编辑部工作过七个年头，每每忆想起来，精神上感到一种欣慰。

我走上文学编辑这条路，完全是出于一个偶然的原因。在大学毕业前夕，我曾想过出校后要干什么，比如说留在大学当助教，到文研所搞研究，或者去中学当教师等，当编辑，真是连做梦也未曾想过的。大学毕业，我的确当上了助教，而且是在北大，但不是在中文系，而是在全国少有的"外国留学生班"，准备向外国留学生讲授汉语。当时我的俄语基础尚可，倒不作难，然而必须用普通话教学，这却难办了。我从小生活在陕西，一说话就是满口"秦腔"（即关中腔调），二十多岁了要开始学说普通话，学是可以的，且有一位女老师帮教我，但岂能在短时向内改掉乡音？尤其在北大这地方，外乡人"撇"京腔，难免会让人笑掉大牙的吧？出于自尊和羞口，迫不得已只好离开这样一个藏书丰富、环境幽雅，且令不少人尤其是生长在北京的女同志所羡慕的工作岗位。几经奔波，在想去别的高校无望的情况下，高教部人事处才把档案转到中国作家协会。当时，第一次全国文学期刊编辑会议刚刚开过，作协和各地分会都在充实编辑力量。这样，1956年12月初，我携带简陋的行装，乘车穿过冰雪封冻的辽西平原，来到作协沈阳分会干起编辑这个行当了。始料未及，这竟成了自己的终生职业了。

1957年1月，刊物以"处女地"的刊名同广大读者见面，这是在征集刊名的大量来稿中选定的。做编辑，就是同一摞摞的稿件打交道，看稿、组稿、退稿、写信、夹条、编稿、校对、接待作者，回答读者的来信询问等，一切都感到新鲜，时日长了，一切都觉得刻板、苦涩。过去当学生时读的尽是中外名著，兴味盎然，眼下读的稿件，十之八九难以卒读，但还要硬着头皮读下去，天天如此，个中滋味局外人是难以体会的。随着岁月的推移，一摞摞稿件来了，一摞摞稿件退了，那留下来的变成了铅字，走向社会，递送到读者手中。捧起每期新出版的刊物，心里感到慰藉和踏实，因在那本不算太厚的刊物里渗透着编辑们的心血。编辑的职责在于发现，发现好作品，发现新人才，快乐自在其中。

编辑工作是一项既严肃又细致的事业，来不得半点草率和马虎。当时社会上对压制新生力量的贵族老爷作风，有所批评，因此每个编辑在稿件的处理上，极为认真仔细，不敢有丝毫的疏忽，大家知道任何疏忽都会给编辑部带来麻烦,甚至损害刊物的声誉。我在小说组,组长不时抽查组员们的稿件处理情况。有一次一位同志在铅印的退稿信上未写作者姓名,组长发现立即指示,退稿签一定要写上作者姓名,以示尊重。有一次,因一个标点符号使用上的错排,引起全编辑部的震惊:锌版通栏标题"锋芒指向右派!"其中的"!"排成了"?",校对时未校出来,正在反右运动高潮之中,出现这样事件,岂不吓人?于是每个编辑一本一本地描画改正,费了不少力气。

我在编辑部工作的几年里,前期是处在反右运动之中,后期是处于三年困难时期。反右运动雷厉风行,惊心动魄,学习、开会,一弄十天半个月,稿件积压了,便星期天加班处理,干劲是很大的,刊物虽然按时出,质量是可想而知的。饥饿折磨着人的肉体,深切地感受到一个人活着的艰难。那时每天九两粮,天长三顿饭,天短两顿饭,每顿饭罢,趁着肚内有食、精神状态极佳之时,埋头处理稿件,待到头晕眼花、肚子又难过了,大家就从办公桌前扭过身来,面对面地闲扯起来,东南西北,山珍海味,借以转移思维,忘掉饥饿,美其名曰:"精神会餐"。这是大家一天中,过得最愉快的时刻。有烟瘾者,越饿越想抽,哪里有烟,只好卷着茶叶以代烟来抽了。那时饿着肚子写文章的人是不多的,因此来稿量不大,每发现可用作品,皆喜不自胜;出外组稿也是常事,向沈阳市内作者组稿,也必须登门拜访,这一差事我是干过几次的。自己当时年轻,乘车虽不像今天这样拥挤,却嫌慢而不自由,便骑自行车前往,半路上双腿无力小腿浮肿蹬不动了,掏出钱和粮票在小食堂买上五个烧饼,站在门前一口气吃光,虽不满足,却亦称意。要知道,粮票是每天从九两粮中节约一两得来的,猛然拿出一斤粮票一顿吃用,是要有点"慷慨"精神的。有一次,陪同一位作者蹬着车去东北机器制造厂采访尉凤英,路途颇远,精疲力竭,见了尉凤英,握过她的大手后,她从兜里掏出仅有的一支牡丹烟,递给了我,使我激动了好半天,疲劳也被驱走了。尉凤英和我们的谈话,完全是问答式的。在两个小时左右的谈话中,她简单地讲了自己的几个生活故事,年头长久现在大都记不清了,唯有一件事尚记忆犹新:有次她下班乘电车回家,因老想着改革的事,车到家门附近的车站而不知,竟然坐过了两三站地,只得徒步往回返,回到家孩子因要吃奶而哭闹不宁,母亲数说她,她不回嘴,心里只是暗暗笑自己乘车过了站的事。尉凤英不善讲自己,说得准确些,她不愿讲自己。下班时间快到了,那位作者还要深入了解,以补充其作品之不足,便在厂住下不走了。我们握手告别,我只身蹬车往回返。蹬出三里多地,夜幕降临了,那段路,是不宽的土公路,路的两边是比路面低个一尺许的细长小块地,此时我用全力蹬着车,想的是能赶上机关的开饭时间。正在这时,迎面开来了一辆大卡车,车前的两个大灯闪着贼亮亮的光,一刹那照得我两眼墨黑,什么也看不见了,我双手紧握车把,只凭着感觉往前蹬,那大卡车风驰电掣般地开到我身边,感到左胳膊的衣服袖子在车板上擦了一下,我急扭车头,那大卡车唰的一下过去了。我吓出了一身冷汗。此后,每遇到这种情况,我便急忙下车待立路旁,待车过去了再继续骑。看来胆子是变小了,可安全系数增大了。岁数大了,每想起这件事，还心有余悸呢！

自党的十一届三中全会以来，文学事业得到极大的发展，取得了不小的成绩。前几年，社会上呼吁要关心编辑，尊重编辑的劳动，提高编辑的地位和待遇，这一呼吁使我深受感动，因为我曾经做编辑，现在仍然做着编辑的缘故。社会上把编辑称为"园丁""作嫁衣者""摆渡人"等，这就促使我们更加严肃认真、谨慎细致地工作，在坚持两项基本原则的前提下，进行百花齐放、百家争鸣，使文学更好地为社会主义服务，为人民服务。编辑是作家作品的第一个读者，是把关者，不能把那些散发着贵族气味、无病呻吟、情调不高、市侩庸俗的作品输送给读者。社会在关心编辑，做编辑者就要自重、自爱，维护编辑事业的严肃性。编辑是在作者和读者之间架桥，要把那些激动人心、鼓舞斗志的佳作，奉献给人民，在建设社会主义的精神文明中，做出自己应有的努力。

以上点滴回忆，作为对《鸭绿江》的纪念吧！

作者简介

解洛成，笔名水天戈，男，1934年8月生，山西省运城市人。抗战初期从家乡逃难到陕西生活、上学，1956年夏毕业于西北大学中国语言文学系。长期从事编辑工作，后任《小说评论》编辑。曾在《鸭绿江》《辽宁日报》《沈阳日报》《北方文学》《电影文学》《山东文学》《延河》《芒种》《朔方》等全国省市以上报刊发表评论、杂文、随笔、散文作品一百多篇。系中国作协陕西分会会员，陕西省儿童文学研究会理事。

我爱我的美术编辑工作

贾维毅

我是1972年刊物复刊时调到编辑部做美术编辑工作的。回首往事，我常常愿意回忆的一段历史，就是刊物复刊初期，编辑部只"七八条枪"，以思基同志为首的编辑部团结、友爱、和谐。特别是老同志平易近人，以身作则，工作勤勤恳恳，精益求精的精神无形地影响着我们年轻的同志。岁月虽然流逝，这种精神却至今还在延续着。最使我不能忘记的是思基同志与我们一块运纸，下厂的情景……永远印在我的脑子里，我在他们中间觉得没有不能干的工作。只要是需要我就去做，再忙再累我也感到很愉快。老同志先后离退休了，我仍然在《鸭绿江》这块园地上继续耕耘着，为它洒下了汗水，倾注了心血。为它付出了强烈的责任心、忍耐和牺牲精神。把聪明才智、业务知识、艺术修养和美术手段都融入它的肌体之中。可以说我把人生最美好的年华献给了这块文学园地。而我将一直这样耕耘下去。

也许有人说我傻，也许有人为我遗憾，但我并不后悔。我在美术编辑岗位上从事装帧艺术工作已经大半辈子了，亲手参与编辑了（截至1990年止）222期《鸭绿江》，84期《文学大观》，108期《文学之友》，组织封面设计、美术作品、插图等近两万余幅。业余时间还创作了大量的期刊、书籍的封面和美术插图。由于我的劳动能使一本书刊的装帧更具有文化气质和艺术感染力，能引导数以万计的读者在美的享受中去浏览、阅读书刊，我认为这也是一项崇高的事业。装帧艺术既有它的从属性又有相对的独立性，是任何艺术形式不能代替的一种表现艺术。它通过各种手段创造出种种不同的造型美、节律美和空间美，来渲染一种情调、一种气氛、一种意境，如同作曲家通过不同力度、不同色调和不同运动旋律的音乐编织成优美动人并富于感情内涵的乐曲一样，启迪着人们对美的向往和追求。因此它也是百花园中一朵鲜艳的小花，它也可以毫无愧色地在艺术的殿堂里占有一席之地。我为献身于这样的事业而感到自豪。所以在工作中无论是对一行字、一块色彩、一幅图案、一幅插图都经过认真琢磨，精心设计。付之艰苦的劳动，不断追求新的构思、新的形式、新的色彩。严肃对待自己的工作，以飨读者新的美的需求。

二十年来，我联系了一大批画家、装帧艺术家、摄影家、书法家和印刷工人师傅。他们中间有我的师长、同窗挚友。更多的还是遍于各地的作者，我们之间从不相识到熟悉，成为好朋友。我们经常共同研究装帧艺术的技巧、形式、风格，研究与目前印刷情况相适的表现方法，研究插图在刊物中的装帧价值等等。使得《鸭绿江》装帧艺术水平得到读者和各方面人士的好评。随着出版事业的发展，人们对装帧艺术需要的提高，国家对期刊的装帧艺术更加重视。近年来全省、全国都先后首次对期刊的装帧艺术进行评比活动，《鸭绿江》都获了奖……以上这一切使我由衷地感到欣慰和充实。

在《鸭绿江》创刊七十五周年可庆的日子里，我以《鸭绿江》一个编者的名义向所有为《鸭绿江》装帧艺术做出贡献的朋友和同行们致以诚挚的谢意。未来的《鸭绿江》仍然期待着我们，我们要继续努力，使这块绿洲的色彩变得更加绚丽夺目。

作者简介

贾维毅，1942年生于河北省卢龙县。自幼酷爱美术，1959年考入鲁迅美术学院附中，1967年毕业于鲁迅美术学院工艺美术系，之后曾到部队当兵锻炼，做过文化馆美术干部，有美术作品选入省市和全国美术作品展览。1972年起在《鸭绿江》任美术编辑，专门从事装帧艺术工作。创作了大量书籍、期刊封面及插图作品，其中为《台湾诗情》设计的封面选入全国第三届书籍装帧艺术展览，并被评为优秀作品，为1989年《鸭绿江》设计的封面获辽宁省首届期刊评选的优秀作品奖。

《鲁迅像》（套色木刻） 刃锋
1956年第10期《文学月刊》

关于凌璞三的记忆

于化龙

记忆的小鸟沉默着，静悄悄地在我的心树上栖息；树下有一条源远流长清澈见底的鸭绿江，在朝阳下翻卷着绚丽多彩的浪花；旁边是纵横的阡陌，那是我心田中的一片瑰丽的文苑——《鸭绿江》，她是中华人民共和国建立后所创建最早、影响最大的综合性文学月刊之一，其前身《东北文艺》创刊于1946年，至今已有四十五年的创刊历史，其历史沿革为《东北文学》《文学丛刊》《文学月刊》《处女地》《文艺红旗》《鸭绿江》《辽宁文艺》等，沉浮不已，饱经沧桑，直到党的十一届三中全会以后，她才又英姿勃发，恢复了《鸭绿江》的本来面目。在改革大潮的冲击下，它过滤着泛起的泥沙，保持文学的纯洁，依然流淌着晶莹生辉的创作活水。至今，她已过不惑之年，足足出版了三百多期杂志，这信息恰似一声发聋振聩的旱天雷，激得我心树上的记忆小鸟展翅高飞。天空是那般蔚蓝辽阔，空气是这样清新清爽，温煦的风轻轻吹拂，送来一股股花的馨香，带来春的气息，在心树上编织着嫩绿鹅黄，枝叶摩肩接踵，鸟儿发出清脆的叫声，这富有节奏感的韵律由远及近，越来越叫得分明，她是在深情地声声呼唤着一个熟悉而亲切的名字：凌璞三！

20世纪50年代末期，我在著名的苹果之乡——熊岳城，读完了高中，离开了土生土长的故乡，到省城去读大学。看惯了低矮土平房的眼睛，对大城市里的一切都感到陌生与新奇，穿梭的汽车，潮水般的自行车，急匆匆来去的人群，仿佛没有自己的立足之地，过马路时迟迟疑疑、提心吊胆，就连那些高楼大厦看上去也令人头晕目眩。虽然如此，心泉里却有着一股慷慨激昂的潜流在涌动冲撞，包含着那种情不自禁的喜悦：啊！我总算来到了凌璞三老师的身边！有老师的帮助和指导，陌生将会变为熟悉，提心吊胆必将被勇往直前所取代，真是路漫漫其修远兮，吾将上下而求索，下定决心在拥挤而艰险的文学之路上，坚持不懈地走下去。

天真烂漫的中学时代最难忘，这是人生的第一青春期，比黄金还要宝贵无数倍。人们往往身在福中难知福，只有当青春年华一闪而过之后，才更深刻地认识到它的宝贵价值。那个时期，我自己还不够成熟，依稀置身理想的摇篮之中，充满着动荡而迷离的幻想，未来的一切都笼罩着一层神秘的色彩。变化莫测的数理化，给我以知识的愉悦；而对文学创作，更加洋溢着浓厚的兴趣。《处女地》《文艺红旗》《鸭绿江》等刊物上的"习作者之友"，成了我的知心朋友，每月都在墨迹瀚海中相逢谈心，不知不觉中被引上崎岖的文学之路，憧憬着有朝一日也能踏进那座神秘辉煌的艺术殿堂。我好像是一个嗷嗷待哺的婴儿，拼命地吮吸着文学知识的乳浆，在凌璞三老师潜移默化的鼓舞下，我们成立了文学活动小组，郑恩波、王安魁、洪钧、吴锡山、张成良、张立砚、丛国恩……我们一起办墙报，写小说，研读文学作品，到文化馆听辅导讲课，沉迷于田心上讲他的剧作《妯娌之间》，陶醉于马加谈他的长篇小说《红色的果实》的创作……五光十色的学习生活，令人心痴神迷，直到报考大学，我们这些数理化学得很好的同学，竟然没有一个报考理工科的，大多背离了家长们为之设计的当一名工程师的理想蓝图，而全都报考文科，加入了浩浩荡荡的文艺新军的队伍，这也许就是凌璞三的魔力吸引的结果吧。

想见一见凌璞三老师的愿望，在五年的大学生活中一直没有如愿，一则因为听说凌璞三并非一人，而是《鸭绿江》文学月刊社诸位编辑老师共用的笔名；二则是因为大学的课程实在太紧，每日的轨迹是宿舍—食堂—教室和图书室，天天如此，连仅有的寒暑假期，我也是在望儿山下的果园里勤工俭学中度过，同凌璞三老师依然是只在刊物中见面，心中照旧感到亲切而充实。

辽宁大学是我的母校，同学们为辽大而自豪，大伙常常幽默地说，辽大不愧辽阔广大，当时校舍为一部二部，我们中文系是在二部，即现在辽宁省中医学院的地方。中文系是全国各大学中的第一大系，我们1964届的中文系同学，入学时达到三百多人，满满坐了白色大楼的一个大圆厅。校长兼党委书记邵凯善于招揽人才，学术活动很活跃。在中文系我熟悉了凌璞三老师的两位领导者，即蔡天心和江帆两位作家老师，这对作家夫妇是辽宁省作家协会的驻会作家和负责人，被聘为辽大中文系的客座教授，专题主讲毛泽东同志《在延安文艺座谈会上的讲话》。两位师长平易近人，博学多才，他们曾毕业于延安马列主义学校和中央党校，革命阅历深长，创作经验丰富。讲课时既条理清晰，又生动具体，妙语连珠，妙趣横生，使我们学到了许多书本以外的活知识。蔡天心、江帆两位老师，经常到班级自习室为我们辅导，星期日时我们也曾到老师家去做客，请教学习和创作上的一些难题。关于凌璞三老师的一些具体情况，这时了解得更详细了。

我清楚地记得有这样一段关于冀群一和凌璞三老师的趣闻佳话。《鸭绿江》文学月刊，当时是中国作家协会沈阳分会的机关刊物，刊物上辟有"文学创作知识讲座"和"习作者之友"两个专栏，前者是由驻会作家和分会理论研究室的同志撰写供稿的，共用的笔名叫冀群一，意思是说集中群众智慧于一处。"习作者之友"专栏，由《鸭绿江》文学月刊的编辑们分头执笔，每月发一篇辅导性的评论文章，附上原作，大伙共用的笔名是凌璞三。老作协的同志开玩笑地说，把这两个共用的笔名倒过来念，那声音就变成了"一群鸡，三扑棱"了。

人生的机遇往往富有偶然性和戏剧性。从中学时代起，我便十分热爱凌璞三老师，连做梦也未曾想到，有一天我自己也会变成凌璞三的一分子。毕业的一天终于来到了，我被分配到辽宁省作家协会，做《鸭绿江》的编辑工作。有幸成为凌璞三队伍中的一员。

1964年流火的夏日里，我们依依惜别地离开师长，恋恋不舍地告别母校。同学们分赴人民所需要的各个岗位上。那一天，我和傅聚安同学一起到省委宣传部干部处报到，一位领导同志同我俩进行了严肃而亲切的谈话，语重心长地嘱告我们，从校门进入机关门之后应当注意的问题，我牢记着"谦虚谨慎"四个字。最后，宣布了我们的去向，傅聚安同志到省委共产党员杂志社工作，我到省作协报到。

当我第一次来到凌璞三工作的地方，简直被一种奇异的景象吸引住了：古老的四合院，青砖瓦舍，雕梁画栋，犹如一座古老的宫殿；外围一圈现代化的建筑，德国式高大楼房，庄重威严，这是往昔东北三省的"白虎节堂"和"威虎厅"，也是杨宇霆的丧身之地。那连绵不断有暗道相通的西班牙式红楼建筑，纤巧秀美。宽敞的大院中，假山凉亭，喷水汨汨，棵棵梧桐翠荫如盖，所植花木争奇斗妍，一片姹紫嫣红。大门前的一对石狮子张牙舞爪，楼院里隐蔽处布满了暗道机关，这真是一个奇异的境地，张氏帅府（现为张学良旧居陈列馆）的红色楼群，是辽宁省作家协会所在地，这也是凌璞三们工作的场所。

有人把学生时代比喻为当姑娘的时期，到社会上工作便是出嫁成了媳妇，如此说来，我真庆幸自己找了一个"好婆家"，我为省作协的十几位老领导而自豪：马加、思基、韶华、罗烽、白朗、蔡天心、江帆、方冰、师田手、崔璇、申蔚、罗丹、柯夫、胡零……这批驻会作家不仅创作颇丰，在全国文艺界有很大影响，不少著作被介绍到外国，而且本身都是早年参加革命的延安来的老干部。在革命圣地延安，他们分别在抗大、鲁艺、中央党校、陕北公学、马列主义学院等单位学习工作过，有的还身沾抗战和国内革命战争前线的烽烟，为党为人民做出过宝贵的贡献。这批革命老干部兼党员作家，是作家协会的中流砥柱，他们言传身教，为作协机关带来了延安精神和优良革命传统。在这个文艺工作者的群众团体中，较少"官本位"的封建传统观念和"文人相轻"的古来陋习，从而使我省文学创作的精神生产力，不断得到促进和发展，为建设社会主义精神文明做出了应有的贡献。

政治民主、艺术竞进、融洽团结的气氛，是多么难能可贵啊！它像一片黑油油的肥沃土地，为我们青年一代的成长提供了有利的根基。当时，我到《鸭绿江》编辑部工作，就像回到了一个温暖的大家庭。我所在的小说组，组长是肖贡同志，还有姜郁文同志，她也是我的大学老师，在辽大她曾教授过儿童文学课，主编思基同志又是姜老师的老师，这些前辈对我的帮助和指导，使我深受教益。刚踏进机关门的时候，我有一种自卑的胆怯，心儿一直在提着，相处一段之后，领导和同志们亲密无间，我感到无比温暖，提着的心自然而然地放下了，真像鱼儿游进了大江，自由而欢畅。

当时，我在《鸭绿江》编辑部年龄最小，十多位凌璞三老师，个个可亲可敬，都给了我很多帮助。他们教我如何审稿、选稿，告诉我怎么联系作者，而且把凌璞三的重任交给我，让我撰写"习作者之友"栏目的文章。我觉得自己的肩膀很嫩，有些担心，老编辑们便鼓励我，在他们鼓劲加油下，我拿出了"初生牛犊不怕虎"的劲头，接过了写作任务，直到现在我还经常怀恋那种暖如春风，亲如一家的环境和气氛。当时，是为季里同志的小说《搭桥》写评论，题目是《通向群众心灵的桥》，写好后连同原作一起刊登在1964年第10期《鸭绿江》杂志上。当我领到刊物样本，嗅着油墨的气息，眼睁睁地望着"凌璞三"的署名出神，不由激动得热泪盈眶。这并不是因为我图凌璞三的虚名，而是为自己能融进凌璞三中、参加这个团结友爱的集体而激动和欣喜。更重要的是，在这篇短文孕育诞生的过程中，看到了前辈编辑们那种金子一般闪亮的心。是肖贲老师为我铺的路子，教我如何抓住文章的要点。是姜郁文老师一字一句地帮助我推敲。还有《鸭绿江》编辑部主任戈扬、范程诸位老师严肃认真、一丝不苟的工作作风，都给了我很大的影响。

一篇评论文章虽然不长，但它却包含着这许多位凌璞三老师的心血，他们不仅教给我如何写文章，而且把全心全意精益求精的优良编辑作风传给了我们青年编辑工作者。

凌璞三至今仍坚守在自己的文学岗位上，不少人已经退休，但他们仍在函授创作中心工作，为文学新人的成长呕心沥血。二十多年来，我已由青年步入中年，写了厚厚的一叠"习作者之友"的文章，每当翻阅这些评论文章的剪辑，内心油然升起一种欣悦之情，感到充实与安慰。

甘为他人作嫁衣裳者是有的，我的那些凌璞三老师，有的虽然退休了，也从未出版过一本自己的著作，这就是最好的实证。他们甘心情愿做铺路石，为文学新秀的进军铺平前进的道路。他们甘为人梯，让后起之秀踩着自己的肩膀，向文学的高峰攀登。他们极愿成为助推的火箭，把一颗颗灿烂的文学新星送上蓝天！

永不退休的凌璞三，人们是不会忘记的，凌璞三的记忆，也是永不磨灭的！

作者简介

于化龙，1940年生，辽宁盖平县人。1959年毕业于熊岳高中，1964年辽宁大学中文系毕业，分配至省作家协会从事编辑工作，负责编辑的金河的《历史之章》、张书绅的《正气歌》获全国优秀报告文学奖，关庚寅的《"不称心"的姐夫》获全国优秀短篇小说奖。出版有报告文学集《彩云情》、散文集《钟声赋》及论著《散文技巧对话》《期刊效益得失论》《父子情与立国之本》《论儿童影片的艺术信息》等。

编辑+作者=朋友

于宗信

1

一晃儿,我到编辑部工作了十六年。

刚来编辑部时,我还正值青春年少,现在,却已四十出头,行色匆匆地步入中年了。

但是,当我回首这十六年,尽管其中有辛劳,有苦恼,也有难言的压抑,可我总的感觉是幸福的、欣慰的。因为在《鸭绿江》这片文学土地上,成长起来一批成熟的诗歌作者,他们的作品赢得了读者,他们为诗坛增添了色彩。虽然这一切不都是编辑的功劳,但多多少少也浸润了我的一些热情和汗水。

我从部队转业,一到编辑部就任诗歌编辑。在部队时,我也曾编过小报、书刊,但大都是内部读物。所以,对这里的编辑工作难免有些生疏。前任诗歌编辑、诗人晓凡同志,放弃了专业创作的时间,带了我半个月,使我熟悉了从阅稿、组稿、编稿,到画版、校对等一系列编辑业务。以后,我就独立作战了。

在编辑部,诗歌的自然来稿量最大,每天有一百多份,我从早到晚都沉浸在稿子堆里,像在海滩上埋头捡拾着一枚枚有价值、有光彩的贝壳。也许是功夫不负有心人,我不断发现和编发了一些较有希望的新作者的组诗。他们的作品洋溢着浓厚的生活气息,从自己独特感受到的生活侧面,以自己崭新的艺术表现手法,叠印出诗的图画。这些作品发表后,获得了读者的一些好评,有的被海内外报刊选载,还有一些被收编进各种选本中。

他们大都怀着一种感激之情,称我为"老师",但我视他们为朋友。

我认为,编辑和作者,应该成为真正的朋友(不是那样互相利用的"朋友")。

2

十六个寒暑,十六个春秋,我不断地得到各方面的关注和支持。

随着草绿花红,随着秋去冬来,随着时间的推移,我结交的朋友也越来越多。有给予我热情扶持的老前辈,有帮助我蹒跚学步的老编辑,也有全国各地一大批老中青诗人,还有一些诗歌爱好者、读者……

他们或面谈,或来信,或来稿,常常使我心头涌起一股股灼热。这种热能和动力,使我更加热爱编辑工作,一针一线,兢兢业业地为他人作"嫁衣"。

老红军张云晓同志原为大连警备区副政委,他离休后写了几十首回忆长征历程的短诗,他寄给我一组。我读着他的诗,情不自禁地被他真实的笔触和炽烈的诗情打动了。为此,我专程去大连拜访他,并坦率地提出了我的修改意见。经过修改，这组诗在刊物上发表了，使读者在诗人重温历史的一片激情中，升华了一种民族的自豪感。

而后，我们成为忘年交。张云晓同志凡是公出到沈阳，一定抽空到我家小坐。

诚挚，使我们结成真正的朋友。

3

《鸭绿江》在海外发行，也吸引了一些华人、华侨作者和读者。

菲律宾诗人云鹤先生是最早向我刊投稿的海外作者，他的作品充满现代诗的色彩，但情致所在，却蕴含着游子之思和故国之恋：

如果必须写一首诗
就写乡愁
且不要忘记
用羊毫大京水
用墨，研得浓浓的
因为
写不成诗时，
也好举笔一挥
用比墨色浓的乡愁
写下一个字——
家

我为这首诗的爱国深情流泪了，当即写了一封信给他（这是我第一次向海外发信）。他很快回复，向我倾诉"希望自己写的诗能够作为祖国文学大树的一片叶子"的心愿。

于是，我发表了这位海外赤子一些独具特色的诗篇。我们通过诗，相互了解，不断加深友谊，成为知心朋友。

诗的纽带，联结起我们的心，除了信件来往，云鹤先生还两次专程来沈阳，我们谈诗，谈友情，谈祖国的今天和未来。

海内外诗人都可以成为朋友。有了这个良好的开端，我又结交海外的一些诗人朋友，如菲华新潮文艺社社长陈恩、联邦德国雅知出版社经理黄凤祝等，他们热情为本刊撰稿，抒发他们的理想，抒写他们的追求……

4

我在编辑岗位上十六年，结交了数百位朋友，他们遍布五湖四海，但没有一位是女性。本刊的一位青年编辑为此经常逗我："你的作者队伍是单色调的。"

其实不尽然，我也发些女作者的作品，但与她们交往甚少。记得我曾在自然来稿中选发过省内某地区不见经传一位女作者的组诗。组诗发表，引起了读者及评论者的注意。后来，不知作者从哪里打听到我的名字，写来了一封热情而诚恳的信，大意是她收到载有她的组诗的刊物后，兴奋地跑到海滩上，唱着我作词的一支歌，向我表示谢意。我读过这封信后，不经意地丢掉了，未曾认真回复。过了年余，一位从该地区来沈的诗友谈起了这件事，他说那位女作者对我不回信十分伤心。

我淡淡地一笑。

他又说："她很有个性。本来因为你择优发表了她的组诗，真诚写信感谢，可你未理人家，她以为你架子太大了。"

我吃了一惊，没想到问题这么严重。

从此，我在这方面有所注意，力图从单色调往多色调转变，并有意识地编选了女作者的短诗辑《温情的旋律》等。

去年初冬，我收到孙大梅的一份来稿，是一组深情而飘逸的爱情诗，她把自己细腻的感情、清澈的意象和优柔的婉约融为一体，呈现出一种现代的美。我稍加润色选发了四首，题为《北方的梅韵》，并配发了评论。事隔不到一个月，《诗选刊》便以最快速度选载了这组诗，编辑部还收到了许多读者的赞扬信。不久，孙大梅来过编辑部几次，我吸取了以前的"教训"，既热情又有分寸地接待了她，分手后，并不断有些书信来往。如果算作朋友，她是我结识的第一位女作者朋友。

5

作为一个编辑，要结交四面八方的作者朋友，有见过面的，有未见过面的，通过来稿和来信，联结起一颗颗心，在编辑和作者之间，搭起一座友谊的桥梁。

在我们刊物（我说的是诗歌版面）上，当读者看到越来越多新的名字出现时，那是我又结交了一些新朋友，他们在支持我，他们在支持刊物的成长。只有编辑和作者的同心协力，才能促进文学事业的发展和繁荣。

子曰："有朋自远方来，不亦乐乎。"我也以一种"乐乎"之情欢迎来自各方的诗歌作者。

作者简介

于宗信，1945年生于哈尔滨。1965年入伍，历任团、师、军、大军区新闻干事、文化干事、创作员等职。1973年转业到《辽宁文艺》编辑部工作。曾任《鸭绿江》编委、第二编辑室主任。16岁开始文学创作，结集出版传记文学《捍卫真理的战士》、诗集《祖国，您好》《台湾诗情》《山的女儿》《相思花》《带露的紫罗兰》等。

一个暮夏的傍晚

陈秀庭

> 那是作者至上的年代。
>
> 编辑往往根据自然来稿的线索，深入基层，结识、了解和考察作者，同作者交朋友，一起探讨创作上的问题。有的甚至请到编辑部来，由主编和编辑们共同出主意，多方帮助作者修改作品，进行再创造，再提高，直到在刊物上发表，这似乎是《鸭绿江》的一个老传统。
>
> 编辑是公仆。
>
> ——题记

先是在看门老头那儿等了一小时。后来进了公社办公室，公社秘书用白瓷碗端来开水，留下我和一架絮叨没完的挂钟在屋里，心里却是无声的空旷。人常是不愿意让别人管的，但真的一个人也不来管你，也有点受不了，特别是出门在外。又是一小时过去了，秘书终于找来一位副社长和公社文化站的小田。可是谁也不知道有个什么诗作者才树连，我只好拿出信封，该公社石卜子大队确实有个写诗的投稿者叫才树连。那时公社到各大队的电话线与有线广播是一根。无奈只好把广播掐掉给大队打电话。那接话的人不知是糊涂还是恶作剧，竟也说不知道。这就怪了，一个能写稿的人，至少也十五岁，一个堡子里怎么会不知道？我说一定有，第二个接话人问是男是女的，我说看落名是男的。不知这句话犯了什么，对方有点火了。男的没有，女的嘛，老才家有个小丫头叫才什么连，但没听说写过稿。还是社长权威大，看对方磨叨，说：省里来人找，不管是男是女，赶快叫她来！

社长下班了，小田陪着我。外边是火辣辣的夕照。坐在供我留宿的土炕上，席子因烧炕变成明亮的咖啡色，我想象那些农村作者，大概就是在这样的乡间土炕上构思作品的吧。然而这个才树连却挺不好见，莫非真是个将出世的才女，但我马上又推翻了自己，什么才不才的，还说不定这里有跷蹊。一碗热面冲出的汗水还没有消去，帘子外进来一个矮胖胖的小姑娘，唯其矮胖看上去比实际年龄还要小些？多估也超不过十七岁。你就是才树连？我看小田的眼里也是我这句疑问。虽然他们是见过面的，但他怎么也猜不出她就是给省城杂志投稿，又惹得编辑千里迢迢来访的才树连。

"你给《鸭绿江》投过稿吗？"明明是投过的，而且不止一次，稿件就在提兜里，干吗还要这样问呢？我自己也莫名其妙。她没有理会，稚气的目光瞧着我，以为城里人就是这个问话法，哪里会想到我的微思细念？

"那你稿子上的署名，为什么是连接的连，不写女孩子常用的莲花的莲呢？"我满意自己这么问才是聪明的。其实叫哪个连字又有什么关系呢？她毫不思索地说写着"简单"，好个

"简单"，闹得我们大家出洋相。

"真不知道你写了那么多诗。"小田心思复杂地插了一句。他是高中生，市报上登过报道，堪称公社的一号秀才。才树连感觉不了那么多，她安然地坐在炕沿上，不问便不说话，眼睛瞅着北墙角，好像那里会有老鼠出来。那神态，那做派不就是一般的农村小姑娘串门子时见到生人的神态和做派吗？这是个地地道道的乡下女孩子。我的诗人在哪里呢？这就是我要见的诗人。那些朴素的，优美的，生活气息浓厚的诗，难道都出自她的心灵。她还不到二十岁，还不会谈文学，讲读书。不相信吧，这么一个纯朴到不能再纯朴的农村少女，又如何为写稿来弄虚作假，欺世盗名呢？我一方面觉得自己的猜疑实在可笑，另一方面我又要极力地想证实些什么。我突然感到认识和信任一个人是多么难，自觉与不自觉地总想使别人纳入到自己的认识规范。我不知是想考证小才的才能，还是想表现自己的聪明。我开始盘问她的家世，现在看是多么可悲，可当时我却很得意。

她祖父曾行医，父亲是二八月农民，常做个小生意，叔叔在包头是个诗作者，哥哥毕业于南开大学中文系。我听着很高兴，同时又多了一层担心。恰因为其叔、兄有较高的文学水平，这些诗作，会不会本出于她叔兄之手。然而这些话是对什么人也说不出口的。我感到自己也陷入了困境，我绝不希望这一切都是假的，但又真怕这一切都是假的。一方面渴望着信任，一方面又总在怀疑。

才树连还是那么默默地坐着，偶尔看看那银灰色布鞋的脚尖。她不揣摩我的思想，好像自己也没思想。才树连的稳静使我增加着信心。我想到她的三次来稿，那小学生笔记本纸上密密麻麻的小字，一张小纸排了三行，好几首诗挤在一起。如果问她的稿子为啥惹眼，倒恰是她的密集混乱而不符合格式。然而小草又极认真，很用功，虽然并不好看，有点像夏日山坡上那小而并不很美丽乱撒似的野花，以不招人而招人。

对诗人最好的考察莫过于诗了。我想她既能写出那许多的诗。让她作两首新的不就结了，也省了以后人们凭相貌无端地添加些口舌。这办法古人多用过的。当然，这对学生，或许是一种测定艺术智能的办法，但对于一个诗作者呢？我也不无犹豫，然而毕竟还是做了。

她家的街西头是个果园，第一个诗题就命为"果园"；家里养了两口猪，就让她再写首《喂猪》。请她第二天早上拿来。她嗯嗯地答应了，还是一句多余的话也没有，甚至没有用笔记题目。我不知她是胸有成竹，还是憨慢迟钝，我们没话谈下去了。

小田点好蚊香，也终于回去了。我和勇敢的蚊子孤军奋战，其实并不是怕蚊子吸点血，最可恶的是它们的歌唱，嗡嗡嗡，让你全身的皮肤都产生恐怖，心慌意乱，烦躁难宁。我索性坐在燃着的蚊香边，守着忽明忽暗的火光，想起才树连曾在信上说家里还没有电灯，那油灯加蚊子，该是怎样的写作环境啊！我很后悔出了那两个诗题。信就信，不信就不信，干吗这么折腾人家！是好心，但好心就不会带有残酷？毫无疑问，我是满腔热情为作者而来的，也许正是因此，这一切的一切也便成感激的内容了，我觉着胃里有些发酸，许是吃面吃的。

第二天刚起来，小才就来了。五里多路，鞋面和裤角都给露水打湿了，想是起了早。手握着稿子。我赶紧拿来读，心里很高兴，那语言、那笔迹、那情境都是才树连特有的，和那些来稿是一脉相承的。特别是《喂猪》更好些，后来编发在她的组诗《我要说真话》中。我见她眼丝通红，以为是写稿累的，她却说写得挺快。后来小田从公社里知道，昨夜她家里出了事。原来她父亲见省里的编辑来找女儿，一时高兴酒喝多了，忘了锁院里的推车，半夜给偷了。于是全家灯笼火把地找了半夜，也没找到。我怔住了，不知说什么好。也许那贼就是趁机下手的。小才却笑着邀我到她家里。我看了她的笔记、手稿和参考书，和一些写过的场景。我看着相当空旷的四间房舍和光光的院子。这里将走出一位辽宁乡土女诗人吗？我既深信，又有点担心，因为好像从一开始就有个阴影跟着她，我觉得那个小偷便是第一个阴影。

才树连的组诗《我要说真话》和阿红的评论发表以后，着实使当时的诗坛吃了一惊，现实主义的乡土诗，以清晰的诗意又出现在人们面前。《鸭绿江》相继收到几百封来信。才树连给《鸭绿江》增添了光彩。才树连的组诗获得了1979年《鸭绿江》创作奖。1980年，是才树连丰收的第二年，这一年她参加了诗刊社第一届青春诗会。其间，先后在《诗刊》《人民文学》《人民日报》等全国大型报刊上发表多组诗歌。成为当时崛起的青年诗人中有自己风格的女诗人，受到诗坛的重视与评论。以后小才上了报纸、电台、画报。作协又联系她到天津师范学院进修一年。然而就在她要考进中国音乐学院的时候，甚至是诗坛名人也随风动摇，言其诗非出其手，使才树连落榜。可是才树连还是那样安静、坦然，不急不躁。在波波折折中，能写则写，不能写就读书，绝不到处货营。她说，我本来是个社员，并没失去什么，反是得到不少。我没有悲观和难过的。

当命运之神再次伸出美丽的手，1986年8月，才树连终于考取了沈阳音乐学院音乐文学专科，她仍没有狂喜，还是那样安静坦然。只是上课、考试等成了她生活的主要内容。第一学期，她写了许多歌词，其中《星期天的我》谱曲后，得到音乐界的好评。后来，她已把全部精力投入大学学习，业余多写歌词。诗并没有丢，大都写在小本上，不轻易拿出去。

1979年那暮夏的傍晚的一切，无论对于编辑的我和作者的才树连都已变得十分遥远了。然而又唯其遥远，反使我们对它看得更清了。或许才树连还很怀念那第一次见面，敬佩和感谢《鸭绿江》编辑部的公仆作风和我本人的辛苦。可是作为执行者的我，在那公认值得称赞的行动中又有多少能够永存，值得不断回味的东西呢？

真正的回忆，就像是在已去的岁月中淘金，真正闪光的纯金是那么少，所以人们不大有勇气做真正的回顾，不如去茶馆轻松地道听途说。

作者简介

陈秀庭，1943年生于河北丰润。1954年在沈阳读小学与中学。1962年入伍，1965年发表诗歌。1968年复员回沈，1975年调《鸭绿江》任编辑，1983年末毕业于鲁迅文学院（文学讲习所）第7期。著有诗集《迷人的色块》《爱·甜美与苦涩之间》，另有散文、文学评论、报告文学等。

在昭盟组稿的路上

张淑兰

《辽宁文艺》复刊后不久的一个春天，我随姜郁文老师去昭盟组稿。这是我当编辑后的第一次远征，又是在春光明媚万物复苏的季节到大草原去，心情激动不已，憧憬着、想象着……

我们先坐火车到昭盟的首府，北国重镇赤峰，在那里同几位作者约了稿，便起身到克什克腾旗的达里诺尔大队，看望一位蒙古族老业余作者。汽车经过了七八个小时的颠簸，到达克什克腾旗时，天色已近黄昏，只好在旗招待所住下。由于乘车的疲劳，这一夜我睡得很香，一觉醒来，觉得有点冷，向外一看，白茫茫，雾蒙蒙，原来正纷纷扬扬地飘着鹅毛大雪。差几天就过"五一"了，还下这么大的雪？我一边惊异地思忖着，一边好奇地跑到门外去观看，地面上的雪有一尺来厚，我担心当天走不了。早饭后，急忙跑到车站去打听，正见售票处推出了"开往达里的汽车照常售票"的牌子，我喜出望外，我们能按预定日期进行工作了。

汽车启动了，我们很快就出了旗镇，我想象中的绿洲却是一望无垠白雪皑皑的世界，看不出哪是公路，哪是草原，只有两条深深的车辙在被风雪覆盖着。汽车在雪原上缓慢地行进着。突然，传来了"呜呜"的响声，随着便是咆哮，嘶叫声由远及近。我循声望去，只见白色的雪浪一浪接一浪拔地而起，呼啸着，翻滚着，一个劲地向我们扑来。这时候天地一色白茫茫，几乎什么也看不清了。除了令人毛骨悚然的呼啸声外，几乎什么声音也听不到了。我的心紧缩着，两手紧紧地抱着手提包，唯恐这风把我吞噬、卷走似的。一位乘客大概看到了我惊恐的样子，便笑着说："你肯定是远来的客人，这是草原上常见的'白毛风'，不过春天还是少见的。"听他这么一说，又看到大家都那么平静自若，我也就松弛了许多。汽车迎着白色的巨浪艰难地行驶着。一排排浪涛多像一群群白马在狂奔、嘶叫，势不可挡，此时我想到了万马奔腾的景象，想到了海啸。

我刚要打开遐想的闸门，汽车却戛然而止，司机打开车门跳了下去，不一会儿又回到车上，像下命令似的说："女同志不准下车，其余的同志下车帮忙！"我一看，车上的女同志只有我们俩，只好服从了。我透过驾驶窗朝前张望，只见前面是个山口，当中有一道被风筑起来的雪墙拦路而立。这时候司机打着倒轮，外面喊着"一、二"的号子，车开始向后移动了。我擦了擦身旁的玻璃向外一看，不禁倒吸了口冷气，车轮一尺开外竟是一条陡峭的沟壑，如果轮子一打滑，方向盘稍偏，后果是不堪设想的！这时我才明白司机同志为什么那样斩钉截铁地发布动员令。在大家的共同努力下，我们脱离了险境。乘客们一个个却变成了雪人，脸上的汗水、雪水融在一起，但却不断地称赞着司机的稳重、老练。这时我不由自主地舒了口气,心想:真险啊!大家还以为我犯愁了,纷纷说:"没事,我们草原上到处都有路。""我们的司机会有办法把你们送到目的地的。"我不好意思地笑了。

汽车发动着,并没有前进,司机手把着方向盘,神情专注,好像在聆听着什么。忽然,他一拍大腿,兴奋地喊了一句:"草原列车来了,我们有路了!"人们都静了下来,在这风雪呼啸和汽车发动声中辨别着什么。我倒纳闷儿了:这茫茫的雪原哪来的火车呀?这时,又有人断定地说:"是草原列车!你们听有铃铛的响声。"接着,我也听到了"丁零丁零"清脆悦耳的声音。司机加大了油门,朝着传来响声的方向开去。我急忙在玻璃上呵着气,擦出点透亮处,寻找着草原列车的踪影。只见白蒙蒙的风雪中,有一条黑乎乎的长龙缓缓地向我们移动。汽车靠近了,看清了,原来是一队木轱辘牛车,车上是用紫棉槐条编成的芙子,牛脖子上系着铃铛,一辆接一辆地用绳索连着,足有十几辆,在这风雪迷茫的雪原上不慌不忙地行进着,乍一看真像一列火车在缓缓地前进,只不过驾驶它的是位全副武装的车老板,羊皮筒靴子,反穿着皮袄,一顶大皮帽子几乎遮住了整个面目,高高扬起的鞭子在不断地甩动。汽车沿着草原列车留下的足迹加速了。

我们终于到了达里诺尔大队,老作者已等了许久,寒暄之后,他开着玩笑说:"非常欢迎你们在这样的天气里来,难得啊!"接着又像诉委屈似的说:"过去我写过风雪天气的稿子,不知道哪位编辑给我写上了几句不符合生活实际,缺乏生活气息的字样,退了回来。我看缺乏生活的是你们这些住在大城市里的编辑们。"他指着我们哈哈大笑起来,"说真的,你们来了就多住几天,体验体验我们达里草原上的风土人情,观赏观赏我们达里湖上的各种飞禽……"他边说边指着窗外湛蓝色的湖面,又爽朗地笑开了。

我没有心思去观赏达里湖的姿色和那成片飞打嬉戏的鸟群,只觉得脸一阵阵的灼热,心里在翻腾着:这样的退稿信我不知道写过多少,真正缺乏生活的的确是自己。途中的意外天气,作者的委屈,给了我很大的启示,我感到生活不仅是作家的源泉,也是编辑人员的源泉,要当好编辑,不仅要拓宽知识面,加强思想修养,而且要深入生活,热爱生活,才能更好地淘金雕玉,为社会做出更多的贡献。

作者简介

张淑兰,1940年生于山东省肥城市。1965年8月辽宁师范学院中文系毕业后,到辽宁省委党校青训班学习,次年分配到省妇联工作,不久便随机关到盘锦干校劳动。1974年调回,分配在省文化局创评室,《辽宁文艺》复刊后到编辑部从事编辑工作。1978年6月调至中央党校,先在学员部担任组织员,1985年任进修部教学处处长。

我是"江"中一瓢水

王金屏

纵观举国水系，各呈其奥妙和殊态，总觉有差不尽如人意之处。唯有鸭绿江使我陶醉沉迷，流连而忘返——源远流长，名播遐迩，具阳刚之雄伟，兼阴柔之绚丽，其性急湍而不泛滥，其情缠绵而少拘泥，其韵时而铿锵时而舒缓，其味时而浓郁时而恬淡，浩浩荡荡备泛舟发电之利，潺潺汩汩多观赏游览之姿，难怪古人视为和平象征和友谊纽带——我之所以对其偏爱如是，大概是因为曾在以此江命名的文学刊物工作过，并留有深刻印象，怀有深厚感情的缘故吧！

当这个刊物应运而生时节，我刚刚十岁，刚刚背起书包跨进学校的大门，那是晋冀鲁豫解放区在夏津县创办的第一所完全小学。其时我当然不知有这样一个刊物存在，更不会想到三十年后我会到这个刊物工作。1950年秋天，我到德州上中学，破天荒才晓得世界上还有小人书（连环画）这种东西，同时开始阅读《人民文学》《说说唱唱》和《学文化》等杂志。学了课本上的《渔夫恨》，我激动万分，不仅对"重重青山环绿水，弯弯绿水绕青山"的鸭绿江，心向往之，而且对其作者王明希更佩服得五体投地。确乎不曾料想过，多年以后我能在《鸭绿江》编辑部里识荆。1953年我到北京一中读高中，始知有《东北文学》，星期日常去鼓楼前书店坐柜台边阅读，假期中还买过几本，记得那是32开本的，藕荷色和浅绿色封面。这是我喜欢阅读的刊物之一，得知上边发表的《好大娘》作者刘真是我同县老乡之后，我就更加喜爱这本刊物了。我之所以在中学时代就酷爱文学，就跃跃欲试地去写，并且能发表几篇很稚嫩的小说，实在与这本刊物给我的启发和诱导有很大关系——也许这就是夙缘。

我本是华北大平原上蒸腾起来的一缕轻飘飘的气体，渐渐地汇集成了一片云，一任东西南北风吹拂，悠悠荡荡，辗转来到辽东地面上空，遇冷又凝结收缩为雨滴，跌落在褐色的土地上，匍匐漂流十五年后，终于有幸汇进了"鸭绿江"这条川流不息的大河。这是我前半生百般不幸之后的幸遇，也是我坎坷生命的至关重要的转捩点，同时又是天时、地利、人和三者共同为我后半生敷设的事业之路的起跑线。假如没有党的十一届三中全会以后出现的春温气候，假如我不是在沈阳的一家小工厂劳动改造，假如不遇见刊物的主编方冰和范程等同志，假如没有他们对我的理解和关心，我想，即使多么认真落实政策，我这一掬晃荡的水，不是被烈日蒸发殆尽，定是被严寒冻成冰霜，无论如何是流不进"鸭绿江"的。

我是通过投稿认识这些人的。他们看过我写的稿子，了解到我的经历之后，范程同志就向我表示，希望我能来编辑部工作。我当然感激莫名，而且是喜出望外，盼望商调成功。好事多磨，周折了将近一年，才在1979年8月，与我的处女诗作，长篇歌行体叙事抒情诗《西苑草》在《鸭绿江》发表的同时，我也变成了这个刊物的一名成员。

虽然我曾在北京大学和中国人民大学两所名牌大学就读过。但我的根基浅薄，荒废又甚，加之学的是新闻，与文学的思路相去甚远，有很多相悖之处。因之，工作起来很不适应。年过不惑之期，两鬓开始染霜的我，真是欲从事而不善，欲罢却而不忍，也舍不得。我当时的尴尬情形，实在无法名状。幸亏天无绝人之路，此时我已时来运转，遇到了一群好人，他们不歧视我、不排斥我，而是耐心地诚挚地帮助我，因而我便产生了从头学起的决心，虚心而认真学，不相信世上有学不会的东西，更何况我有文化基础，又喜欢阅读文学作品。

说实在话，开始当小说编辑时，我连退稿信都不会写。根据自己的思路，我试着写了几封，交给小说组长童玉云同志看，像这样写行不行？他认真地阅读以后，禁不住笑了。他没有批评或斥责我笨，而是具体地指出了信的内容哪里烦琐，哪里简单，哪里口气太硬，哪里提法过死，等等。之后，他就经常主动来我案边指导和帮助我。他曾反复对我强调：我们的口号是"把刊物办到读者的心坎上"，因之，不仅要对发表的作品严肃处理，而且要对所有来稿认真负责。我们都是搞过创作的人，都知道写东西的甘苦，都体验过投稿者的心情，要时时刻刻设身处地地为作者想一想。在退稿的时候，不但要指出作品的缺点和不足，而且要充分肯定人家的优点，即使根本不能用的稿子，也要说那么几句温暖人心的话，比如主题思想比较准确、有些生活气息、人物形象尚好、语言文字还不错，等等，以免挫伤作者的积极性，以防作者同我们刊物疏远。尤其要注意的是，写信时不能把话说得太定，太绝对，要给编辑部留有余地；留用的稿子要说"拟用"，万一发不出去，退稿时要说："因版面有限，大作恐一时很难排上，又怕延误作品发表时间，只好割爱璧还，请你改投其他刊物。感谢您对本刊的支持，衷心地欢迎您继续惠寄稿件……"

"信上说这种活络话，作者如果把留用稿再邮给我们，声明愿意挨号等着，迟几个月再发也可以，我们怎么办？"我天真地问童玉云同志。他虽然是我的顶头上司，但我不畏惧他，因为他对人十分热情。午休时他还教我下公开的军棋，告诉我如何做"洞"，如何在确保不失败的基础上再组织进攻等策略。我把他认作是知心朋友，心里有啥都向他提问。

"稍微有些头脑的人都知道，'版面紧'和'怕耽误发表'就是'不用'的代名词，只不过话不那么讲罢了。"童玉云同志耐心地向我解释，并说，"对需要作者进行修改的稿子，写信时也只能说请你按编辑部意见修改一遍，用稿纸誊写清楚，再寄给我们看看，我们争取给你发表。这样我们就会永远掌握主动权，才不至于引起麻烦和纠纷。"

在我第一次编发稿子时，童玉云同志事先就明确指出过如何削繁就简，如何调整结构，并以《雨落京师》第一章为例，亲自编改给我看，从斟酌文字，到标点符号，一丝不苟。这简直就等于把着手教了，我十分感动。当时的情景亲切感人，直到现在我还依然清晰地记得那音容笑貌，那姿势神态。

当负责分发稿件的徐彬同志把一摞摞稿子放到我的案上，我曾多次面对稿子的山和文字的海而兴叹。我抓来一篇阅读，感觉不错，于是就放置在拟留用的铁笼里，再抓一篇，阅后还是认为不错，也留用。除了极少数实在不大像样的被我退掉之外，大部分都被我"留用"了，当时刊物的用稿率只不过百分之一二，还包括约写的在内。这样，到提高的时候，我只好重新审阅一遍，即使筛下大部仍然是大大超过定额提高数量。我起早贪黑看稿，再三斟酌之后提上一些超量的稿子，结果还是一篇也没有通过。我十分苦恼。

这期间，驻会作家金河同志正在编辑部里看稿（按规定专业作家都要轮流到编辑部值班，他走后没见其他同志再来过）。可能他早就注意了我的尴尬和笨拙，只是我没有留意。他用手指捏着他习惯抽的老早喇叭烟卷踱到我的案边，说："老兄，你这种看稿方式太原始，就是累死，恐怕也出不多少菜。"他虽然是似乎比编辑高一等的驻会专业作家（当时我认为），可并没有丝毫架子，同谁说话都很随便，对初来乍到的我也不客套。他的话击中了我的要害，我诚心诚意地向他请教，他告诉我要注意两件事：

第一，要掌握一个比较客观的选稿标准。选稿这玩意儿好像没有什么客观标准，仁者见仁，智者见智，各有不同的欣赏角度和衡量尺度，其实是有标准的，起码编辑本人心中要有个数。这个数就是他的标准，这个标准越接近客观要求越好用些。这个标准的制定，是通过了解大气候（指当前文学形势）、中气候（指刊物性质、方针和所属流派，以及独特风格）和小气候（指终审和二审人的艺术主张，审美情趣）逐渐形成而又是不好公开说明的。因此，你就不能一味地低头看稿，首先要阅读一些近期反响强烈的作品和文章，同时要研究一下本刊所有发表过的作品和文章，从中思考和归纳出一些规律性的东西。已经写滥的情节，只因你老兄读得少，就以为是神来之笔，能不胡子眉毛一把抓吗？有些来稿写的是老主题，即使很准确，政治上保险系数大，假如没有更新更深的发现和挖掘，又缺少新奇的表现角度和艺术手段，发表和发表后引起注意的可能性都不大……

第二，要学会有效地支配属于你的时间。每个月只有二十五天上班。除去开会和非业务性事务，来稿量这么大，如果看稿不得要领，时间分配不科学，就有被稿子淹没的危险。最理想的办法是把你的时间分成三份，有个大体安排，比如集中十几天时间看稿，利用一周时间进行较系统学习，留下一周时间开会、编稿和处理其他事务，就像弹钢琴一样，要有节奏，磨刀不误砍柴工嘛。通过学习把握住气候，也就找到了选稿标准，看稿的速度也就会加快，节余下来的时间就再学习，或是写点东西练练笔，当编辑的搞搞创作实践大有益处。工作方法对头，就能收到事半功倍的效果；否则就事倍功半。

金河同志这些话当然不是一次告诉我的，而是通过经常交谈被我总结出来的。午休时间，或是在读稿疲倦了的时候，我们就无拘无束地山南海北地神聊。他虽然没有直说，但我听出了弦外之音——他是在说我审美水平不高和艺术鉴赏能力差。因而，我就必须加强学习，同时要学会怎么工作。我窃以为他的意见是很中肯的，随随便便谈出来，又不伤人自尊心，实在令人内心里感到温暖。逐渐地我觉着世界明朗了，看稿时能分出良莠了，看稿速度和看稿质量有了较显著提高。当我提审的稿子第一次被通过，第一次刊登在刊物上，当我第一次配写的评论被采用的时候，心情激动万分，深深体验到了编辑工作的甘苦，同时感到欣慰。

当时在小说组看稿的还有吴竞、刘琪华、李啸、张福祥同志。他们资格老，不仅有20世纪50年代前期北京大学毕业生，有鲁艺毕业生，而且有几十年的编辑工作经验，有的还出席过第一次全国青年作者代表大会，得过全国大奖。可他们谁也不拿大，像对待小弟弟那样对待我，指导和帮助我。我的书案紧挨着吴竞同志的，看稿时把握不住了，我就请他当参谋。他总是立刻放下手中的而接过我递上的，看完便直率地谈自己的意见。刘琪华和李啸同志都曾亲自带领着我外出学习组稿，随时随地告诉我一些同作者谈稿的注意事项。在来编辑部之前，我与这些人素不相识，我曾担心他们会不会出我这个"名牌大学毕业生"的洋相，其实我是多虑了。他们像对待一般作者一样热情地扶植我，也许"为他人作嫁衣裳"的高尚无私品格已成为他们的固有属性了吧！

来编辑部之后，假如没有同志们的指导和带领，只靠我个人慢慢去"悟"，真不知道何年何月才能基本熟悉业务和适应工作啊！我将永远铭记着这些热心的同事，永远视他们为真诚的朋友！我从他们严肃、认真、细致的工作作风中受到启示，受到感染，并要求自己力争尽快成为一名合格的文学编辑。他们这样做的目的是为了把刊物办得更好。正因为有这样一群具有高度的责任感和强烈的事业心的同志在身边树立着楷模，所以我才能进步得较快一些。

我本来是汇流进"鸭绿江"的雨水，随着日月的推移，终于变成一瓢同大江的前浪后浪一样的水了，我感到无上荣光和无比骄傲。这完全应归功于编辑同仁的教化、熏陶和相濡以沫。编辑部的真诚坦率和友好和谐的氛围，民主讨论和各抒己见的传统，很快便融释了我腼腼腆腆的十足书生气，敢于大着胆子同人争论些问题了。我在写第一篇评论时，使用了"颖脱而出"一词，好几位同志都说应改为"脱颖而出"，我便同他们争讲起来。后来都找出根据，证明两者皆可，而"脱颖"为习惯用法，我才将两字调换。事情虽然很小，却充分证明我们心中都毫无芥蒂。在这种环境中，我心情很舒畅。

从同志们的工作中，我逐渐明确了这样一个问题：编辑的大有作为之处集中在帮助作者修改稿子方面——基础较好的稿子修改成可用稿；可用的一般稿修改成重点稿；可用的重点稿再修改一次，争取能被"选刊"转载，甚至获全国大奖。我这种观点和工作方法的形成，是编辑部内部平等讨论和认真研究问题的作风启发和影响的结果。

以迟松年同志的《普通老百姓》为例，初稿是另一名同志组来的，可用。因为我分片负责朝阳地区稿件，就责成我编发。我仔细阅读了之后，认为基础特别好，在艺术结构方面还存在着不少问题，这样编发未免看着可惜，便提议修改后再发表。编辑部领导看了我提出的意见，要求小说组全体同志传阅，而后又进行讨论。没想到，小说组绝大多数同志都同意我的意见。领导责成我去找迟松年同志修改，我在朝阳住了十多天，迟松年同志接连修改了三次，我才开始编改。作品发表之后，立即被《小说选刊》转载，并获得1981年度全国优秀短篇小说奖。

《鸭绿江》的水是为滋润禾苗而流淌着的，逝者如斯，不舍昼夜。作为"江"中一瓢水，我在感到荣幸之余，也未曾忘记去浇灌文学的幼林。在小说组工作不足三年，我参加过五次办班，这既是我同青年作者交朋友的机会，也是同大家交流生活体验、创作体会和文学信息的机会。同时又是提高编辑业务和自我补充的最好方式。虽然辛苦劳累，但每次都有较大的收获。1981年9月，编辑部同省总工会在绥中县止锚湾（后移兴城）办班，编辑部第一次派我一个人单独前往，我颇有些畏难情绪。这是工人业余作者班，有不少人在这里初露头角，如邓刚、谢友鄞、肖士庆、王宁等。在讨论邓刚作品《热》的时候，发言人持否定态度者居多，还有人说它是"自然主义"和"专写落后面"的。当时我主持讨论会，本不想发言，但为了澄清认识上的混乱，和保护作者的创作积极性，直言不讳地发言一个小时，力排众议，仗义执言。全不顾忌对自己的得失影响。回来后稿子在《鸭绿江》很快通过发表了，《工人日报》曾刊之进行了评论。这篇作品可以说是邓刚崭露头角之作吧！

《鸭绿江》的水是纯洁的，她洗涤和冲刷着一切污垢和灰尘，同时反映着明媚的春光。忠于现实、忠于生活、坚持真理、主持正义，一向是她的风格。在我当小说编辑期间，具体负责刊物的范程和单复同志，曾签发过几篇引起重大反响的文章。我十分佩服他们的胆识，也因此，才敢于直抒己见；因为无私而无畏，我不怕公开自己的观点。是《鸭绿江》的水洗明了我的眼睛，洗聪了我的耳朵，洗清了我的头脑，我感激她，是在效仿她，虽然做得太少。

我自认为是《鸭绿江》中一瓢水。从编辑部出来后，我之所以能在《当代诗歌》编辑部和文学院开展一些工作、能同青年作者们一起为文学事业的兴旺发达做点实际而有用的事，凭借的只有这一瓢水，一瓢被"鸭绿江"软化和净化过的水！无论我这瓢水在浇灌禾苗、在培育英才方面起的作用多么微不足道、多么渺小而不可提及，但我个人总觉得是倾注不尽、泼洒不竭的，因为它取自源远流长的《鸭绿江》！

这瓢从"鸭绿江"里舀来的水，最后的一滴也必然是洒在松辽平原的褐色土壤上！

作者简介

王金屏，1936年生于山东夏津县。1950年考入德州中学，1956年考入北京大学中文系新闻专业。1964年毕业后，派往沈阳市鞋帽公司技术科当资料员。1979年8月进入《鸭绿江》，担任小说编辑三年，后改任函授中心专职副教务长。1983年任辽宁文学院文学创作班班主任，1985年任《当代诗歌》编辑部副主任，次年8月任辽宁文学院副院长。发表小说、诗歌、散文、报告文学和评论百篇（首）以上，出版小说集《精神贵族和编辑夫人》、散文集《迟到的秋梦》。

我是鸭绿江一滴水

边玲玲

那时，我还在辽大中文系念书，即将毕业了，像一滴将要喷出源头的水滴，不知流向何处去。带着憧憬、猜测、不安和敬畏我去敲了那扇门。那时，我还不知道，这就是半年之后我将要报到的地方。《鸭绿江》编辑部即是我走出大学校门的第一个工作岗位。

屋里很静，没人说话，推门进去，一张桌上一个稿件堆，在一座小山似的纸堆后面，抬起一张面孔，黄中带黑，满是皱纹，苦涩的目光从两个大镜片上面，无神地张望，表情滞静又痛楚，背驼着，好像有多少重担压在上面。

别人都开会去了，只有这老同志。这是《鸭绿江》给我的第一个印象。当时我还不能理解，对编辑这工作我望而生畏，何以有这么多的苦难、重压，编辑成了苦行僧不成？发现了别人，推出了别人，自己被钉在那里受苦。

那位老同志就是张福祥。我终于成了一名编辑，又结识了许多老同志，他们都从事编辑工作多年，甚至大半辈子，一辈子。几乎每一个人都和《鸭绿江》刊物一起承受了动荡不安的命运，水流时缓、时急、时涨、时落，几起几伏、几衰几兴，我理解了他们的白发、皱纹、疾病，甚至过于敏感的神经。

"年轻人，你没有经历过那年头，要不，我们也胆大着呢。一篇文章，你知道会带来什么？"

他们经常这样对我说。我曾以自己的胆大自负，这也许是一种少阅历的浅薄。

我到编辑部之前，他们就是这样约稿、组稿、看稿、改稿、编稿、校对，一月一次，甚至多次。文章刊出了，作者出了名，没人记得责任编辑是谁；出了问题，却不是祸首，也是罪魁。

我到编辑部之后，他们仍然是约稿、组稿、看稿、改稿、编稿、校对，一月一次，甚至多次。

如今，我离开了编辑部，编辑部又添人进口，来了许多更年轻的同志。他们呢，仍然把自己埋在稿件堆中，迎送着岁月，一批批文学新人从《鸭绿江》崛起，冲上了省级、全国文坛，在更广阔的文学天地里驰骋。可他们，还是他们，默默无闻，辛勤耕耘，唯一的变化是，老了，病了，退休了。

因为做过编辑，体验过带着旅途疲劳，在陌生的城区街道上奔波，按照记在本子上的地址、门牌号去叩门组稿的辛苦。我对前来约稿的编辑，无论大刊小刊，有名无名中老年轻都把他们当成同行、朋友、知心。

如果说，我懂得了，一篇文章问世，不仅要有作者的辛劳笔耕，还要有编辑者的智慧和汗水的道理，那是因为我在《鸭绿江》工作过。

细想起来，我是《鸭绿江》的编辑，又是它的作者，是在这园圃里耕作的园林小工，又是它扶植起来的树苗苗。

至今忘不了老主编范程同志对我说的话:"我支持你创作,在当好编辑的前提下,写好作品,你能冲出去,我才高兴呢。"

人不在编辑部了,总觉得还是那里的人。还是鸭绿江中一滴水,跟随它一起流经辽沈平原,流向大海。

作者简介

边玲玲,1947年生于大连。1966年毕业于沈阳市第二十中学。1968年到辽宁省康平县插队四年半。一段"新农民"生涯之后,进入沈阳第二师范学校,1974年毕业,到大东区教育局工作。1978年入辽宁大学中文系,毕业后分至《鸭绿江》编辑部做编辑工作,后在省作协从事专业创作。结集出版中、短篇小说集《爱在人间》,长篇小说《女人没有地平线》。

《志愿军搜山》(木刻) 沃渣
1951年第4期《东北文艺》

那时我们正年少

刘嘉陵

《鸭绿江》七十岁了，她四五十岁那段，我曾为之效力六年。此前最辉煌时，她的月订数近40万册，今天看简直是天文数字，但在20世纪70年代末，那一点都不夸张。据说老作家李宏林的小说《大海作证》刊出后，曾出现过读者排队争购那期《鸭绿江》的盛况。

而1990年夏我调入《鸭绿江》时，持续十几年的文学热渐呈颓势了，杂志已由市区内最大最好的印刷厂转至铁岭一家中型印刷厂，纸张也不如原先那么白亮挺括了。可那仍然是我们一生中美好的岁月，那时我们正年少，主编迟松年，副主编童玉云、于成全等老同志都还没我们现在老呢。

那时刁斗头发还在，还很俊朗，离写下"洁白的雪花飞满天"那首歌的北京广播学院的"刁铁军"还不太远，夏天常穿着旖旎的红色无袖薄纱衫，牛仔短裤和拖鞋。他负责过的二编室除开小说什么都编，但他最热衷的还是小说，能记住好多拗口的外国小说家的全名，编稿之余喜欢像捧碗吃饭的山西农民，蹲在编辑部的旧沙发上侃某部外国小说。你最好别另起炉灶，否则他会不客气地对你那本书说："我不喜欢。"

那时张颖（女真）冬天还穿着黑色长筒皮靴呢，她毕业于北京大学中文系，与李敬泽同届，和他一样，也是她们家乡的文科状元。她刚做一编室主任时才二十几岁，时常组来小说名家的稿子，又善读自然来稿，用简约的评语把一篇篇稿子的优缺点说透。当年时兴的机关交谊舞会上，她也总是起着模范带头作用。

那时李黎还扎着两簇精精神神的小辫，没戴上黑框近视镜呢，也许因为大青楼里有太多文学大汉吧，她最初给我的印象如同今天看电视突然调到了高清频道，人物一下子就清新起来。她毕业于南开大学中文系，手里常有天津小说家的稿子（没白在那儿待一回），歌唱得很好，即使鼻子受到季节困扰时也还是。

那时一编室的另一位主任刘元举午饭后必须轰轰烈烈地打上一个钟头的乒乓球，大剂量地组稿、编稿、写小说、写散文、写报告文学、照顾爱女仍无法耗尽他过盛的精力。

那时散文和评论编辑宁珍志的藏书量在我们中已可称霸，连买书出手够重的刁斗都略逊一筹。小宁（如今的老宁）对书的鉴赏力也高，我们提到的书他全了如指掌："这个版本译得不错"，"那本书印得差点"……他甚至藏有两套杨绛的经典译著《堂吉诃德》，后来送给我一套，我也把西班牙作家乌纳穆诺的一部长篇小说回赠予他。

那时诗人柳沄还没来《鸭绿江》做诗歌编辑呢，1992年春省作协从张氏帅府（现为张学良旧居陈列馆）搬到省军区招待所前不久，他才出现，我和他在新工作地点分到一个办公室。他几次和我聊起福克纳的《喧哗与骚动》，这让只跟小说厮混的我暗自惭愧，自此也开始买和读起诗集来。你们谁听过诗人柳沄歌唱？现在我告诉你们，他是会唱歌的，虽然只唱一句，在他从一间办公室走向另一间办公室的当口。他要去的地方再远点，会不会多唱一句呢？反正我们听到的永远是："走走走走走啊走，走到九月九……"

"稿源"这个词就像"学苗"，带有某种宿命色彩。在《鸭绿江》那六年里，我曾外出向众多文学名家组过稿，最远的有四川的裘山山，陕西的陈忠实（正在乡间为当时谁也不知道的《白鹿原》收尾，他淳朴的妻子接待的我）、路遥（被《平凡的世界》劳累得边大口吃面，边大口喘气）、京夫，还有上海的格非（先是以华东师大中文系英俊的青年教师刘勇的名义接待我）、金宇澄、孙甘露、陈村、吴亮、李劼，北京的王蒙（我是他分室接待的若干访客中的一位）、刘心武、刘震云、朱晓平等，但记得只有王蒙和刘心武寄来过随笔之类的小稿，其他人大都没给过稿子。该受责怪的是我还是《鸭绿江》还是他们？都不是。他们都是好作家，写大部头已用去太多时间，数量有限的中小作品也几乎全被京、沪几家大刊物和各自家乡的刊物包下了，不满意的东西又不会拿来敷衍我们。但他们态度都很诚恳："以后有机会争取合作！"

谁不愿意发名家稿子（哪怕并不出色）啊？可没有他们的稿子，也不能把《鸭绿江》晾在那儿啊。你必须练就一双慧眼，练就在众多文学后生和自然来稿中沙里淘金的能耐，把后起之秀甚至无名小卒一点点助推成文学名家。那才叫真本事，也正是边地办刊人的骄傲所在。

七十岁老话讲叫"古稀之年"，而如果用联合国对年龄段的最新划分（这很可能是个美好的玩笑），《鸭绿江》才刚刚步入中年。当年我们都为她流过汗、争过光，她也造就并养育了我们和我们的儿女。昔日的"少壮派"们今天已接连退役，但仍长存怀旧和感恩之心，目送她继续远行，祝福她永远不老。

作者简介

刘嘉陵，沈阳人，插过队，当过乡村教师，谱过曲，开过机床，做过扶贫工作队员。1986年毕业于东北师范大学，获文学硕士学位。曾任《鸭绿江》文学月刊编辑部主任、主编助理。1981年发表小说处女作，著有《硕士生世界》《记忆鲜红》《自由飞行器》《妙语天籁》《舞文者说》《把我的世界给你》等。

竹外桃花

刁 斗

从我家居住的皇姑区公安厅附近到鸭绿江编辑部的前身《辽宁文艺》所在地沈河区张氏帅府（现为张学良旧居陈列馆），距离大约五六公里，不论骑我爸的进口摩尔二八车还是骑我妈的国产永久二六车，在1976年沈阳那些狭窄凹凸的柏油马路上跑一个单程，耗时都得四十分钟。那天，蓄谋多日的我，把一大组工工整整地誊写在原稿纸上的诗歌习作塞进书包，再小心翼翼地，将那只掉色严重的草绿军用挎包斜背在肩上，然后骑上黑摩尔或者蓝永久——对不起，我忘了那天它俩谁归我支配——开始了我文学跋涉初始时期一次意义重大的"自驾"之旅。我记得那天天朗气清，当我找到帅府北门，问清《辽宁文艺》的办公楼层时，头上那轮暑期的太阳依然很节制，还没烤昏我的头脑：有腕上戴表的成年人告诉我，此时九点还没到呢。我长嘘口气，像个溺水者被捞到了岸上，自以为，一个丑媳妇晚点见公婆的理由充分了起来：人家编辑老师刚一上班，我就过去请教诗艺，不太礼貌吧？是的，站在我心中文学殿堂的门庭之外，我那同样蓄谋已久的忐忑和惶恐，已经愈来愈严重地具体了起来，而忽然发现我也可以并不勉强地，祭出一个过帅府大门而暂时不入的堂皇理由，立刻，我就又神经松弛情绪稳定了。于是，像卡夫卡笔下的土地测量员K那样，我一边用一种由焦虑和急迫分娩的耐性自我安抚，一边绕着身旁灰黑色的帅府高墙周而复始地逆时针骑行，直至又一个，甚至又两个四十分钟耗尽以后，我那双被近午的太阳晃得视物模糊的眼睛里，才有浑浑噩噩的"通关"的胆量漫漶开来。这之后，踏着帅府大楼里回声巨大的旧地板我贼一样跬行，虽然在那布局紧凑的空间里，我早已了然了目标在哪，可每见身旁有人经过，我仍然嗫嚅着假装问路：给《辽宁文艺》的诗歌编辑投稿去哪屋呀？仿佛不这么自证清白似的声明一句，这座幽暗楼宇里的神秘主人们，就会把我这个谦卑的中学生当成盗贼。

几年以后，我厚起脸皮自诩《鸭绿江》的诗歌作者已薄有资格，可投去的小说，唯一的命运照旧是退稿。宕开一笔。好多人认为，我20世纪90年代初才开始小说写作，而80年代末之前只鼓捣诗歌；其实，1979年入读大学前夕，我的小说处女作就问世了，而自从爱上文学，我花在它俩身上的心思，一直左提右挈不偏不倚，差别只是，小说的发表量低得可怜。言归正传。当时，在一次会议上，刚刚大学毕业的我认识了《鸭绿江》的小说编辑边玲玲，并很快把一个短篇寄给了她。边玲玲性格有些高冷，仅凭一面之识的点头之交，我不好意思多打扰她，所以，时间既久，有好几次，虽然我很想通过电话甚至再闯帅府去追踪那小说，可踌躇之后未敢妄动。当然事情没完。比大半年还要多点的时间过去以后，我收到了边玲玲退回的稿子，她信里说，我的小说基础不错，但发表仍嫌弱了一些，本来，她一直想联系我当面详谈，可最近，她要告别编辑岗位去专事写作，便只好把稿子邮寄给我，同时，也附来审稿意见供我参考。我那篇小说被翻得挺旧，第一页上醒目地别着稿签，整张稿签纸上，各色墨水和各种笔迹横七竖八，由天头到地脚仿若马赛克拼图般斑驳而成的行行赞词与句句訾议，而它们下端的署名除了边玲玲，还分别有编辑刘琪华、小说组长吴竞、副主编刘燧、主编范程。如今，我当然已记不得他们五位都说了什么，但无须介入编辑部的工作流程我也知道，仅凭这张现代派绘画般的稿签，我就怎么感动都不过分：参与对我那"发表仍嫌弱了一些"的小说圈点臧否的，几乎是编辑部与小说有关的全部人马。赘言一句。与多数编辑部一样，《鸭绿江》也以三审制处理稿件，只有打算特殊推举的"重点稿"，才偶有可能，需要多人发表意见；至于我这种"基础不错"的鸡肋作品，固然未必一审即退，但无论怎样高看，劳驾三人过目也顶天了。可眼下，他们竟隆重地给予我这个无名作者的稚嫩作品以尊贵的"重点稿"待遇，这足以让我在受宠若惊之余更领教了，什么叫文学态度的虔敬，什么叫职业精神的剀切。

此后不久，似乎出于天意的拨弄，令我和审读我"重点稿"的几位前辈都没想到的是，从新闻单位跳槽出来的我竟与他们成了同事。于是，接受着他们的言传身教，效法着他们的虔敬与剀切，我乐此不疲地为《鸭绿江》服务了十三个年头，然后，伴随着他们的先后荣休甚至离世，我也在岁月的白驹过隙中几度辗转另谋他差，直到两年以前。两年以前，我终于也成了"养老金"领取者，但就在这时，天意之手再次拨弄，居然把一节我和《鸭绿江》缘未了情没断的插曲演奏了出来，让我有机会把一年多的时间，更是把几十年积累起来的生命认知与文学感悟，奉献给了与我有着千丝万缕关系的这本刊物。

2020年夏天，基于偶然的思想碰撞，《鸭绿江》主编陈昌平建议我为刊物编一档评论专栏，从栏名的设定和主旨的确立，到评论对象的选择与撰文作者的邀约，一概任我自作主张。这样的自由度就是诱惑，没法不让我蠢蠢欲动。那一阵子的大背景是，改革开放刚过四十周年，跻身时潮去回溯与纪念，偏巧并不有悖我的心愿。而具体到操作层面的小背景是，在辽宁文学圈里，若点数最具老读者老编者老作者三位一体资格的寥寥几人，我肯定算其间的中坚，所以，由我与文学声誉良好历史地位悠久的《鸭绿江》联手打造专栏"重现的镜子"，想必在梳理和检点辽宁文学的四十年时，做到既恰如其分又不拘一格不会很难。我对研讨对象的选择标准其实简单，除了要求到出刊之时年满六十，还要求，其大部分的生理时间与精神活动都属于辽宁。关于后者，我当然知道，将文学的视野只拘泥于某一地域不光狭隘还有欠科学，但我不想罗列开脱的说辞，而愿意承认，我和《鸭绿江》都有局限。至于前者，在我看来，一个人总得活到二十岁了，才更可能对灵魂觉醒与时代变迁之关系，感受强烈并体认深刻。毋庸置疑，没有当年中国社会的爬出泥淖挣脱枷锁，我"镜子"中的这些传主，以及"镜子"外所有的中国作家，便不可能有机会趋近思考的独立与表达的诚实。必须看到，我们偏得的这些独立与诚实，即使在运气最好的写作者那里，也特别有限格外脆弱，其暂时性阶段性令人唏嘘。或许，当时的人们并不觉得，那些被称之为"解放"的时光多了不起；然而时过境迁，当我们终于有了资格复盘往昔，尤其是，当那些裹挟着我们蹀躞前行的徐徐惠风与滚滚霾云已然越来越路径明了轨迹清晰，作为改革开放的亲历者与受益人，我们对我们四十年来颟顸或者颖慧的思考，精妙或者粗糙的表达，便很容易多掂量出几分物超所值的非凡意义，同时，我们今天做出的任何反省总结，也才更有僭越的底气。

自2021年第一期起，我通过十期"鸭绿江"共三十三万字的总篇幅，在一面面陆离的"镜子"中"重现"了十位辽宁的文学人物。对此，我最初的感触比较表面：收获玩味同行之益，过足编务实践之瘾。但我很快就发现了，其实，剖解他人的"重现的镜子"，亦是供我切片自己的"重现的镜子"，它映射出的，既是我对文学和艺术的探究，又是我对时代与历史的质询，还是我对这几十年里，那些出入于我身边心上的趣友玩伴同道的感念……如是，我便忍不住很想猜测，当初苏格拉底的睿智箴言，很可能就是对着镜子脱口而出的：未经审视的生活不值得过。

作者简介

刁斗，1960年生于沈阳，1983年毕业于北京广播学院，曾当过新闻记者并多年供职于辽宁省作家协会，其中1986年至1998年在《鸭绿江》任编辑。著有诗集《爱情纪事》、随笔集《虚有》等三部、长篇小说《我哥刁北年表》等九部、小说集《重现的镜子》等十部，另有被译为法语和英语的数本小说集在海外出版。

工作着是美丽的

李 黎

进入信息科技时代，电脑取替了传统纸笔的功能，为编辑们做了一系列多快好省的事。如果把现在的编辑部说成工作室的话，旧时的则像个作坊。若把旧时作坊和现今的电脑工作室做个对比，编辑行当的很多术语都有了新的解读。

自然来稿

20世纪80年代走进编辑队伍的时候，还是看手写稿的时代。那时候看自然来稿的意思，可不是像今天，早上来了打开电脑，把公用邮箱里的新邮件下载到标着"自然来稿"的文件夹里，每天把文件夹里的稿件浏览一番，感觉尚可的，剪切到"留用"文件夹。那时的自然来稿是用麻袋捆着送到收发室的。收发室先做大分拣，编务拿着大口袋取来稿件，再做细分拣，分门别类交给各编辑室。编辑部靠墙摆放的一溜书桌上，堆着几摞高高的稿子，必然有一摞是没拆封的自然来稿。某期杂志交给印厂之后，歇口气，拆开大大小小厚的薄的信封，铺平折在信封里的稿纸。经验丰富的编辑快速浏览一遍，删掉一批着实不入流的，放进已经塞得很满的书柜里，以备查稿或退稿。然后，拿起放在眼皮底下、桌子正中的那沓稿子，继续日复一日的读稿工作。

组稿

电话、邮件、QQ、微信是电脑时代编辑组稿的主要方式，前提五花八门——上鲁院结交一批文友同学、各种与文学有关的活动、作家聚会等，曾经跟从学校毕业不久的年轻编辑讲20世纪80年代组稿的事，他们表情惊讶，好像在听一个不可思议的事儿。

那会儿普通人家里没有电话，作家们的家里也没有电话。单位有台老古董一样黑色的立式电话，叫长途电话要通过电话局的接线员转接。很少打电话，给谁打呢？那时组稿拔腿就走，去谁家也是直奔地点，不用事先约会。没有电话怎么约呢？比如，1988年我去武汉组稿。下了火车，先去湖北作协，湖北作协的人领着我去找陈应松，去武大作家班，临走时，有了一堆人的联系方式。后来陈应松寄来中篇《秋寒》，我得到一个省级文艺作品奖。后来去林白家的时候，陈染在她家。

查行

"查行"恐怕是2000年之后入行的编辑最陌生的词汇，从编辑程序上讲，已经不再使用了。20世纪80年代，甚至90年代，文编编辑初稿的时候，最后还有一个重要的程序：查行。每期最让人头疼的事莫过于此。那时看的都是手写稿，用原稿纸写的还好办，每行字是固定的，一行一行地点下去，心里默默地记数，再把删掉的和添加的部分做个加减法便是了。用白纸写的就麻烦了，只好一个字一个字地查。这是个不需要知识和技巧，只要认真和不惜时间的工作。把编好的稿子交给美编的时候，每篇稿子首页的页眉上都有这样的字眼：大字（指5号字）或小字（指小5号字）××行，行字后面还写上"（不计题）"字样。然后，美编按照每篇稿子的行数，在版式纸上画版，用大头针把版式纸别在原稿上，按照目录自上而下排好顺序，等着印刷厂取活的人拿走厚厚一摞稿纸。王选发明的汉字激光照排技术广泛应用之前，还是铅字印刷。印刷厂里，拣字工看着手写稿，从扁扁长长的木盒子里拣出一个个铅字。《鸭绿江》1988年底改用激光照排。所谓激光照排，即最原始的电脑排版。每期下版的时候，编辑部浩浩荡荡一行人来到《辽宁日报》的照排车间，进照排车间换成拖鞋才能进去。桌子上那一溜大脑袋586电脑，在我们眼里，比今天的手机要金贵十倍。记得那年去《小说月报》，听到的是啧啧羡慕的话：你们用激光照排了呵，印得真漂亮。当然，那漂亮是相铅字排版而言的——不油墨糊纸了，满纸找不到七扭八歪有大有小的字了。可如果把1989年的《鸭绿江》和2016年的《鸭绿江》放在一起，论版式的整齐漂亮和讲究，1989版和2016年版简直没有可比性，好比苹果手机和2000年以后使用的第一款无智能手机。

流程

铅字排版时代，印厂校对员的身手了得，他可能只有小学文化，在经过至少三次校对的清样上，他总能捉到一些漏网之鱼，而且让你心服口服。由于印厂的认真负责，初稿进到拣字车间，大约要十来天才能返回一校。月余内，印刷厂又陆续送来二校三校。由此而来，初审到出刊大致需要三个月的时间，其间大半时间花在拣字排版上。现在，一本刊物从排版到出刊只需半个月。流程没有丝毫改变，只是周期大大缩短了。

网络不仅缩短了编辑流程，也节省了编辑资源。20世纪80年代的《鸭绿江》编辑部，有十几个编辑。由于交通不便，通信手段落后，编辑的组稿任务繁重，经常要走出去。一些人在外面组稿，一些人在家里守摊是编辑部的常态。记得我刚到编辑部时，一个老编辑外出组稿，两个月以后，我才见到他。电子稿不仅省去了打字的程序，也缩短了编辑和作者的距离。在QQ微信上聊天，仿佛面对面在交谈。编辑可以随时掌握作者的创作动态和相关资讯。网络对于编辑而言，还有一个受益匪浅的功能——它是一部电子百科全书，编起稿来方便之极，遇到存疑之处，只需按动鼠标，省去了跑图书馆资料室的烦累。方便快捷的网络与电脑，大大提高了工作效率和工作量，编辑部人员也大量减少。快捷的电脑与网络，让编辑疏远了纸和笔，整天盯着光标，个个都成了键盘高手。

编杂志就是数日子，月复一月。别人还在10月里，编辑就开始进入12期杂志的准备状态了。

想起 2008 年 1 期"编辑寄语"里写的一段话——"做编辑，最高兴的事是读到好稿子，发现好作者。尽管有为人作嫁衣的酸楚，有熬夜加班赶稿的苦衷，始终认认真真地看稿、编稿，并乐在其中"。转眼间，我在编辑行当也工作了三十年。这份职业给予我的滋养，让我时时体会到"工作着是美丽的"这句话传达出的愉悦与欣慰之状。在《鸭绿江》生日之际，借用陈学昭的名句作题，谨此为记。

作者简介

李黎，女，湖南籍沈阳人。辽宁省实验中学毕业后，考入天津南开大学中文系，1984 年毕业，曾做过大学教员，1987 年来《鸭绿江》编辑部做小说编辑。

《选好粮送公粮》（木刻） 宝音代来
1950 年第 2 卷第 5 期《东北文艺》

七年

高 威

2004年的早春，我读研三，一边准备毕业论文答辩，一边开始着手找工作。一次坐在公交车上，经过省作协大楼，无意中瞥见鸭绿江杂志社的牌子。我要感谢自己年轻时的勇气，冒昧地打电话过去问是否需要文字编辑，意外的是，对方没有多问就应允我第二天过去看看。这段现在写起来颇具戏剧性的情节，开启了我与鸭绿江的七年之缘。

就这样，我从一座象牙塔走进了另一座象牙塔。这里有值得我尊敬的师长，他们不仅文学素养深厚，更为人宽厚善良、宠辱不惊，待我亦师亦友，帮助我迅速融入新环境；同龄同事间更是坦诚相待，心无芥蒂，亲如一家。

《鸭绿江》每天清晨推开办公室的门，迎面而来的是混杂着稿纸和烟草的气息；是读不完的稿子和处理不完的电子邮件，是废寝忘食沉浸其中的全身心投入，是大海捞珍珠的满怀期待；是对情节处理的质疑、对字词的推敲、对取舍的纠结；是满页的修改校对、是费尽心思填写的稿签；是下版前的紧张忙乱和付印前的小心翼翼；是拿到新一期刊物的满足，也有发现漏洞时的懊悔；是看到一篇好稿件的欣喜若狂，是与作者倾心交流达成共鸣的酣畅淋漓。在这里，我有幸成为距离文学那么近的人，和同事们一起一边脚踏实地一边憧憬未来。记得那时常有从前离退休的同志来社里小聚，各位前辈都对我们年轻一代寄予了期望。我们年轻人喜欢听他们讲那些关于杂志社的往事，特别是在那个文学最繁盛的年代，杂志社的辉煌历史，听起来像童话般美好又似乎遥不可及。每每这时，我们都既为自己是一位鸭绿江人感到骄傲自豪又责任重大，同时也为纸媒没落文学小众现状下杂志社的前途命运担忧。

不知道还会不会有一份工作让人倾注那么多情感与梦想，让人如此温暖而感伤，也让离开充满不舍与愧疚，还有深深的祝福。

感谢鸭绿江杂志社的召唤，让我有机会倾诉一下离别后的相思，就像和最亲近的长者撒个娇。离开的日子里，《鸭绿江》真正成了从来不需要想起，永远也不会忘记的那一位。虽然，我只陪伴了她这七十五载春秋的十分之一，但她却将陪伴我终生。即使我这样一位她漫长岁月中的匆匆过客，也因受她熏染而略显不同，无论身在何方，做何职业，都秉持着对文字的感恩和敬重，都怀着一颗正直纯真、坚强又柔软的心。

作者简介

高威，毕业于辽宁大学中文系，文学硕士。于2004—2011年就职鸭绿江杂志社。

这由不得《鸭绿江》

牛健哲

我曾在《鸭绿江》工作七年，但老刊有十倍的历史，生生把我看重的光景映衬成了过眼斑点。稍加时日，庸泛的前编辑就会变成《鸭绿江》无从记忆的过客，这时常让我惊慌。

离开《鸭绿江》越久，我越能感觉到它留给我的烙印。这一点我在离开前就预见到了，所料不足的，是自己对远离文学编辑生涯的耿耿不甘。后来在并不吃文学这一套的新工作环境里，我对从前意外地变得高调。我把每期《鸭绿江》积攒在办公室里显眼的位置，我吐字清楚地回答别人自己的旧业。如果有人礼节性地谈起文学期刊，我不再浅言即止，而是从选稿讲到校对、从作者讲到主编，还会有点意气用事地论说发行量历史和关于"四小名旦"的不同说法，直到对方后悔开启这个话题。其实新环境有自己强大的密闭气场，但我渐愈乐于搬出编辑部的氛围、编辑作者们行文行事的风格，在周围空气里挥出转瞬湮灭的划痕。

有一天我意识到，我这是在采取行动，是在拒绝与《鸭绿江》彻底离散，护住与它的一丝牵连。这当然有失洒脱爽快，好比我在旅途中跟你同行一程，聊过几句就暗生情愫，下了火车还一直尾随你，伺机继续相谈共处。认清自己的意图之后我生出一些羞赧，然后决意继续这样做下去。我还是希望自己得逞，过客有心，其角色就可以改变。我可以身处编辑部之外，继续做一个《鸭绿江》人。我还会以某种方式和从前熟悉的作者聊上几句，翻开刊物还会推想组稿、编校和下版的情形。

我这么想，既然《鸭绿江》给了我流连的理由，就别怪我不客气地念念不忘。以我动情时必有的喻比水准来说，火车上你邻座的旅客忘不了你，这怪他吗？无论如何他已经在你身后尾随许久，暗自决意再做出些与你有关的事。你说他只是你途中的过客，他却说这由不得你，还认定整桩事始终很美。

作者简介

牛健哲，1979年生于辽宁沈阳，主要创作短篇小说，作品发表于《花城》《作家》《作品》《鸭绿江》《延河》等刊，有小说被《思南文学选刊》《小说月报》等选刊选载及被短篇年选收录。2005年夏至2012年底在鸭绿江杂志社任文字编辑。

我的现在时

铁菁妤

初识《鸭绿江》还是蹒跚学步时，在家里的书架上，随便拿起本书，扔到地上以为乐事。长大后听母亲提起，那时虽不识字，但每次拿起，扔到地上的必是不同刊期的《鸭绿江》。再识《鸭绿江》我已走进了大学校园，在图书馆的书架上，发现久违的老友。感慨了一番，还有这么老的杂志在，拿起后就放不下了。这就像一篇好小说，为后续的发展埋足了伏笔。现在的我，终于走进了《鸭绿江》的大家庭，成了一名编辑。

还记得报到第一天，满心的激动与不安。钟情了那么久的文学，就要成为我生活中重要的组成部分。我可以看到更多新鲜的优秀的文字，成为作品的见证人。从小学到研究生毕业，我学了那么多年的中文专业，这次要真正走进我的工作中。我将以怎样的方式成为一名编辑？又要怎样争取成为更优秀的编辑？我的编辑同事们是不是一群苛刻而严谨之人？上楼的空档，我想了太多，以至于看到大家的笑脸时竟忘了自己身处何境。

推开编辑部的大门，我已然迈进了自己的梦想。我将成为与文学息息相关之人。感谢我的好师长，同窗的岁月虽然无缘相识，但终因共同的梦想走到了一起。同为辽大学子的我们很快便相识相知。经过他们的悉心指点，我迅速地进入了编辑的角色，学到了编辑应该掌握的基础实务。接下来的岁月中，在与各位编辑老师、前辈、作者的接触交往中，我学到了太多太多，做一名编辑该有的严谨与耐心，豁达与尊重；以一颗感恩之心做人做事。我渐渐地发觉工作的分量越来越重，个人的悲喜越来越轻。记得一位前辈说过，好编辑不是几日、几年便能成就的，要用至少十年的时间成为一名编辑，用更长的时间成就一名编辑。从那时起我便知道，要想成为一名优秀的编辑，绝不是一件容易的事。

如今，我仍乐此不疲地享受着作为《鸭绿江》的小编带给我的快乐。在她七十五岁生日之际，我再一次审视自己的编辑工作，作为当代《鸭绿江》人，不仅要秉承老前辈们的优良传统，更要创造性地开启编辑工作，用心审视每一篇稿件。做一名兢兢业业的《鸭绿江》人，在漫长的文字长河中挖掘更优秀的作者，组编更多的好稿件。

此生，我有幸走进《鸭绿江》的历史长河，我看到了她辉煌的历史，也经历着她平凡的当下，并奋斗憧憬着她美好的未来。

作者简介

铁菁妤，毕业于辽宁大学中文系，文学硕士。2008年就职鸭绿江杂志社至今，现任编辑部主任。辽宁省作家协会会员。有文学作品发表于报刊。

成长

感激与祝福

胡 昭

1947年我读初中的时候，在师长的引导下渐渐摆脱了剑侠、公案小说的纠缠，开始接触正儿八经的文学作品。读了一些解放区的、苏联的文学著作，也读报刊上的作品。所谓报刊，那时知道的也就是《东北日报》副刊和《东北文艺》。当时全国解放区，尤其东北解放区最大的城市是哈尔滨，党的东北局设在那里，许多党内的和进步的文艺界前辈在那里工作或暂时停留，文艺工作蓬勃而有生气，文学青年们的目光注视着哈尔滨。

上中学之前，我在家乡参加过土地改革，当过儿童团。因此在中学办墙报，给墙报写稿的时候，我就写了一首一二百行的诗叫《自卫队长》——就是民兵队长，写他站在高岗上，满怀喜悦与自豪放眼山河大地，保卫着家乡。诗在墙报上张贴出来之后，有位老师鼓励我抄下一份，拿出去投稿。稿子抄好了，可是向哪里投稿，怎么投稿我摸不着头脑。还是那位老师拿了去，替我寄出了。几个月之后（好像是1948年了）发表在《文学战线》上。虽说是登在"青年之页"上，但也足够我心里美滋滋许多日子的了，那是我第一次在文学刊物上发表习作。后来——大约是1949年了——又在东北大区的刊物上发表过一首诗，也是写的翻身农民，题目叫"一只手"。这次已经走出了青年习作的栏目，刊物是16开本的《东北文艺》。

东北文联（后来是东北作协）的刊物刊名改换频繁，现在回忆起来有时闹不准年代与刊名。然而当时各省还都没有文学刊物，因此不管它叫《东北文艺》《东北文学》《文学丛刊》或《文学月刊》《处女地》《文艺红旗》，它都是东北大区唯一的、也就是最大的文学刊物，对东北文学青年来说具有极大的权威性。

它也有让读者不舒服的事。比如我记得对马双翼（据说即李克异）的短篇小说《网和地和鱼》的批判似乎就有些过火，不大能说服人。但那时报纸刊物搅在一块，有些批判文章登在《东北日报》副刊上，今天也难于、也无必要追究谁的个人责任。《东北文艺》也批评过我，那是我寄去一篇写城市印象的诗作之后，编者在来稿述评之类文字中引出我的几行诗——大意是：有三五架飞机徐徐飞过，像三五只鸽子愉快地来问早安似的——批评道：人民空军保护祖国是严肃而艰苦的事，并不那么轻松愉快，批评我的感情与比喻不很准确，本来是批评得对的。在那之后我去过朝鲜战场，刚去时空中优势完全是美国侵略军的，一出门就要提防空袭；几个月后我们的空军已经上天，看见自己的银燕翻飞真觉得那是和平的鸟儿……由此我想到：问题不在于把飞机比喻为恶鸟还是善鸟，而在于作者写没写清楚客观情势和主观的感情脉络，作品在艺术上有无说服力。一写到这里，我设想：辽宁作协诸兄也许会说：这小子，当年刊物培养他，现在翅膀硬了，找起后账来了！故而郑重声明：此处只是信笔写来发发议论而已，绝无找后账之意；对当年刊物对我的培养我至今感激。

时光流转，《鸭绿江》创刊已几十年了。对文学刊物来说，这已经是寿星了。想想20世纪30年代那些左翼刊物，有的只出几年甚至几期，可是它们各自培养了自己的作者，有些至今仍是文坛巨星。办了几十年的刊物该培养出多少文学新人啊！我即其中之一，只是出息不大而已。记得1956年东北作家协会开会，有一次跟蔡天心同志坐在一起闲谈，他问周围几个年轻人多大？我答二十三岁时，他感叹道：多么可羡慕的年龄啊！我当时曾在本子上写下一首小诗，说应该努力永葆青春，使自己永远处于可羡慕的年龄。可惜这本子找不到了，我真想在这里引出几句！如今蔡天心同志已经故去了，该我们这一代羡慕别人的年龄了。我想一个作家、一份刊物都是如此，只要保持青春活力，不断有新东西出来，就会永远令人羡慕、受人爱戴的。

我衷心的祝福寄予《鸭绿江》！

作者简介

胡昭，男，1933年生，吉林舒兰人，1949年开始发表作品。1956年加入中国作家协会。文学创作一级。著有诗集《光荣的星云》《小白桦树》《人生之旅》《从早霞到晚霞》《草原夜景》《生命行旅》，散文集《绿的记忆》《怀念与祝福》等。诗集《山的恋歌》获全国首届新诗奖，诗集《瀑布与虹》获中国首届满族文学一等奖，长诗《雁哨》获1983年少年儿童文艺创作奖，《心歌》《石林歌》分别获少数民族文学创作奖。

我的回顾与反思

杨大群

拿起笔，一时不知从哪里写起，我在1950年9月《东北文艺》上发表第一篇小说《东大坝》以来，尽管刊物多次更名换姓，但我和刊物始终都保持着很好的关系。可在我心目中风风雨雨就像经历一个春、一个夏、一个秋、一个冬，又到一个春天一样。刊物许多主编都是我的老师，许多编辑同志，至今我们还都是诚挚的朋友。要我写篇纪念稿，坐下来冷静一想，真还有点历史感，现实感。可是想想身边发生的一切，又是这么近，好像都摆在眼皮底下，在说说笑笑之中。我是在这块园地里生长出来的，还怀念这块园地，还有着这块园地的泥土香气。只是当笔尖戳在稿纸上，又感到有点惭愧的滋味儿，我在刊物上发表第一篇小说时，还是个小伙子，现在人家叫我"老杨"了。话要拽出个头来说起，自打发表第一篇小说之后，我被吸收到刊物办的"文艺学习班"学习，现在记起当时是听作家讲创作经验，记得听过丁玲、舒群、白朗、罗锋、马加、公木、韶华、蔡天心等作家讲课，有时白天，有时夜晚，有次夜晚老师正讲课，突然拉起警报，说美国飞机快飞临沈阳上空了，学员和老师都钻进了防空洞，过后从洞里钻出来继续讲课。事过三十多个年头了，有许多事情现在讲起来，就像犁过的土地一样，每条垅年年翻上新土，已经不是那条不变模样的垅头了，只是岁岁播下新种子，开新花，结新果实。

我人是老了，但心情更沉重了，老是感到自己写的东西，没有惊人之作，我是个庸才，不客气地说，我没有一篇稿子不是经编辑同志用各种方式帮助过的，这种感激之情是诉说不尽的。我计算一下，从《东北文艺》《东北文学》《处女地》《文学月刊》《文艺红旗》《辽宁文艺》《鸭绿江》等刊，共发表我的稿子三十余篇，小说二十五篇，约四十来万字，刊物选登过我的长篇《西辽河传》、连选过我的长篇系列小说《关东演义》，对我说来可谓不薄了。我从业余走上专业，从作者成为作家，还荣誉地被选为副主席。但我深深地感到惭愧的是年已花甲，从目前发表的十七部长篇，七十几篇中短篇作品中，我还没有弄明白在追求什么？在长篇系列小说《关东演义》完成之后，我感到写这类小说，尚须努力，对其形式、内容、人物（历史人物和创作人物）上，我都做些尝试和创造，但我感到写这类书是以故事情节及历史人物为主体的，作为一个作家写起来不过瘾，因为没有在多方面写人物上下功夫。我又转笔写出《黑泪》《白血》《蓝骨》三部长篇，我有意识地追求一下人物，赶一赶潮流和时髦，弄上一些"雅"，但是写完之后，感到"雅"大发劲了，也叫人发烦，大众不爱看，只能获得少数文友的赞誉。再者感到"雅"吸收外国各流派也是必不可少的。但还是认为中国人吃中国奶好，往民族文化上靠近为佳。我喜欢通俗，因为人民大众喜欢；我追求艺术，因为艺术是作品的生命。在写作这条道路上，好像才悟出一点笨道理来。我过去写过的，和我正在写的核心是写"民族之气"。这样我再次尝试，用二十天写部二十万字长篇《狼狗》，在雅俗共赏上努了点力，我还要创作两套雅俗共赏的演义小说，敬等诸公指正。我说这番话，不外是希望今后刊物要往雅俗共赏上努力。这是我这个在刊物上活动近四十年的一个老学徒的衷心希望，可能我的话说杂了，说多了，说远了，说走嘴滑舌了，说响了腮帮子，不过我的心是热的，和同志们是息息相关的，请同志们多加原谅。

最后，感慨颇深，没办法收尾，就弄出四句不成格律的歪诗压压尾吧：

圈圈点点四十年，
半纸辛酸半纸甘。
左顾右盼王孙梦，
笑煞书生一文钱。

作者简介

杨大群，原名杨建生，祖籍山东，1927年生于新民。带职入东北行政学院（现为吉林大学），1950年参军，参加过土改、解放战争、抗美援朝战争，任宣传员、文艺干事、文工团副团长、文化科副科长、创作组长。出版长篇小说十七部、创作中短篇小说七十余篇，共计七百万字。

我从东北走来

谭 谊

《鸭绿江》的前身是《东北文艺》，这块文艺园地的开拓伊始，曾和我有过密切的关系。我在20世纪40年代末期，大约两三年的时间，在该刊上发表了一百行至二百行的叙事诗《万人坑上开了花》《两个爸爸》，短篇小说《一个乡长》《一瓶酒》《焕然一新》，独幕话剧《麦收之前》等作品。后来由于工作的变迁，这块美好的园地在我的意识中相去遥远了。可是有时想起，就像思念早年的情人一样的痴迷。同时她又像一位母亲，用乳汁哺育过我这个青年文学爱好者。

《万人坑上开了花》是写东北抗战胜利后人民在日寇铁蹄下得到解放的颂歌，是发表在《东北文艺》上的处女作。当时，合江省省会佳木斯的广播电台播放了这首叙事诗，产生了一些社会效果，这对一个青年作者来说是一件惬意的事，因而对发表其处女作的刊物必然产生深深的感情。是《东北文艺》这块园地赋予我文学生命一个小小的萌芽，这个萌芽在我的心目中是多么珍贵啊！

时隔不久，在《东北文艺》上发表了我的另一首叙事诗《两个爸爸》，这是比前一首更长的诗作，它是写一个孤苦伶仃的少年在绝望中终于找到了救命恩人共产党，孤儿变成了社会的主人。如果说前一篇激情较为充沛，而在语言和艺术技巧上都比较粗糙的话，那么后一篇在艺术处理上就较为细致了。当时，东北处于解放初期，国民党实行全面进攻，解放军在前方奋战，后方剿土匪斗恶霸，处于土地改革的前夕。在这种火热的斗争生活中，写作题材是极其丰富的，于是我写了小说《一个乡长》，揭露以伪装面目混进革命队伍进行夺权斗争的国民党特务，启迪群众在建立地方政权中擦亮眼睛。这个不到两万字的小说，自然算是一个短篇，但是从它的概括容量看，又像一个中篇小说。这种带稚气的东西现在拿来再看，会使我脸红害羞，可是当期的《东北文艺》是用黑体大字标题刊出的，是这期栏目中最显著的一条标题，我简直感到惊愕了，得到这样的抬举，我想原因不外有三：其一，《东北文艺》连续发表了我的几篇作品，说明他们非常重视对青年作者的培养，后来的历史证明，该刊确实培养出一批又一批创作上的新生力量；其二，《东北文艺》编辑部发表稿子打破了只看名家头衔或论资排辈的观念，他们具有论稿不论人的编辑气度；其三，这篇东西虽然思想深度和艺术性方面都很差，但它是来自社会大变革的斗争生活，时代感较强，含有昂扬的激情。

佳木斯火车站附近的一幢小红楼，便是鲁迅文艺学院的院址，我是在该院文学系学习后留院工作的。假如我没有记错的话，那是在一个晴朗的上午，突然有人告诉我，金人从哈尔滨到佳木斯来办事，正在走访鲁艺的领导人，据说还要找我谈谈。我当时听了一怔，金人是翻译家和文学家，他要找我，真使我惊喜交加，想象着他是怎样一个威严的学者。

果然有人引金人到我的房间来了，金人中等身材，中年模样，作风朴实无华，一点学者的威严也没有，那种谦逊的态度，使我感到他极其平易近人，他是来看望鲁迅文艺学院的院长吕骥和副院长张庚的，顺便把发表我作品的刊物和稿费带给我。他这么一说，我心中实在感到不安。随后他和我攀谈起来，我虽然还有点局促，可是已经打消了对他的一切神秘感。他问我手头还有什么稿子，可以交给他带回，我表示遗憾，手头没有可以拿出来的东西。他又问我有什么创作计划和打算，我仍然无以答对，他看出了我的窘迫，便又谈了一些别的问题，临走时嘱咐我写出东西就及时邮去。又说，没有酝酿成熟的题材，也不要急于赶写就是了。

1948年以后，国民党军队节节溃败。革命形势发生了重大转折，《东北文艺》编辑部从哈尔滨迁往沈阳，驻佳木斯的机关、文艺团体也纷纷迁到哈尔滨。这期间，我在松江省鲁艺文工团创作组担任组长。小说《一瓶酒》《焕然一新》就是在这个时期发表在《东北文艺》上的。后来该刊又发表了我的独幕话剧《麦收之前》，内容是反映生产斗争中人与人的新关系。当时中华人民共和国已经成立，在京的青年艺术剧院演出了这个小话剧。

那时，我作为一个创作人员，每年一次或两次随同演出团体从哈尔滨到沈阳参加会演，有时也专程去参加创作会议，所以见到《东北文艺》编辑人员的机会也就多了，每次见到单复、李中耀等人都谈得很投机。只要我来到沈阳，李中耀就陪我游览，形影不离，心中有谈不完的话，可谓莫逆之交。单复见到我，总要对我的作品加以评论，他说我的小独幕剧《麦收之前》虽然没有多少分量，可是有生活气息，不概念化。我何曾不知这个小剧的粗糙和肤浅，可是他们还是让它问世了。单复给予了有分寸的鼓励，同时又直言不讳地指出小剧的要害，这是一个严肃的编辑对作者认真负责的态度。使我感动和钦佩的是，他们一心想着作者，具有"为他人作嫁衣裳"的执着精神。要讲学识和才能，他们都是懂得写作的行家，就是因为机遇让他们当了编辑。常常可以看到一种奇怪的现象，有的作者从这个园地起飞之后竟然忘记了他的责任编辑，不屑一顾；更有甚者是有的人飞高了却回过头来向培育他的园地讨价还价。

"文化大革命"结束，我又和《鸭绿江》编辑部的同志有过接触。1980年部分省市期刊的负责人到福建的鼓浪屿集会，交流情况，研究办刊的改革和方向。《鸭绿江》的主编范程及单复出席了会议，我也代表《北京文艺》前往，我们见了面如同老友重逢，无话不谈。我询问了《鸭绿江》的办刊方针和发行情况。我知道该刊是深受读者欢迎的，在全国的文艺期刊中，《鸭绿江》"甲级队"名头是当之无愧的，这是社会上读者的一致看法。

迄今为止，这就是我和这块园地，和这块园地可敬的园丁们打交道的一个历史性的缩影。这篇小文，时间的跨度很大，它仿佛是在观念上概括了我一生的时空领域，也概括了这块园地从开拓到如今培育创作人才和向读者输送大量精神食粮的不可磨灭的功绩。人在青少年时期，不免要憧憬未来，想象着到了老年的情景；可是到了老年，又常常追忆青少年时期的事，并且有一种迷恋之意。我在对青年时期的许多回忆中，总是想起《鸭绿江》的前身《东北文艺》，一想起她，她就在灯火阑珊处闪现出来，虽然时隐时现、飘忽不定，但相通的情感是十分深切的。从眷恋的情愫来说，好像我的一个不能忘却的情人；从培育的恩惠来说，她的确是一位喂养我吃过乳汁的母亲。

作者简介

谭谊，曾用名谭忆，1924年生，山东省牟平县人。1946年参加革命，1948年入党，曾在东北大学、鲁艺及中央文学讲习所学习。系中国作家协会及北京分会会员，老舍研究会、文艺理论研究会理事。

《防汛保田》（招贴画） 姬寿彭
1950年第6期《东北文艺》

难忘的鸭绿江

刘 真

1951年2月中旬,我到了安东(今丹东)市,第一次望见了鸭绿江,又接到了上级的命令,暂时不让我随军过江,要我留下学习。这一留下来,一生的命运、道路就是另外一个样式了。

这时的我,已经在解放战争中写过两篇战地文艺通讯、故事,也写过几个小剧本,在部队上演了。我迷上了文学创作,苦于没有学习的机会。回到沈阳,在东北作家协会工作的我大哥晋驼,送我去见到了刘芝明同志,他一听我从小的经历,立刻提笔写介绍信,要我到哈尔滨东北鲁迅文艺学院学习。那里没有文学系,只有戏剧文学系。我想,不管是什么,反正是学艺术,能学就好。

来到鲁艺后,我高而洪亮的好嗓子获得老师们的肯定。这时,鲁艺正在上演《星星之火》,他们说让我也演小凤,我真的在等待着。五一节到了,办黑板报的同学约我写一篇小稿。我写了1942年在大"扫荡"中救了我的一位老大娘。老师们看了说:"她真有些不平凡的生活经历,又很有激情,她应该写小说,成为一个小说作家。"他们让我把这篇小散文写成小说。我说我不会写小说,不知道怎样写才是小说。杜印老师很热情,给我讲解小说的写法,还要具体帮助我。我写了,他读后提了些意见,我又修改了两遍,交给了他。我以为这就是学生的作文,交了就完了,我也就忘记了。没有想到,两个月后,同学们对我说:"我们读了你的小说了,很受感动,不错,写得不错。"我睁大了眼睛说:"什么小说?你们在哪里读了我的小说?"他们说:"在《东北文艺》上,你投了稿你不知道?"我更觉得奇怪了,问人家:"什么是东北文艺?我没有投稿哇?你们瞎说。"他们拿出了一本《东北文艺》,翻出我的文章,指着我的名字说:"这不是你?"我更奇怪了,我把《好大娘》交给了杜印老师,怎么跑到这上边去了呢?之后我才知道,是老师们把我的小说寄给了《东北文艺》。这样,我才知道沈阳有《东北文艺》这么一种期刊。

有一次我放假回来,同学们说:"《东北文艺》的编辑张凤珠来看望你,没有见到,她很遗憾。"我又有点不理解,问他们:"人家来看我干什么?""咳!编辑要认识认识作者,这也奇怪吗?"我仍然觉得奇怪,但,从此,我记住了张凤珠这个名字,对《东北文艺》印象也更深了。

正是因为这《东北文艺》,它发表了我的《好大娘》,鲁艺的老师们推荐我到北京中国作家协会创办的文学研究所(之后叫讲习所)学习。说我应该深造,应该学习文学专业。我又觉得奇怪的是,文学研究所竟回信接受了,通知鲁艺,我马上可以去。我目瞪口呆,因为我来鲁艺前,去过文学研究所了,打了这么多年仗，满腔热情要在那里学习、深造，还交了我在前线写的文章和剧本。一位同志拒绝了我。我一转身就哭了，流着擦不干的泪，上火车到鸭绿江去追赶我的部队。我坐在火车上想，如果我写不出像样的作品，我宁愿死在朝鲜战场上，决不再进北京了。我越哭越委屈，我从八岁就卷进了战争的旋涡，成了无家可归的流浪儿，九岁到部队，从没有进过学校的门。精兵简政以后，政府把我送进了学校，只读了三个月，就是1942年，敌人开始了"大扫荡"，学校没有了。以后，政府又把我送进了一座民办学校，因为旱灾，加上敌人的抢夺，这小学办不下去了，师生们常挨饿，饿散了，我只读了一个月。抗日政府千方百计又把我送进了一个学古文的民办小学，由于叛徒出卖，我又是只读了三个月，被捕了。伪县长把我当成了小人质，要我二哥前来投降。我二哥是公安局的锄奸股长，他在给敌人回信里破口大骂，叫他们别做梦，说孩子他愿意杀就杀，愿意砍就砍，不要了。敌人要把我送给日本宪兵队，让狼狗吃掉我。是敌伪工作联络站的同志们，费了很大的劲，救出了我。在敌人的多次"扫荡"中，我奔跑在枪林弹雨中，要不是人民群众的一再搭救，我早就没有了，能够活着长大，太不易了。我一个字一个字地学着认、写。学会了写文章、写剧本，同样的不容易。所以，文学研究所那冷淡无情的回绝，那时实在使我只有哭了。我还很不懂事呢。

这时，只因为《东北文艺》发了一篇小说，又可以了，这怎么就可以了呢？我很不理解。临走时，同学杨淑慧望着我说："你真是'天之骄子'啊！"我听了很不好受，不觉得我是什么天之骄子，只知道我太无知了。在鲁艺，我读了莎士比亚、普希金等著名文学大师的作品，越觉得自己太可怜，更加不觉得《好大娘》这第一篇小说算得上点什么。尤其遗憾的是，小说发表以后，在假期我回河北与山东交界处的武城县去看望了"好大娘"，这才明白，实际情况比我所想象着编写的小说结尾部分要感人、生动得多。所以我后悔没有先去看望了"好大娘"然后再写这篇小说。那是1942年发生的事，我1951年回去，九年了，我由十二岁长到二十一岁，从童年到青年，去了我自己会怎么样，我不知道。当我找到了、望见了那个村庄时，我想，我进村后不应该问路，不应该问别人那位大娘住在何处、门口朝哪开。她和她的一家救了我，我永远不能忘记那个门口，应该自己找到它。我很激动，一望见那个村庄，一踏上这片土地我就想哭，因为有很多战士在这里，在那次"扫荡"中牺牲了。果然，我一下子就找到了那门口。没有院墙和院门，是一道篱笆墙，小院子很安静，没有人。我走进了那两间北屋的套间一看，"好大娘"站在炕边正教给两位我不认识的姑娘裁衣料。姑娘在炕上坐着，三个人一看见我进来就愣住了，盯着我。我把礼物放在小拐炕上，立着，一句话也不敢说，一张口怕哭出来。"好大娘"问我："这位同志，你是过路的吧？你渴了，还是饿了，还是走累了进来歇歇脚呢？"我不敢出声，出不来声，我忘不了她的声音。她眼珠转着回忆，自言自语说："这是谁家的亲戚呢？没有听说过咱村谁家有这么个女兵亲戚啊？"我还穿着军衣。她又问我："哎！同志，你是谁家的亲戚呢？说话啊！"我只敢望着屋顶了，怕泪水涌出来。老大娘深思了片刻，忽然抬起头说："老天！这就是三月十五的那个孩子吧？她还活着？"我一把抱住她，放声大哭了。

三月十五，是那一年的农历日子，公历是4月29号，正是战史上也要写上的"四·二九""大扫荡"。这些年来，冀南的同志常常说"四·二九"，"四·二九"，我没有想到，这战场上的人民和军队一样，把那个日子记得这样牢，代代不会忘记的。而我在她的口中，正是"三月十五的孩子"。因为有她，我幸存了。老大娘坐在火炕沿上，抱紧了我，和我一起痛哭起来。这哭声的内涵是说不尽的，哭这片土地上倒下的多少好男女，都正年轻呢，哭那些年月，哭那些痛苦和灾难，哭我们的胜利来得多么不容易，哭她终于又抱住了我，像那一年一样……

和这真实的情境相比，我在《好大娘》中所编造的结尾就太肤浅，太不理想了，这才产生了对不起《东北文艺》和读者的感觉。1953年全国儿童文学评奖时，《好大娘》得了个三等奖，我感到惭愧。严文井老师说，这篇小说还是幼稚的，我越学习越认识到他说得对。但是，如果《东北文艺》没有帮助我迈出了这第一步，也就没有以后的创作。正是《东北文艺》把我引上了文学之路，彻底割断了我仍想当演员的想法。到底我学表演或导演更有出息些呢，还是写文章好点，我不明白，反正是这样地走下来了。当初我所以改行，是因为我深感当演员没有创作自由，分配不到角色，你就上不了台。部队打过长江，到了四川，文工团来了不少青年学生，我算是老人了。我曾经很生气地想过多少次，老啦？刚刚二十岁就老啦？那好吧，我学文学，自己想写什么就写什么，写到一百岁也不会有人夺我的笔，说我老了，不许写了。这就是我所希望的自由。当没有发表的初稿《英雄的乐章》硬被人拉出来批判时，我后悔不该写小说，埋怨自己选错了路。但是，当《长长的流水》与《我和小荣》发表后，接到了大批读者来信时，我仍然感谢《东北文艺》。

刚来到文学讲习所时，一个房间分配住两个人。我先来的。这一天下午，我脱下了一堆该洗的衣服，上街玩去了。傍晚回到北官房院子里一看，我的衣服全洗净了，晾在绳子上，跑回屋一看，一位女同学微笑着，紧紧抓住了我的双手。我已经明白了，她原来是《东北文艺》的编辑张凤珠。她还是说："我是凤珠，和你住在一起很高兴。"我更高兴，她这么体谅我。先给我洗了衣服，好像我和《东北文艺》面对面了，我们真亲热，又说又笑。

这么多年过去了，我竟不知道《鸭绿江》的前身就是《东北文艺》。

难忘的鸭绿江，我从江边回来，走了这么漫长的路，今天又面对着"鸭绿江"了。

鸭绿江，通向我童年、青年的路，我祝你好吧！

作者简介

刘真，1930年生于山东省夏津县。1939年参加八路军，先后担任宣传委员、交通员、演员、队长、创作室主任、文工队长。1951年至1955年，先后在东北鲁艺和中央文学讲习所学习，毕业后从事专业创作。曾任河北省文联、作协副主席，专业作家。

我是个"土"作家

潘洪禹

我是个土生土长的作者。1948年抚顺解放，当时，我是个矿工。小时候没念几年书，但在矿上还算是秀才，矿山解放被推选为通讯员，和报社副刊有了一些联系。接着，又担任基层群众文化组织工作，经常写些演唱材料、活报剧、小故事等形式的作品，有的在地方报纸副刊上发表。我的第一篇可以算得上小说的作品，是在1951年9月1日出版的《东北文艺》（第四卷·第二期）"写作与阅读"这个栏目里发表的，题目为"王技术员"。这篇小说只有三四千字，只能算一篇习作，没有什么技巧。可这篇小说的发表使我增强了从事业余文艺创作的信心与勇气，我和编辑部的联系，就是从此开始的，可算是一个里程碑吧！

当时我和编辑部任何同志无一面之识，就是在发了那篇小说之后的很长时间里，和编辑部的同志都是通过书信来往（甚至不知编辑的姓名）结交的，我是把他们当成老师和朋友的，而且有深厚的感情。当时编辑部的一些同志，后来成了我的挚友。大约在《东北文艺》改刊更名之后，我被吸收参加了由一部分经常同编辑部联系的作者组成的创作组的活动。现在我能记起的如杨大群、李敬信、肖赉、赵郁秀等同志都是这个小组的成员。还参加了编辑部举办的定期文学讲座的活动。总之，从《东北文艺》到现在的《鸭绿江》，我不仅一直保持联系，而且有一段还在编辑部帮助过工作。应该说我和这个刊物有特殊的感情。我这大半生的绝大多数的作品，也是在这个刊物（各个时期）上发表的。如果说这个刊物是块园地的话，那么我的生根、发芽到开花、结果，也都是这个园地的园丁辛勤耕耘血汗灌溉的结果。

我说我是个"土"作家就包含这些意思。

作者简介

潘洪禹，原名潘洪玉，1929年生，山东昌乐人。20世纪50年代初发表作品，曾出版、发表十多部中篇小说及近百篇短篇。作协辽宁分会专业作家，长期在抚顺挂职深入生活。

我与《鸭绿江》

鲁 琪

我与《鸭绿江》有过深深的友谊，不论是编辑还是当时与刊物有关的一些作家，都曾给过我不少教益和帮助，他们一直是我尊敬和怀念的人；我也在这个刊物上发表了一些所谓作品，但既不是什么成名作，也没有获过什么奖。几十年过去了，这些都好似蒙上一层厚厚的灰尘，记忆也变得朦胧了。

算起来，到现在为止，我这一辈子，除了从事报纸和刊物的编辑外，就是从事文艺行政工作，文学创作并不是我的专业。虽然也曾多次梦想过，但都没能如愿。新中国成立后，在20世纪四五十年代，工作之余写了一些东西，发表在刊物和报纸上，还出了几本小册子，因而混入了作家协会，从此就俨然成为一名作家，实在是名不副实。

那时我在《东北日报》和刊物上发表了几篇小说，有人说不错，其中就有刊在《东北文学》上的《小蓝的故事》。这篇文章是在1950年第5期上发表的，以后《新华日报》转载过，东北人民出版社又印过单行本，还有人写过评论文章。看来好像是不错，但究竟哪里好，好在什么地方，我自己也不明白。前不久，有人为了工作搜集过去的资料，曾把这篇文章拿出给我看，看了之后，脸红了好一阵。在文学创作上，我实在幼稚得很。

还有另一篇小说《谣》，这篇小说东北新华书店也印过小册子。那里究竟写的是什么，现在也记不得了。其他还有几首长诗，如《前进呵，北大荒，美丽幸福是你的将来》《丰收》《乡土之歌》等。

那些年我确是写过不少诗，而且还辑起来出了两本诗集，但那些诗是不是诗，像不像诗，我也说不清楚。现在我已不写诗了，因为我发现我不会写诗。

从1950年到1954年，我在《鸭绿江》的前身《东北文艺》《东北文学》上发了八九篇作品，数量并不多。不过在当时，对我来说在同一个刊物上发表的，是最多的了。

1955年以后，我便不在这个刊物上发表作品了，同时我也和所有刊物、报纸断了联系。

命运跟我开了个玩笑，我不得不离开我所熟悉的一切，走进了另一个陌生的世界。在这个世界里，一切带"文"这个字的东西，带这个"文"字的人，都离得我远远的，都变得可望而不可即了。生活就是这样的无情。

不过《东北文艺》这个刊物，不论改了什么名字，却始终留在我的记忆中，却始终给我留下说不出来的一种亲切感。

二十五年过去了，命运转过脸来又向我微笑。

我从另一个世界走回来，重新坐在办公桌前工作，重新拿起搁下的笔写作。当我写出了第一篇小说时，我就想起了《鸭绿江》，这就是 1979 年发表的那篇《无题》的小说。自此，中断了二十五年的友谊又恢复了。

几十年来，业余的时间里，我写小说、写诗、写戏（京、评、话、歌、演唱、快板），近些年来又写电影，几乎所有的文学形式都涉及了。发表的发表了，演出的演出了，上银幕的也上了，但是，头发写白了，也没写出一篇令人和令自己满意的。这些平庸之作，竟没有一篇为这个刊物或那个刊物增添过一点光彩。想起来，真是愧对这些刊物，愧对刊物的编辑同志，如此没出息，奈何！

现在我才明白，要想成为一个真正的作家，是多么不容易，文学这条路是多么艰难。这里面含着多少伤心的眼泪，可不能想象她是一朵美丽的花！

作者简介

鲁琪，1924 年生于辽宁省盖平县。大学未毕业便被敌伪逮捕入狱，1945 年 8 月日寇投降后出狱。以后从事文艺期刊及报社的编辑工作。1949 年加入中国共产党。1980 年从事文艺行政工作，任黑龙江文联副主席、主席、党组书记，作协黑龙江分会主席等职务。中国作协会员，曾出版过小说、诗歌、电影文学剧本等文学作品。

《和平签名运动在农村》　刘溉
1950 年第 2 卷第 4 期《东北文艺》封三

友情的回顾

吴梦起

当我接到《鸭绿江》编辑部的信，约我为刊物创刊周年纪念写一章的时候，我不禁浮想联翩，仿佛又回到了那个火热的年代。是的，我应当写一篇文章，既是表达我对当时《东北文艺》编辑部的同志们的感激与怀念之情，也捎带着纪念一下我迈上文学创作道路的第一步。

那是20世纪50年代的第一年，抗美援朝战争正在激烈地进行着。由于美帝飞机的骚扰，我所在的学校从安东（今丹东）市郊外的蛤蟆塘迁往熊岳城。迁校时我们师生步行五百里，沿途一边行军一边学习《美帝侵华史》，同时向居民们做宣传。我小时候是在基督教会办的学校读初中的，过去对帝国主义的认识很浅。经过这一段学习和实践，有了一些新的认识，于是便想写一篇小说，揭露帝国主义是怎样通过在中国办学来进行文化侵略的。

作品写成了，就以我当初的中学校长——一个美国传教士为模特儿，题目叫"伪君子"。1951年初，稿子寄给《东北文艺》，很快就发表了。这篇小说就是我的处女作。

我的高兴是可想而知的。一个二十九岁的青年，第一篇小说就能在东北大区主要的文艺刊物上发表，证明我这个中等专业学校的语文教员可能是跟文学有缘的。然而就在我飘飘然的时候，《东北文艺》上又发表了一篇批评《伪君子》的文章，指出了我作品中的一些重大缺点。这不啻当头一棒，使我走创作道路的信心发生了动摇。那时我参加革命队伍还不到两年。说实在的，我以前既没学过什么文艺理论和文学知识，又对马克思主义理论所知甚少。写小说不过是"傻子过年看隔壁"，照着葫芦画瓢而已。因此作品在思想性、文艺性方面出现问题，似乎也不足为怪。好在我们那时对批评和自我批评是比较习惯的，我们每周都开一次生活会，大家互相批评起来十分严肃认真，习以为常。因而对人家对《伪君子》的批评，我还是能够承受得了的。特别是当我冷静下来，仔细地分析研究批评文章的时候，觉得那些批评意见既是中肯的，又是善意的。这就促使我一扫傲气，认真地读起书来了。我不但读文艺理论，更读马列主义著作。过了一段时间，我针对着自己创作《伪君子》时的一些错误观点，做了自我批评，写了一篇检讨性的文章。这就好像一个远行的人，当他迈出第一步的时候，如果发现方向不对头，就必须缩回脚来重新迈步，这样才会沿着正确的道路走下去，否则就达不到目的地。

发表了第一篇作品，《东北文艺》的编辑单复同志就跟我建立了联系。他认为我文化基础还是不错的，鼓励我继续在文学创作的道路上走下去，并把我那篇"检讨"在《东北文艺》上发表。经过编辑同志们的帮助，我重新有了信心。我一边教书，一边学习，一边利用业余时间写作。这样一来，一方面可以"教学相长"，一方面又使理论和实践结合起来，使我不但思想认识逐渐提高，同时又陆续地写出一些作品，而在教学质量方面，也一步步得到改进，受到同学们的欢迎。前些年我遇到一位20世纪50年代初我教过的学生（如今他已须发斑白，并当上了高级农艺师），他告诉我，他还没忘记当时我在课堂上讲授高尔基的《海燕之歌》时的情景。

后来我认识了《东北文艺》编辑部的更多的同志，像陈言、肖贲、赵郁秀、王同禹、路地等同志，都跟我有过来往。每次我到沈阳办事，总要到编辑部去坐坐，跟同志们谈谈心。有时编辑部的同志还到熊岳来看望我。我从与他们的接触中，及时地了解到文艺战线的一些情况，也得到他们的许多指导和帮助。

20世纪50年代前期，我几乎每年都要在《东北文艺》上发表一两篇小说。在我的第一部短篇小说集《方士信的道路》中，就收有曾在这个刊物上刊载过的好几篇作品，如《毕业以后》《兄弟俩》等。《兄弟俩》发表于1954年，曾被中国作家协会编的《短篇小说选》（1954·1—1955·12）选载。1979年我省编"建国三十周年辽宁省文艺创作选"的《短篇小说选》时，又把它收入了。

1955年，中央人民广播电台约我为少年儿童写一篇介绍东北风貌的文章，我写了篇儿童故事《北大荒好地方》交去。文章在电台播出后，经《中国少年报》转载，又选入中国作协编的《儿童文学选》，后来更收入高小语文课本，做了小学教材。这时我发现，从我这个人的性格、爱好和志趣来讲，我似乎更适宜于写儿童文学作品。于是从1956年起，我转向了儿童文学的创作。我把这一次转变叫作我的"第二次文学觉醒"。

在此之前，我写的小说多是以农村生活为题材的。由于我在农业学校教书，每年都要带领学生下乡实习，因此比较熟悉农村的情况。我那时写的作品中的主人公，大多是农村青年。改写儿童文学作品以后，人物从农村青年转为农村的少年儿童，对我来说变化不是太大。但改名后的《处女地》是成人刊物，那时不刊登儿童文学作品，因而我和《东北文艺》便逐渐脱钩。不过当时我虽然不给刊物写稿了，但跟编辑们的友谊还在。我到沈阳时，仍然常常到编辑部去串门。

1961年，我从熊岳农校调到辽宁省蚕业学校。这是我第一次接触山区，更对柞蚕的生产发生了兴趣。这种新鲜感促使我一连写了三篇儿童小说，陆续寄到《文艺红旗》（前身即《东北文艺》）编辑部。从1961年12月号到1962年5月号，这三篇小说接连在刊物上发表。三篇小说写的是山区的四个孩子围绕着柞蚕生产发生的故事。虽然各自独立成篇，但也带点系列的性质。它们便是《航行在绿色的海上》《藏宝图》和《火狐狸》。那时在成人刊物上，半年时间内连续发表同一个作者写的三篇儿童文学作品，实在是比较罕见的事情。

后来我把这三篇小说，编成一本集子，交上海的少年儿童出版社出版。书名就叫"航行在绿色的海上"。到新中国成立三十周年各地编印纪念图书的时候，《航行在绿色的海上》被收入辽宁省编印的《儿童文学选》；《火狐狸》则被丹东市选入《庆祝建国三十年文艺作品选》中。

1962年秋天，省作协和《文艺红旗》编辑部联合召开了一次创作座谈会，我应邀参加了。那年我虽然已经四十岁，但还在辽宁省的"青年作家群"的行列中。那时正处在三年困难时期，会议不到宾馆、饭店开，就在大南门里作协机关和编辑部里举行。家住沈阳的与会同志早来晚走，而我们外地来的就挤住在编辑同志们的集体宿舍里。我记得那几晚我是睡在陈言同志住的小阁楼房间里的。那时中央的"七千人大会"已经开过，面对着开始出现的新的大好形势，同志们精神振奋，畅所欲言，纷纷谈着自己的志愿和理想。我在会上也谈了一些有关儿童文学的问题，并介绍自己创作《航行在绿色的海上》等三篇儿童小说的体会。会议结束时大家想喝点酒。但那时食品缺乏，如果有酒无肴，却也大煞风景。后来有人弄来一只羊，烧好之后盛到大碗里吃起来，别有一番风味，似乎比山珍海味更胜一筹。

遗憾的是下一年我就被剥夺了发表作品的权利，当然也就跟编辑部脱离联系了。

这一次中断，一下子就是十五年。1978年给我平了反，我又重新拿起笔来，开始我的"第三次文学觉醒"。

原来我在"文化大革命"中，被关押在一间体育仓库改的囚室里，劳动之余便是对着墙壁枯坐或仰望着天花板出神，渐渐地对墙壁和天花板上的蛛网、尘迹和雨水的溃痕发生了兴趣，百无聊赖当中，这些东西竟能诱发我产生许多幻想，而且不知不觉地构思出一个又一个故事。我惊奇地发现，我原来还是很富于幻想的哩！大家都知道，童话是最适合于幻想驰骋的文学体裁了，于是当我再次能够写作的时候，便写起童话来。说真的，我自认为在儿童文学创作中，写童话似乎更能发挥我的所长。这就是我的所谓"第三次文学觉醒"。那时《鸭绿江》业已复刊。不过它仍然是成人刊物。因此我也没有作品在刊物上发表。

省文代会上，我被选为作协分会的理事，常常参加文艺界的一些会议，因而有了跟过去认识的编辑部的老朋友见面的机会——虽然他们大多已不在编辑部工作。同时我又结识了一些新的编辑朋友。那几年为了庆祝"六一"国际儿童节，《鸭绿江》在6月号上，偶或发几篇儿童文学作品。1980年我寄去一篇儿童小说《不理解的事情》，刊载于当年的《鸭绿江》6月号。这距我上一阶段在刊物上发表最后一篇作品《火狐狸》的时间，隔了整整十八年。

我专心写童话去了，很少写成人作品，因此以后与编辑部没有多少联系，但串串门的情况还是有的。有一次到沈阳参加会议，《鸭绿江》编辑部小说组长童玉云约我为刊物写稿。我问他："童话你也要吗？"他说童话也要。于是我便给他寄去一篇童话《蛐蛐儿坐飞机》。这篇作品发表于《鸭绿江》1984年6月号，并有幸获得当年省人民政府颁发的"优秀文艺作品年奖"。但从此以后，《鸭绿江》上似乎不再看到儿童文学作品了。

从《东北文学》到《鸭绿江》，我和"这块园地"之间的友谊断断续续地经过了几十年。今天，我看到刊物的崭新的面貌，内心里是十分高兴的。不过我还有一个建议。目前儿童文学已受到普遍的重视，中国作家协会已做出决定，要作协总会主办的刊物上发表儿童文学作品，并号召各地作协分会办的刊物也这样做。《文艺报》也曾开辟了儿童文学评论的专栏，《人民文学》1987年1—2期上也已有儿童文学作品出现。那么作为作协辽宁分会主办的刊物《鸭绿江》，是不是也该响应总会的号召，适当地发表一些我省作者创作的较优秀的儿童文学作品呢？作为一个儿童文学的老作者，我希望刊物能够在培养我省新的一代儿童文学作者方面，起一个领导和组织的作用。

最后，让我祝愿：《鸭绿江》月刊必将像那滔滔奔腾的鸭绿江水一样，汹涌澎湃，用那滚滚的清流，灌溉辽阔的东北大地。让我们的刊物，永远受到广大读者的欢迎和赞赏吧！

作者简介

吴梦起，1921年生于山东省烟台市。1951年开始业余创作，20世纪50年代前期主要写农村题材的作品，1956年后转向儿童文学创作，出版长篇小说《青春似火》、中篇小说《吕玉华和他的同学们》《红石头》《在苹果园电》《血战官渡》《小将呼延庆》、童话集《小雁归队》《啄木鸟姑娘》《老鼠看下棋》等。童话作品曾在辽宁、上海等地多次获奖。曾任辽宁省铁岭市文联副主席、辽宁省儿童文学学会名誉会长。

《甘珠庙会蒙汉人民热烈拥护世界和平》（木刻） 宝音代来
1950年第2期《东北文艺》

往事悠悠

满　锐

正像滚滚江水冲走滩头的泡沫一样，不声不响的岁月洪流，把漫长生活中那些无关紧要的碎屑般的影像，都从记忆之港远远地冲去了；而所有余下的部分，却因其自身的沉重，很自然地沉淀了下来，成为记忆之中闪闪发光的一粒粒金沙。

那是1952年深秋的一个星期天，十六岁的我，匆匆整饬了衣冠，一路兴奋，来到了沈阳市大南门里东北作家协会大院，止不住怦怦心跳，畏怯地推开了《东北文艺》编辑部召集座谈会的那间会议室的厚重的木门。座谈已经开始，只见一位个头不高，长得清瘦，很有风度，操着南方口音的同志正从沙发上站起来发言（几分钟后打听清楚，他就是经常发表文章的单复）。中间一圈沙发和四外一圈椅子上，围坐着男男女女约三十多人。我绝无勇气扫视任何一张令我敬畏的面孔，更唯恐脚下不慎碰到什么东西发出声音，赶紧地贴着墙壁，擦着后一排人的脊背，蹑手蹑脚向里边移步，然后在角落里一把空椅上屏息静气坐下来，心，却仍在怦怦地跳着。真是连想也没有想到，编辑部居然通知我来参加习作者与作家的座谈会（当时，我所供职的林业工人报社，设在沈阳市和平区台儿庄街），我居然有机会与敬仰已久的马加、韶华、师田手、谢挺宇……这样一些知名作家坐在同一间屋子里，在近距离内瞻赏他们的风采，聆听他们的声音，这事儿该多么不可思议。要知道，我还连一篇稿子也没在刊物上发表过哩。跟这刊物之间的关系，仅仅是在不到半年的时间里，先后接到它三四次退稿的信件。谁料，编辑们不仅记住了我这个屡投不中的初学者的名字和住址，而且不嫌不弃，还发来了一张出席座谈会的通知。

这是我平生头一次参加文学刊物举办的活动，除了有幸晤见十来位作家，还有幸见到了张凤珠、崔琪、肖贡……这样一些使人敬慕的大编辑。那天，单复同志做了精彩的发言，韶华同志的创作体会讲得生动而幽默，马加、谢挺宇同志对青年作者提出了很多告诫和希望，青年作者杨大群等分别介绍了自己创作的情况和心得，会场里始终洋溢着轻松愉快的气氛。没有谁会注意到角落里一个淌黄鼻涕的小青年在埋着头笔不停挥，往他最珍爱的厚本子上面记录发言者的每一句话；没有谁会觉察这个双肩瘦削、尚未发育成熟的小青年由于内心激动而使得笔管微微发抖；更没有谁能知道，这个十二岁投奔到革命队伍的小青年，从这时起，萌生出一个绝不肯告诉任何人的心愿：写下去，一直写到老！

如今，无数个春秋，匆匆地、匆匆地过去了，可是，当年沈阳南大门里那座旧式洋楼中的座谈会的情景，却依然历历在目。那算是我第一次踏入文学的殿堂啊!

当时我们报社编辑部里,显露文学才华的高士心、陶尔夫、康文田等同志,都已先后在《东北文艺》上发表过诗歌,小说或散文。受到他们的强烈感染,我也经常在深入林区采访新闻时,注意搜集写作的素材,回来后坚持业余练笔,写下自己的种种感受,可我的水平远不如他们,寄给报纸的短小篇什还能经常发表,可投给《东北文艺》的却总是被退了回来。不错,有过灰心的念头,可是这心,却又总是"灰"不下去。一翻开那每次长达两三页纸的退稿信,情绪像充了电一样,立刻又上来了。每封信上,既十分准确地指出了作品的主要"病症",又给你开出了医治的"药方",指出了以后努力的方向,最后加上一大堆热情勉励的话语,就像写信的人预先已料到你可能会出现泄气的想法似的。

刊物第一次发表我的诗作,是在1955年10月,《文学月刊》的国庆特大号上。当刊物出版之前,从报纸广告栏里发现这一期目录中有我的名字的那天夜里,我竟兴奋得许久未能合眼。心想,这回才真正成为刊物的一名作者!一个十九岁的毛头小伙,发表了两首加在一起才二十几行的稚气十足的小诗,那心情之欢畅,已绝对不亚于初恋了。

后来,我陆陆续续有一些诗歌习作在《文学月刊》《处女地》上发表,有时一首两首,有时一组。当然,寄去的要比采用的多。刚刚从南京大学中文系毕业的王占彪(阿红)同志负责编诗,稿子都经过他的手。不管是决定采用,还是把稿子退回,总能在不长的时间里接到他的亲切热情的信。开始一段时间,那些信的末尾只盖个圆形的红色公章,后来在我一两次恳切的要求之下,他才终于在信上写下了自己的名字。有几次作品发表出来之后,发现他在上边作了精心的、妙不可言的修改,对照一下原稿,不禁从心眼里由衷地佩服,更涌起深深的感激之情。这许多年中,我接触过为数众多的诗歌编辑,老实说,能如阿红那样的一颗真诚的心不倦地去帮助正在成长的年轻作者的,并不多。自然,我是有负于他的帮助的,因为多年来我创作上的长进实在惭愧。不过,当我后来也成为诗歌编辑之后,我确曾暗暗以阿红为榜样,极力以真诚的心去对待每一位初学者(遗憾限于水平,这种工作的质量和成效都并不高)。这,大概是阿红同志未曾料到的吧?

1956年的5月初,即我调到北京工作之后两个月,《文学月刊》编辑来北京邀集几位在京的作者,在东四的萃华楼饭庄聚会了一次。那也是一次难忘的聚会。到场的有已经调到北京市文联从事专业创作的邓友梅,《中国青年报》副刊部的沈仁康,我,还有另外三两位。编辑部诸位都像大家的久别的老友,亲切异常,宾主把酒畅叙,气氛极为融洽。席间,友梅讲了他一篇新小说的构思,博得全体的一致称赞。好像那就是后来发表在《文学月刊》上的那个短篇小说《在悬崖上》。

那次,还有个细节,一直没有忘记:互相碰过了杯,阿红对我说,一年间没见你,你长高了一点,然后问道:"还没谈女朋友吧?"我说,我才二十岁,那事儿连想都没想啊。坐在一旁的同志用手捏捏我的肩头,说:"对啊,趁着年轻,得多读书,多写东西啊!"他当时也许只是随便这么说说的，可我却把这话录进脑子里了。

1978年8月，探得了阿红返回到沈阳的讯息。我急不可待，也不管猜测的单位对不对，便马上给他发去一封吐露思念之情、表达感谢之意的书信。万幸，他真收到了，很快给我回了一封依然是充满热情并洋溢着乐观情绪的信。捧着那信笺，再端详那信封，久久注视那十分熟悉却又相违已久的流畅的笔迹，我真是万千感慨，感慨万千。

此刻，当忆起几十年前这些淡而不淡的往事的时候，我心里仍涌动着一股炽热的激情。远在辽宁的那些原东北作家协会的可敬的师长，当年《东北文艺》《文学月刊》《处女地》那些可亲的编辑，你们一切一切都好吗？身体都结实吗？我多么想走到你们面前，紧握住你们的手，对你们说：我一直深深感念你们，假若没有当年那样的座谈会、假若没有那一封封热得烫人的退稿信、假若没有那么多真诚的帮助，我，也许是要永远与文学无缘的啊！

作者简介

满锐，满族，1935年生于黑龙江省宾县。1950年底毕业于省立行知师范学校，到林业工人报社当文艺副刊编辑，1956年调北京《中国林业工人报》文艺副刊任编辑，1958年下放山西农村劳动锻炼。1961年做《东北林业报》文艺副刊编辑。1969年到黑龙江省双城县农村插队落户，1972年调至黑龙江人民出版社。曾任黑龙江分会诗歌创作委员会副主任，黑龙江省文学学会诗歌研究会副会长，北方文艺出版社副总编辑。1948年开始发表散文。从1952年起发表诗作，出版长诗一部、诗集二部。

愿她绿水长流

关沫南

1946年6月初，绿荫刚刚掩映了松花江畔，在哈尔滨道里中央大街马尔斯饭店（今华梅餐厅），有过一次很不寻常的作家欢聚。参加的二三十人里，有包括早年东北作家群在内的来自延安老解放区的同志，有从国民党大后方来东北的作家，也有出狱不久在东北沦陷期从事文学的人。参加了这次会如今已不在世的，是袁牧之、陈波儿同志。

我当时在《东北日报》由严文井同志领导，和陆地、华君武同志编副刊。我曾访问过刚到佳木斯不久的塞克同志，准备在《东北日报》上逐个披露归来作家的近况。

但不久，轰轰烈烈的土改和解放战争开始了，一万两千名干部下乡了，大家忙于当时的伟大斗争，这个计划被搁置下来。

在我接触这些作家与他们谈话时，有不少人谈到应该出一本文艺杂志。不久，1946年年末在哈尔滨，《鸭绿江》文学月刊的前身《东北文艺》创刊了。它是新的历史时期的产物，也反映着云集在哈尔滨和北满的大批作家的愿望和他们的创作劳动。

我被从延安《解放日报》来的丁健生同志（丁冬），拉到牡丹江去编省委的报纸，兼做记者。还在吕骥、张庚、袁文殊同志领导下，参与编《文艺导报》。自己还要写些译些东西，弄得很忙。只给《东北文艺》写了一篇小说《不是想出来的故事》，写的是我认识的一个农村雇农，在国民党军队占领家乡后，怎样出来投奔革命的事。

稿子很快发表出来。萧军同志回东北不久，和几位同志来牡丹江。在欢迎他们的宴会桌上，著名作曲家瞿维笑着，从衣袋里拿出《东北文艺》托他带给我的稿费，交给了我。

杂志从一开始创办，就是团结人鼓励人的。

20世纪50年代初，我和黑龙江的丛深等同志，都是沈阳东北作家协会的会员，经常去沈阳开会。每年都要和我们尊敬的马加、草明、韶华、谢挺宇、慕柯夫等同志见面谈话，受到很多鼓励。我1958年参加中国作家协会，也是马加同志介绍的。

当时东北文艺界很活跃，沈阳集中了不少老前辈。有一次舒群同志请蒋锡金、杨公骥教授吃饭，我也被拉了去。有时也见到担任东北人民政府文化部副部长的罗烽同志，他说他忙，没有时间写东西，劝我要挤时间多写。白朗同志当时国内外活动很多，从朝鲜前线归来，写作甚勤，给过我们不少激励。

在沈阳开会，只要是主席马加同志在家，会议就由他主持。有几次他在会上指名鼓励关怀黑龙江的同志，使我们感到温暖，也感到惭愧。

《鸭绿江》杂志，后来用过《文学月刊》《处女地》《文艺红旗》等名称。无论在哪个时期，编辑部同志都是和我们很熟的。他们年复一年地跑哈尔滨，跑北大荒，来组稿，来问询，像老友那样亲切热情。

我记得我写农村生活的一篇《风雪中的桥》的小说，在《文学月刊》上给登了头题。马加同志当时鼓励我，也要多写些反映现实的东西。

《处女地》登了我写抗联的小说《冰上》，编辑部和一些老同志说："你熟悉这方面题材，也可以多写一些！"《冰上》根据编辑部同志意见，我改动了几处。后来长春电影制片厂让我加以改编，拍了电影《冰雪金达莱》。

我写抗联第三路军越过小兴安岭万水千山，去嫩江平原西征的小说《西进》，写山中炮手抗日事迹的小说《李炮》，散文《密林行》，还有柯夫同志让我写了以后收入论文集中去的短论等，都是发表在《处女地》《文艺红旗》和《鸭绿江》杂志上的。东北人民出版社曾收到小说选里去，辽宁美术出版社给出过连环画图书。

在我从事文学的道路上，沈阳的马加诸同志，《鸭绿江》杂志编辑部的同志们，没少给过我督促和帮助。

鸭绿江三个字，我是喜爱的。幼年读蒋光慈的《鸭绿江上》，这三个字就深深地印在我的脑海里了。今天每逢看到杂志封皮上的这三个字，我常常会想得很多，不仅仅是有着家乡山河之感，更有着一种悠久的历史感。所以，我赞成杂志还用这个名字。

一路走来，《鸭绿江》反映了东北历史的巨大变化，记录了东北文化艺术的发展史，作家艺术家的离合聚散和耕耘硕果。祝贺和纪念《鸭绿江》文学月刊的丰硕成果，不论为个人所受的培养教育，还是她对东北和全国社会主义文化艺术的建树，都应该向领导她经营她的老同志们、全体编辑同志们，表示我们最衷心最诚挚的感谢和敬意！愿《鸭绿江》更加绿水长流！

作者简介

关沫南，满族，1919年11月生，吉林人。1946年加入中国共产党，历任东北作家联盟驻会执委、《新群》《热风》《先锋》《星火》等杂志主编、黑龙江省文联与作协黑龙江分会副主席、黑龙江省人大常委、黑龙江省文学学会副理事长、中国满族文学基金会副会长、北京《民族文学》杂志编委等。主要作品有短篇小说集《蹉跎》《雾暗霞明》、长篇小说《沙地之秋》、散文集《春绿北疆》、论文集《在创作道路上探索》及电影《冰雪金达莱》等。

这里留下了我的笑容，也有泪痕

陈 玙

一、我感谢《东北文艺》

当《东北文艺》诞生的时候，我正在哈尔滨大学文工团当创作组长。因是写剧本，所以很少和以发表小说、诗歌为主的《东北文艺》打交道。到了1950年，我为配合镇压反革命活动写的独幕话剧《两条路》，由东北人民出版社印成了小册子。才发行不久，慕柯夫同志就告诉我：有同志写了一篇批评你这个剧本的文章，交给《东北文艺》了，说你在社会主义舞台上故弄玄虚，把国民党特务写得气焰嚣张，长了敌人的威风……艺术问题变成了政治问题，我吓出了一身冷汗。写文章的是从延安来的老革命，是东北的戏剧界权威。文章一发表，我将一败涂地，不可收拾。当时正在批判电影《武训传》，孙瑜、赵丹等名人都被批得体无完肤，何况我这小人物乎。我不敢往下想，又没法不想，我成了热锅上的蚂蚁。煎熬了三天，《东北文艺》主编蔡天心同志把我找去了，他让我看那篇批评文章，问我的意见。我不敢直言，只讲我原意是想揭露国民党特务的凶恶本性，根本没想长敌人的威风……蔡天心同志听到这里马上打断我的话说："我们是动机和效果的统一论者，检验一个作家的主观愿望不是听他的宣言而是看他的作品在社会大众中产生的效果。你这剧本的社会效果怎样呢？"我真

佩服这位老同志一张口就能说出这样有分量的话。他问我效果怎么样？我真想如实地把读者和观众的反映告诉他说"很好"。但我没有说出口，我早已知道他是位严厉的批评家，对话剧《红旗歌》的批评使他名声大振，我这虾米怎敢去碰大鱼。我直望着他说不出话来。他见我那直呆呆的样子，忽然笑了，笑得很响，笑声一住，变得平和地说："他这文章的观点我是同意的，希望你能从中吸取教训，在以后的创作中要注意立场、感情问题。关于他这篇文章的处理意见，编辑部已经讨论过了，大家认为你是个青年作者，有发展前途，应该爱护和扶植。所以不打算公开发表这篇很有分量的文章了。并且由我们找他谈谈，请他收起来，也不要给别的报刊了。你看这样处理怎么样？"

还问我怎么样？我想喊万岁！我想给编辑们行鞠躬礼，感谢他们高抬贵手，使我这热锅上的蚂蚁变成欢快的小鸟，能继续飞翔了。

满天乌云散尽，我在阳光普照下创作劲头比以往更高了，我要努力写出好东西，以答谢《东北文艺》对我的爱。不久，我和东北人民艺术剧院创作室的几位青年剧作者合作，写出了多幕话剧《是谁在进攻》。写时只想配合反贪污运动给剧院演出，根本没想到发表。谁知《东北文艺》这时又向我们伸出了友谊之手，他们决定立即发表这出长达七万多字的剧本，

而且要求在三天之内就整理好。整理的担子落在老剧作家胡零同志和我的头上，由我写第一遍稿，胡零同志最后审定。剧本在突击排演中已经搞得凌乱不堪，文字也极不讲究，要达到发表水平还要花大力气。我两天两夜没有合眼，最后一天晚上从日落黄昏直到太阳高照才放下笔。文稿由胡零同志审阅后准时送到了《东北文艺》，他们立即发排了。连小剧本都不大发表的文学刊物发表了大剧本，时间又异常快速，真是破例的空前行动。我又一次感谢他们对青年作者的爱护和扶植。

二、我害怕《处女地》

这小标题不是我故弄玄虚，是真情实感。既然要写"我和这块园地"的关系，就不能光说好话，应该是有啥说啥，何况"园地"里也不会光长鲜花。在那"左"的阵风不断向文艺界袭来的年月，《处女地》当然也不会风平浪静。

无风不起浪，这风是从我的一本中篇小说引起的。1959年夏天，春风文艺出版社出版了我的中篇小说《出路》。书出来后，受到一些青年读者的欢迎，四万五千册，一下子全卖光了。出版社的王大学同志告诉我：他们马上要印第二版，要画插图，出精装本。在这同时，我连续接到北影和长影要改编电影剧本的信，越南和朝鲜也要出翻译本。创作需要鼓励，我写小说的劲头大增。我要接着写下去，而且要写长篇，题材已经初步选定，写东北的抗日斗争。但是就在我激情满怀的时候，突然接到《处女地》编辑室主任曹汀（曾是我的朋友）的信，信上说：读者对《出路》有很多意见，刊物将在下一期展开讨论，作者也可以参加。

风云突变，雷轰头顶。我知道这"讨论"意味着什么，"讨论"二字实际已成了"批判"的代名词。接到信那天正是国庆节，我和妻子正要领孩子上街去参观国庆游行。炸雷一响，五内如焚。《两条路》的批评躲过去了，这次还往哪里躲？写《出路》的人找不到出路了。我脆弱地躺倒在床上，两个穿得花花绿绿的女儿听说不上街了，一齐放声大哭，我的泪在心里流。

"讨论"开始了，说好说坏的文章都有，但是明眼人一看就知道孰轻孰重，编者的意图是明摆着的，而且说坏的文章一期重似一期。我怕看又不能不看，刊物一寄来，心就往下沉。批评的言辞越来越激烈……我对这些都不同意，一气之下我拿起笔来写反批评文章，但只开了个头就在一声长叹中扔下了笔。我想到这无疑是引火烧身，一纸反批评会扇起更大的烈火，最后会因态度恶劣而招致更严厉的惩处。我是个弱者，我有所畏惧。

"讨论"持续有半年时间，这半年中我真害怕《处女地》这块园地，这上面曾经留下我的笑容（《东北文艺》时期），现在又留下我的泪痕。

三、《文艺红旗》使我站起来

《出路》的批判使我在政治上灰溜溜地抬不起头来。当时我正在主持鞍山文联的工作，负责编《鞍山文艺》月刊。一个写过"黄色小说"的人怎么能主编好文艺刊物？组织虽没撤我职，但我自己都觉得没法干下去了。恰在这时，鞍山市市长李维民要我为他整理革命回忆录。我由衷地感谢这位老革命对我这落难之人的信任，我全力以赴地写起来。在批判我时曾有人指责我从写剧本转向写小说是为了追逐名利。这次我决定不署名不要稿费，内容又完全是革命的，看谁还能在鸡蛋里挑出骨头来。

回忆录整理到一半的时候，《文艺红旗》的编辑赵郁秀同志找到我，说他们刊物决定连载，由她当责任编辑，让我每期给她一万字左右。这是喜讯，我忙告诉维民同志，他也非常高兴。从此便在《文艺红旗》上连载了。

赵郁秀同志是位认真负责的编辑，对稿件逐字逐句推敲，每有疑问不好下笔时，便从沈阳跑到鞍山来商量。有一段时间维民同志领我住在汤岗子温泉的宾馆里写，她也不辞辛苦地往那儿跑。有一天下午，骄阳似火，天气闷热。维民同志体胖怕热，便把上下外衣都脱了，穿着背心短裤对我讲述。这时，我忽然隔窗望见赵郁秀同志从远处走来了，忙告诉维民同志，他急向我一挥手说："快出去挡挡，等我穿好衣服再进来。"我应声跑出去了。

郁秀同志和我进来时，维民同志已经穿得整整齐齐立身相迎了。宾主相让后，郁秀坐在维民同志对面的小沙发上。她也热得头上见汗，汗湿衣背。正当我要找把扇子给她扇风的时候，她忽然用手撩动葱绿色绸裙，对着维民同志嗡嗒嗡嗒一左一右扇起风来，年老多忌的维民同志见状忙把头扭到一旁去了。送走郁秀后，维民同志笑着说："这事闹的，早知道她这么不在乎我也多余穿外衣了。"我说："这就是郁秀的性格，早年在革命队伍里常和男孩子摔跤，同志们管她叫'假小子'。"维民同志听见后诧异地说："可她长得一点也不像男的，很漂亮嘛。"我说："这就是赵郁秀，男人的性格，美人的容貌。"

我写这段似乎多余，但在"我和这块园地"里为辛劳的编辑插段速描，也无伤大雅吧。

前边说过，我曾暗自决定在回忆录上不署整理者的名字，也不要稿费。开始我是这么办了。但后来郁秀同志提出：还是按惯例和规定，公平合理地处理为好。我开始还坚持，但经不住她的说服，何况我毕竟是个凡夫俗子呢。我的名字在刊物上一出现，好像蛰伏几年以后又出土一样，我重新站在读者面前了。

四、我爱《鸭绿江》

正在我写这篇追忆文章的时候，《参考消息》上刊出了《美国人如何办杂志》的短文，文中最主要的论点是杂志应该和读者交朋友。我觉得《鸭绿江》正是这样办的。它不但是读者的朋友，更是作者的知音。有一件事情使我记忆犹新。1978年下半年，有一期《大众电影》的封底上刊出了男女热烈亲吻的照片。这是粉碎"四人帮"后第一次出现的新鲜事儿，立即引起了一些人的非议。我这时忽然心血来潮，写了一篇有接吻和拥抱情节的短篇小说《舞台前后》寄给《鸭绿江》了。小说中不但赞许了这种表达男欢女爱的行为，并且抨击了反对者的封建意识，认为这是"四人帮"的余毒没有肃清。金河同志第一个看了这篇小说，立即给我写了一封热情的信，加以肯定。小说发表不久，就接到几封由编辑部转来的批评信件，其中有的竟又指出我写的是"黄色小说"，本溪话剧团一位同志的言辞更为激烈，使我读着又出了一身冷汗，仿佛《出路》事件又要重演了。我被吓怕了，就像一个有"前科"的罪犯怕再犯案一样。这时我到沈阳去参加一个会，遇见了范程同志，他握住我的手说："不要介意，如果真有风浪，我们一齐顶着。"一句短话使我暖遍全身。有了解才有支持，《鸭绿江》是我的知音。

1979年我写的长篇小说《还我山河》（即《夜幕下的哈尔滨》）第一部分在《春风》文艺丛刊上发表了。刊物才出来，就接到《鸭绿江》负责评论的编辑、老朋友单复同志的来信，热情的鼓励，充分的肯定，使我很受感动。我这是第一次写长篇小说，心里底气不足，单复同志不但是老编辑，还是作家，他的一席话使我写下去的信心和劲头都大大增强了。不久，他又写了一封类似评论文章的信，要我在复信中谈谈写《还我山河》的体会，我立即复信了。两封信在《鸭绿江》新辟的"作家问答"栏目里发表了。这对我又是公开的支持。这支持当然不是单复同志一人的，它来自《鸭绿江》的全体同志。

1982年《还我山河》以"夜幕下的哈尔滨"为书名在春风文艺出版社出版了。《鸭绿江》立即请评论家殷晋培同志写了长篇专论。不久，又以"长篇小说创作的新收获"为题，刊出了《夜幕下的哈尔滨》座谈会记略。如果说这部书在读者中引起了一些反响的话，这响声是先从《鸭绿江》上放出的。第一个叫好者总是使被赞者终生难忘的。

到后来我和《鸭绿江》的关系更密切了，有一段时间甚至参加了编辑部的工作，有两次短篇小说创作班我都应编辑部之命，前去协助主编和编辑们看稿，谈创作问题。后来有一度还曾添列编委，虽少有贡献，但却更进一步使我和刊物合为一体，休戚与共了。

四十来年，几经变迁，我和这块园地有着时密时疏时热时冷的关系。中间虽然发生过不愉快的事情，但是在几十年的历程中终是短暂的。而对我的帮助、培养、扶植、关怀则是主要的。因此我要说：我深深地爱着这块园地。

作者简介

陈玙，1924年生于黑龙江省巴彦县。从1948年起开始专业创作，先后任哈尔滨大学文工团、东北文教队创作组长，东北人民艺术剧院编辑，创作了《在建设的行列里》《朋友和敌人》等多出话剧，均收入《陈玙剧作选》。在鞍山主持市文联工作时出版了中篇小说《出路》，并为李维民同志写了长篇革命回忆录《地下烽火》。粉碎"四人帮"后，先后创作了多幕话剧《白卷先生》《人生在世》，发表了中短篇小说12篇，出版了长篇小说《夜幕下的哈尔滨》。曾任辽宁省作家协会副主席、辽宁戏剧家协会常务理事。

我和《文学月刊》

胡景芳

我望见这块色彩缤纷的园地时,《鸭绿江》的名字叫《文学月刊》,由作家协会沈阳分会(东北三省的作协分会)主办。这份16开的大本刊物,与我们原热河省文联办的小32开的《热河文艺》相比,不论是装帧、内容、开本都令人惊羡不已。当时,我作为一个山区中学的业余作者,多么想在这块园地上露露名字,或者见见作家和编辑啊!和所有的青年作者一样,虽说在会面之前,和某些同志有过通信联系,情感也非常融洽、亲切,但是在进作协沈阳分会的驻地与老师们会面之前,心里总还是感到惊喜、惴惴不安。

那时,我见识不广,农村味十足。记得第一次进张氏帅府(现为张学良旧居陈列馆),是去北京参加全国第一次青年文学创作者代表会议代表先在沈阳集中。我以为在北京开会,也像农村开会一样,借所学校宿舍住宿,自带行李。当时正是初春三月,天气尚冷。我就带了一个用毛毯裹着的大行李,自己扛进了大院。一报名,引起了一阵善意的嬉笑。五大三粗,脸庞微黑而慈祥的曹汀同志告诉我:"去北京开会,住华侨饭店,很高级。不用自己带被褥。"谢群同志立即把我的行李锁进了大仓库。

我对自己的无知,很害羞。然而作协和编辑部的老师们不但没歧视我,反倒给予我更多更额外的关注。马加同志举了很多事例,鼓励我为儿童少年写作。文菲同志一年前,我见过,那是在由共青团辽宁省委和作协沈阳分会联合召开的儿童文学作者座谈会上认识的。这次颇有故师重逢的味道。他详细地询问了我在基层的工作、学习、生活情况。对我的业余创作的成绩,给予了充分的肯定。记得当时,我流露出"在基层工作多,时间少,没工夫写,希望到作协来"的想法。文菲同志说:"我们欢迎你来,可又不能调你来。因为你一离开基层,就会枯萎。"当时,还不能理解这些话的重要意义。一直到20世纪60年代初当了专业作者之后,才深刻地了解了这些话的分量。如果说,我在20世纪50年代中期有点成绩的话,不能不归功于这次谈话。我的第一篇发表在《文学月刊》1956年6月号的获奖作品《山村的孩子》,就是一个极好的例证。

文菲同志跟我谈话之后,我一心扑在了深入生活上。记得有一年冬天,我和学生一起参加"除四害"活动,起早贪黑,乐学生之所乐,忧学生之所忧。在整个活动中,根本没想到写什么作品。但是,活动中的几个孩子的性格,深深地印入了脑海。有一次,我向编辑部肖贲同志谈起了寒假活动,肖贲同志很感兴趣,鼓励我写出来。又不厌其烦地帮助我理清了几个人物的个性。关于"人物性格、个性",过去我是了解的,也不止一次在课堂上讲过,而且讲得头头是道。然而在创作实践中，却没有运用过。在写《山村的孩子》之前，我已发表过十几篇"作品"，但都是从教育性出发，写故事。读起来，热热闹闹，就是留不下印象。这篇小说是我头一次从生活，从人物性格出发创作的。走熟了写故事的路子，转而去写人物，感到吃力，但在写人物过程中，我自己被感动了，第一次尝到了写人物的甜头。

《山村的孩子》写出后，发了头题。编辑部又特请老作家陈伯吹，为此篇与另外吉林、黑龙江省两位作者的作品著文评论。从人物、生活气息，诸方面给予了肯定，也指出了语言方面的不足。为我进一步提高，指出了明确的道路。

我从1945年祖国抗战胜利后，受一位住在我家的八路军老团长的影响，开始接触、爱好文艺。1949年随宣传队演出，学着写快板、数来宝。到1954年在范程同志主编的《热河文艺》上发表小说《晓美入队的故事》，才算是迈进了写作的大门。但"写作大门"不等于是"文学大门"。只有写过《山村的孩子》，回过头来总结经验教训时，我才发觉自己开始步入了文学的门槛。我之所以特别怀念《文学月刊》这块园地，以及耕耘在这块园地上的园丁们，正基于此。

《文学月刊》领我迈上文学的阶梯，然而《文学月刊》毕竟是高档次的刊物，一个文学青年是很难经常涉足的。当时，全国有成千上万的文学青年要求能有一本专门发表文学青年习作的刊物。不久，《文学月刊》的兄弟刊物、全国第一份专门发表文学青年作品的刊物——《文学青年》诞生了。文菲、柯夫同志出任了主编。原热河省文联的戴言、范程同志也来到沈阳作协，于是，我又在这个摇篮里继续成长起来。现在在全国颇有影响的作家，不少是从这个摇篮中出来的。

毫不夸张地说，《鸭绿江》的前身《文学月刊》和《文学青年》，是东北及至全国文学作者的摇篮。今天回过头看两个"文学"，也许觉得单薄。这正像长高长大的孩子，去看母亲一样，正是这年迈单薄的母亲的乳汁，把孩子哺育成巨人的。

我赞美，《鸭绿江》的前身《文学月刊》！

我怀念《文学月刊》！

更感谢在这块园地上，泼洒汗水哺育一茬又一茬文艺新苗的园丁们！

作者简介

胡景芳，儿童文学作家。1932年生，辽宁省凌源县人。1949年开始写作，1956年毕业于中国作协文学讲习所，1961年从事专业创作。曾任辽宁儿童艺术剧院艺术室主任、作协辽宁分会儿童文学委员会主任、省儿童文学学会名誉会长。共出版儿童长篇小说、中篇小说集、儿歌集、童话集、儿童剧集、传记文学等19本。其中小说《苦牛》、小剧《镜子里的大公鸡》等11篇分获中央、省级优秀创作奖。

我感谢《东北文学》和《处女地》

丛 深

1953年初,我从东北鲁艺学院戏剧部剧作干部班毕业,回到哈尔滨市文联,领导指示我到基本建设工地去体验生活,因为那是我国第一个五年计划的头一年,全国的大规模经济建设开始了。我下到哈尔滨电机厂建筑工地,担任混凝土工程队指导员。由于工期紧迫,工人的技术水平又低,一些干部和工人的责任心也差,所以工程质量的问题很严重,我常和先进的工人一起为保证工程质量而斗争。工程结束以后,我把在工地感受最深的东西写成独幕话剧《问心无愧》。1954年初,《东北文学》的编辑同志来哈尔滨市组稿,把这个剧本拿去了,不久,《东北文学》上发表了这个剧本,他们给改名为《百年大计》,并且加了一段热情赞扬、推荐这个剧本的编者按语。1954年5月号的《剧本》月刊重新发表《百年大计》,并被评选为该刊1953年独幕剧征稿二等奖,还发表了赞赏此剧的评论文章。如果不是《东北文学》首先发表并推荐《百年大计》的话,《剧本》月刊不一定能发现这个剧本,当然也就评不上奖了。以后,这个小剧本走运多年,曾被选入数种剧本选集之中,作家出版社出版单行本,封面印有中央文化部推荐春节群众演出节目字样。1956年哈尔滨话剧院带上三个独幕剧参加全国第一届话剧会演,《百年大计》获中央文化部颁发的剧本二等奖。1959年,选入田汉同志主编的《建国十年文学创作选·戏剧》一书。

《百年大计》其实是个二十多岁的青年作者的习作,《东北文学》的编者那样赏识它,主要是因为它反映了当时的生活主流中的一个浪花,也因为它有一定的生活气息,有的人物语言比较生动。这说明,《东北文学》的编者特别看重源于生活和反映生活主流的作品,也说明编者对于青年习作者的培养和扶植是非常热情的。

我写过一些电影文学剧本,其中有六部拍成故事片(有的与人合作),而我执笔的第一个电影文学剧本《徐秋影案件》是在1957年第4期和第5期的《处女地》上发表的。

1955年冬,《人民日报》上发表了一篇通讯《她为什么被杀》,报道了哈尔滨市侦破的一个案件,长影希望我市找人写成电影文学剧本,领导便让我和李赤同志来完成这个任务。我们到公安局深入生活,觉得这个案子太简单,就查阅了大量的案卷,经过一年时间,完成了《徐秋影案件》的剧本创作。当时《处女地》的编辑同志在我们创作过程中就向我们约稿,完稿后寄了去,很快就发表了,剧本较长,是分两期连载完的。后来群众出版社出版单行本,多次再版,印数多达数十万册。1979年该社出版的三十年《肃反电影文学剧本选》一书中选了六个剧本,《徐秋影案件》是其中的一个。1958年长春电影制片厂拍成故事片，久演不衰，很受观众欢迎。1958年获得中央文化部优秀电影文学剧本奖。

现在我已是一个老年人了，回忆青年时代的创作历程，我由衷地感激《鸭绿江》的前身《东北文学》和《处女地》对我的扶植和支持！我祝愿新一代的编辑同志继承和发扬贵刊的优良传统，我祝愿老一代的编辑同志健康长寿！谢谢你们！

作者简介

丛深，原名丛凤轩，1928年生于黑龙江省延寿县。8岁至13岁在延寿镇读完小学，在哈一中转读高中。1946年10月入党。1947年夏天下乡参加土改。1949年初成立市文联，在文联和文工团工作。1983年由哈尔滨话剧院调到哈尔滨市文联工作，任文联副主席、党组书记。多年来，从事话剧剧本和电影文学剧本的创作。先后发表的作品有《千万不要忘记》《先锋战士》《悲喜之秋》《间隙和奸细》《悟》(多幕话剧)《一叶知春》等剧本，创作的电影文学剧本有《徐秋影案件》《笑逐颜开》《马戏团的新节目》《千万不要忘记》《奸细》《幸运的人》等。

《把好粮卖给国家》（木刻） 阎峰樵 宋宝山
1973年第1期《辽宁文艺》封底

我们是君子之交

浩　然

北京作协在郊区一家宾馆召开会议。一日晚餐后，一伙喜欢我的中青年作家和业余作者，凑到我的房间聊天。由于我经常待在乡间或小镇，跟大家会面的机会少，谈论的内容自然围着我来转。在赞扬我近十年有所长进和有所成绩的同时，有人对我沉重的家庭负担、居住的拥挤不堪感慨一番。由此，竟诱发起几位年轻者"恨铁不成钢"式的批评：

"你们这一代作家呀，太老实，老实过头就是窝囊！别的人都能解决房子问题，你怎么就解决不了？"

"你实在刻板，过于规矩，缺少灵活。幸亏50年代成了名，要赶上现在，就你这做派，连文学这个门口，你都别想进来！"

我觉得这些话太尖刻、太绝对，却又明知出于"敬"与"爱"，所以恼不得，只好报之以苦笑。

最近，从《鸭绿江》编辑部得到消息，说他们正搞纪念创刊的活动，希望能写一点跟这块园地有关系的文字。这是我应该做的事。因为得到过她有力的扶植、宝贵的帮助；绵长的年月，一直保持着联系。但回头一看，我们之间的关系又都属平常事，没有"故事"，甚至缺乏"情节"；我们的交往是淡淡的，又是长长的。这怎么形成一篇生动有趣的作品呢？

从20世纪50年代中期到60年代初期，是我，一个农村基层干部出身的新闻记者，在文学事业上摸索路子、寻找门路的阶段。写出小说稿子，就到处瞎投乱递。在投递之中，我得到许多报刊的关照，其中联系频繁而密切的有三家：一是我所居住地的《北京文艺》（现名《北京文学》），一是吉林省的《长春》（现名《作家》），一是辽宁省的《鸭绿江》。

1957年夏天我写出短篇小说《风雨》，连着投递三家杂志，都被宣判死刑。由于这小说是在真人真事基础上构思的，我颇为偏爱，加之它是我所写的小说习作中唯一反映了重要而又尖锐的矛盾冲突的篇章，自以为有新东西，弃之不忍。就在这"山穷水尽"之际，偶然遇上一位同报社的东北籍的翻译，正阅读《处女地》。我借来看看刊在上面的几篇小说，立即感到，那个只在地图和地理课本上相识的遥远而又神秘的东北，语言、风俗跟河北和京郊十分相似。于是萌起把《风雨》寄去试上一试的想法。半月左右得到回音。他们除告知留用外，还有几句评语。大意是：小说对素材提炼得不够，但很新鲜生动。这信对我来说，除了是一张喜帖子之外，又颇感亲切，且有启发。往《处女地》试投《风雨》，原来只为给一篇小说找出路，喜出望外的是，结果"柳暗花明"，倒给我的创作学习、摸索前进找到一个门路。从此，我与编辑部书来信往，《处女地》改名《文艺红旗》，改名《鸭绿江》，改名《辽宁文艺》，再恢复《鸭绿江》的名字，她一直都是我的良师益友，成长的园地。我有小说写出就寄给他们。够标准者就发表，不够标准的就退还，作品有点优点就表扬。有一篇《朝霞红似火》，编辑部一再载文评介；那时候若兴创作奖的话，我这个不名经传的、外地的小作者，一定会中个"头名状元"！

在这样的情况下，我跟掌握着稿子的"生杀"大权的《鸭绿江》编辑部和编辑同志的关系，是怎么处理的呢？三十多年，我在这个刊物上发表许多小说，写的信和收到的信不计其数，后期我曾几次到编辑部所在地的沈阳，少则住几日，多则住几月，然而，我从来没有进过编辑部的大门，没有进过编辑同志家的门；更没有送过礼，没有请过客。编辑同志到北京出差，来过我家，例如姚振仁、崔琪、刘琪华等同志。他们都是小坐片刻，谈完事情就告辞，都没有摸过我的筷子。难怪那位"敬"我、"爱"我的青年朋友大发感慨："就你这做派，要是赶上今天，根本就不用想进文学的大门口！"

事实上，《鸭绿江》编辑部以其培养文学新人、繁荣社会主义文学事业的公心，尽管我没进过编辑部的门，却对我的作品四门大开。所以我才借助他们和跟他一样甘当无名英雄的人们的力量，在文学创作上不断有所长进。我永远铭记着他们的情义。

我跟《鸭绿江》编辑部的同志们相见（很少几位），是20世纪70年代以后的事。当我在摸文学之门的起步阶段，也就是他们发表我作品、评介我作品最多的那个时期，我没见过一位编辑，甚至不知道一位编辑的姓名。

1958年底，也许是1959年初，有一次从沈阳打来长途电话，要我赶写一篇反映农村新气象新风尚的小说，庆祝人民公社成立一周年。为了能使写出的稿子早到责任编辑手里，我问："您贵姓，怎么称呼？"他却不肯告诉我，只说道："稿子写好以后，请直寄编辑部小说组，会得到及时处理的。"那篇小说题名"箭杆河边"，发表在1959年3月号《文艺红旗》上，收入短篇集《新春曲》里；以后的《彩霞集》《春歌集》《浩然短篇小说选》等选本都收有它；还被译成多种少数民族文字，并被外国翻译出版。应该说，它算我短篇小说作品里的成功之作。但是，直到今天，我也不知道促它出生，又把它打扮起来，首先被送到广大读者面前的责任编辑是哪一位！

有一回，我以《红旗》杂志的编辑身份到作家协会的招待所——东总布胡同二十二号，看望早就慕名的蔡天心和江帆同志。江帆同志一见我就滔滔不绝地夸奖起我的小说如何有农村生活气息，如何通俗、大众化，农民喜欢看。但她一句也未提自己是我那些小说得以问世的主宰者——刊物的主编。我傻呵呵地听着，也忽略了这一点，还当是一位前辈作家对小字辈者的勉励，光顾美滋滋地得意啦！十七八年之后，他们夫妻双双调离辽宁，来北京工作的时候，一次我跟蔡天心同志一起接待外国客人的时候，闲聊天，他无意间才透露了底细。当时我有点不好意思，有点遗憾，更多的是对老主编江帆尊敬的增加。由此，我越发明白一个道理：自己在创作上做出一点成绩，绝非个人的功劳，得感谢优越的社会主义制度，得感谢热心帮扶的同志，得感谢你没见过面，你不知道的，却出了力，起了成败关键作用的那些人。成了作家有什么值得骄傲的？成了名人、红人、被推崇得高高的，也不是天生地造，无一例外都是社会的、集体的力量所成全的！

我跟《鸭绿江》的关系是淡淡如水的君子之交。这交情是高尚的，是可珍惜的。我一直没敢也不能忘恩负义。有一点可以证明：凡是编辑部派下任务，即使是一位未谋一面的青年编辑写一短信来，让我给函授中心的学员的习作写个点评，我立刻就放下手里正进行着的工作，哪怕是长篇创作，也要如期完成。如今由于老和病，写得少了，特别是短篇。但我绝不拿自己都不认为是上品的东西充数搪塞。以后我还将努力这么做。

我的这一些观点可能近乎"愚"、近乎"老"，但要清醒：我们的一些光荣的、成功的传统做派，在过于"聪明"的人眼里才是过时的、无用的废物。起码我希望从《处女地》到《鸭绿江》在身上表现出来的一些做派，能够在新一代编辑身上继承下来，发扬光大！

作者简介

浩然，当代作家，原名梁金广，河北省宝坻县人，1932年生于开滦赵各庄煤矿。十四岁参加革命工作，十六岁加入共产党，当过八年村、区、县基层干部。自1954年起先后担任过《河北日报》《俄文友好报》记者、《红旗》杂志编辑。1964年起在北京从事专业创作。主要著作有长篇小说《艳阳天》《金光大道》《山水情》《苍生》《乐土》、中篇《浮云》《赵百万的人生片段》和短篇集《喜鹊登枝》《杏花雨》，还有儿童文学《幼苗集》《机灵鬼》等五十余种。1983年春风文艺出版社出版《浩然文集》，1984年百花文艺出版社出版了他"文化大革命"后新作《浩然选集》三卷。

生活离不开《鸭绿江》

李云德

刊物是宣传革命思想的阵地。

刊物是活跃人们文化生活的精神食粮。

刊物是培养人才的园地。

刊物是协会联系作家的纽带。

纪念《鸭绿江》创刊,有许多事值得回忆。我从小就喜爱看文艺作品,看那些通俗唱本、武侠、公案小说,征战演义之类的书籍,看热闹,看着玩。到20世纪50年代才开始看些现代和当代的文学作品,我接触的第一本文学刊物就是《东北文艺》。当时我感到刊物上的作品贴近生活,有时代感,又有东北的地方色彩,便喜欢起这本刊物。《东北文艺》后来曾多次改名,成为辽宁省的文学刊物,我更感到亲切。从1953年起就订了这本刊物,算来已经有几十年了。几十年来我常看这本刊物,其中作品使我受到教育,得到启示,开阔眼界,增长知识,也学到某些文学创作知识,提高了写作水平。通过刊物使我知道许多作家,如马加、白朗、草明、韶华、蔡天心、谢挺宇、方冰、慕柯夫等老作家,也结识了不同年代成长起来的作家,刊物成了作家、作者联系的纽带。刊物传播文学信息,它是了解辽宁的文学动态的橱窗,能及时了解在辽宁不断涌现出的文学新人。因此,在众多刊物中,别的刊物可以不看,《鸭绿江》不能不看。

《鸭绿江》是我的必读刊物。

《鸭绿江》是我的精神食粮。

我喜爱《鸭绿江》的另一个原因,是它培养我成长。在20世纪50年代我读它的作品,我受益匪浅,是它引导我爱好新中国成立后的新文学,引导我往文艺界靠拢,受启发,受鼓舞,引导我走上文学创作道路。记得我在1954年秋,写了一篇很短的小说在小本的《辽宁文艺》上发表后,唤起了我的写作兴趣。那篇东西是我学习文化的作文,我不认为是文学作品。我要写一篇真正的小说,能在当时叫《文学月刊》上发表才能达到愿望。我努力学习,写了一篇《生活第一课》的小说,在1955年的《文学月刊》国庆节扩大号上发表。那篇作品是我走上文学创作道路的起步之作,是我的文学创作的奠基石,对我是个很大鼓舞。过了一年辽宁人民出版社收集了我的五篇小说,以《生活第一课》为书名出了一本书,又一次对我是个极大鼓舞。我有了作品,经过编辑部介绍,成为作协关心培养的文学青年,吸收我听讲座,又吸收我参加作协的辅导活动。在鞍山我参加市文联的活动,参加了由作家草明指导的文学小组。《生活第一课》使我得到党的关怀,得到文艺界老师的帮助指导,作品有了发表的园地,成长有了土壤。从那时起我就跟编辑部建立了联系,在《文学月刊》《处女地》《文艺红旗》《辽宁文艺》《鸭绿江》等各个时期都发表过作品。我是《鸭绿江》的热心读者，也是它的作者，对这个刊物更加热爱，把它看成跟我有紧密相连的刊物。

《鸭绿江》引导我踏进文坛的大门。

《鸭绿江》培养我成长。

我是《鸭绿江》培养起来的人，20世纪50年代成长起来的人都跟《鸭绿江》的培养分不开。它是省作家协会培养人才的园地，也是协会联系作家的纽带。自从党的三中全会以来，作家协会在省委的领导下，对培养人才下了很大力量，采取了许多有力措施。作协增办起《当代作家评论》《当代诗歌》等刊物，搞函授，请外地著名作家和学者讲学，创办文学院，建设创作之家，有普及有提高，不断发现人才，人才露了苗头就得到关心，下力量培养他成长。在采取各项措施中，《鸭绿江》发挥了重要作用。现在青年作者成长有三部曲，第一步在市级刊物上发表作品，叫作进入起跑线。在起跑线上站上了位置，要冲向省里。冲向省里的标志就是在《鸭绿江》上发表作品，这是个重要里程。在《鸭绿江》上露出头角，就会得到省作家协会的重视，得到重点培养。得到省作协的重点培养后，才有胆量冲向全国，同时才有条件冲向全国。因此，全省的文学青年的眼光盯着《鸭绿江》，异常重视这个园地，为能在《鸭绿江》上发表作品奔劲。近几年辽宁不断涌现文学新人，在《鸭绿江》上露了头角，立刻得到作协和文艺界的关心扶持，有些人很快跨越省界冲向全国，成为全国有影响的作家。

《鸭绿江》为扩大辽宁的文学队伍做出了贡献。

《鸭绿江》为不断培养出新人应当记一功。

刊物培养人才要通过编辑们体现，是他们辛勤劳动的结果。《鸭绿江》从创刊以来，总编、编辑不断更换，有些人干了数十年。就拿我熟悉的人来说，有些英俊小伙变成秃了顶的老头，漂亮的姑娘变成两鬓如霜的老太婆。他们不为名不为利，成年累月为作者服务，为培养作者做了大量工作，每发表一篇作品编辑都花费了心血，每个作家的成长也离不开编辑的扶持，编辑是作者和作家的良师益友。我跟《鸭绿江》的编辑们打过多年交道，有些事记忆犹新，特别是最初的印象难以忘怀。记得在1955年，我写了一篇小说《生活第一课》，想向省里冲，怀着不安的心情寄给《文学月刊》。寄出后我又后悔起来，认为那是省里的大刊物，怕高攀不上，怕编辑瞧不起无名青年，怕堆在乱稿纸中无人受理，尽管挂号寄出，也怕稿子丢失。稿子寄出后我就盼望早日得到回音，不过自己有自知之明，无名人的自由来稿不可能很快处理，估计等上半年能得到回音就不错了。谁知寄出后不到一个月，有一天早晨六点来钟，孩子们还没有起床，屋里很乱，忽听有人敲门，我去打开门一看，在门口站立一位亭亭玉立、风度翩翩、气质不凡、光彩照人的女同志，使我发愣。当那位女同志自我介绍说是《文学月刊》的编辑，名叫赵郁秀，说她看了稿子很有基础，赶来鞍山跟我谈谈，怕找不到我，特意打听到我的住处，起早来登门拜访。大刊物，大编辑不辞辛苦起早登门拜访，使我受宠若惊，深深受了感动。刊物的编辑为了发现新人，培养新人，不辞辛苦查找，起早登门拜访，对一位还没有跟编辑打过交道的人来说，实在是个很大鼓舞。在赵郁秀同志的指导下，我修改了一遍,在《文学月刊》上发表了,从此我就跟《鸭绿江》编辑部建立了联系。得到不同时期编辑们的帮助指导,不断发表作品。一个作者发表头一篇作品非常重要,如果发表不出去,可能打击情绪,从此不再写作品,跟文艺界绝缘。头一篇作品发表出去,会得到鼓舞,增强信心,不断写下去,不断提高,就有可能成为作家。《鸭绿江》编辑部把我领进文艺界大门,培养我成长,在纪念《鸭绿江》创刊之际,我向编辑们致敬!

祝贺《鸭绿江》取得巨大成就!

祝愿《鸭绿江》越办越好!

作者简介

李云德,1929年生于辽宁省岫岩县,念过六年书,失学后在家种地放柞蚕。1947年参军,先在辽南军区某警卫连当战士,次年选调到东北军区测绘队学习。1952年转业到鞍钢地质勘探公司,先后任技术员、党委秘书、宣传部干部。1976年后,鞍山文联恢复,任副主席兼党组副书记。从1955年发表作品,长期坚持业余写作,先后出版了短篇小说集《生活第一课》《林中火光》、长篇小说《鹰之歌》《沸腾的群山》(一、二、三部)《特殊案件》《地质春秋》《银锁链传奇》等十一部作品。

《山沟谷仓今又增》(木刻)
1973年第11期《辽宁文艺》封底

我和《处女地》

王忠瑜

我的写作，也和很多作者一样，是从写诗开始的。尽管在新中国成立以后，我在报纸上也发表过一些诗，但是我的第一首写爱情的诗《蓝色的夜》，却是1957年8月发表在《鸭绿江》上的。那时候它的刊名是叫"处女地"，现在算起来已经整整三十一年了。

那时候我是个军人，工作在北京军委空军政治部，当一名文化杂志的编辑，是个业余写作爱好者。尽管已经过去了几十年，人海沧桑，许多事情都早已忘却了，可是这件事却牢牢地记在脑海里。其原因，就是这首诗的发表，给了我以后写诗的信心和力量。因为这是我在大型文艺刊物上发表的第一首诗，那时的《处女地》，在东北地区来说是有代表性的文艺刊物，我和她的关系便是这样开始的。

当时发表我这首诗的责任编辑就是阿红（王占彪），那时我们根本不认识，也未见过面。但他却那样地关心和帮助我，经常写信来约我写诗。成了我和编辑部建立关系的纽带。这种关系在我从部队转业参加边疆建设，由北京到北大荒垦区之后，更加密切而且扩大起来。

我是1958年3月来到黑龙江省密山县的，（当时铁道兵农垦局所在地），最初，我在铁路工程处的石碴队里砸石子，后来到党委办公室编小报，几个月后，又调到农垦局政治部《北大荒》文艺编辑室去当编辑。初到北大荒的我，被当时那股开垦荒原的火热生活所鼓舞，有着强烈的创作冲动，写了许多反映当时垦荒生活的诗歌和小说。我很快和《鸭绿江》编辑部恢复了关系（这时刊名已由"处女地"改名为"文艺红旗"）。这年的十二月号上便发表了我的反映转业军人修筑铁路生活的小说《星星之火》，这也是我第一次在《鸭绿江》杂志上发表小说。同时，我的一个反映志愿军空军战斗生活的中篇小说《鹰之歌》在全国大型刊物《收获》杂志上发表（1958年第6期），我是把这两篇小说的发表，看作是自己小说创作的处女作的。也正因为这两篇小说的发表，我被吸收为中国作家协会黑龙江分会的第一批会员，参加了黑龙江省第一次文代大会。就是在这次文代会上，我见到了《鸭绿江》编辑部派来参加大会进行组稿的崔琪和刘琪华同志。我们虽然是第一次见面，但却像是久别重逢的老友。他们两位极其热情诚挚的感情，使我终生难忘。当时的情景，至今犹给我留下美好的记忆。由此开始，我们的友情一直保持到现在。

接着第二年（1959年）的《文艺红旗》第三期、第四期上，连续发表了我的短诗《为钢铁而战》和《伐木散诗》（四首），这样我和编辑部的关系更加亲密了。1962年以后我调到黑龙江省作家协会任专业作家，关系就更近了一步。编辑部每期都赠送给我刊物，一直保持到现在。我成了《鸭绿江》杂志"三朝"(《处女地》—《文艺红旗》—《鸭绿江》)元老的重点作者，也是亲密的朋友。经常在刊物上发表小说和诗，"文化大革命"之前，我还发表了小说《冰河飞渡》《草原风雪凤飞来》，诗《边境的节日》等。

十年动乱中，我们失去了联系。粉碎"四人帮"之后，全国的文学界从百花凋零的境地中逐渐苏醒过来。

1978年的一天，《鸭绿江》复刊后，我和崔琪同志在哈尔滨又重新见了面，老友重逢心情是难以形容的。当时我问到了刘琪华同志，他告诉我她的情况很好，我感到非常高兴，托他捎好给琪华同志，就这样，我们又联系上了。以后我寄去了短篇小说《除夕》(责任编辑是王金屏同志)，发表在《鸭绿江》1980年11月号上(发表时，题目改为"除夕之喜")，接着我又寄去一篇散文《酒城飘香》(发表在《鸭绿江》1981年6月号上)。

1982年的5月，我去北京参加中国作协和军委总政治部召开的军事题材文学创作座谈会，路过沈阳时便拜访了《鸭绿江》编辑部，看望多年来未见到过的编辑老友们。我非常兴奋地见到了主编范程同志，见到了崔琪、刘琪华以及童玉云、吴竞、阿红、于化龙、顾希恩、于宗信等同志，这一次还在韶华同志的带领下前去拜访了马加同志。

我去了多年老友崔琪、刘琪华同志的家里，见到了他们的爱人、孩子，也得到了他们热情的款待，心里感到说不出的温暖和高兴。在沈阳，我好像是回到了久别的聚有众多亲友的温暖而深情的故乡。

这年10月，我应军委总政治部的邀请去广州、深圳、珠海，及海南岛等地访问。归来后写了散文《大鹏湾前》，是反映驻防深圳桥头的一支解放军战士遵纪守法拒腐蚀的模范事迹的。此稿成时，正好崔琪同志来哈尔滨组稿，被其带去，后来发表在《鸭绿江》1983年11月号上。没有想到这篇东西在年终评奖时，竟得到读者的好评，获得1983年度《鸭绿江》作品奖，这是我的作品在外省第一次获奖。得到寄来的获奖证书以及奖金100元，这使我非常高兴，觉得这是对自己的一次最大的鼓励。这也是编辑部对我长期的培养帮助的结果。我一直是把《鸭绿江》编辑部的同志们看作是自己的良师益友，编辑部便是我学习写作的学校，是我的"娘家"。

我希望今后我们的关系一直保持下去，而且更为亲密，我能在编辑部的爱护和帮助下，写出更多更好的作品来，也不负这座"母校"良师们对我的培育。

作者简介

王忠瑜，1927年生于安徽合肥。新中国成立前毕业于安庆专科师范学校艺术科，学习绘画。后至上海任教，1951年参军，次年随部队入朝，任志愿军空军政治部摄影美术组长，发表通讯、访问记、小说等多篇。1958年转业到铁道兵农垦局，任《北大荒文艺》编辑。1962年7月调作协黑龙江分会任专业作家。主要作品有长篇小说《鹰击长空》《惊雷》、短篇小说集《祖国之鹰》《银燕》《鹰之歌》、诗集《列车奔向北方》。

温暖的回忆

梁学政

朦胧，前途朦胧而又有不知哪儿来的信心和斑斓的希望。不成熟，不成熟而勇气又十足和毫无顾忌。似在和时间进行百米赛跑，却总是跑得磕磕绊绊。摔跤，不管上了年纪的人理解不理解，这是免不了的，人家对自己如何，自己却总是羞愧。这是很希望得到别人信任和帮助的时刻。对，这往往就是每个人必经的青春。我的青春有过彷徨、徘徊、苦闷而孤独的时刻，时代对我很冷峻。在那时刻，《鸭绿江》的前身，当时的《文学月刊》和后来的《处女地》，帮助过我。厚道地，坚持着党性原则地帮助过我。

不，她不只是帮助青年作者，不能说关心和帮助青年作者是她唯一的特征。经过了一个长时期的，不应有的，短短的人生中的一个长长的眠期之后，经过了人生之夏中，那最应生机勃勃的长夏之中的长眠之后，再醒来，我已进入了人生年龄的秋天。急切中，又希望播种又希望收获，既慨叹人生之易逝，又欣喜人生还有机会苏醒。已过了知天命之年的我，又得到了《鸭绿江》亲切的帮助，这帮助并超过了仅仅给作者提供园地的范围。

说来好笑，我一生在地球上走过不少地方。除了祖国各地，还到过越南、美国、日本……但就是没去过祖国的大东北。《文学月刊》《处女地》《鸭绿江》编辑部中，我一个亲戚也没有，过去连一个人也不认识，没有任何人际关系。但就因此，我也就更信任她了。过去我一直觉得她那里有一个真正坚持党性的编辑部。

那是我不太愿多回忆，但却又不会忘记的相当长的一段岁月。经过了党多年的培养，1955年我的处女作在《人民文学》上发表了。两篇小说，一篇发在2月号上，一篇发在5月号上。一篇是写我上大学时住过的台湾，写的是当时海边上渔民的生活。一篇是写我投身于祖国建设的大西北边疆，新疆草原上牧民的生活。两篇作品本身都没受过批判，后来都曾分别收在两本集子里，其中一篇还曾在次年即被译为外文在外国的刊物上刊出。自己是努力按着党教导的文艺思想开始创作的。但是，1955年夏的反胡斗争，席卷全国。本来已通知我要印我作品的出版社，又把稿子给我退了回来。我失去了发表一切东西的权利。

1956年，情况有些好转，我羞答答地又把作品试投给刊物了。我试投给了当时全国寥若晨星屈指可数的大区级文学刊物之一的《文学月刊》。不久，《文学月刊》刊出了我投去的小说，并在编后记里说了推荐的话，目录中的标题也给排印了黑体字。这对青年作者的鼓励是不小的，这对在那种处境下的青年作者的帮助是巨大的。我认为他们是坚持了党性原则，他们鼓励了应该鼓励的。我写的是歌颂党、歌颂边疆人民、歌颂青年建设边疆豪迈气概的作品。这以后《文学月刊》和《处女地》又发表了我几篇小说和散文及散文诗。直至1957年我又受到重点批判，一些刊物和出版社又不敢采用我的稿件了之后，《处女地》还在1958年又刊出过两次我写的散文诗，这使我终生深记难忘，只有有过那种经历的人，才能体会到那种心情。

疾风知劲草。经过二十多年的长眠，我又重新提起笔来时，我还是信任地想起了那个编辑部。至今回想起来才感到荒唐可笑的，是我当时竟没有想到二十多年已过去，他们的人事会不会已有了许多变迁，是不是已沧海桑田了。1981年我在美国时，寄了两首小诗给《鸭绿江》，承蒙很快刊发了。回来后，写的散文《在美国的小弟》和小说《拳击女郎》《漂泊的梦》等，也都被采用了。使我感动的是《鸭绿江》的编辑刘琪华同志，对我的帮助大大超出了一般编辑部只通过给作者提供发表作品园地的帮助范围。她请文艺评论家胡德培同志给我的作品写了评论，帮助我出版了短篇小说散文集《漂泊的梦》，又把我推荐给《北京青年报》的记者胡小钉同志，写了报道。这之前我和她是素不相识的，过了几年，才在广州一同志处听到说，她年轻时参加过抗美援朝，现在她也已过退休年龄了，到了人生的晚年。由她，也使我感到了《鸭绿江》的又一特点。虽刊名几经改变，人事也经过不少变动，但编辑部的作风、传统，对青年作者、对中年作者、对老年作者的热情态度始终不变，坚持党性原则的作风不变。

人生的道路坎坷不平是正常的，对共产党员来说就更应感到高兴，因为这能使我们体会更多的东西。在更广的范围里，知道什么是对的什么是错的。在世态炎凉变幻中，也记住了不少优秀的人和事。几十年中，《鸭绿江》编辑部给我心中留下的印象，就总是引起我心中的温暖之情的。这感觉，使我觉得革命的路途不管多么漫长而不平，我们社会中健康的力量总是存在的，也总是我们民族的主流。

鸭绿江，你毕竟是流淌在祖国土地上的河！

作者简介

梁学政，1928年生，籍贯北京。曾在台湾大学哲学系读书，1949年春参加党领导的台工组工作，后回大陆，转学入复旦大学新闻系。1952年夏调中共中央宣传干部训练班学习。1953年夏到新华社新疆分社任记者。1954年冬调入新疆大学，后为助教、讲师、副教授。1980年冬调北京财贸学院。自1955年开始发表文学作品，先后出版短篇小说集《在海岸上盼望》《台北的黄昏》、儿童文学读物《火焰山下的葡萄沟》《天山上的探宝人》《伊犁河边的草原》、长篇小说《台湾少年之歌》、散文集《故宫角楼》、旅美杂记《温巧赛特怪屋》和短篇小说散文集《漂泊的梦》等。

青水长流

邓友梅

人们觉得我和《鸭绿江》的关系很密切。我自己也觉得和它的关系非一般投稿组稿关系可比。但细一追究,发现三十年间我只不过在它上边发过两篇小说。不同一般的是两篇小说都给他们惹了麻烦,有一次麻烦,友谊就深入一步。

头一篇是《在悬崖上》。

1955年我从中央文学讲习所毕业,就深入基层,到北京一家建筑公司去做工地领导工作。干了约半年,肃反运动开始了。我被调到公司去"学习",先是肃别人的反,随后就轮到人家肃我的反。左谈话,右帮助。我想来想去没有想出何时参加过反革命组织。从十一岁当八路军,历史一向清楚。中间虽被拉去日本当了两年劳工,也有人证物证可查。老实讲,日本法西斯抓我去只是叫我干活。要找人当特务,怕还未必把我看在眼里。因为我十三岁去日本时又瘦又矮,字也不认识几个,他从哪一条能认为我有做特务的天分呢?但工作组还是一遍又一遍叫我写材料。弄到后来我表示实在无事可写,宁愿"抗拒从严"也不写材料了。他们才说:"你给路翎写过一封信,为什么不交代?"才明白关键问题在这里!我和路翎在抗美援朝时一起当过赴朝慰问团的团员,后来他写《洼地上的战役》被批判,我趁热闹写了封信也表示对《洼地上的战役》不满。原来想借此表示自己革命。但是不知道虽是"批判",也要寄到报纸上去才算革命行为。寄给他本人就是反革命行为了,这没什么不好交代的。当天就写了一篇交代材料上去。

从这以后,就没有人理我了。既不叫我工作,又不叫我参加肃别人的反,也没人再来肃我的反。坦白地说,从参加革命以来,我总是在运动中批判别人的,这时才尝到被批判不是个好滋味。心平气和一想,在过去的运动中自己很少设身处地为被批判的人着想,无限上纲的话也说了不少。一还一报,得点教训对今后做人反而有好处。

心静下来之后,无事可干就想重操旧业,看了《中国妇女》讨论离婚问题的文章。心有所动就写了篇小说《在悬崖上》,为什么单寄给《文学月刊》(《鸭绿江》前身),已想不起来,大概是恰好买了《文学月刊》杂志在手头吧。我不记得有人向我约过稿。稿子寄出后,收到回信却是熟人写的。来信的是我的同学赵郁秀,她说稿子决定发表了,要我写个创作经过之类的文章寄去。因为这篇东西编辑部很喜欢。

《在悬崖上》发表后,确实有点反响。我在王府井大街期刊门市部要多买两本刊物,售货员说:"没了,这期有篇《在悬崖上》,挺受欢迎,杂志一到两天就卖完了。"

不久,编辑部的同志到北京组稿,在东安市场内的和平餐厅开了个座谈会。来的人有阿红，可能还有单复。慕柯夫以一半主人一半客人的身份来参加会，似乎北京人艺正在演他的《瓦斯问题》。这是1957年初春，天气还冷，因为慕柯夫穿一件皮大衣很引人注目。会上谈了不少读者对《在悬崖上》的各种反映，大家对我自然少不了给些鼓励。我自信还是清醒的，20世纪50年代开始写小说，不久就受了公式化概念化理论的影响。作品越写越枯燥，主题越来越高大，形象越来越干巴。在文学讲习所学习了两年，开始悟到艺术创作的一些规律。把主要精力从"表现主题思想"转移到塑造人物形象上去，体现了一点"寓教于乐"的方针，但距离成熟还很远。《在悬崖上》只是我在小说创作中追求新的美学理想的一个开端，一个试验；所以读到一些批评性、否定性的意见我还是认真考虑，并没有反感，也没有恐慌。不管怎么样，《在悬崖上》是我第一篇引起较大反响的作品。人们说是我的"成名作"，我看也合适。可没想到这"成名作"的热乎劲还没过去，几个月后变成了"反党反社会主义，鼓吹资产阶级生活方式"的"糖衣炮弹"。从此由写小说交杂志发表改为写思想汇报交保卫科审查，一下就是二十多年。

文章惹了祸，发表这文章的刊物和放它出笼的编辑们还能逃脱干系吗？我深深为此而抱歉，但编辑部的同志们却从未当面对我说过他们为我吃的苦头。而且一旦文学界对我开禁，又是他们最先鼓励我发表东西。

1962年我调到辽宁来工作。1962年文艺界松动了一下，王蒙发了《春到吐鲁番》，刘绍棠也发表了一篇作品。《鸭绿江》的同志也向我伸出了扶持的手，鼓励我写东西，并表示愿意发表。我就写了一篇《草鞋坪》，一心一意歌颂党和新中国的民族政策。《鸭绿江》收到稿子很快就发表了。谁知风向转得更快。这一次编辑部受的压力绝不比之前小，可是他们一句话都没有向我透露，丝毫没有对我批判或追究、埋怨的意思。这整个事件还是陈玙同志悄悄告诉我的，我当然只好装作不知道。但心中却对他们无限感激。

两篇稿子惹的两次麻烦，使我对《鸭绿江》这个刊物的同仁们很敬重，因为它体现出编辑部的风格，他们把作者当朋友。对不出名的作者他们热心扶持、培养、鼓励；出了问题，又敢于承担责任，保护作者的创作积极性。近年辽宁省文学新手辈出，不能说和他们这种优良的编辑作风没关系。三十年过去了，编辑部内换了一代人，但这种好作风保持了下来，这无疑是比刊物扩大多少销售量更可珍贵的。

祝愿《鸭绿江》青水长流，青春常在。

作者简介

邓友梅，当代著名作家。原籍山东省平原县，1931年生于天津。1942年参加八路军，在交通站做交通员、在文工团当演员，并开始学写演唱材料。1949年渡过长江后，在新华社一个军队分社当见习记者。此后调到北京文联工作。1952年加入中国共产党，入中央文学讲习所学习。1962年调到鞍山文联从事专业创作。1976年回北京定居。1950年发表第一篇小说，代表作有《在悬崖上》《沂州道上》《我们的军长》《话说陶然亭》及《追赶队伍的女兵》等多篇。

也算一点回忆

刘湛秋

那时叫《处女地》。1956年—1957年"贯彻双百"期间，文学界也多少有那么点新潮，刊物的起名也是一种表现吧！

我当时和文学界很生疏。刚刚步入人生，幼稚得很。虽然在高中也发过诗，还在搞翻译，但并不认识文学圈中的人。

也许是当时我在沈阳，也许是《处女地》这名字好听，我把一组散文诗《月夜·鲜花·广场》投给这家刊物。出乎我意料，我收到了编辑部决定采用的通知，并很快在当年11月号上发表了。

这几首散文诗，不是处女作，当然也不是成名作，更不是获奖作品，但它却是我迈进辽宁文学界的开始。

其实，我并未跨进这离我住处很近的张氏帅府（现为张学良旧居陈列馆）。我当时每周两次去东北图书馆看外文书，也就是说每周两次骑车经过这里。我没想到去拜访编辑，编辑也并未因不认识我而排斥我的作品。我觉得那时编辑和作者的关系更单纯一些。直到1959年，我才迈进了这座当时对我来说很神圣的门。我认识了发表了我这组散文诗的肖贲老师。她是和蔼的人，我一直在内心深处保持对她的敬意。这时，刊物已更名为"文艺红旗"了。幼稚的我对当时政治风云并不了解，和编辑部更熟悉一些，并不知道他们之间所产生的变化以及每个人的遭遇和心态。但他们对我都很友善而热情。不知为什么，当时我和搞评论的陈言更能聊得来，他参加过新四军，比我的阅历不知多几倍。他极健谈，使我感到新鲜。也许是和他往来较多，我接连在刊物上发了好几篇作品评论。当然，那时阿红、路地也是我的老师，他们帮助我发表了诗。

不过，当时我虽然在辽宁沈阳报刊上发表的诗作很多，但都极浅薄，配合性极强，而且不如写散文顺手。记不清是1961年还是1962年了，空气又有变化，刊物照例又要改名，于是《文艺红旗》又变成了《鸭绿江》，而且为创刊号竭力组稿。我终于写出了一篇有人物有情节的抒情散文《山里的百灵鸟》，今天看来文章也还是可以的，自然是肖贲责编。她对我这篇散文给予了肯定，读者反映也不错。这期刊物编排装帧都比较有艺术性，我因而也有种文学性的快感。

后来，也就是1963年，由于韶华同志的倡议和组织，我们一些青年作者以《辽宁日报》特约记者名义采写报告文学。我当时拼命写作，写了很多，但是最使我激动的一篇是《写在烈日下的报告》，记不清是赵郁秀还是崔琪担任责编了，上了刊物头条。这是我最受厚爱的一次。

后来又停刊，后来又叫《辽宁文艺》。我停笔十年后写的一首诗仍是在这个刊物上发的。而我早已离开辽宁，但和辽宁作协的刊物是太有缘了，也太亲切了。当然，后来又叫《鸭绿江》，也还断续有我的诗。《鸭绿江》风风雨雨，我经历了五个"朝代"（五次改名），前面还有几"朝"我不了解。这个刊物发表了不少有全国影响的作品，培育了不少全国知名的作家。老实说，我的作品并未给这个刊物增添什么光辉。但是在我的一生中，它无可辩驳地嵌入了我的记忆。

虽然我现在极不愿写回忆，仍不能不写几句，向我的师友表示眷眷之情。

作者简介

刘湛秋，当代诗人，翻译家，曾为《诗刊》副主编，主要作品有诗集《抒情与思考》《生命的欢乐》《无题抒情诗》《人·爱情·风景》，以及散文诗集多种，理论集有《抒情诗的旋律》，翻译诗集《普希金抒情诗选》《叶赛宁抒情诗选》等。

《思想》（木刻） 聂昌硕
1982 年第 4 期《鸭绿江》封二

温暖的记忆

刘 镇

1960年3月,北方的春天尽管姗姗来迟,但很美丽。我记得那晚沈阳市文化宫的灯火是多么辉煌啊!

《文艺红旗》在这里举办诗会,我也随汹涌的人流走了进去。整个会场,热气腾腾,无数双眼睛熠熠闪射,似乎人人都有一种期待,都有一种骄矜;似乎李白杜甫将于今晚驾临。我也交上刚写的一首小诗。诗中的主人公是位老工人,他因背上书包进夜校而发出朗朗笑声。可是我没有笑,甚至不敢正视眼前的一切;我找了一个阴暗的角落坐下,等待——我是多么自惭形秽,多么孤独啊。

但意外的,忽然有人宣布朗诵《咱怎能不笑》。随后一个演员登上了舞台。我的心一阵猛跳,连气都喘不过来,直到朗诵完了,并有掌声四起,还呆呆地坐在那里:我不敢相信那诗是自己写的。

会后,一位穿棕色皮夹克的编辑约我留下,在那台口,他嘱我择日去编辑部一叙。

"《文艺红旗》知道吗?在张氏帅府。"

"唔。"

于是几天后,我便摸索着,沿一条弯弯的、深深的小巷,向那幽静的大院走去了。

作为读者,《文艺红旗》并不陌生,我在长春技校读书时期就拜识了。可是作为作者,其时虽亦偶尔在市报发点小诗,对《文艺红旗》这样的刊物我却从不敢问津,甚至望而生畏。那天,当我终于摸到"大编辑"们面前时,我不知自己是怎样的形象,怎样的卑怯,可是我确实感到既受着热情的接待又受着严格的审视。

原来,穿棕色皮夹克的是阿红同志,他还足蹬一双尖长的皮鞋;另一位穿对襟黑袄的,便是路地。长谈中我告诉他们:我是钳工,真的爱诗。不过,大部分习作都是发在车间黑板报上的,那完全是为了鼓动生产,表扬先进。至于形式,写过"马体",试过民歌,半格律,而我觉得用群众口语写更好,更得劲。我说我爱"走偏道",不喜一窝蜂。他们肯定了我的"冒险"。

不知又过多少时日,我正在车间干活,忽然接到编辑部的电话,说老诗人方冰同志正在辽宁宾馆,他对我的板报诗很感兴趣,希望见一下,并把能搜集到的都带上。

我准时去了。诗人特意下楼迎接了我。引上楼后,他把我的稿子一一细阅,称赞了我的努力。但同时也批评了中间夹着的一首《狩猎》,指出,还是要写自己熟悉的工人生活,写工人自己的诗!而《狩猎》中"自己呼吸着阳光"啊,就太斯文,且有"印象派"(第一次听到这词)的痕迹……我后悔万分,不知把它带来,是出于怎样的念头。幸好,看来他们并没有失望,因为离别时又热情鼓励我尽快为

《文艺红旗》拿出组"好诗"了。

我的第一个组诗，是在编辑部为我请了三天假后，于编辑部修改的。没有干扰，什么干扰也没有。此时修改好面前的诗，便是我唯一的任务。而写诗，也是任务？又是我从未想到的。我分明感到四周热切的期待，并为这种期待而感到幸福，又因这种幸福而紧张——这紧张，丝毫不亚于在车间从事装配呢！

稿子自认改好了，我赶忙拿到楼下。这时，同屋的编辑都围来一一传阅。于是我看见：陈言同志总甩着不听话的长发，以浓重的盐城口音提出自己的看法；姚振仁同志总以厚厚的嘴唇，瓮声瓮气地发表超越的见解；而阿红与路地同志，则更多从诗的艺术表现上进行细致推敲——包括一个字，一个标点。这种情况，既使我深深感动，又往往使我难堪，痛恨自己"不才"！以至他们不得不安慰我："别见怪。文艺是党的事业的一部分嘛。编辑与作者的关系，有时就有点像导演与演员……"

于是我一遍遍抄改，一遍遍润色，直至最后"完全满意"才长出了口气。三天的时间，多么短暂又多么漫长啊！

为了配合诗的发表，编辑部还在那个"老虎尾巴间"的小会议室开个座谈会。参加者除本市几位工人诗作者，主编申蔚也到会了。我记得当时她坐在长案的东堵头，很亲切朴素。在大家肯定了组诗，甚至赞扬了组诗之后，她热情地指出：我们的时代需要鼓手！尤其在工人群众中成长起来的，要大力培养。这有深远的历史意义。希望更多的工人诗人出现。

就这样，《青年工人刘镇诗选》与座谈记录一起，于《文艺红旗》1960年10月号同期刊出了。而与此同时，我的思想也发生了很大变化，已不再把诗当作"个人爱好"之所驱，"兴之所至"之所为，开始力求让稚嫩的笔服务于时代了！认清了位置，明确了方向，胆气也日渐豪壮……

20世纪60年代初期的中国，是不平凡的。60年代初期的我，亦正值二十出头青春年华，处于人生重要阶段。那时，严重的经济失调，尽管使许多人面呈菜色，但人们之间的关系没有失调，血，还是热的。因此作为工人，我虽常双腿浮肿，或严重便秘，照样精神饱满地投入通宵达旦的大干，每得空闲，亦能挥笔不辍。正是在那三四年间，《鸭绿江》给了我无微不至的关怀，从而写出了一批在当时较有影响的，反映工矿生活，抒发昂扬斗志的诗；也正是在那三四年间，《鸭绿江》以其反射阳光的明澈，给了我心灵美好的荡漾。

——为了扩大生活视野，编辑部组织我们几个诗作者去钢都、煤都，走向燃烧与沸腾；去海港、盐滩，体验负重与结晶……

——为了从历史的纵深取得有力的"弹跳"，编辑们引导我（们）去读厂史、访"特殊工"，于是纺纱女工的泪水和矿山、烟厂的血火，一页页在心中装订……

——为了使诗更切进生活，偎贴群众，我们去搞诗歌调查，倾听乡野、车间的回声；也把我（们）的一篇篇新作，荐与前辈，请他们品评。

因此，尽管有许多诗显得粗糙、浮浅，甚至从长远的目光来看不免失之夸饰，然而我歌唱得总是那么真诚、执着！

尤其不能忘怀的，是整个《鸭绿江》编辑

部的亲切和谐氛围：编辑作者友爱无私，领导群众相互勉励。推心置腹，以文会友；诲人不倦，结忘年之交。和思基这样的批评家打起乒乓球来毫不怯阵，与马加这样的前辈共席贺霍满生老人六十大寿，亦居然信口吟起"寿比南山松不老，诗如东海水长流"（其时霍老正在修改长诗《铁牛传》）……

"有心栽花花不发，无心插柳柳成荫。"其实，既是"栽花"，既为"插柳"，谈何"无心"？除非死秧朽木，春来又焉能不发？虽至今我对《鸭绿江》的许多辛勤未必尽知，而只能从某些直接接触略见端倪，但只要想想一个普通工人诗作者，何以在那数年间突破自身茧壳，渐步"大我"之境，并从丰富的生活矿藏，获得教益，树立信念，乃至至今仍影响着我的追求，便不难想象当时多少栽花插柳人的苦心了。

但天有不测风云。实际从1964年起，《鸭绿江》已自顾不暇。仿佛是一种暗示：那年月，我多次想起方冰同志1964年秋与我的夜谈。诗人面色憔悴，往往欲言又止，最后，为我抄写了鲁迅的诗句：

　　寂寞新文苑，平安旧战场。
　　两间余一卒，荷戟独彷徨。

　　秦女端容理玉筝，梁尘踊跃夜风轻。
　　须臾响报冰弦绝，但见奔星劲有声。

　　明眸越女罢晨装，荇水荷风是旧乡。
　　唱尽新词欢不见，早云为火扑晴江。

——我不难悟得其中意蕴，却无法排遣内心的惆怅！

仿佛是深情的慰勉：那年月，我也曾多次想到严文井同志1965年夏的教诲："文学，是一辈子的事，不在一朝一夕……"

我对文学的眷爱，是和《鸭绿江》紧紧连在一起的，颇有"皮之不存，毛将焉附"之慨。因此当我在那年月装订了流产的《晨号集》后，便束之高阁，而发誓与文学永远告别，并真以为从此后寂寞地老死于黄河古滩。只是当1978年又一个春天到来时，我才恢复了与省作协的联系，才发现原来残留的火种并未真正死灭。

我庆幸许多老同志的健在，我也感谢他们没有忘记我。我常想起那年思基同志对远涉商调人的嘱咐："可一定调回来啊，那是我们培养的作者！"……

人生原在体味，人生意在延伸。因此当我怀抱初衷，并常于夜深爱抚一个磨炼过的不幸时，又总惶惑不安！

——哦，《鸭绿江》：让你的浩大与明澈，永远与我同行吧。我当不负你的钟情，无愧于你的垂青……

作者简介

刘镇，1938年生于江苏泰县。1953年泰县初师毕业后，到沈阳第三机床厂工作。长期当工人。1980年末由河南豫西机床厂调辽宁作协从事专职创作，曾为《当代诗歌》月刊编委。1958年发表处女作，著有诗集《满天飞霞》《红色的云》《眼泪与微笑》及《蓝色的探戈》。

感受与祝愿

黄益庸

我和《鸭绿江》以及她的前身，也称得上是老朋友了。早在新中国成立初期，我在黑龙江省北安革命残废军人速成中学教书的时候，我就是她的热心的读者了。每当读到自己格外喜欢的诗或小说，我还介绍给爱好文学的荣军学员看。但这时只限于阅读，尚未给刊物投过稿。

1956年夏天，我调到黑龙江省文联主办的《黑龙江文艺》（《北方文学》的前身）编辑部工作之后，才开始向她投稿。从20世纪50年代的《处女地》时期起，到党的十一届三中全会后恢复《鸭绿江》刊名以来的三十年，我断断续续地在刊物（包括鸭绿江文学创作函授中心教材）上发表过一些寓言、随笔、杂文和评论文章。

从我和《鸭绿江》以及她的前身接触的三十多年来，我不仅是把她作为投稿和发表作品的园地，而且主要是把她作为我学习文学创作和借鉴文学编辑经验的良师益友看待的。她是东北解放后创办得最早和最有影响的文学期刊。几十年来，虽然刊物经历了很大的变化，多次易名，主编和编辑人员也不断更换，但她富有东北地区风采的特色始终未变，体现在她身上的认真负责的编辑思想作风始终未变。

给我印象最深的首先是她对于培养东北地区作者的重视。黑龙江省有些作家、诗人的处女作、成名作就是她发表的。例如，已故乡土诗人王书怀同志，是乡村小学教师出身，20世纪50年代初，开始学习写新诗。在成长的过程中，她就曾给予热情的关怀和帮助，不断发表他的富于东北农村乡土气息和民歌风味的诗篇，包括成名作《小河流水哗啦啦》，使他从一个默默无闻的业余作者，成为在全国有一定影响的诗人。我之所以对王书怀的诗歌深深喜爱，并产生了研究和评论他的作品与创作道路的动机，于20世纪60年代初先后在《黑龙江日报》《北方文学》《文艺报》等报刊发表了几篇评论文章，也是由于读了《鸭绿江》（及其前身）刊登的王书怀的《小河流水哗啦啦》等优秀诗篇，受了感染，引起兴趣和重视的缘故。

党的十一届三中全会以后，《鸭绿江》继承和发扬了过去的优良传统，在培养东北地区特别是辽宁省的文学作者队伍方面，更是不遗余力，取得了引人注目的成绩。例如，专栏"习作者之友"，每期刊登一篇初学写作者的作品（有时还把修改后的稿子和原作同时刊出，供读者对照阅读），附以署名凌璞三的具体中肯的分析文章，指出其优缺点之所在，循循善诱，深受广大初学写作者欢迎，成绩斐然。对于有苗头的新人，则不吝惜篇幅，重点突出地刊载他们的作品；有时还同时刊出热情洋溢的评价文章。评价文章除了编辑同志亲自动手外，也常约请评论界的同志撰写。正是由于《鸭绿江》（及其前身）的园丁的多少年如一日地辛勤培植，一茬茬的文学新人仿佛雨后春笋般在这片园地里茁壮成长。这许多新人的作品又往往以它们浓郁的东北味吸引着广大读者，从而为发展中的东北文学不断增添了光彩。

一个文学刊物，自然应该以主要篇幅刊登文学作品，但也要适当地发表一些必要的理论批评文章，因为广大读者往往是透过这些文章看一个刊物的思想和灵魂的。《鸭绿江》（及其前身）给我的另一个颇深的印象，正是她对理论批评的重视。刊物除了有时发表一些篇幅较长、分量较重的评论外，更多的是发表各种形式的短小精悍的文章。由于言之有物，活泼多样，很受广大读者欢迎。

即使在"文化大革命"以前，由于复杂的社会历史原因，党的"双百"方针常常难以很好贯彻的情况下，《鸭绿江》（及其前身）的编辑思想也还是比较解放的。记得我曾在1961年和1965年，先后给《文艺红旗》和《鸭绿江》写过随笔《"木兰诗"的启示》和一篇杂文《也谈"立竿见影"》。前者是从古典诗歌《木兰诗》对题材处理的特点说开去，批评了当时在文学创作中写工农兵不敢接触他们的日常生活，只是局限于写阶级斗争和生产斗争的偏向；认为倘只表现"轰轰烈烈的劳动和斗争"，而不表现他们"日常生活中的喜怒哀乐"，就会"削弱作品的真实性和感染力"。后者强调文学作者学习马克思列宁主义、毛主席著作，不要抱着"立竿见影"的奢望，急于求成，必须有"水滴石穿"的精神，持之以恒，才有利于提高文学创作水平。在党的十一届三中全会后，党组织把当初收缴审查的刊物退还给我，我翻阅时，发现那两篇文章几乎有一半的文字被用红蓝铅笔画了杠。有的地方，还加上表示"革命义愤"的批语。本来，我这两篇小文里讲的都是很普通的道理，并没有什么大逆不道、骇人听闻的言论；今天看来，就更为平常了。但在"文化大革命"前，出于安全系数的考虑，也不是随便哪个刊物都愿意发表这样的文字的。从这一点，便可以窥见《鸭绿江》编辑思想的一斑了。何况，《鸭绿江》在那些年刊登的还有许多理论结合实际、议论精辟的杂文、随笔、短论呢！

自从党的十一届三中全会以来，由于"双百"方针的深入贯彻，《鸭绿江》进一步发扬了过去的优良传统。不仅发表的文学作品更为丰富多彩，而且发表的评论文章也往往具有真知灼见，令人耳目一新。

当此《鸭绿江》创刊周年纪念之际，我只能谈出以上两点肤浅的感受，以表示自己由衷的敬佩之情，并祝愿她"健康长寿"，在未来的年月里发出更为耀眼的光彩，为促进东北文学的繁荣发展做出更辉煌的贡献！

作者简介

黄益庸，1926年生，广西玉林市人。1950年广西大学毕业后，分配到东北工作。1956年调《黑龙江文艺》(《北方文学》前身) 工作，历任编辑、组长、副主编、主编。先后出版评论集《谈谈短篇小说的剪裁》和《苏轼》。

难以忘怀的事

王荆岩

每个人都会有一些难以忘怀的事，不管事隔多少年，那些事想起来仍会历历在目。

二十六年前，我还是个二十五岁的青年，我的第一首诗《出钢》在《文艺红旗》5月号发表了。那是我在省一级刊物上发表的第一首诗。那时候我刚刚脱掉工装，从一个工厂调到鞍山市文联的《鞍山文艺》做诗歌编辑。虽然也在市一级报刊上发过几首小诗，但实实在在地说，在写诗上我还是个习作者。

因为在工厂里当工人，对工厂、工人生活比较熟悉。调到文联后，又常常到炼钢厂去，也常常被工人们那种忘我的劳动和主人翁精神所感动。每次从工厂回来都写几首诗，但这些诗大都是失败的。望着那些涂涂抹抹的诗稿我感到非常苦恼！

搞创作的人，大概没有一个不想成名、不想写出好作品、不想使自己的作品在读者中产生影响的。要产生影响，就不能满足只在市一级的报刊上发表几篇作品。那时候我也如此。但是翻开全国一些大刊物一看，很快就气馁了。刊物上发表的都是名作家、名诗人的作品，无名小辈的作品是寥寥无几的。我心里想，我这样的小作者是难登这样大雅之堂的。

那时候《文艺红旗》是辽宁唯一的一个大型文学刊物，记得它的宗旨是团结作家、培养作家。每期《文艺红旗》来了，我都从头看到尾。但都缺少勇气把诗稿寄给《文艺红旗》编辑部。听一些作者议论，一些大刊物每天收到的稿件都是成堆成堆的，对不知名作者的稿件根本不看，撕一张铅印的字条塞进信封就给你退了回来！我心里想，我把稿子寄给《文艺红旗》也会是这样吧？但心里总还有一种试一试的欲望。终于有一次我把两首诗寄到了沈阳市大南门里《文艺红旗》编辑部。没想到很快就收到了回信。回信不是铅印的字条儿，是用毛笔写的信。信中肯定了诗的长处，也指出诗中存在的一些不足，并鼓励我继续努力，尽管信很短，但我心里很高兴！因为不像一些作者议论的那样：大刊物、大编辑，轻视小作者。我想，轻视小作者的现象可能有，但《文艺红旗》不是这样！看我诗稿的编辑不是这样！于是我第二次又把几首诗稿寄给了《文艺红旗》。十多天后又收到了回信。撕开信封一看，回信仍然是那个编辑的字体，仍然是用毛笔写的。信中除指出诗中存在的一些不足外，并建议我认真读一些艾青、郭小川等诗人的诗。我很感谢这个不知道姓名的诗歌编辑，感谢他为我指出了诗中的毛病，使我清楚了自己诗中存在的一些不足之处。

1961年9月，《文艺红旗》编辑部一个青年编辑来到了鞍山市文联。他中等个儿，举止文文雅雅，身旁还放着个小行李卷儿。经过介绍，才知道他叫阿红。他笑着对我说："我知道你，看过你的诗稿。"这时我才知道他就是两次给我写回信的那个诗歌编辑。我说："我也知道你，看过你的诗《亮金滩诗讯》。"他笑了，摇着脑袋说："不行，诗没写好！"他这次到鞍山来，是利用编辑的一个月假期下来深入生活的。他选定了鞍钢大孤山铁矿。我送他去矿山，一路上我们谈起了诗。他给我讲了艾青的诗，郭小川的诗，也讲了《文艺红旗》上发表的诗。我觉得他知识很渊博，对诗很有研究。过去有"听君一席话，胜读十年书"之说，听他侃侃谈诗，我也有一种"听他一席话，胜过读不少谈写诗的书"之感。

到了矿山，他坚持要住集体宿舍，要和工人们住在一起，后来住进了第38宿舍。白天他跟工人们一起上矿山，晚上他跟工人们在一起说笑。他对我说："要想写他们，就要和他们交朋友，了解他们的思想和愿望，了解他们的喜怒悲欢……"

有一天早晨我到他那儿去，宿舍里的人还都没起来。他醒了，看见我进去他坐了起来，拿出一首他写的诗给我看。那是一首用两行体写的诗，很像《信天游》。内容是写他背着行李卷儿进矿山，工人们像当年农民欢迎土改工作队那样欢迎他、迎接他。诗写得很亲切感人，读了心里热乎乎的。我读过他的一些诗，对他说："你很少用两行体啊？"他给我讲了郭小川。他说："郭小川的诗形式多变，表现什么，用什么形式，诗人是很讲究的。"他给我讲了郭小川的《甘蔗林青纱帐》《厦门风姿》等诗。他对我说："你写钢铁工人，也要研究用什么样的形式才能表现出他们的气势和思想情操。"

他的话使我深受启发。

听说省里来了一个编辑，矿山的一些青年作者和文学爱好者都找上门来了。这个拿稿子给他看，那个拿稿子给他看。他每篇都看得那么认真。我劝他注意休息，他说："不累，发现作者，培养作者，是我们编辑部的责任。"我笑着说："做编辑的，要都能像你这样的就好了！"他听出了我弦外有音，就问我："怎么回事？"我对他说了有些作者对编辑的看法，认为他们的眼睛只盯着名人，对不知名的作者的稿子看都不看。有个作者为了知道编辑看没看他的稿子，把每一页稿纸都用胶水轻轻粘上，然后寄给一家刊物编辑部。结果稿子退回来稿纸动都没动。他听了摇摇脑袋，说："我不否认有这样的事，但我敢保证我们编辑部没有！我们那里每个编辑都是对作者负责任的。我们团结知名作家，也团结、帮助一些不知名的作者，因为作家也是从作者成熟起来的。"后来我到《文艺红旗》编辑部去过几次，证实了他的话是对的。编辑部的编辑都那么和蔼可亲，没有一点架子，对作者都那么热情。我看见有的作者去谈稿子，很随便，有时还在一起争论，像一对要好的朋友。就连作家马加、思基，诗人方冰等人也都那么平易近人，非常关心作者的成长。

我在鞍山市文联工作，那时海城有个老农民叫霍满生，写了一部四千多行的长篇叙事诗《铁牛传》。这部叙事诗是以他自己的经历展现一代农民的悲欢。叙事诗跨度很大。开始由鞍山市文联责成一个同志帮助他整理修改。后来觉得这样长的诗很难驾驭，就介绍给省作家协会。省作协责成编辑部诗歌编辑阿红等同志去帮助研究和修改这部长诗。

有一天《鸭绿江》编辑部的编辑路地到了鞍山,会同我到霍满生的家乡霍二台子去征求意见。我们下了火车,又步行了八九里路,到了霍二台子。那时的农村还很贫穷,队里没有个像样的屋子。晚上,在队部门前竖起个长杆子,吊起一个灯泡,路地向围坐在四周的农民朗诵起《铁牛传》。说实在话,他的朗诵艺术并不太高明,但农民们却听得津津有味。路地很兴奋!仿佛那作品是他写的似的。我陷入了沉思:"为一个作者的作品,他从沈阳跑到鞍山,从鞍山跑到海城乡下,他们为了什么呢?"

一段时间我没怎么写诗。在这段时间里我注意研究了一些诗人的诗,特别是注意研究了一些表现工业、表现工人生活的诗。按照阿红跟我说的话,我在寻找自己的道路,寻找自己表现钢铁工人生活的写作方式。

感谢他的鼓励,于是我陆续写了些诗寄给了一些全国有影响的文学期刊和报纸,接连在《人民文学》《诗刊》《解放军文艺》《萌芽》《新港》以及《光明日报》《文汇报》等报刊上发表了《炼钢工人进北京》《女车工》《鞍钢赞歌》《炼钢谣》等诗作。也就在这个时候,我被批准加入了中国作家协会辽宁分会成为一名会员。

一晃几十年过去,现在我已经不是青年了。但是几十年前的事情仍历历在目,我是踏着《鸭绿江》这座桥梁走上文坛并逐渐成长起来的。我不会忘记这块培植我成长的园地,也不会忘记编辑阿红等同志给过我的帮助和鼓励!

作者简介

王荆岩,1935年生,吉林省东辽县人。中国作家协会辽宁省分会会员、理事。1960年以前是个五级车工,后调到鞍山市文联《鞍山文艺》做诗歌编辑。1961年正式发表诗作,曾先后在《人民文学》《诗刊》《解放军文艺》《萌芽》《鸭绿江》等报刊发表《炼钢工人进北京》《鞍钢赞歌》等反映钢铁工人生活的诗。后调辽阳市工作,开始向农村及其他社会生活涉猎,在《星星》《鸭绿江》《当代诗歌》《诗人》等各级报刊发表了《荷花淀、柳绿花红》《在这除旧布新的时候》等抒情短诗。出版诗集《彩色的河流》。

情深意长

程树榛

1958年5月的一个傍晚，我正在富拉尔基重型机器厂的一个设计室里画图，突然接到一个陌生人给我打来电话，要我到火车站去和他见面。我问他是谁？回答说是辽宁省作协主办的《文艺红旗》编辑，希望和我谈一谈。

我应约准时去了。在富拉尔基火车站那个其貌不扬的候车室里，我们会面了。互道姓名之后，方知道这位风尘仆仆的中年同志，名叫崔琪，他是前来黑龙江组稿的。因为时间紧，任务急，他不便在此久留，故约我在此一见。

由于候车室较小，旅客又多，我们不得不找一个角落站着谈话。

谈话的主题很明确，就是向我约稿；内容希望是反映一下富拉尔基几年来所发生的巨变。

谈话之间，铃声响了，开车时间已到，老崔手里正握着这趟列车的车票。谈话只好到此为止，我送他到出站口。在握手告别时，老崔嘱咐我：请抓紧时间。

那时我才是年仅二十三岁的小青年，大学毕业就参加工作还不满一年哩！老崔这样远道来访，真诚相约，确是令我感动的。因此，回去之后，立即便在宿舍里铺开稿纸，奋笔疾书起来。

这便是后来发在《文学青年》1958年10月号首篇的那篇散文《草原上的钢铁之母》。文中我满怀激情歌颂了富拉尔基的建设者的丰功伟绩。他们用自己的汗水和智慧，用改天换地的双手，几年之内，把一个不足两千人的荒僻的达乎尔渔村，建成一个现代化工业基地、建成了世界上第一流的重型机器厂。同时以我的亲身感受，表达了我们这一代青年献身祖国、建设边疆的雄心壮志。

这篇散文收到了良好的社会效果。在富拉尔基重型机器厂，职工们争先传阅；在共青团的集会上，团员们慷慨激昂地进行朗诵，由于作者的心和他们的心引起了共鸣，有的人甚至激动得热泪盈眶。于是，我一下子变成这个万人大厂的"知名人物"。

在我的母校天津大学，这篇小文也引起强烈反响。广播站的大喇叭里，播音员用充满激情的语调，报告着远方学子为建设祖国边疆而奉献青春的珍贵信息。不少同学投书校领导，希望毕业后也能投身到富拉尔基火热的斗争生活中去，为开发北大荒建功立业。有的同学直接给我写信，愿意前来遥远的边疆和我并肩战斗。

更有意思的是发生在我的故乡江苏邱县的故事。一位在县立中学读书的高三女学生，看到这篇文章后，给我写了一封热情洋溢的信。她说自己是个热爱文学的青年，从父兄那儿早已知道我的名字。看到最近这期的《文学青年》，方知我已跻身于边疆建设大军行列，正在从事一种最壮丽的事业。她还说，读了你的文章，使我对富拉尔基也充满了向往，这是有志青年的青春之花盛开的地方……我被她那热情而纯朴的来信所深深打动了，于是立即回了她一封信。从此，我们便建立了密切的通信联系。谁知这种联系后来竟发展成为爱情关系。不久之后，她果然离开风光如画的南国家乡和挚爱着她的双亲，来到了她所向往的"红色之岸"（富拉尔基系达斡尔族语"红色的岸边"的意思）和我共同生活了。她就是我的妻子，一个已经发表了不少文学作品的业余作者，《黑龙江企业管理》杂志的编辑郭晓岚。她经常戏谑地说，想不到你的这篇文章竟成为我们的"红娘"了。

爱情本来就充满着神秘、迷离的色彩，再加上文学这位缪斯的润色，就富有罗曼蒂克的韵味了。于是，我们婚姻也变成了"文坛佳话"。此是后话。

一篇小小的文章，竟然起到这样的作用：从荒凉的北疆小镇，到繁华的天津，直到我南国的故乡，在那么多人的心境上，掀起了起伏的波澜，这是我所始料不及的。但是，也引起我的深思：文学，不仅仅是生活的调味品，而是年轻人青春火花的燃烧剂。因而大大加强了我从事业余文学创作的决心和信心；我不仅可以用绘图笔为祖国的社会主义大厦设计机器，而且还可以用我这支年轻的笔，反映建设这座大厦的人的壮志豪情。于是，我找到了生活的起点。

这也是我在创作上新的起点。从此以后，我激情满怀，文思如泉；在省内外报刊上发表了大量的诗歌、小说、散文。虽然该刊不断"更名换姓"，由《处女地》分出《文学青年》，《文学青年》停刊，《处女地》又改名《文艺红旗》，以后又是《辽宁文艺》《鸭绿江》……但我和她的联系一直没有中断。编辑部非常关心我的成长，除赠阅刊物外，还经常寄给我有关学习资料，通报文坛信息。我投寄的稿件，不管刊登与否，总是附有详细意见（不是那种铅印的小纸条）；有时见我久不寄稿了，编辑部还会来信督促……这些关心对我这个文学青年来说，是一种激励、一种鞭策、一种鼓舞。我经常感到，在离富拉尔基千里之遥的沈阳，有一双双热情的目光在亲切地关注着我，我不应该辜负他们的期望，我应该努力，有所长进。

还有一件事，也是令我永远难以忘怀的。大概是1959年吧！一段时间内，我写不出稿子来了（有时写出来也发表不出去），我感到很苦恼。于是，我把这种心情写信告诉了编辑部。一位至今我尚不知其姓名的老师立即给我写了信，除鼓励我不要灰心、继续努力以外，并给我开列了一系列必读书目，寄来好几本资料汇编，让我结合自己的具体情况，认真学习，然后把学习心得、体会寄给他，以便帮助我提高；同时，又让我把自己苦恼的心情写成文章，登在《文学青年》的"青年作者如何提高"的专栏里。其良苦用心，既使我感动，又给我温暖。在这种严师般的教诲和鼓励下，经过一段刻苦的学习，我总算又有所进步了。在20世纪60年之初，我的几篇习作，在国内几家有影响的刊物上发表，并且受到了好评。自然，我也给《文艺红旗》投了稿。收到稿件后，编辑部立即给我写了回信。信中说："……收到你的作品后，我们好几位同志立即传阅了，大家都为你的进步而高兴，望你再接再厉，更上一层楼……"看到这封信后，我激动得彻夜难眠，我多么幸运啊：遇到了这样的编辑，遇到了这样的刊物！

这就是后来发表在《文艺红旗》1960年第1期的那篇散文《路》。它还是写富拉尔基的变化的。《路》像一面时代的镜子，把北国边城的巨变，全部反射出来了。

这篇文章又取得了很好的社会效果。刊物被职工们争先传阅，文学晚会上被屡屡朗诵。不久，还被选编在一本职工业余文化学习的读物上。作为范文，供职工参考。有的同辈青年朋友，甚至还拉着我专门去考证这条路的历史沿革和今昔对比。

但是，正因为它反响的强烈，也给我带来了厄运。工厂保卫处的一位科长用显微镜般的眼睛，竟从这篇文章的字里行间找到了我"泄露国家机密"的罪状。于是，连同我在《萌芽》上发表的散文、《北方》上发表的小说、《山东文学》上发表的诗歌，以及前述的1958年发表在《文学青年》上的那篇文章，全部受到了株连。那位科长把"纲"上到了吓人的程度，说程树榛在文章中所反映的富拉尔基变化，无异于向帝修反提供了这个地区经济建设的情报。

从此，我的写作权利被剥夺了。因为工厂保卫处向所有与我交上关系的刊物发出了公函，不让他们刊登我的稿件；或者必须经过保卫处的那位科长审查之后认为无"泄密"之嫌，方可刊登。其实是把我发表文章之路全部堵死了。

对我的打击，绝不止于此。

根据我的创作成就，黑龙江作家协会早已有所注意。也就在这个时候，决定发展我为作协会员。但是，当会员登记表寄到工厂宣传部征求意见的时候，又被无情地退回了。复信很简单：此人不宜入会。而蒙在鼓里的我，还在做"作家协会会员"的美梦呢！（一个小小业余作者的命运又多么可怜！）所以，在黑龙江作协的会员档案柜里，至今也没有批准我入会的登记表，我之成为该会会员，是因为后来全国作协发展我为会员后，自然"转化"而来。

更令我过意不去的是，连富拉尔基重型机器厂也受了我的连累。在发生这次"泄密事件"后不久，工厂也申请改名了，去掉富拉尔基，改叫"第一重型机器厂"。

生活中有了这番并非悲剧的故事，我的心灵和创作热情受到了很大的创伤。因此，在我不大长的创作经历中，那几年的时间，几乎完全是个空白。

这里我丝毫没有后悔在《文艺红旗》上发表那篇《路》的意思。不！那是我的得意之作！在最近我编选自己的散文集时，还特意选了这一篇。

不过，我放弃写短篇作品的努力，但又埋头去写长篇小说。我想，既然刊物不能发表作品了，就给出版社写书吧！于是，我转而进行长篇小说的构思与创作。《钢铁巨人》就是在那之后写出来的。

不管从反面还是从正面来看，我不是都应该感谢《路》吗？

此后，我便与《文艺红旗》失去了联系，直到粉碎"四人帮"之后的1977年。这时,《文艺红旗》又复刊了，改名为"辽宁文艺"。

此时，我仍在富拉尔基第一重型机器厂工作。一天，我收到一封信封上印有"辽宁文艺"

字样的来信。信中说，我们从报刊上又看到了你的名字，知道你仍在进行创作，大家都很高兴。你是我们的老作者了，希望今后和我刊继续保持联系……

我既高兴，又感动。辽宁的老师和朋友并没有忘了我，还一如既往地关心我。怀着感激之情，我又给《辽宁文艺》写稿了，这就是发表在该刊1978年5月号的《天涯知己》。而且我还时时要求自己：为了保持我们并非一般的关系，每年至少应该给为我启蒙的尽管多次改名而始终对我关怀备至的《辽宁文艺》(即《鸭绿江》)写一篇稿子。这几年，大体上实践了我对自己的"诺言"。遗憾的是，我在艺术上始终没有多大长进，这又有点愧对老师和朋友了。不过，我确信自己还不是个自甘落后的人。在未来的岁月中，我会有所进步的。在《鸭绿江》这块土壤肥沃、阳光充裕、园丁勤奋的园地里，一定会百花齐放，色彩纷呈；我不敢争春，却会发出幸福的微笑。

作者简介

程树榛，1934年生于江苏省邳县。在家乡读完小学，后在省立徐州中学毕业。1953年考入天津大学机械系，大学毕业后，分配到富拉尔基重型机器厂任技术员，先后任厂党委宣传部副部长，企管办副主任等职。1983年春，调黑龙江省文联当专业作家，先后任省作协副主席、省文联副主席、省作协主席等职。1980春，报告文学《励精图治》获全国优秀报告文学奖。另著有长篇小说《大学时代》《铁钢巨人》《春天的呼唤》《生活变奏曲》等。

一束感情的浪花

徐光荣

多少年来,《鸭绿江》一直在我心中流淌,当她生日的时候,我能献上点什么呢?"此去与师谁共到?一船明月一帆风。"情感的相通自古以来就是最珍贵的!此刻,我的心上激溅起一束感情的浪花,我要叙一叙与《鸭绿江》编辑部师友们的眷眷之情,并致以深挚的祝愿!

我与《鸭绿江》的交往,最早可以回溯到20世纪50年代末期,那时候,我开始爱上了诗。虽然最初的一些诗写得极为稚嫩,却总是跃跃欲试地想要发表。于是,与《鸭绿江》的诗歌编辑阿红、路地同志有了交往。那时候,他们也只有二十几岁的年纪,但诗作、诗评已问世不少,显得很成熟,对诗作者极为热情,他们不但与我谈诗、改诗,还邀请我参加编辑部召开的诗歌创作座谈会,使我最初迈向诗的殿堂有了一股可贵的助力。这对我以后选择从事文学事业,也产生了很好的影响。

而与《鸭绿江》的交往最令人难忘的一段经历,是在我开始将主要精力转入报告文学创作的一段时间里。1983年秋,我将反映作曲家秦咏诚创作声乐协奏曲《海燕》一段动人的历程的报告文学《海燕,展开理想的彩翼》交给编辑部的崔琪和于化龙同志,请他们审处。没有多久,他们告诉我,作品已经编发,并客气地请我对编发稿做最后一次校正。我来到编辑部,见原稿上有编辑们精心修改过留下的红色蝇头小字,几处地方都裁接得比我的原作更为精当了,我不禁对编辑们的认真、细致的作风产生一种好感。

《海燕,展开理想的彩翼》在1984年1月号《鸭绿江》月刊上发表了,引起了很好的反响。长江文艺出版社在当年四月份创刊的《报告文学文学选刊》创刊号上将它转载,《文艺报》在评论1984年上半年出现的优秀报告文学作品时,谈到了这篇反映当代知识分子命运、创造与情操的作品。这无疑对我这个初踏报告文学创作之门的人,是个极大的鼓舞。

就在这时,《鸭绿江》编辑部又邀我参加作协辽宁分会召开的迎接建国三十五周年报告文学作者座谈会,会上省委宣传部、省作协与《鸭绿江》编辑部的领导同志鼓励作者深入生活,争取较短时间内拿出一批反映党的十一届三中全会以后崭新面貌的优秀作品来。我创作的欲望被扇得旺盛了!我响应了座谈会的倡议,深入到中国科学院金属研究所,采访了著名的金属物理学家、金属研究所所长师昌绪。师昌绪是20世纪50年代中期,冲破重重阻力,辗转从美国归来的爱国科学家,他回国后,虽在十年浩劫中身心受到摧残,但爱国之志不泯,潜心科研,为我国金属物理工程的发展,做出了重要贡献。在采访中,我对他曲折的人生历程与对祖国、对人民的无限诚笃的挚情感动了，于是，夜以继日地写出了近两万字的《擎起来，祖国的翅膀》。

"观千曲而后晓声，观千剑而后识器"。创作上仅有热情，而缺乏对被描写对象的全面、细致的了解与观察，未能进行深入地挖掘，是难出上乘之作的。我的这篇作品初稿，由于我对师昌绪关于金属物理研究成就的把握不多，就出现许多捉襟见肘之处。

炎夏的一天下午，我陋屋的房门被敲响了，开门一看，《鸭绿江》的诗歌编辑于宗信与年近花甲的老编辑崔琪同志站在门前，天气的酷热，加上半个多小时的长途蹬车，崔琪同志头上淌着汗，呼吸都显得不匀称了。没等我开口，于宗信先说话了："老徐，你的稿子需要再加工，老崔让我带路专门与你来谈稿子了！"

老崔将我的原稿拿出来，一页页地翻看，传达他与化龙同志以及主编范程、副主编刘燧同志阅后的一些意见，这些意见不但对我初稿的不足解剖得十分精确、细致，而且提出了积极的修改方案。我聆听着，心里仿佛一股热流在迅疾地涌动着，觉得前所未有的畅快。多么珍贵的师友之情啊，带着这一股热力，我又一次来到金属研究所，补充生活，认真挖掘，终于，又拿出作品的第二稿。

《擎起来，祖国的翅膀》在《鸭绿江》月刊发表了。我捧读着这一期飘散油墨香味的刊物，心里很不平静，我在想：这一篇作品，融汇着编辑同志的多少心血啊！而这，刊物数以万计的读者又能知道多少呢？

就在这篇作品发表不久，编辑部又交给我一个新任务：采写辽阳市灯塔县青年企业家洪雅娟。二十八岁的洪雅娟原是灯塔县的一个普通农民，在党的农村经济改革政策的鼓舞下，她承包了一家即将倒闭的童装厂，并破釜沉舟签订了如不能改变局面将以全部家产做赔的"合同"。她有胆识、有魄力、有谋略，4个月内扭亏增盈。这是改革大潮中一个开拓者的典型。我深知，编辑部让我去采访，是给我一次宝贵的锻炼机会，是推动我将报告文学创作的视野扩展到社会生活最敏感的领域去，以充分发挥报告文学的战斗号角作用！

我乘车往返在沈阳市与灯塔县之间，整整十天，我被洪雅娟这个女青年的事迹吸引了，为了把这个人物放到时代大潮中去描写，我又阅读了有关文件与关于改革的一些经济理论文章，不久，写出了《风险人物》。

这篇作品，同样得到了崔琪、于化龙同志的热情指点。特别是，他们建议我对洪雅娟这位女农民走向城镇参加城镇的经济改革，应有充分地议论。我心领神会，激情所至，在改稿中随着对洪雅娟传奇的承包改革的叙述，写下了一段饱蘸浓情的议论！

"面对压力、欢迎压力、用压力的反作用力做动力，去拧紧头脑中思索的发条，在动荡着、发展着、交错着、斗争着的事物中，摸清时代车轮滚滚前行的主旋律，再把壮丽的图景、绚丽的色彩、动人的音响，一股脑儿地融进自己的生活，这就是洪雅娟，一个20世纪80年代年轻人奋斗的逻辑……"

"这个萌芽无疑将会随着新的经济、新的思想、新的人和新的经济体制顽强、茁壮地生长，并向那些处在为前进担忧、为后退惶惧的人们敲响发聋振聩的金钟；在祖国的辽阔土地上，将有一大批农民离开土地走向改革行列，开始又一次农村包围城市的伟大进军！"

后来，诗人胡世宗，文艺评论家邓荫柯、刘亚恒等同志在评论我的报告文学时，都为我这些议论叫好。他们哪里知道，这些成绩，"有我的一半，也有编辑的一半"啊！

这一年，我在《鸭绿江》发表了三篇报告文学作品，其中《海燕，展开理想的彩翼》荣获1984年沈阳市政府优秀文艺作品奖。《擎起来，祖国的翅膀》荣获《鸭绿江》丰收奖，"双喜临门"，我怎能不由衷感激编辑部对我的扶持与关怀呢？编辑同志甘当人梯的精神将是我永远难以忘怀的。

1985年夏，肆虐的飓风暴雨，洗劫着辽宁大地，辽河掀起一次次洪峰，扑向新兴城市盘锦。该市转移出五万妇孺老幼，军民共同打响了"盘锦保卫战"。

"应该用报告文学迅速地反映这场人与大自然的殊死搏斗！"一种强烈的责任感，使我迎着飓风暴雨，在洪水进逼盘锦的紧要关头，来到盘锦抗洪前沿与军民共同投入抗洪斗争。这里，十万军民用血肉筑起了一道抗击洪水的钢铁长城，惊天地、泣鬼神的事迹层出不穷：战士李秀海为保卫大堤英勇献身；战士崔东春为加高大堤一天扛上三百六十个装满泥土的草袋子，自己被摔成全身瘫痪；抗洪不减产，辽河化肥厂在与洪水搏斗中，坚持生产的高亢精神……我每天东奔西跑，虽然有时只睡两三个小时的觉，感情却一直处在亢奋之中，我仿佛听到了我们时代脉搏的最强音！我回到沈阳，很快写出一万七千字的报告文学《盘锦，巍然耸起的英雄群像》。

稿子交给于化龙，他立即审阅一页、一页……一口气读完了，他拍案站起："好！我马上编发，这一期就与读者见面！"

编辑—编辑室主任—主编，一路绿灯；这篇反映辽宁人民在党中央、国务院领导下，战胜几十年不遇特大洪水英雄业绩与气概的报告文学作品迅速与读者见面了，并引起了较好的反响。

这一年，我的报告文学作品又一次获得《鸭绿江》文学奖。

当我的报告文学选《爱神的响箭》由春风文艺出版社出版时，我在《后记》中写道："当我整理这部作品集的时候，我想到刊发这些作品的报刊和编辑……"范程、刘燧、崔琪、童玉云、于化龙、顾希恩这些在我报告文学创作过程中给我以扶持的师友们做的无名的工作，是永远令我尊敬的，并将铭刻在我的记忆之中。

此刻，它们又一次在我心灵中激起束束激情的浪花，我仅将此敬献给《鸭绿江》的生日，并祝愿《鸭绿江》将长久地流淌在亿万读者的心中！

作者简介

徐光荣，1941年生于辽阳，1963年毕业于沈阳教育学院中文系，后任辽宁美术出版社《新春画报》编委。1958年发表处女诗作，后在国内外报刊发表诗歌、歌词、散文、报告文学、电视剧本、文艺评论等一百余万字。出版诗集《心灵的窗口》、儿童读物《望儿山》《孙悟空三打白骨精》、报告文学选《爱神的响箭》。

少年生活中的《鸭绿江》

胡小胡

1962年春天,我家从北京搬到沈阳,那时候我十六岁。

我虽然小,在家中却是老大,而这次搬家的因由又是由我惹出的一场祸。事情过去许多年,祸兮福兮,如今倒很难说了。那时候,父母在乡下劳动,我带着三个弟妹住在北京的和平里,那是作家协会的一幢宿舍。一天晚上我洗完衣服想用电熨斗熨干,打开电熨斗便睡着了,半夜里失了火。中宣部副部长周扬听说作家协会宿舍失火,便从乡下把妈妈召回。妈妈从乡下回来,看到家里烧得不成样子,只有庆幸孩子们都还无恙。恰在这时,辽宁省委宣传部的安波同志到北京"招兵买马",周扬便点了头,叫妈妈到辽宁来。

这样,我第一次来到东北,来到沈阳。那时候的沈阳,给我的印象是很脏乱破旧的,整个城市就像一个肮脏的下等旅馆。作家协会的所在地"大帅府"却很整洁、幽静,还有那么一点儿威严。这里有庭院、有假山、有花木,院子前后三幢楼房,一幢叫前小楼,一幢叫大帅府,一幢叫少帅府。三幢楼房中,我最讨厌那幢灰白色的"张氏帅府"(现为张学良旧居陈列馆),整幢房子正面看去就像一张怪模怪样的人脸,哭也不是、笑也不是、恼也不是、怒也不是。走进张氏帅府的门厅,到处是花花绿绿的瓷砖,零七碎八的雕饰,别提有多寒碜。

所幸我们的新家住在院子深处的一幢U形的红房子,带有哥特式建筑的意味,门啊窗啊都有花岗石的装饰,房间净空很高,窗子也窄窄的,使人觉得幽暗静谧。房子有三层,每一层几十个房间都有门相通,因此到处都是门。如今这些房子用来作办公室和住室,不少的门要封起才行。在我们的新家里便有两个封死的门,隔壁小陶阿姨一弹钢琴,琴声从门隙中传来,听得十分真切。房子有好几个大门厅,每个门厅里都有一副弹子台。我只见过罗烽伯伯打弹子,而且是一个人打。他总是穿好西装,扎好领带,挺起腰板,一边端详着,一边慢慢地用粉擦磨着杆头,一副地道的绅士派头。以后许多年,无论是在宴席上,还是在舞厅里,我再也没有见过哪一个人有罗烽伯伯当年的派头。

《鸭绿江》编辑部就设在少帅府。其实,《鸭绿江》是后来的刊名,当时的刊名叫《文艺红旗》。妈妈的工作就是做刊物的编辑部主任。

妈妈几年没有工作,这回一上班便来了劲头,兴致勃勃地张罗改刊。那时我仍在北京念中学,寒假暑假到沈阳来过。1962年的暑假,我刚到家,妈妈就说:"我们正在征集封面,你到编辑部看看,看你能不能选中最好的一张!"我下楼一看,只见一个大黑板上贴满了《鸭绿江》的封面设计图样,大约二十几张,大多32开。我当然猜不中哪一个封面可以入选。入选的是张正宇先生的作品，白底黑字，只那么几根线条，极朴素，也极雅致，"鸭绿江"三个字是用小号铅字放大几十倍的方法制成，这个字体一直沿用了二十几年。如今的封面虽然还用着老字体，但多有甜俗的意味，再不见张正宇先生古拙清新的高致。当然，今天的编辑总要考虑商业化的需要。

编辑部的人，我当时一律称作"叔叔阿姨"，其中印象最深的是两个人。一个是范程老头，住在我家的对门。那时候他恐怕还不到四十岁，头发先白了，因此在我眼睛里他是个老头。范程操一口陕西话，那种话听起来像是揉面团似的。他为人慈和，遇到什么问题争论不清，他总是仰起脸说道："算啦算啦！"真是达观得很。他大概是最早彻悟的人，当年就明白文学问题是永远争论不清的。另一个是女编辑叫孙明惠，刚从北京大学毕业的女大学生，上海人。她高高的个子，白皙的皮肤，高雅的风度，一走进门，幽暗的房间便顿时光明起来。我是一个毛头小子，却已到了对漂亮女人感兴趣的年龄，因此总想多看"孙阿姨"几眼。但是我不敢和她说话。作者当中我有印象的是霍满生和李惠文。霍满生是个真正的老头，大约七十岁，身体很结实，坐在我们家的沙发上却用力挺着腰板，好像并没有坐下去，而是来了个骑马蹲裆式。他写的快板长诗叫人读起来很痛快。李惠文是破土而出的农民小说家，质朴憨厚的样子，看不出他会写出《三人下棋》那样有趣的小说。

1963年的暑假，我回到家，妈妈给我派了个差事——到作协农场劳动半个月。当时，省直机关纷纷下乡办农场，解决"瓜菜代"。于是我跟着谢群叔叔上了火车。作家协会的农场在新民县，那里是一望无际的大平原，就是马加老在《北国风云录》中描写过的地方。我们两人上午到农场，下午便去铲地。走到地头一看，苞米地的垄沟很长很长，正是三伏天，烈日当头。我跟在谢群后面，干了不多一会儿，嗓子冒烟，再看那垄沟，就像一辈子也铲不到头似的。谢群穿着褡裢，戴着草帽，像个地道的庄稼汉，只是闷声不响地干，不在乎长长的垄，也不在乎毒日头。他的魁梧的身影很快就走到前面很远，却是不肯回头看我一下。除了铲地，我还翻地瓜秧和打场。我最高兴的事情是跟大刘叔叔上瓜地去。挑香瓜大刘很内行，说起来一套一套的。还有一位能说的是崔琪叔叔，讲轶文趣事像说大口落子，精神头十足。有一天农场给每人发了五斤花生，他便篡改了殷夫译的裴多菲诗："爱情诚可贵，花生价更高；若是爱情到，五斤全报销。"在场的人全都笑得前仰后合，我想他们一定知道这诗是打趣谁的。

劳动结束，从农场回到沈阳，我把下乡的见闻写成五篇散文，给妈妈看。妈妈夸奖了一通，却没有说能不能在《鸭绿江》上发表。我想是想，也没敢说。这个少年时代的愿望，十几年以后才得以实现。

1964年，空气忽然变得紧张了，就是来了几个批示，要检查刊物。这年夏天的一天，我在家里看书，妈妈上楼来说："省委书记周桓来了，正在开座谈会。"我出于好奇，就下楼来看看这位上将省委书记。编辑部的门大开着，屋里坐满了人，只见一个笑呵呵的老头坐在中间，把两只脚盘在椅子上，正在那儿抠脚丫呢，一边抠一边说笑。我见之大乐。

可是慈和宽容的省委书记既不能决定大形势，也不能扭转大趋势。两年以后，爆发了"文化大革命"，《鸭绿江》也便不用再检查整顿了。

我不能忘记少年生活中的《鸭绿江》，那是我最早的文学生活。

作者简介

胡小胡，1945年生于江苏淮阴，1949年随解放大军南下上海，1950年到北京，1963年考入清华大学建筑系，1970年分配到鞍山三冶公司。曾做过木工、宣传干事、办公室调研员、段长、科长、宣传部部长。1979年发表处女作《阿玛蒂的故事》，获省政府奖。1981年至1985年在作协辽宁分会任专业作家。1985年出版中短篇小说集《嘿，妈妈球队》。

1974年第6期《辽宁文艺》封面

这儿有一条起跑线

刘兆林

1977年我从吉林省调到沈阳军区文化部工作，开始和《鸭绿江》文学月刊及编辑部有了交往。先是参加《鸭绿江》和作协辽宁分会办的青年作者读书班，半个月时间，读书、讨论作品、听辽宁的作家评论家讲课，那一次使我结识了一批辽宁的青年作者朋友。后来，我在青年作者读书班结识的朋友刘元举调到编辑部，由他推荐我参加了《鸭绿江》在沈阳东大营办的笔会。老作家柯夫、陈屿，老编辑范程、刘燧、童玉云、刘琪华都参加了，还有省里实力较强的中青年作家金河、迟松年、邓刚等也参加了。我记得很清楚，那次笔会的方针是"不但写作品还要育人才"。老作家、老编辑们不辞辛苦跟我们一起吃住，根据作者的不同情况编了组。他们细心地听每个人谈自己占有的生活素材，然后帮助选题材、定题目，甚至连结构都仔细地帮助推敲。分在我们组的作家陈屿和编辑刘琪华那种忘我扶植新人的精神我是不会忘记的。其时正值8月，屋中闷热，喘气艰难，蚊子在身上叮来咬去打也打不完，他们就陪着我们一字一句地修改。我和邓刚同组，他写的《八级工匠》和我写的《爸爸啊爸爸》都获了当年的《鸭绿江》优秀作品奖。后来我俩一同考入中国作家协会鲁迅文学院学习，他是学委会主任我是副主任，并都有作品获奖，我俩好几次躺在床上忆起那次笔会说："忘不了那些老师们的扶植和浇灌啊！"

以后《鸭绿江》和她的编辑们成了我的好朋友，常找我参加活动，交流感想、互通信息，约我写稿，我也帮他们组稿。后来发表的《向北向北……》《饿夜》《我的大学》等都是编辑朋友到我家来玩发现后拿去的。我自己能独立写东西后，编辑部又给以充分信任，向我推荐青年作品写评点文章，这不但扶植了新的作者同时也锻炼了我。

我的成长有"鸭绿江"水浇灌。我感谢《鸭绿江》。

作者简介

刘兆林，1949年生。1968年从学校参军到沈阳军区工作二十余年，1990年从军区政治部专业创作室正师职专业作家岗位调干转业，任辽宁省作协专职副主席兼党组副书记、书记兼主席，省政协常委兼政协文化和文史委员会副主任，中国作家协会七、八、九届主席团委员，中国散文学会副会长。现为中国作协主席团委员、辽宁作协名誉主席、辽宁省政协文史馆馆员。出版有长、中、短篇文学作品集17部。

我不会忘记这些编辑

胡清和

先从《鸭绿江》的刊名谈起

几十年以来，很多作家（包括很有声望的著名作家）和文艺编辑，都喜欢把文学刊物当作自己的"园地"，他们愿意在这块文艺园地里辛劳耕耘、应时播种，裕望它能百花吐艳、万紫千红，给人们生活带来美的享受。

《鸭绿江》从它的前身《东北文艺》创刊以来，曾经在不同的历史时期多次更换刊名，其中有两次更改的刊名很耐人寻味，一次是叫"处女地"，另一次是叫"文艺红旗"。这两个刊名就体现了两种文艺观，一种是要把它作为"园地"来耕耘，另一种就是要把它看作"阵地"来坚守。1978年10月，《鸭绿江》复刊。复刊后，虽然仍有风雨飘摇，但是刊名未改，宗旨未变，《鸭绿江》还是《鸭绿江》。这个刊名，既没有表明自己是"园地"，也没有标榜自己是"阵地"。它只是地域性的含义，体现了文学是各民族的文化事业，应该像鸭绿江水一样源远流长、奔腾不息入大海！

好，还是《鸭绿江》好！

她们曾经给我鼓励和帮助

1958年6月，我在辽宁省作协分会主办的《文学青年》上发表小说《并蒂莲》，引起了读者们的注目，不少文学青年表示赞赏。

这篇小说是写农村的一对孤儿在新中国成立前发生的恋爱故事。男孩被富农收为养子，女孩被富农留做雇工，由于他们身份的变化而产生了不同的命运，也给他们的爱情带来许多波折而造成了悲剧。

小说发表后，《文学青年》又发表评论文章，批评《并蒂莲》有小资产阶级情调，思想感情不健康。不过，那位评论家还算是笔下留情的，他充分地肯定了小说的政治倾向。

就这一棍子，虽然不是打在致命处，但也使我这个初学写作的文学青年有点招架不住，创作情绪便受到很大的挫折，从此，我就提不起笔来了。

直到1963年春，省作协和辽宁日报社联合组织青年作家写报告文学，我被韶华同志提名而参加了（当时参加的有，晓凡、刘湛秋、厉风、朱赞平等同志，记得李惠文也参加过一段时间）。当时，《辽宁日报》要求我们写忆苦思甜的报告文学，《鸭绿江》却希望我们写反映时代精神的报告文学或小说。我因为挨过那一棍子，便变得谨小慎微，对于写忆苦思甜很卖力气，对于写小说还没有鼓起勇气。但是，当我多次接触《鸭绿江》编辑部的同志以后，又逐渐地敢于提起笔写小说了。

那时候，《鸭绿江》编辑部的女同志较多，

她们对作者都很热情、辅导认真，并富有编辑经验。最使我尊敬的是弋阳同志，她很早就参加新四军，是文学界很有声望的老同志。她在《鸭绿江》当编辑室主任。她平时的话不多，对我们青年作者却很关心，我每次见到她，敬仰之情便油然而生。还有肖贲同志，她是小说组组长，向我们青年作者约稿最有耐心。她经常鼓励我写，帮助出点子。赵郁秀同志性格开朗、大方，能同我们这些作者有说有笑。在谈笑中，她就摸清了我们的"底"。孙明惠同志也是很有文学修养的女编辑。她们都给过我帮助和指导。所以，我才能在发表《并蒂莲》五年之后，心里又跃跃欲试地涌起了一股创作冲动。当时，我住在《鸭绿江》编辑部的楼上，通宵达旦地干了四天，便写出了短篇小说《小白玫》，由孙明惠同志责编，发表在当年10月号的《鸭绿江》上。后来，这篇小说被主编范程同志收入《建国三十周年辽宁省短篇小说选》里出版。

编辑的眼力

我的创作情绪刚刚抬头，正要朝这条道路走下去，那场可怕的"文化大革命"就来了。十年，使我由青年时期一步就"跨"入了中年。眼睁睁地白了少年头。那时候，正是文艺复苏之际，文坛上很活跃，伤痕文学、反思文学……令人眼花缭乱，耳目一新。但是，我自己却困惑了，往后还能不能写点东西？又能写些什么呢？

我这个人一向自命清高，所以，仕途不通。但是，我对人世间的尘埃看得清楚，能超然处之，遇到风风雨雨也能躲得过去。所以，我一生平平，虽未发迹，也无坎坷，没有什么大起大落。像这样的为人气质和生活经历，就决定了我不可能唱出动听优美的颂歌，也不会写出惊人的愤世之作。我的笔只能描绘普通人的普通生活，叹息几声人生的不平，赞颂几句人性的善美。于是，我给《鸭绿江》寄去了一篇《姝妹子》。那是以《在延安文艺座谈会上的讲话》作为故事线索，赞美在战争年代奔向革命征途的知识青年。这样的故事题材，在当时显然是很不合潮流的。

如果，编辑同志略翻几页，便不屑一顾地原稿退回，那也是不足为奇的。但是，《姝妹子》很幸运，她遇到了贵人，被当时任编辑的金河同志看中了。金河喜欢她，说她清新、美丽。而且，他还与小说组长童玉云商量，在1979年8月《鸭绿江》上发头题。不仅如此，《姝妹子》三个字的题目，还是采用大号的平体铅字，印刷出来十分突出、醒目。插图是请画家给画了一个很漂亮的姑娘头像，如同电影特写镜头一样。当我收到那期《鸭绿江》时，既惊讶又喜悦，觉得责任编辑（那时我不认识金河同志）是很有眼力的。

后来，《姝妹子》获《鸭绿江》创作奖。1983年11月，我在《鸭绿江》上又发了头题《人世间》，由边玲玲同志责编；1984年10月，我又发了《天外飞来的白鸽》，由吴竞同志责编。他们对我的小说都花费了精力，我深表谢意。

一次误会

前面提到了，我的《并蒂莲》是1958年6月在《文学青年》上发表的。后来，《文学青年》

停刊了,而我却始终不知道《并蒂莲》的责任编辑是谁,也不知道那位评论家是谁。

1984年,当我出版短篇小说选时,便把《并蒂莲》收入集中,并给《鸭绿江》编辑部小说组同志每人寄一册。在我的印象中,《鸭绿江》小说组是六位同志,而小说组长童玉云来信说,小说组共有七位同志,你忘了给张福祥同志了!

张福祥是谁?我不认识,也没有见过面。但既然是小说组的编辑,那还是应该赠送的。

这时,我又收到从鞍山寄来的一封匿名信。这位不署名的同志却指责我"忘恩负义",说我现在出书了,竟然不给自己"成名"之作的当年责任编辑寄书!

直到这时,我才知道《并蒂莲》的责任编辑是张福祥同志。我感到很抱歉,也很委屈。

后来,我在《鸭绿江》举办的一次笔会上,终于见到了张福祥同志,才知道他一生坎坷,十分不幸。我对他很同情,也很感谢他为我的《并蒂莲》问世所做出的努力。

写到这里,我还要对《鸭绿江》所有的编辑同志表示感谢和敬意。特别是范程同志,他曾经是我在《文学青年》上发表《并蒂莲》时的小说组组长,是我在《鸭绿江》上发表《小白玫》《姝妹子》《人世间》《天外飞来的白鸽》的主编。他当了近四十年的文学编辑,总是默默地奉献自己的才华,为他人"作嫁衣"。他在我们这一代作者当中深孚众望,我很尊敬他,由衷地称他"大兄"!

作者简介

胡清和,曾用笔名湖泊,1931年生于安徽徽州。1956年开始发表作品,先后出版《军魂曲》《女战俘》《胡清和短篇小说选》等书。

我的一点感想

李惠文

我没念过大学，更不是什么专科毕业，而今成了作家，别人认为是自学成才，我自己也不否认。回忆过去的几十年，学习方面的勤奋，胜过一切。饭可一顿不吃，书不可一日不读。练习写作从爱好到嗜好直至成癖，左手一支烟，右手一支笔，是我素常的形态。有人要问我是如何成为作家的，做出以上回答，会令人置信无疑。殊不知那只能是寺外之僧。要想修成正果，还需师傅领进门。这个师傅便是专为他人作嫁衣的编辑。

我的处女作，发表在大连的《海燕》，初学写作不敢高攀省级大刊，寄给《海燕》也有些胆怯，没想到发表了，至今却不知给我作嫁衣的编辑是谁。后来《海燕》拿我的另一篇作品当靶子进行公开讨论，一连批判半年，是林岩同志在《鸭绿江》上发表了一篇拨乱反正的文章，由此，我十分感激《鸭绿江》，更感激向我伸出援救之手的林岩同志。当然，我心里并不存在对《海燕》的丝毫忌恨，那时的政治风云如此，我也是理解的。《海燕》是我的母刊，终生难忘。

《海燕》对我的作品讨论结束以后，我便不好意思给该刊寄稿了，才开始给《鸭绿江》写作品，但投中率很低，百分之九十的稿件被退回，都属于"枪毙"之类，退稿信不标修改之意，我也无从修改，一手撕掉，做生炉子的引柴。好在那时年轻，精力充沛，很快又写一篇，再退再写。只是编辑的退稿信，我都当成珍宝，很好地收藏起来，并从这些退稿信中，总结每篇作品失败的教训是什么，沉痛地记住。教训多了就变成了经验，所谓失败是成功之母，其道理大概于此。因此，再问我是怎么成为作家的，说是编辑教训出来的也符合实际。

我与《鸭绿江》交情最深的编辑是范程同志。现在范老已经离休了，他为青年作者作了多少嫁衣，我无法估计，我也是没少穿他的嫁衣。范老是一位既严肃又严厉的编辑。他对我从来不客气，否我作品的时候，丝毫不给我留面子，好像故意让我难堪，使我自尊心深受伤害。开始我有些接受不了，认为他过于刁难，于是说他的怪话。每当他三番五次让我修改作品的时候，总说他是敲骨吸髓，不把作者的骨髓油榨干，是不罢休的。其实，这正是一个合格编辑的高尚品德。编辑办刊物要为读者负责，就不能不对作者提出严厉的要求。但我把这种负责精神和恨铁不成钢的好意辜负了，一度对他产生责怨情绪。后来，当我每写出一篇成功之作时，我看他是那样替我高兴，甚至比我还眉飞色舞，我才理解范老作为编辑那颗金子般的心，对他以往的那些怨声载道情绪才飘然逝去。我们的友谊就是在这种理解的道路上日益加深。

我现在也是年近花甲的人了。《鸭绿江》

这块园地虽然不是我处女作的出生地，却是我修成正果的"古刹"，教我念经的那些"高僧"，永远是我的尊师，我将没齿不忘。他们有的仍在文坛上培植新的花朵，有的却告老还家，安度晚年。他们一旦回首往事，想想过去的几十年，终归培养出几名作家，算作自己最大的安慰，遗憾的是：劳苦一辈，青史无名，还家告老，两袖清风。而他们培养出来的作家则是：文坛辞典有篇章，几部著作摆案前，世人知有作家某，谁问编辑王李张！

很不公平。

耕耘在《鸭绿江》这块园地的编辑们不断更新换代，培养出来的文学新秀也是一茬接一茬，翅膀一硬，任意高飞，成名成家去了。留下编辑，两鬓由黑变白，皱纹越来越深，苦也！

在这块园地上成长起来的有良心的作家们，应该永远记住这块园地耕耘者对你的恩泽，不断加深相互之间的友谊，经常给予关心和支持，使这块园地在祖国的大花园里开出更多鲜艳的花朵。

按照这个要求，我不算有良心作者。近些年光顾写长篇，几乎把这块园地忘了。实在对不起与我多年相处的老朋友、老编辑，我感到忏悔！好在来日方长，根据我现在的身体情况，有生之年也许不会太短，"将功折罪"的机会还有，一定为《鸭绿江》这块园地的发展与繁荣做出自己新的贡献。

作者简介

李惠文，1931年生于辽宁绥中。九岁上学读书，伪满垮台以后去沈阳学徒，后回乡参加土改，土改结束后，先后在供销社、手工业联社、县委工业部、县报社、县政府办公室等地工作。1963年调锦州市文联工作。为了深入生活，1965年调兴城县药王公社任社长。1969年由农村调回县城，先后在绥中县委办公室、县委宣传部工作。1978年又调回锦州市文联。

鸭绿江水，潺潺的，甜甜的

熙 高

值此《鸭绿江》创刊周年的庆祥时刻，不说点什么，确也对不住多年为我耗心劳神的编辑同志们，更抚平不了自己的良心。

1978年秋天，我突然接到《鸭绿江》编辑部的一封信，说为正式恢复刊名，举办一个创作学习班，让我务必参加。当时，正是全国思想解放大爆发的前夕，我的思想也正处在欲喷而不能的苦闷中，手头写了几个后来称之为"伤痕小说"的短篇草稿，因余悸未消而不敢往外拿。正好，趁办班的机会，这次不妨拿出一篇请编辑老师指导指导。于是，我带着《一矿之长》的草稿到了鞍山东山宾馆。不料，一念，几位编辑和鞍山几位同行一致赞许，并热心地提了一些修改意见。

1979年1月，《鸭绿江》以头题位置发表了《一矿之长》。事隔三个月，《鸭绿江》4月号又以头题位置发表了我的另一篇小说《上访者》，并于同期配发了评论文章。一下子，我的周围喧嚣起来。报刊上发表评论，读者们纷纷来信，年末编辑部又告知全国短篇小说评奖委员会索去了《上访者》的样本四十份。尽管后来榜上无名，但这一刺激非同小可，竟然决定了我后半生跟小说创作再也分不开了。

在此之前，我的情绪被扭曲在一种畸形的闷瓮中。而《一矿之长》《上访者》的发表和成功，恰似一针强心剂，一下子使我振奋起来，浑身增加了百倍力量。于是，我就把在乡下暗中写的小说一一整理，又将现实的感受写成新作，便一篇篇发表出去，一时形成了遍地开花的局面。

回想我的创作旅途，哪一步也没有避开《鸭绿江》编辑老师的心血之痕。远在我上中学的时候，就向当时的《文学青年》投稿。1958年3月号《文学青年》发表了我的小说《我和陈大爷》，1959年6月号《文学青年》发表了我另一篇小说《老妈妈》。责任编辑曹三老师特意到本溪，费时整整一天，走遍了山城的大街小巷，才在一所小学找到我。悔之当时我太年轻，因在旅馆夸夸其谈影响了其他旅客休息，曹三老师又带我到大街上，挨着冻听我谈到十一点。在《辽宁文艺》试刊第二期上发表了我的《更上一层天》之后，范程同志成了我长时期的导师。在以后发表的十来篇小说中，几乎每一篇都是因为他在关键之处的点拨，才在质量上发生了飞跃的。他是我创作道路上的导航人。陈言同志花费在我的稿件上的言语，不少于我那稿件本身的字数，而且我忘不了他在独身宿舍给予我的精神招待——《卡门》和物质招待——龙虾汤。我对童玉云同志不称老师，是因为他那见面称兄道弟的爽朗性格，其实，他每在关键时刻给予我的巨大鼓励和"激将"刺激，都起了心态警策的非凡作用。刘琪华同志是我尊重的老大姐，在海洋岛笔会上她对我《第一次》的指导，特别是对被《小说选刊》选载的那篇《燃烧的暴风雪》的指导，使我打心里感佩这位老编辑成熟、准确、老到的见地。多年来，我直接受过指导的编辑同志还有王同禹、金河、吴竞、王金屏、崔琪、于化龙、李作祥、于成全、顾希恩、刘燧、李啸、张福祥、迟松年、张颖等。而尤其令人感念不忘的是老作家思基同志。他担任《鸭绿江》主编多年，在我送稿、改稿的多次接触中，他总是那么慈慈祥祥，谆谆诲诲，和蔼亲切，平易近人。他不仅是我辈事业的栽培人，也是一位永远令人尊敬的长辈。

屈指算来，《鸭绿江》在各时期为我提供头题版面发表的小说至少有五篇，对我个人创作的评论文章至少有两篇，1979年为我举办了创作讨论会，《熙高短篇小说选》中的二十二篇作品中有六篇是《鸭绿江》首次发表的。

这一切，我是永远牢记心怀的。如果说《鸭绿江》是块园地的话，那么我就是这块园地上的一棵小苗。因为汲取了它那腹土里的养分和乳汁，因为受到它的滋润和依托，终于萌芽、生长、挺拔。尽管我的终极发展也不过是一棵果实欠丰的弱秧，但毕竟也可以为大地铺上一点绿色。如果说《鸭绿江》取其本意是一条河的话，那么我会永久感到，鸭绿江水，总是潺潺的，甜甜的……

作者简介

熙高，原名周熙高，1938年生于河北沧州。1953年到本溪谋生。1958年参加工作，先后从事教学、编辑、编剧等工作。1978年在本溪市文联任创作室副主任、副秘书长。作品有《熙高短篇小说选》和中篇小说《白云悠悠》等。

见面在赤峰

金 河

听说《辽宁文艺》的当家人来到赤峰，并且要找我谈稿子，我的每根神经都处在亢奋状态，高兴中也有几分惶然。

这是1973年的春夏交替之际，我刚到而立之年，在赤峰市革委会宣传组当报道员。此前虽然在《辽宁文艺》杂志上发表了小说《交鞭记》和《山菊》，但《辽宁文艺》的编辑中我只见过林盛先。因为他是从昭乌达盟回沈阳的"五七战士"，在昭盟电台工作过。我们交往的媒介是新闻稿。

在盟招待所的一个房间里坐了三个人。

一位理了寸头，穿一件灰不灰、蓝不蓝的中山服，袖口似乎破了，看样子五十多岁，但头发几乎全白了。另一位男士是个大个子，挺魁梧，大背头，一幅笑面相，有点雷公嘴，手指间夹一支香烟。那位女编辑显得很瘦小，亲切和善，笑影灿然。虽说韶光年华不再属于她了，但尚存的风韵说明她年轻时是位漂亮人。

"这位是思基同志，我们的编辑部主任。这位是姜老师，姜郁文，我们的姜科长。"

大个子边介绍边笑，夹着香烟的手随便地挥来挥去，那大大咧咧的派头像位大首长。

被称作"科长"的姜老师指着大个子男士说："这位是童玉云同志，童部长。"

果然，我的感觉很准确，部长应该比那位白头发主任大，科长就更提不起来了。谈稿结束的时候我才知道，姜郁文老师管着思基和老童他们三位的伙食账以及其他开销，因此被封了一个"总务科长"。老童的"部长"是怎么来的，直到六年以后才清楚。第一次谈稿时，我真把他的话当作部长指示来听。

思基先讲。说我的稿子基础还可以，事件可以写，文字通畅，但还欠点火，缺乏气势，缺乏感染力。

"童部长点子多，给出点主意吧！"

思基的贵州话听起来很吃力，但勉强能懂。童、姜二位称他为"老头儿"。

我写的是一篇报告文学，事件是赤峰城郊的一位生产队长，在洪水袭来的时候，他不管自己的家，全力去抢救集体和社员的财产，"一曲公而忘私的共产主义凯歌"。题目是"顶浪行"。

"哪里哪里，嗨嗨……"

老童笑着。他的南京话还好懂，但把"哪"说成"拉"，不过性格却像东北人。

"我看可以重新结构一下：一开头就是洪水来了，全村人惊慌失措，乱套了，这时候，人物出场……这样一开始就能抓人。"

不错，是抓人。可是实际情况不是这样。一个小水库开了，水进了村大家才知道，于是"人自为战"，往外抢救人和东西。时间不容许英雄人物"站在高台上，挥手指方向"。我写的是报告文学。

"也是。要是这样不行，你看这么改行不行……""我看这么改一下行……""不然这么办……"

老童点子多，果然名不虚传。说不清他哪儿来那么多点子，像魔术大师，一伸手来一支蜡，一伸手来副扑克牌，再一伸手是只鸭子，还呱呱叫！他把我惊呆了，"震住了"，我服了。至今也该承认，老童的想象力是一流的，当然也是不错的工程师。

老童在展示他的结构部件，思基帮我进行鉴定和选择，姜郁文老师坐在一边，偶尔插一句话，显然是行家话，但大多时候是静静地听。她娴静得像一泓水。

入夏的阳光变得灼人了。春风无力百花残。一只蜜蜂从敞开的窗子飞进来，又嗡嗡地飞出去。

谈话进行了大约两个小时。但我从此在辽宁文学界找到了师长和朋友。从某种意义上说，这两个小时的面谈决定了我后半生的生活道路。

作者简介

金河，原名徐鸿章，1943年生于内蒙古自治区赤峰市敖汉旗。1963年考入内蒙古大学中文系，1970年大学毕业分配到赤峰市红山区革委会宣传组。1985—1995年期间任中共辽宁省委委员。1985年被选为出席中共全国代表会议代表。1987年中共十三大代表。1989年获辽宁省人民政府新时期十年（1980—1989）优秀文艺成果奖，同年被评为辽宁省劳动模范。1991年获得国务院政府特殊津贴，被评为辽宁省"有突出贡献的专家"。1972年开始发表小说，1973年入党，1975年秋任赤峰市医院革委会主任、党支部书记，1978年调入辽宁省作家协会任创作员，1979年在《鸭绿江》月刊任小说编辑一年，1983年后先后出任辽宁省作协副主席、党组副书记、党组书记、主席、顾问等职。小说《重逢》（1979）、《不仅仅是留恋》（1982）、《打鱼的和钓鱼的》（1984）先后获全国优秀短篇小说奖。报告文学《历史之章》获第一届（1977—1980）全国优秀报告文学奖。出版作品有小说集《金河短篇小说选》《不仅仅是留恋》《白色的诱惑》《金河小说选》。另有长篇纪实作品和长篇传记作品等约三百万字。有数篇小说作品选入《中国新文学大系》等选本。

从《鸭绿江》编辑的几封信说起

胡世宗

转眼间,《鸭绿江》创刊七十五周年了!记得《鸭绿江》创刊四十五周年时,我曾写了一篇感怀小文《这一条亲切的江水呵》,写了多年来我与《鸭绿江》杂志之间亲密的友情。

为纪念《鸭绿江》七十五周年,我接到周荣同志的邀约后,立即翻找出几封老信件,都是时任《鸭绿江》编辑的朋友写给我的,每封信都承载着当年辽宁的创作信息和编辑与作者之间深厚的情谊。我就拿这几封信来说话吧!

第一封信,是阿红先生的:

世宗同志:

好!

这三首诗,我当天晚上就看了,我觉得还可以。同时,也觉得在立意上还需要开掘,艺术上还需要研究。我顺手在稿旁写了些想法,请你参考。我很希望你能改一改。改后,请连同这遍稿一起给我,我以后写"诗话"时可能用作例子。如果还有这方面的诗,还可以转给我一些看。为什么只能发这三首呢?我在这方面没有任何框子。诗好,完全可以多发。

我热切盼望你1980年拿出很好的东西,而不是一般的东西。我也相信你能拿出很好的东西。只有很好的东西,才能为诗,为人民的诗、革命的诗、人民军队的诗增光!

你,松涛同志,都是咱们省引人注目的新秀。殷切盼望你们拿出一首赛过一首的、不断攀登诗的艺术高峰的诗篇。创作,诗的创作,同别人比,必须众中杰出;同自己的创作比,必须得新又新。当然,这是不高的,但是要以此为期。我无能,作为一个编辑工作者,仅以此相勉。

盼春节时到我家玩!

致敬礼

阿红

十日晚

这封信是1980年1月10日,阿红写给我的。早在学生时代,1958年我参加那时的赛诗会时就认识了当编辑的阿红。这是阿红对我寄去的诗稿的回音。阿红在这封信中中肯地给我指出不足,殷切地希望我能写出更好一点的诗,字里行间透出诚恳的期待。随后不久,我寄去了一组以思想解放为主题的组诗《鸟儿们的歌》,他在1980年5月号刊物上予以隆重推出,果然在诗坛和社会产生较大反响,这组诗也获得了"鸭绿江文学奖",它也成了我的代表作。

第二封信,是金河写给我的:

世宗兄:

大作拜读过了,写得很漂亮,本想挑剔一下,但没找出什么毛病来。文笔娴熟多了,情节也自然，分寸也得体。我被肖魁国感动了。祝贺成功！

把茅台酒作为肖老头情绪转变的决定性事件，分量多少轻了点。肖上岛后，如能见到苗亚林的一些治军业绩等更好些。

专此，顺颂大安

金河

7.24

信中所说"大作"，即我写的短篇小说《最后一次出海》，我有感于部队新老干部交接，老干部总对新干部放心不下，其实我军的干部队伍总是一代胜于一代。我写出后给对小说构思和人物、情节设计特别有办法的作家好友金河寄去，请他指正。这是他给我的回信。我确按他的意见，依据我的生活积累对人物情绪转变的决定性因素做了修改。这篇小说经小说编辑吴竞和小说组组长童玉云后，编发在1986年3月《鸭绿江》头题上。

第三、四封信，是晓凡写给我的：

世宗：

刘诗读毕，我为沈阳有这样有才气、有生活的后来者而高兴。但他要真正破土而出，怕还要经受许多磨难。是种子，而且埋在地里，迟早会萌发的，只是时间问题。这组诗不难寻出路，难的是他这人，怎样冲破种种阻力，真正踏上文学大路……

怎么办才能帮忙于他，并且有实在意义呢？顺祝时安

晓凡

十一月二十三日

世宗：

昨晚归来见字条。我明（星期一）上午去出席一个青年方面的茶话会，下午或许在家。

刘诗已发二期《鸭绿江》上，诗文各占二页。我觉得第一首稍差，因此只发了五首。稿子尚未发到工厂，此后是否再有变故，就说不准了。特告。

晓凡

12.26

当时，在辽沈业余作者队伍中，出现一位工人诗人刘振明，我是在沈阳市铁西区文化馆参加"绿野"诗歌小组活动时发现的。我向时任《鸭绿江》诗歌编辑的晓凡做了推荐。我希望作为工人诗人的前辈晓凡能出面给刘振明予以扶持，希望他能为刘振明的诗写推荐文章，在《鸭绿江》上给以推介。晓凡果然编发了刘振明的诗，并发表了他的评论，各占二页，即发了四页，这就很令人满意了。刘振明后来出国了，没有回来，我们失去了联系，后来他的发展就不知情了。

第五封信是刘琪华写给我的：

胡世宗同志：

你好！

《鸭绿江》的小说创作年会，今年定于5月3日—6月3日在三十里堡沈工教导队举办。本来是计划在东大营的，因工程兵招待所于四月份撤销了，只好改在辽南。部队作者因中才、魁斌同志都来不了，所以只邀请了刘兆林、宋学武（八七疗养院）和邱晓光同志，其中邱晓光同志，我们已向大石桥军部发函为他请假，

如遇麻烦，还请你支持才好。至于刘、宋二同志，另有公函发给文化部，请你过问一下，给以必要的支持，谢谢！

这次虽为小说创作年会，欢迎你会期莅临指导。金河同志因大病初愈可能要晚一些日子才来，其余除达理、小胡、邓刚等同志外，大部分是各市地的中、青作者。范程同志，童玉云同志也都去。

他们电话难打，特写此信。

如握！

刘琪华

1983.4.15

刘琪华是经历过抗美援朝战争的一位老同志，时任《鸭绿江》小说编辑。我在吉林省通化驻军举办全军区的文学创作学习班时，刘琪华和于化龙曾代表《鸭绿江》编辑部到班上看各位学员的稿子。这是刘琪华为办《鸭绿江》杂志的小说年会给我写的一封信，也是代表刊物主编范程、小说组组长童玉云写给我的。因我当时任沈阳军区文化处副处长，负责专业和业余文艺创作工作。中才、魁斌，即王中才、宫魁斌，均为沈阳军区专业作家，刘兆林，也是军区专业作家，他们三位都在军区创作组。宋学武，辽宁康宁人，曾在沈阳军区八七疗养院（大连）工作，因写出获全国短篇小说奖的小说《敬礼，妈妈》《干草》而闻名，著有长篇小说《黄昏的土地》、短篇小说集《第五个房客》等。邱晓光，时为沈阳军区的业余创作骨干，后成长为陆军少将。从琪华的信可以看到当年辽宁文坛的状况，看到《鸭绿江》杂志为培养作者、扶植好的作品尽心尽力，下的血本。

2017年有一次，在辽宁省作家协会召开的作家代表大会的晚上，我到童玉云和于成全二兄的住房聊天，后来于勤也加入我们的交谈之中。我们兴奋地聊到了后半夜。我和两位曾担任过刊物副主编的老友，说到我熟悉的曾担任过《鸭绿江》主编的思基、方冰、于铁、闻功、范程、迟松年、田永元的不同风格和作派，说到肖贲、赵郁秀、陈言、吴竞、单复、姚振仁、李作祥、吴庆先、陈秀庭、李啸、王金屏、刘元举、张颖、刁斗、张学臣、盖艳恒等我熟悉的编辑的各自状况和难忘的趣事。我感激他们，我怀念他们，他们在各个不同时期都给予了我无私的关怀和具体的帮助。

实体的鸭绿江，仍在中朝边境线上流淌着，这条江很长，有795公里，但它的长度也是有限的；文学的《鸭绿江》经历了中国社会和文坛的起起伏伏、跌跌宕宕，仍然以碧绿清新的姿态向前奔流着，她的前程必定是无限量的……

作者简介

胡世宗，1943年2月出生于沈阳。原沈阳军区政治部创作室副主任，1980加入中国作家协会，辽宁省作家协会顾问。1958年开始发表作品，1965年出席全国青年业余文学创作积极分子大会。已出版诗集《鸟儿们的歌》《沉马》《我们的军旗》《雷锋，我们需要你》，报告文学和传记文学《最后十九小时》《赵一曼传奇》《信念之子：雷锋》（中文版和英文版）等文学著作七十四部；主编、编选文学作品集四十六部。曾获解放军文艺奖、辽宁文学奖、中国人民解放军总政治部文化部新作品奖一等奖。有作品收入中小学语文课本。

我和《鸭绿江》的编辑老师们

邓 刚

我总觉得，全世界最可亲可敬和最不合算的工作，就是刊物编辑。整天忙着约稿组稿阅稿改稿编稿发稿，最后，稿费和荣誉是作者的，而他们却默默地躲在背后。顶多敢悄悄地对贴近的朋友说一句："某某稿是我编的。"说完还有些脸红，怕人家说他是吹嘘。一旦作品被选刊选登或是获奖，他们比作者本人还激动，奔走相告，气喘吁吁，好像是他们自己得奖。

我和《鸭绿江》的编辑老师相交几年，得到的就是这种印象。

1981年的秋天，我初生牛犊，不知天高地厚。听说《鸭绿江》和省总工会在兴城办笔会，就削尖脑袋往里钻。钻进去又被逼得死去活来，十几天要拿出一篇小说，简直像智力竞赛。而且是二三十人一齐写，写完当场送审，一个接一个判死刑。我趴在写字台上拼命写，耳朵却竖在走廊上使劲听，作者们一声声"枪毙了"的哀叹，吓得我心惊胆战。心想：到底是省级刊物，厉害！意想不到，我的稿子没当场枪毙，但要我当众念给笔会全体作者听，似有坦白从宽的味道。我两腿打战地念完了，立即被提了一大堆意见，一直提到半夜，提得我像中了枪弹似的，随时要栽倒。作者都通不过，编辑老师更甭说了，让我遭这个活罪干什么！这时，笔会的编辑老师王金屏站起来说我的小说有基础，接着他慷慨激昂力挽狂澜地发表评论意见，

说我写的东西有力量有激情有志气。总之，美好光彩的字眼用了不少。我像打了一针强心剂，立即起死回生。虽然讨论会一直开到下半夜，我的眼睛却始终放光，怎么也合不上。当夜给家里写信——爸爸妈妈弟弟妹妹妻子女儿：我太幸福了……

这是我在《鸭绿江》发表的第一篇小说——《热》。

兴城笔会使我对《鸭绿江》编辑老师感动得要死又激动得要命，我为此兴奋若狂，并决定乘胜前进。有这样好的编辑老师，你总觉得会胜利。我又参加了《鸭绿江》的东陵笔会。这次笔会在我走向文坛的路程上，起着决定性的意义。因为笔会的重点是培养和帮助作者，而不仅是写一篇稿子。为此，《鸭绿江》调请帅将，老领导老作家慕柯夫、陈玙亲临坐镇，编辑部范程、童玉云等一些老师日夜陪伴指教。他们认真听我们谈构思、谈想法；组织创作座谈会，请全国知名作家来讲课。使你思路豁然开阔，笔力顿时畅涌。更叫你放心的是，你就是写出全世界最臭的稿子，编辑老师也连夜传看，并提出中肯而严肃的意见。与此同时，他们又利用午休时间，散步时间，甚至上厕所打个照面的一刹那间，和你说热乎乎的鼓励话。叫你吃饭吃得香，喘气喘得足，叫你觉得热血沸腾干劲倍增！你就是天下最笨的笨蛋，也能

被这样炽烈的热情烧出灵感来，不到十天，我就顺利地写出稿子。

这就是我在《鸭绿江》发表的第二篇小说《八级工匠》。

我躲在家里闷头干时，也受到编辑部的及时鼓励和帮助。我这个人最大的毛病是构思时激动万分，写起来却垂头丧气。1983年初，我正处在越写越没劲的情绪之中。关键时刻，编辑刘元举推门而进，他风尘仆仆地说，他们在沈阳就知道我在写什么，就知道我正写得痛苦却是希望之时。他说我是《鸭绿江》的重点作者，整个编辑部都在关心我，所以派他来看望我。我受宠若惊，因为我是个默默无闻的小业余作者。我的情绪被他点燃了，当场对他谈了正在写的东西。谁知，他竟和我一样激动起来，说："你写，赶快写！我给你烧水，给你做饭，你现在别动，一直写完为止！"

这怎么能行呢，我老老实实地坐着，让编辑忙忙乎乎地当保姆。我死活不让他这么干，他死活非要这么干。最后我咬牙起誓，保证不负编辑部对我的期望，充满力量地写完这篇作品。恰好过几天我去沈阳开会，当时约好交稿时间。为了不打搅我，刘元举水没喝一口直奔火车站，回编辑部汇报我的创作情况。临走时，他对我说："你在我们刊物发表的第一篇小说是《热》，我们大家希望你就此热下去！"

这是1983年的春天，一个小业余作者得到一个省级大刊物的最美好的祝愿。

我充满信心地大干几天，赶夜车去沈阳。当我睡意蒙眬地走出车站，刘元举也睡意蒙眬地站在我身前。

这就是我在《鸭绿江》发表的第三篇小说《阵痛》。

《阵痛》的名字是刘琪华老师编稿时给起的。在同《鸭绿江》编辑老师的交往中，最使我感到亲切和难以忘怀的，是刘琪华老师。她和我的交往不仅是编辑与作者的关系，而是老大姐对小弟弟的亲切友谊。即使在不约稿和我没有稿子的情况下，她也常来信谈家常，谈我发表在别处刊物的作品。这种方法是最能感动作者和得到作者的信任尊重，一般刊物编辑都是为约稿才写信给作者。

当我在前进的道路上受到一些挫折，受到一些委屈和恶意中伤时，她和我一起难受、一起气愤。有一次我被中伤我的谣言气得吃不下饭。这个老大姐急得像她得了病，把我领到家里让他爱人陪我说宽心话，并给我下鸡蛋面，百般劝我吃下去。在创作上，老大姐对我更是关心备至。辽南三十里堡笔会，她极其耐心地和我谈稿，一字一句都推敲得那样细腻。正是这种细腻的帮助，才使我写出了细腻的《芦花虾》。

以上我说的一切，都是在我默默无闻最初学步时的事，一旦我有了一点"虚名"，各家刊物争相约稿时，我的这些老师们却"沉默"了。

1984年末，我在北京鲁迅文学院学习，突然接到刘琪华老大姐的来信，她说她希望我能给家乡的《鸭绿江》写一篇稿子，她说她盼望编我的稿子——"这也许是我最后一次编你的稿子了……"

——眼泪夺眶而出，那样温暖，那样诚恳，那样无微不至帮助我的老大姐快要退休了！岁月实在是消失得太快了。我怀着一种沉重的内疚，回忆那些并不遥远的往事，编辑老师们的热心热血热忱热望，曾点燃我一篇又一篇作品，我是不是把这一切忘掉了？我赶紧拿起笔，写下《沉重的签字》。在艺术飞速超越的时代，写这样实在的东西，我真有些惭愧，但我相信家乡的刊物和老师们不会嫌弃我。事实比我想象得美好。为此，我为老大姐退休之前编我这篇稿子感到欣慰。

几年来，我从业余爱好到专业创作，是和《鸭绿江》的编辑老师们的帮助分不开的。我得了稿费、奖金和荣誉，可编辑老师们得到什么呢？他们没吃过我一口饭，没喝过我一口酒，甚至连水都没怎么喝。可我却大口小口地吸吮着他们的心血。写到这里，我不禁想到沈阳大南门里的一座外表好看里面难看的房子，想到黑咕隆咚走廊尽头一间用办公柜隔开的屋子。我的可爱的编辑老师们就挤在那里，精心地编着纵横几万里、上下几千年的文学作品，培养一代又一代的文学新人。当我第一次走进这窄小的编辑部，曾是那样的震惊，难道我心目中的文学殿堂是这个样子吗？《鸭绿江》——我多少次想起那宽敞而滔滔奔涌的江面！不过，也许正因为这样，我对这窄小的屋子充满敬意。一次次地走进和走出以后，那些庄严的忙碌终于在我的心中重新竖起神圣——《鸭绿江》何止是一条江，那是金光闪耀丰富多彩无限开阔任你遨游的一个海洋。

作者简介

邓刚，1945年生于大连市，祖籍山东牟平。十三岁辍学进工厂，先后干过钳工、焊工和质量检察员，并著有本行业技术书《气焊工具常见故障及检修》一部。1979年在《海燕》发表处女作《心里的鲜花》，此后的《阵痛》《迷人的海》《龙兵过》均获省政府和全国中短篇小说奖。

往事如月如雪如烟
——纪念《鸭绿江》并追念柯老

王中才

提笔写这篇纪念文章的时候，我不禁想起柯老。这是我个人对他的称呼，实际他叫慕柯夫。我得以结识他，是在1981年夏，在遥远的海洋岛，在《鸭绿江》举办的笔会上。他是笔会的主持者，当时大家都称他慕老，而我独独取中间字称之。我总觉得这样称呼更好些。什么原因？我也说不出究竟。人的感情和感觉往往用语言和文字很难表述得恰如其分。有一个月夜，在阳台上闲聊，他忽然问我为何这样称他，我一时回答不上来，就说，我不喜欢慕字。慕和暮谐音，称慕老，显得有点暮气沉沉。他笑了，说他并不在乎这个。我突然觉得脸上发烧。其实这是我临时胡诌出来的理由，说说玩的。细琢磨，就觉得大不妥，颇有阿谀之嫌。说实在的，似乎什么理由也没有，反正觉得称他柯老才顺口，才心安。而他也欣然地（或者说自然地更贴切些）接受了我的这个称呼。不久我发现，许多原称他慕老的人也都称柯老了。什么原因？怕也说不太清。当然，现在谁也不去回忆或者也无从回忆谁最先这样称呼他的了。似乎那已经是很久很久以前的事了。

不知怎的，我总是忘不了这件事。如果有谁对我说，是他而不是我最先如斯称呼，我会很妒忌，甚至会很悲伤。

当时《鸭绿江》刚过而立之年，而他却年逾耳顺。而立和耳顺的结合，使那次笔会得到奇妙的和谐。对作品的优劣，他提倡各抒己见，开诚布公，互为诤友。但他又再三强调保护创作情绪和创作个性，他视情绪和个性为想象力和创造力的保证。正是通过那次笔会，我感到《鸭绿江》确实成熟了，并对《鸭绿江》产生了感情。如果说此前我在《鸭绿江》发表两篇散文（即《海湾的月》和《青月庵的记忆》，后者获《鸭绿江》优秀作品奖）以作敲门砖的话，那么此后我决心进到门里做《鸭绿江》的挚友甚至家人。从那以后，《鸭绿江》也确实这样对待我的。我总是认为，我的《最后的堑壕》能通过《鸭绿江》发表并获得全国大奖，除作品本身的原因外，还与从那时起建立的这种宝贵友谊不无关系。

所以，我忘不了那次笔会，也忘不了那次笔会上的柯老。

他爱笑。我不是指微笑，他即使在不笑的时候，脸上也是挂着微笑的。对他来讲，微笑并不意味着笑。我说他爱笑，是指他咧开嘴，呵呵地笑出声来，很响亮，又很温柔。响亮和温柔在他的笑声里竟能浑然一体，我觉得很奇怪，常常为之心动。他的笑很有穿透力，给你诚恳、善良、温爱、信任，使你和他共鸣，也像他那样笑起来。说真的，我得以认识《鸭绿江》乃至整个辽宁的许多朋友，首先不是依靠与这些朋友的交往，而是依靠柯老的笑声。也是在那个月夜，他在阳台上向我讲起许多人，韶华、金河、陈屿、达理、小胡等，盛赞他们的才华和为人，也讲他们的趣事，声音沉稳绵软，不时地流出笑音。在这笑声里得知未来的朋友，那友谊还能不充满笑声吗！记得我边听他笑谈，边望着天上的明月。忘却是上弦还是下弦，反正是半个月亮，清辉如纱。我是个爱胡思乱想的人，恍惚间，我就觉得那半个月亮也在笑。我曾想将这种感觉写一章散文诗献给柯老，后来又怕这种感觉未必准确，更怕有阿谀之嫌，惹柯老生气，于是打消了这个念头。不过，后来再见到柯老笑，我就禁不住想起那半个月亮，且后悔没写成那篇散文诗。由此我产生一种古怪想法，文友相交，应该在半个月亮底下。不要新月，新月太黯然清冷；也不要满月，满月太光耀刺眼。单要半个月亮。

应该说，半个月亮下的海洋岛笔会，是我和《鸭绿江》交往的吉祥的开端。从那时起，《鸭绿江》的每个人，不管我见过面与否，我都视作我的朋友。范公（范程）的长者之风，松年的稳重，玉云的爽朗，元举的勤奋，玲玲的敏锐，还有琪华大姐、金屏、化龙、崔琪诸兄等等。这些人，有的当时就在《鸭绿江》，有的是后调入的，有的现已调走。但我对他们都注入半个月亮的海洋岛之情。友谊的稳固，需要有一个培植友谊的环境气氛。就像一株花，一棵树，没有良好的土肥，花即夭折，树亦枯萎。友谊需要的是温和、湿润、清爽、明朗，也需要一点朦胧。对私人间的小是小非不必搞得太清。水中月，雾中花，朦胧一点看，扬美抑丑，不亦乐乎！半个月亮的海洋岛，在朦胧中，浮动着的不正是温和之气、湿润之岚、清爽之风、明朗之光吗？我多么希望半个月亮永远斜悬在《鸭绿江》的水波之上啊！

写至此，我想起一件事。我在那次笔会写过一篇小说《暖雪》。这个题目，就是受那种清冽而温暖的气氛影响酝酿成的。作为小说，它是我写作生涯里的第二篇，但却是我以本名发表的第一篇。另一篇在别的刊物发表的小说用的是笔名"老宁"。我的女儿叫宁宁，我不就是老宁吗？无非是说，在写小说方面，我不过是个老小孩而已。自《暖雪》用了本名以后，再没改用他名。所以，《暖雪》作为与《鸭绿江》的友谊之始，我非常珍视，尽管它并非成功之作。

说来有点离奇，《暖雪》脱稿之后，我和柯老、范公一起议论这个题目，忽然注意到柯老的一头银丝。我刚见到柯老时，就喜欢上他的一头无杂色的银丝。不仅喜欢，简直有点崇拜，像图腾那样崇拜。老者如果有一头无杂色的银丝，那是一种幸福。丰富的阅历，慈爱的心肠，坦荡的胸怀，高洁的情操，似乎都萦系在银丝之中。那种诱人的魅力，绝不亚于青春年华的乌发。有一位很著名的老者，也曾有一头令人崇拜的银丝。可是后来再见到他时，竟是一头墨黑了。由此我听到一些对他染发的不敬的议论，颇替他脸红，渐渐对他也就大不恭了。当然，我见到柯老银丝之时，并没有如此想入非非。我只是忽然觉得，他的银丝恰似暖雪。皑皑一片白光，不见冷意，只见温情，何其难得！在他揣摩《暖雪》的题旨时，我对他戏言，如果将他一头银丝琢磨透，《暖雪》的题旨也自明了。他先是茫然，继而又笑了，那么呵呵地笑。

我想，柯老不会记得我对他如雪银发的遐想，也不会猜到我对他笑如半月的比喻，而今天，他更无法记起无法猜测了。

1986年11月上旬，我和世宗在大连编一本书，本想去看望他，他却先来看我们了。我们觉得很不好意思，而他呵呵地一笑，我们也就释然。他那天谈得很多，谈了在战争时期一些战友的轶事，并对这些轶事重新认识，说在有生之年要写出来。这使我们觉得他比以前更年轻了。分别时，我们一时抓不到小车，他呵呵笑着，说公共汽车就在门口，何必要车呢！就这样，他坐着15路公共汽车走了。我和世宗送他回来的路上，为这事好别扭，总觉得过意不去。而他就那样走了，坐着15路公共汽车！

他走了，再也没回来……

写到这里，我不能不哭。

今年7月上旬，在旅顺参加香港作家吴正先生的作品讨论会，大京告诉我，柯老得了癌症。我大吃一惊。我和大京约好，共同去看他。大京打电话联系，得知柯老正在北京治疗。待我回到北京时，柯老却已经返回大连。我得知他去世的噩耗，是在松年主持的凉水湾笔会上。那天下午我正在海里游泳，金河、乐璞坐车到海边告诉我，柯老刚刚去世，他们马上要去料理后事。我当时呆了，要跟他们去。金河说车里坐不下，也等不及我冲身穿衣；再说现在正乱着呢，去了只能添乱，等料理妥当后，去向遗体告别吧。后得知追悼会定在8月6日上午9时。我想，柯老的追悼会我一定参加，在最后表达对他的爱戴之情。我于8月5日匆匆赶到旅顺，因为7日我要在旅顺主持李占恒的作品讨论会，唐达成、谢永旺等三十多名朋友云集，有许多烦琐的事要准备。怎么也没想到，由于种种原因，直到8月6日尚有一些重要事项没能落实，而唐达成、谢永旺他们7日早晨7时就要抵达大连港，为此我竟拔不出一只脚走向柯老的灵柩。那天，我发火了，不断地发火，使熟知我的同志都感到惊讶，也感到为难。

我终是未能最后见柯老一面，未能最后望一眼他的笑容，他的银发……

往事如烟。但岁月的烟尘，掩不掉我心中的半月，心中的白雪。

海洋岛笔会上，松年是参加者；凉水湾笔会上，松年是主持者。我想，前辈们总该放心了。你们相继走了，去了，但你们注入心血的《鸭绿江》将长流不息。

作者简介

王中才，曾用笔名闻涉、老宁、何山笑，1940年生于大连。1948年随家人返回祖籍山东，1954年考入宁津县第三中学读书，1960年考入河北财经学院。同年应征入伍，历任战士、副班长、军政治部宣传干事、文化干事等职。1972年调总政《解放军文艺》散文组任编辑、副组长。1981年调回沈阳军区政治部从事专业创作，并任创作室主任，开始从事专业创作，开始主要写小说，并兼报告文学和散文。其中短篇小说《三角梅》获1982年全国优秀短篇小说奖，《最后的堑壕》获1984年全国优秀小说奖。

难忘的《杏花婆》

于德才

三十而立。三十岁的人，当是有大作为了。而我却三十岁了才开始心血来潮，要学作小说。

小说不是谁想要作就作得出来的，除去这样那样的后天努力，似乎还需一点先天的资才。这是我现在才服气了的。初时我并不这样想，以为自己想要便就可以当个大作家。那时，每写一篇"小说"出来，自我感觉都是可以在"宇宙文学日刊"上发个头题，却篇篇都被一纸铅印的退稿签打发回了老家。于是不服气，以为是编辑们不识这等好货色；于是也丧气，以为自己大约不是个写小说的料，"胎儿瞎"。这样的，一阵阵的踌躇满志，一阵阵的垂头丧气，抽风似的。

那时候时兴办"笔会""年会"，由文学刊物编辑部掏钱请作者们到一个像样的地方去坐着写。我很盼望能被哪一家请去写，一是业余写作的我是难得那么好的专门时间的；二来被请去写，写出的东西发表的可能性就大得多。

这样的机会终于得到了，渴盼成为现实。

那是1982年的7月，我掐着"邀请信"，战战兢兢来到沈阳东大营某部队招待所，参加《鸭绿江》编辑部举办的"辽宁省1982年小说创作年会"。

人做什么大凡都要有个做的办法。"年会"请大作家、小作者去写小说，也是有一个办法的——你要写什么？先把故事讲出来让各位老师们听听，看看是否够小说的材料，是否可以写。可以写的，你"猫"那儿写去；不可以写的，你再想想，再编一个来讲讲看。这招儿是很绝的。大家一个一个被叫去白话一通，一个一个被通过了，踏踏实实地"猫"下来写去了。我却蒙了灯。我觉着自己肚子里有许多东西可以写，却又讲不出来。颠三倒四讲一通，看看各位老师，全是一脸不知所云的表情。老师们苦笑，笑得我心里冰凉……

那次"年会"，我是同林和平、王金力一起参加的。我们被称为"凤城三兄弟"是后来的事。和平的故事通过了，金力的故事也通过了，都在写，唯独我第一"关"就没过去。那滋味儿！老师们安慰我"别着急"，慢慢想。我却不能不着急，急得嘴唇子鼓起一串儿大水泡。"年会"是办一个月的。我却只被单位准许参加半个月。半个月时间还是童玉云老师找熟人走后门给争取来的。半个月是十五天，两个星期；我已在第一"关"的门外游荡了七天！算一算，还有八天。八天，我能撞开讲故事这一关再闯过写作的第二关再通过编辑、主任、主编三级审稿那么多的关卡子？我是个无名的小作者啊。我灰心了，彻底的灰心了：与其这么干瞪眼珠子望"关"兴叹，倒不如一走了之。进不得时就退缩吧，不是说"溜之大吉"？

我没有"溜"。因为老师们不允，和平和

金力也不让。当然更因为我并非真的就想"溜"的。我尚处在进不得却也退不忍的两难之中。人有时是很可笑也很虚伪的。当我声言并做出割舍一切坚决撤退的姿态的同时，内心里却仍存有一线不灭的希望，希望留下来并写出一篇东西来……

一个人对别人对自己的认识，都是难脱片面的，容易走极端的。在连讲故事这一关都不能通过的情况下，我是认输了也服气了：我不是写小说的料。连个故事都编不出来，还写什么小说！以往想当大作家的热血，因这热血所鼓动起来的蛮劲和憧憬，一下子全泄了，破灭了。那时整天的沮丧相，活不起又死不了的样子，现在想起了也还自己心里酸酸的。记得饭后散步，看见别人那么轻松潇洒、谈笑风生，真恨不得找根绳子把自己挂哪棵歪脖树上。老师们越是安慰，心里就越紧张、越沮丧，三十岁的人了，这是何苦呢？

不知道是讲第多少次"故事"了，还是没能通过，不通过就不能写。于是又翻仓倒库，搜索枯肠地和金力、和平三个人想故事、编故事；编完了再去"讲"。如此反复折腾。最后，竟把和平、金力拉去，让他们帮我讲，因为他们会讲故事。那是根据我母亲和我大嫂的一些原型材料编出的，我讲了半天，把老师们讲糊涂了；金力、和平又帮我讲了半天，讲一个老太太很勤俭，有一个补丁落补丁的破围裙，常用破围裙兜东西；讲这个老太太很会养鸡，用"狗奶子"根熬水喂鸡，鸡就不得瘟病；讲老太太家门口有一个柴火垛，一年苦一次垛顶却多少年里一棵柴火不动，因为这个柴火垛是一个山东汉子给垛起的……现在想想，这真叫人糊涂，真是个能把明白人也讲糊涂了的"故事"。

"你到底想写什么？"

"柴火垛里有什么东西呢，是不是那个山东汉子没死，藏在了里面？"

"这些材料也没根线串起来，散摆单放，你怎么能写成一篇小说？"

完了。刚刚编完这个故事时，我和金力、和平都很激动，觉得能写一篇挺有味儿挺不错的东西，谁知一讲出来，就被几句话问住了。回头想想，也是糊里巴涂的，不像可以写成小说的东西了。本来信心挺足，就又一下没了信心。

对于强者，信心这东西大概是自己说了算的，要坚强就能坚强起来，任别人怎么说也能自强不息；而对于弱者，信心似乎就不是自己的，而是靠鼓励来坚持的。我属于弱者。当时，现在，都属于弱者。我的信心大都来自别人的认可和鼓动。在别人帮我讲故事也讲不明白的时候，我的信心消失得如同来时一样迅速。也许是彻底的失望情绪使然，我竟一时感觉不到失望的痛苦了，反而轻松了，决定退出"年会"，回去好好地写自己的"本台消息"去，再不做写小说当作家的梦。这回是真心实意的要走了，一走了之。

然而又没有走。因为我又得到了鼓励。

记得是刘琪华老师先说了几句话，这几句话大意是这样的——我看，让德才先写写看吧。这个东西没故事，全靠功力，写好了也许是个好东西。——刘老师这样说，我想一半是说的作品方面的事，一半还是安慰的话，因为我当时实在是太叫人可怜。陈屿老师和刘燧老师也说了类似的话。记得童玉云老师还开了句玩笑：写吧，来个一鸣惊人。

有的人就不会讲故事，一讲就散了，可写出的东西倒还挺不错的。这也是刘琪华老师当时说的安慰话抑或是鼓励话。

当然，我写了，也写出来了，就是后来发表在《鸭绿江》1982年第10期小说专号上的《杏花婆》，虽没有写好，没有写成"好东西"和"挺不错"的东西。但是由于老师们的鼓励，我终于还是写出了那么个东西来。

记得我们"凤城三兄弟"此前曾发过誓：三年跨过《鸭绿江》。这是咬牙发狠说出来的，能否真的三年跨过《鸭绿江》心里却都虚得很。金力和和平是当年就跨过了《鸭绿江》的，我是第二年——1982年的8月，或者说是10月，终于在《鸭绿江》上发了《杏花婆》。

《杏花婆》尽管很幼稚，它的发表却是我的创作道路上的一个转折点。它坚定了我业余创作的信心，使我这个不会编故事的业余作者能够把小说继续写下去。

难忘的"辽宁省1982年小说创作年会"。

难忘的东大营。

难忘的那一阵子的痛苦折磨。

难忘的《杏花婆》。

作者简介

于德才，满族，1950年生于辽东山区。1969年应征入伍，1978年转业到凤城县计委，1981年调丹东电台驻凤城记者站。1976年开始写诗歌、杂文。1980年开始学习小说创作，《"炼狱"》曾获《鸭绿江》文学奖，《山宝》《焦大轮子》曾获省政府文学奖，1989年获辽宁省优秀青年作家奖。

我这样开始写作

林和平

我是喝着《鸭绿江》水长大的。

"人有德于我,不可忘也",这是传统。

许多人童年时就树立了一种理想并为那种理想奋斗了。那样的人很了不起,我很羡慕。我的童年没有理想,我的童年只盼望能吃饱饭和在冬天里有件能遮寒的衣服。我自幼丧父。我上学的时候经常完不成作业,在老师的眼中我是"劣等生",却喜欢捧着大部头的长篇小说看。睡觉前看,走路看,吃饭看,上课时也看(偷看)。姥姥对此深恶痛绝。她嫌我看书耽误干活,因为我每天要挑水、和煤、扒炉灰,还要去捡煤核。为此我挨了许多次揍。我却仍然看下去,并不是出于爱好或陶冶情操或学习知识或思索人生或更崇高一些的目的。只是有瘾,跟抽烟跟喝酒是一样的。有一次在课堂上偷看徐怀中的《我们播种爱情》被老师逮住了。老师眼睛瞪得像鸡蛋壳把书在桌上摔得嘭嘭响,说:"你小小的岁数,看爱情的书,品质太恶劣了!"我不明白我品质怎么会恶劣。何况那小说写的是开垦边疆,不仅仅是男女情爱。

我说这些只是想证明我从来没想过要当作家或者想写一本书什么的。后来想当了也想写了,完全是一种偶然。也许人生就是由许多次的偶然组成的。

因为偶然的机会我中学未毕业就进了县剧团。我说偶然并不是想在这里风雅一下,因为在我身上实在看不出有什么音乐的天才、舞蹈的天才、表演的天才,可我却进了剧团,这不能说不是一种偶然。我在剧团混得很没滋味儿,因为我家里穷,也因为我演不了主角只会"跑龙套",所以没人瞧得起。到了搞对象的年龄没有姑娘来爱也不敢去爱哪个姑娘。夜里睡不着熬得早晨红了眼睛,那滋味儿实在不好受。这时,我突发奇想,写点什么东西吧。小说也好散文也好通讯报道、快板书、相声、故事、三句半、单出头、顺口溜,管它什么,只要能发表只要刊物或报纸能印出林和平的名字就不怕别人瞧不起,就不怕没有姑娘爱。自古郎才女貌这我懂得,不用谁来教。于是就开始写,写小说写散文写快板写故事写通讯报道写三句半也写顺口溜,十八般兵器样样比试过。那时只认报纸,写出稿子只往报纸投。因为报纸看的人多,因此可以出名。1977年秋天是我幸运的秋天,《辽宁日报》发表了如今看看真让我难为情的《梨树沟里的年轻人》的小说——我的处女作。我高兴极了,走在街上觉得阳光真美丽世界真可爱人人向我投来赞赏的目光。就以为小说真好写作家真好当没什么了不起。于是就鼓足干劲地写起来。

结果可想而知。退稿像冰雹砸在头上砸得我鼻青脸肿痛不欲生,再寄稿时就在稿后面注明"此稿如不采用,就不必退了"。怕受不住打击也怕单位的同志笑话。此一番折腾后方识了庐山面目。心想别遭这份罪了，天下之大干点什么不吃饭。

就在这时——我绝不是故弄玄虚，也没有一点虚构和夸张，确实就在那次偶然又一次光临了我。当时《鸭绿江》的小说组组长童玉云老师和编辑吴竞老师到丹东讲学，由于丹东文联路地老师的推荐，他们在丹东市第一招待所接见了我和王金力。在此之前我们仰视《鸭绿江》如同仰视天上的星河，可望而不可即地曾发过"三年过江"的海誓。坐在两个编辑面前，我们紧张、惶恐，还有那种受宠若惊的不安。然而童、吴二位编辑很热情、很平易、很和蔼地和我们谈了许久，并鼓励我们为《鸭绿江》写稿。并告诉写完稿子可以直接寄他们。我于是死灰复燃，于是觉得离天上的星河并不是那样的遥远，就又开始写。不久得到复信，虽然是给王金力的，却也鼓舞了我。那是王金力给《鸭绿江》写了《发生在春天里》的小说之后。当时主编范程老师在稿上写道：辽宁发现了这样的青年作者我很高兴。虽然不是夸我，可我觉得我也是有希望的。陡然增了信心。

1981年的夏季是难忘的。《鸭绿江》在海洋岛办小说笔会。

邀请了王金力也邀请了我。那时我在《鸭绿江》并未发表过小说。

那是我第一次见到大海。我站在海边上，海风掀动着我的衣襟，吹乱了我的头发，我的心像海浪一样翻涌。这是海吗？我真的看见了海吗？这不是做梦吧？

大海是深蓝色的，海水是咸的。大海是宽阔的一望无际的，大海是神秘的又是可爱的。它让我恐怖又让我激动又让我跃跃欲试。我终于跳了下去，溅起了白色的漂亮的水花。

在潮润的海风中在一阵阵浪涛呢喃中，我结识了柯夫老前辈和作家陈屿（那次笔会是这两位同志领着办的），同时结识了刘琪华老师和王金屏老师。

我写出了小说《光棍李守全》。这篇作品很平常。编辑部大概是为了鼓励我吧！把这篇稿子发在《鸭绿江》1981年第12期。我的信心坚定了。从此我与文学结下了不解之缘。

后来我入文学院的时候，同学问我在《鸭绿江》发了几篇稿子，我说八篇，他们全都瞪鼓了眼睛。他们准以为编辑部有我的亲戚吧？

我忘不了1981年的那个夏天，忘不了迷人的海洋岛，忘不了慈祥的柯夫老前辈（他已作古，我很沉痛）。他主张"保护创作情绪"，我就是在那样的保护下度过了紧张而又愉快的日子，写出了那篇小说。我也忘不了编辑部每位老师对我的帮助和鼓励。

作者简介

林和平，满族，1953年生于凤城。1970年中学毕业，同年参加县剧团工作，做过演员、编导，1978年调文化馆工作，1983年入辽宁文学院学习，1985年春天毕业。1980年正式搞文学创作，迄今已发表中短篇小说若干。曾在辽宁文学院创作室进修三年。

作家的温床　人生的课堂
——忆《鸭绿江》笔会

肖士庆

1982年夏初，我接到《鸭绿江》编辑部的通知，参加在金县三十里铺举办的笔会。这是我第一次参加《鸭绿江》的笔会。

笔会这种形式，过去不知道有没有，我是在"文化大革命"以后文学创作大繁荣时才听说的。过去也可能有这种以文会友的文学活动形式，文学创作班早就有了，而笔会可能是在"文化大革命"以后才出现的。但创作班和笔会不同，创作班较为正规、刻板，有一种官办的味道；笔会较为松散、写意，更适于文人们的气质。

但笔会的作用不容忽视。20世纪80年代新涌现出来的文坛骁将，其中有相当一批与笔会有着千丝万缕的联系。外省的情况不详细，辽宁的邓刚却是千真万确地从历届笔会"碰"出来的。他自己也说："班（他称笔会为班）对我简直是太重要了，每次班上我都能写出好东西。"据我所知，1981年，省作协与省总工会联合办的止锚湾笔会，邓刚在班上写出了短篇小说《热》，在文坛上崭露头角；1982年《春风》《鸭绿江》东大营笔会，他写出了中篇小说《刘关张》和短篇小说《八级工匠》，奠定了雄厚的作品基础；1983年三十里铺笔会，他写出了《芦花虾》……再以后他就冲出了辽宁，当然也冲出了笔会，成为文坛一颗令人瞩目的新星。

如果没有这一系列的笔会呢？邓刚还能是今日的邓刚吗？也许能是，也许就不能是。

我个人认为，各种编辑部举办的笔会对于文学事业出作品出人才有着不可抹杀的功绩。这种在新时期社会主义文学事业大繁荣、大鼓劲的年份里盛行一时的文学活动形式，在很大程度上起到了加强交流、促进创作、发现人才、精炼作品的作用。这也许就是许多作家至今念念不忘笔会、许多文学青年争相参加笔会、许多编辑部热衷于举办笔会的重要原因。应该好好总结一下近年来各编辑部办笔会的经验和做法，有些笔会办得真是不错。

《鸭绿江》编辑部在三十里铺办的笔会就相当成功，这应该归功于刊物领导和全体编辑人员的努力和操劳。《鸭绿江》办笔会在全国各地刊物里是较早的一家，较早的一届可以追溯到1981年的海洋岛笔会。那次笔会省作协的领导同志陈玙、慕柯夫都参加了。据参加过那次笔会的人回忆，那是一次较"正规化"的笔会，还没有完全从创作班的固有形势中脱胎出来：大家坐了船，漂洋过海，来到海防前哨的某岛，参观部队，学习文艺创作，上课，讨论，写作。听说还组成了临时的党的组织，支部建到了连上。

到了三十里铺的笔会时，编辑部已经积累

了一整套较为完整的办笔会的经验和办法了。他们请来了当时已经很著名的作家马大京、陈愉庆夫妇（达理）和写过《翡翠烟嘴》的天津作家吴若增。每期笔会里有一两位著名作家参加。他们可以起到榜样和酵母的作用，带动并影响后来者，形成一种良好的创作氛围。看吧，这就是你们平日仰慕的作家，这就是写出了《虔诚》《路障》和《盲点》的人！你瞧，他们和你们没有什么两样，也是一个脑袋两只手；他们的文章也是一个字一个字地写出来的；他们有时写得也很苦，陈愉庆钻进房间爬了几天格子，出来时脸色也是蜡黄色，憔悴得像得了一场大病；马大京谈起西提尼·谢尔顿的《天使的愤怒》也和你有着共同的感受和见解；吴若增也曾为了一个细节憋得挨个座乱窜……可是，他们是作家，他们的作品、名气、影响和收获就是这么得来的。想当像他们这样的作家吗？想写出像他们那样的小说吗？那么好吧，就像他们那样去干吧！

当然，高层次的作家并不仅仅是作为一种偶像在笔会上存在，他们的作用还在于提携和启发其他作者，言传身教，使他们的作品臻于成熟和完美。这便是交流。朝阳的作者于海涛在座谈会上讲了一个构思，文思敏捷的达理夫妇当即就帮助他结构成一篇小说。于海涛那几天灵感飞动，妙笔生花，很快就将文章写出来。

邓刚那时还不像后来那样声名大振。他的《迷人的海》刚刚发表，文坛尚未来得及做出反应。不过，在青年作者里面已经是个相当令人瞩目的人物了。他的周围总是聚集着一群人，大家在一起谈碰海，谈作品，谈人间不平之事，真是海阔天空，淋漓尽致。在百谈不厌的神聊中，邓刚往往担任主讲人。他的言谈极富于感染力，讲起什么都是绘声绘色，颇具色彩和气势，就像他的小说一样。而且，我还注意到，他不光是自己讲时来劲，听别人讲他也来劲。邓刚听别人讲话时的神情十分专注，给人的感觉是，他似乎不是在听你的话，而是在吃你的话。当然，他吃别人的话少，别人吃他的话多。每次神聊过后，都有一番思索，一番感悟。邓刚和达理不同，他和我们几乎同时在文坛起步，与我们的关系更为切近。看到他在文坛上突飞猛进，每一个人都受到了强烈的鼓动和冲击。这大约是编辑部请他参加笔会的又一良苦用心。

这期间，编辑部的人员除了忙于笔会的生活性服务之外，还要批阅大量稿件，要尽快地提出答复意见。对于不能过关的稿子，提出修改的意见。在《鸭绿江》海洋岛笔会，慕柯夫同志提倡"保护创作情绪"，不要把不能过关的稿子一棍子打死。这句口号在后来的笔会上得到了延续。编辑们对稿子发表意见（哪怕是最没希望的稿子），十分讲究方式方法，常常不是单刀直入、咄咄逼人，而且旁敲侧击、和风细雨。提意见方法最机智的编辑应数当时的小说组长童玉云，至今我还没见过第二位能像他那样将批评寓于谈笑之中的良师。他通常在午夜时分出动，端一保温杯浓茶，操一口南京口音的普通话，在某位作者的房间里出现（我怀疑他一定是计划好了要到谁的房间去的）。写小说的人都是夜猫子，十二点以前绝不会上床睡觉。童玉云到哪屋摆龙门阵都很受欢迎。唠着唠着，他突然会以一阵特有的幽默把对你的小说的意见表露出来。"今天读了一下午的稿子，累得我头痛，快给一根烟抽吧。"这就是说，你的稿子长了一点，需要删节。如果他说，"你的小说差一点被我枪毙掉，幸好它赶上了一颗臭子儿。"这是说，他对你的稿子还拿不准主意，交给其他编辑看去了。

第一次参加笔会的新手大部急于求成，报到以后，扑到桌面上就写，稿子的成活率不高。编辑们并不阻止他们这样不顾一切地写下去，也不急于宣布他们交上来的稿子报废，而是鼓励他们"再写一篇"。再写一篇的时候，这些人的情绪趋于平稳了，写得渐渐从容起来，往往就能写出好作品。在三十里铺的笔会上，本溪的李强就是再写了好几篇，才写出了《羊肉串》的，是笔会上较好的作品之一。

最使我惊叹不已的是编辑部人员的热心和耐心，我感到他们都是一些"风物长宜放眼量"的人。哪怕你是一个最不起眼的作者，也能同样得到编辑的爱护和扶植。在他们的那里，你永远也听不见谁行、谁不行的评语。那时的凤城三兄弟：王金力、于德才和林和平，除了王金力写出过好作品，于、林二兄弟一直战绩平平，没有什么大的建树。但编辑部并没放弃对他俩的关注，每次举办笔会都不忘记请他们来。海洋岛笔会、东大营笔会、三十里铺笔会、新乐笔会、八八二仓库笔会、凉水湾笔会……凤城三兄弟几乎是阵阵到。终于，于德才写出了《焦大轮子》，林和平写出了《腊月》，双双冲出了辽宁文坛。功夫不负苦心人。这里既有他们自己的不懈努力，也有编辑部同志们的苦心提携。想来他们是不会忘记这一点的。

写到这里，我不由想到刘琪华老师、刘燧老师、吴竞老师、元举同志、张颖同志以及省作协领导于铁、金河等这些在笔会上结识的良师益友。他们给辽宁的作者留下的印象实在是太深刻了。年轻的作者习惯称刘琪华为刘大姐。她真像个老大姐那样爱护关心每个作者，你写不出稿子来，她比你还要着急；你写出好作品了，她比你还高兴，说，"这下可好了！"据说邓刚的获奖作品《阵痛》的题目就是她给改定的，那篇小说的原名叫《真刀真枪时》，小说的结尾她也用心地改过。但世人都知道有个作家叫邓刚，却不知道有个编辑叫刘琪华。新乐笔会时，她把辽南片的作者（她负责的地区）请到家里大吃一顿，但是，我从未听说她求作者为她办过什么事。在新乐笔会期间，我写出了《最佳家庭结构》。稿子交上去以后，我在房间里蒙头大睡，睡得正香时有人敲门——吴竞老师提着一瓶"谷香酒"来找我，"小老弟，祝贺你写出篇好稿子，咱俩喝一杯！"……

我常常这样想，也许我永远也成不了一个像样的作家，但，《鸭绿江》的笔会却肯定会令我终生难忘。还有那些甘为人梯的文坛园丁，没有他们，辽宁文坛是不会像现在这么繁荣兴旺的。

呵，《鸭绿江》的笔会，作家的温床，人生的课堂！

作者简介

肖士庆，1947年生于营口。1968年入伍，在铁道部队服役。1970年开始文学创作，复员以后在工厂当过车工，在机关当过秘书，始终坚持业余文学创作，其中《四大名旦与一个天使》和《最佳家庭结构》曾获《鸭绿江》作品奖和丰收奖。曾在辽宁文学院创作室进修。

北陵，临近靶场的那栋小楼

吕永岩

从1976年在《鸭绿江》（当时刊名为《辽宁文艺》）发表我的第一篇散文《达紫香》起，一晃十年，我再没给《鸭绿江》投过稿件。倒不是我有意疏远了《鸭绿江》这块可称为我的文学故土的土地，也不是由于自己的懒惰，而是因为这期间的种种变故。尤其是调到军区报社担任编辑工作以后，我在一块本来就不属于我的土地上不分白天黑夜地辛勤耕耘着。1985年5月1日，一封简短的电报，把我和我的爱人牵回了辽河岸边的一座小镇。我的岳父病故了。这是一位在铁路上整整操劳了一生的真正的中国工人。但他去世后却因种种原因没能按工伤死亡待遇处理。于是我一时冲动，写了一短篇小说《疯动的云》。稿件到了小说组刘元举编辑手里，他竟一眼看出那里写的事全都与我有关。当时他对我岳父家的情况完全一无所知。"写得太实了。"他说，"离你自己太近，缺少空灵之气。"我大感意外。1975年，我写过一个短篇《金唢呐》，在《解放军文艺》二题的位置上发表了。那属于一篇生编硬造的作品。此时此地，我想写点真实的生活，怎么竟又"太实了"呢？

我把作品拿回来改。改得很艰苦，自然还是不理想。但因了这篇作品，编辑部决定让我参加8月在北陵举办的辽宁青年作者小说笔会，在笔会上继续修改这篇作品。这期间，解放军艺术学院的宋学武同志推荐我看海明威的作品，刘元举同志推荐我看梅里美的作品。我认真地看了，有的篇章甚至连续看三四遍。那是酷暑盛夏，与会同志住的小楼临近靶场，白日枪声响，蝉声唱，入夜虫泣蛙鸣。何等喧闹的环境啊，可是我还是把书看进去了。我想起内弟阎庆福写过的一篇作品，我看过这篇东西，觉得这是一个很"古老"、至少是早已有人写过的故事。稿子被压下了。他没有办法，我也没有办法。看过一些作品后，我突然感到这篇东西可以改。

"那么你改吧。"内弟说。大概所有的人都不愿意改自己写过的东西。尤其是那种类似"换魂术"的改动。于是我开始重写这篇作品。

我知道这篇东西肯定比我过去写过的东西要"空灵"许多，我把稿件给了刘元举。第二天，笔会的同志对我说："你闯了祸了。"我吃了一惊。怎么也想不到我会闯下什么祸。"你那个《东岸西岸》让人看中了，你原来的那篇危险了。"

原来如此。在二楼，碰上吴竞老师，"元举说，你那篇东西写得不错。"吴竞老师说，"小哥们儿，行啊。"还有一句幽默。

上三楼，见到了刘元举，"你那篇不错。"他说，"我昨晚看兴奋了。"

"那么，《飘动的云》呢？"我不死心，想保住那篇"云"。

"你再好好改一改。"他说。

我还是没先改《飘动的云》，而是又写了

一篇《浪》。这篇肯定是不能再给《鸭绿江》的了。因为笔会能留用一篇就相当不错了。

后来金河老师来了，迟松年老师来了。金河老师看了《东岸西岸》，问我："你想写什么？"我说："我想写中国人的一种心理，一种对美好事物既追求又胆怯的心理。另外，我也想暗示一下对外开放的历史必然性。"其实，当时我还想说些别的。

可是我没敢说，我第一次见金河老师，感到很拘束。

"我看出来了。"金河老师说，"他们觉得怎么样？"

"元举说，他觉得还不错，"我小心地说。

"我觉得也不错。"金河老师说，"我没写过这类作品。前面的描写好像还单薄一些，可以再加强一下。打草一段还要写得艰苦一点，改革不是很容易的事情。"

后来迟松年老师也看了《东岸西岸》，他没问谁看过，有什么意见。让他看的稿子太多了，他几乎没有喘息的时间。可是《东岸西岸》他拿到手后，看得很快。

"不错。"他说，"我应该在会上讲的。可惜，落下了。"他是指没能给省委宣传部的领导汇报。宣传部领导曾到笔会看望作者，迟老师负责做了汇报。因为迟老师当时还没来得及看《东岸西岸》，所以汇报时没提到这篇作品。

"我应该在会上讲的。"这样一点小事，迟老师竟说了好几遍。我很受感动，因为我知道当时排队等迟老师看的东西实在太多了。

事后，迟松年老师想起小说中的一段话如果改一下会更好一些。于是，便为了这句话，跟踪找到我的单位，单位没有，又打听找到我的家里。这些都使我永远难以忘怀。

我认真地按照金河老师和迟松年老师的意见，把小说改了一遍。同时把《飘动的云》也改了一遍，我知道《飘动的云》还是不理想。后来这两篇小说都在《鸭绿江》上发表了。发《东岸西岸》（与阎庆福合作）的同期，还发表了部队评论家黄国柱为《东岸西岸》写的评论。与此同时，我在笔会上写的《浪》也在辽宁春风文艺出版社办的《春风》双月刊上发表了。

笔会以后，我又写了《迷惘的悲剧》《阳台》《多棱石》《没有了结的案件》《高高的云松》《高山流水》等小说和报告文学，这些作品都先后在《鸭绿江》《小说潮》《千山》等刊物上发表了。

从 1975 年发表第一篇小说《金唢呐》到 1986 年发表《东岸西岸》《迷惘的悲剧》等作品，中间隔了十年。十年生聚，我自以为是重新找到了自己。这自然要感激那次笔会，要感激辽宁作协和《鸭绿江》编辑部的老师们。北陵，临近靶场的那栋小楼，将永远作为美好难忘的一页，保留在我一生的记忆中。

作者简介

吕永岩，1952 年生于哈尔滨。1968 年下乡到黑龙江生产建设兵团，历任农工、班长、报道员。1970 年调兵团战士报社任见习编辑，同年入伍到中国人民解放军某机械化师，任战士、技师。1976 年调某军政治部宣传处任新闻干事、军报道组长。1978 年调沈阳军区前进报社任编辑、副刊编辑。1975 年在《解放军文艺》首次发表短篇小说，后发表小说、散文、报告文学作品若干。

跨过鸭绿江

晨 哥

　　1985年夏，辽宁文学院几位同窗鹅立鸭绿江边，望着对岸的另一个国度引颈交鸣，想入非非；我独自寻个空当儿，翻上公园围墙，准备接近那座有名的江桥。兀地一声断喝："干啥吗？"一位为江桥打更的兵士气势汹汹地直扑过来。我戴着礼帽式的凉帽，脖子上挂着相匣子，曾几何时，此乃特务的典型形象，难怪了。而其实，我只是想看看。结果当然是，我灰溜溜跳下来，雨后泥地，又把脚崴了一下，益发狼狈，惹得同窗们一场好笑。懊丧自不必说，猛然间一个联想令我悲从中来：

　　我想起了与这江同名的一本杂志以及与这杂志许多不得要领的交往。

　　不能想象：作了五年小说，竟不能在亲爱的《鸭绿江》上发表只字。

　　不能想象：文学院所谓的"种子学员"，仍不能沾沾本家刊物的灵光。

　　不能想象：文学院二十几名专作小说的学员，唯一没有参加过《鸭绿江》笔会的，便是这一个我。

　　是时，《鸭绿江》已收过署名晨哥的作品总在十件以上。而这晨哥收过的退稿信数恰与此相等。

　　是时，《鸭绿江》正筹办又一次笔会，在新乐遗址。一起出游的同窗们摩拳擦掌，一俟尽了游兴，即去笔会再显身手。所谓再显，瞧：刘虹刚刚发出一篇颇有影响的短篇，又有一中篇叫"荒野之声"的，行将一炮将整个笔会炸蒙（后来事实确乎如此）。女士中最小的毛琦也已在该刊发过两篇；男士中最小的（隋）治操早在1982年便在该刊崭露头角；最可怕的是（林）和平，居然已在该刊发过八篇！……他们意气风发，他们激扬文字，他们雄赳赳，气昂昂，一如当年"跨过鸭绿江"的援朝将士般，将一江东流视若儿戏，谈笑往来，如履平地。而我，枉具一身泳术，扛不得枪，自然不得去"打败美帝野心狼"。

　　我感到孤独甚至悲凉。与同窗分手后，一人踽踽西行，回望雄踞着《鸭绿江》的盛京古城，我险些垂下泪来。《鸭绿江》，谁能知我对你的满怀思恋？谁能比我对你的一腔衷情？而今，我仍保存有你最初的刊物样本，那是一种大32开的格局；我仍能背诵其中的某些佳作，如小说《信不着三难小管家》，如长诗《铁牛传》，如民歌《老队长》："村前小河哗哗淌，社员下地它照相；照了三百六十张，张张都有老队长。"从爱上文学起，你便是我的座右读物；从迷上创作始，你即在我心中升起了另一种意义的珠穆朗玛。你开办的第一届函授，万千学员中就有个叫晨哥的；十块钱的学费所负载的希望是天文数字！然而，你太高太大了，我日夜兼程，气喘吁吁，自觉已攀上你的肩膀；

忽抬首，始知仍在你的膝下。你宽厚而怜悯地微笑着。

吁！《鸭绿江》，我爱你、我恨你，我赞颂你、我诅咒你，我跑向你、我离开你……微妙，这个词儿不错。

正是山穷水尽，我回到辽河岸畔。时逢辽河百年不遇之大洪水，我一头扑向抗洪前线。只因这一扑，有分教：柳暗花明。在那些日里夜里泥里水里，我同抗洪将士一样摸着爬着滚着打着。我忘了一切的烦恼、忧虑和谋算，在惨烈而壮观的人与大自然的拼搏中，只要想一想那些被退掉了的矫饰的文字，就脸红得不行。我陡然发现了生活以外的生活，时间之上的时间，人生后面的人生，宇宙尘粒中的宇宙……后来认真回顾起这一段的心理历程，我感到：不只是生活的大潮淘洗了我的性灵，《鸭绿江》编辑老师们对我作品所提出的艺术见解，不论我主观意识是否认同，都在潜移默化地发生着作用。

水落石出，我写了中篇《清障》。辽河泄洪不畅，概因障碍太多，一声炮响，河滩里的套堤土崩瓦解，我自觉一颗心豁然开朗，也随那汹涌的洪流滔滔入海去了。同那古老的河滩一样，我失去了一些东西，却得到了更多的东西。

1986年旧历正月里的一天，《鸭绿江》编辑刘元举老师从天而降，带着拙稿《清障》并《鸭绿江》编辑部的意见，辉而煌之降尊于故乡小城。

"这篇很好，稍加改动，可做重点稿发。我们认为，这是你一大突破。你摆正了艺术与生活的关系，找见了文学中的自我……今后，似应在作品的哲理性与思辨性上下功夫……"

我内心深处涕泗滂沱！

1986年6月，晨哥二字第一次出现在亲爱的《鸭绿江》上，且与他所敬仰的金河二字紧挨在一起。

是年7月，晨哥第一次应邀参加了《鸭绿江》在金州凉水湾举办的笔会。

是年10月号的《鸭绿江》，又在显要位置发表了晨哥一短篇《图腾之死》。同期，该刊副主编于成全老师亲笔为此篇撰写了评论。

1985年夏天的那个鸭绿江边，一场哄笑声后，我近乎恶狠狠地指着那江说：我一定要跨过它！

翌年7月的凉水湾海滨，《鸭绿江》主编迟松年老师对我说，我们对你要求很高，希望你冲出《鸭绿江》，走向全国。我猛然领悟："跨过"与"正在"原是两个不同的概念！那时，我们正一齐扑进大海。

作者简介

晨哥，原名张雅晨，祖籍山东，现为辽西人氏，1953年生于台安。八岁就学，十五岁务农，二十岁参军，四载后退役从政。历任政工干事、广播站长、工会副主席等职。1980年始从事小说创作，1983年就读辽宁文学院，有中短篇小说若干问世。1987年出席全国第三届青年作者代表会。

《鸭绿江》滋润了我

谢友鄞

一壶酒、一杆枪、一匹马，是辽西山乡汉子梦寐以求的生活。到处都是走不完的寂寞的山，倏忽之间，蹄声嗒嗒，轻尘荡起，一个黑点冒出山峦——啊，辽西汉子。酒葫芦悬在马尾，猎枪倒背在身后。剽悍粗壮，脸色黑红，仄身马上，骑姿地道。冷眼打量，没有什么区别。其实，分别大着呢。辽西汉子主要由三部分人组成：汉族，蒙古族，蒙古族、汉族混血儿。他们蒙语、汉话互通。但蒙古族人说汉话"潮"，一开口便能识破。最难分辨的就是汉族、蒙古族两合水的后裔，精悍、聪明、狡诈，蒙古语、汉语都说得忒流畅。不过，破绽也有，说蒙古语时，会无意中带出几个汉字；讲汉语时，会偶尔蹦出个把蒙古语词来。你拎起他的酒葫芦，咕嘟嘟一气喝下几口后，顿觉消乏解渴，抬起手背，抹去嘴角的残汁，却说："劲小点。"他会叫道："嘻，我这酒赛狠哪！"（赛狠，好。）他急了噢！他的坐骑，也是贬不得的；他的那杆枪，更轻觑不得，小心惹恼了他，拱手相别，走出百八十步后，"噢嘿"一声吆唤，你回过头，他正端起猎枪瞄住你："看我击飞你的帽子。"——他的家伙什不好！吓得你屁滚尿流，翻下马背。

当然，群山簇拥间，辽西崭新的工业城镇也在崛起。百里矿山，火力发电厂，五花八门的地方工业；住宅楼鳞次栉比，自选商场里霓虹灯五光十色，人防地下酒吧内舞姿翩翩，柏油路上汽车如流。现代文明的声色犬马使人眼花缭乱。百年间兴起的年轻城市，正是由土著汉民祖居村、蒙古族定居的农牧村、朝鲜族稻农村，山东、河北移民闯关东的旱田开发村等混合经济类型村落共同演变、发展起来的。走在大街上，从服饰、相貌、语言，似乎任何民族区别也看不出来了。可是，在临街的高楼大厦背后，走进曲曲拐拐、幽深僻静的胡同，在茶馆酒肆、小庭院落里，仍可处处寻到多民族的、丰富复杂的文化混合、会同的痕迹。

我就生活在这块有着鲜明特色的土地上。

我骑着辽西这匹马，闯上文坛，来到《鸭绿江》畔。

鸭绿江水源远流长。关东人在这儿筛沙淘金，江南女子蹴身河边石上，捶洗衣裳，东北虎挟林涛雄风长啸，大西北驼铃叮咚，大西南芦笙悠扬，都在江畔奏鸣。作家、读者——在《鸭绿江》上赞美流连。江水清澈透明，两岸山峦倒映江中，连枝杈上的鸟巢都看得清，旖旎风情美不胜收。

马儿把头探向水面，掀动鼻翼，饮饱后昂起头，一动不动，神往地凝视着远山，凝视着瓦蓝的天，马儿俊美的剪影溶入水中，向前静静地漂去。我掬起一捧江水喝下去，顿觉心里透亮，身体里像开了一条路。

《鸭绿江》水滋润了我。

当我还是一个生疏的驭手，骑着这匹浑身奶膻味的马驹，莽撞地闯到《鸭绿江》畔时，前主编范程为我的一篇稿子写下了如下的话：

请小说组同志们传看一下该作，我感到有一定修改基础。请尽快提出修改意见。或去人，或请作者来。这位工人作者很有希望。请多注意扶植。

范 1.26

那是1980年。编辑王金屏和刘元举热情接待了我，跟我这个小工人海阔天空地谈文学，磋商作品的具体修改办法。我被安置在东北旅社住下，改稿期间，他们亲自去旅社看望我，使我充满了温暖。

"工人作者"这个名头，在一定历史时期曾罩满闪耀的光环；当历史进入一个新时期后，又为许多人所避讳唯恐不远。有谁知道一个工人作者的艰苦和难心？我在煤矿下井十年。三面石头夹块肉，水火瓦斯坍塌冒顶，死亡阴森森地瞪大眼睛，在千米井下的每一个角落里时时盯着你。高中毕业后，我落难下了窑。什么活儿都干过了，什么苦都吃到了。支棚子用的钢筋水泥梁柱，七八米长，四五百斤重，两人扛一根，瓦凉硌肩，像扛死人。井下巷道不好走，上坡下坎，蹚水绊泥，头上顶盏灯，虚晃晃的，管屁用。我出生在高级知识分子家庭，根基不强，天生体力不济。扛着大梁，肩负重荷，呼哧呼哧喘，跟跟跄跄往前走，眼冒金花，眼前阵阵发黑，压得泪水都呛出来，胸口、嗓子眼里像有血要喷出来。当时心里哭着：这辈子啥时候走到头啊！

三班倒，没黑没白地干，母亲脑出血瘫痪七年，生活完全不能自理，几乎全靠我侍候，在此之余，居然也有心思点灯熬夜，写起小说来。生活是压不倒人的。当我把第一篇习作寄给某编辑部后，竟被看中，该刊正要办一个改稿班，发出两封函，一封直接给我，一封寄给了我所在单位的负责人。那几天，我在头儿的办公室门前一趟趟地转，盼望他们走出来，把这个好消息告诉我，准假放行。万没想到，他们正眼都没瞅我一下，嘴闭得严丝合缝，从我面前过去了。事后我才知道，头儿说："连通讯报道都不写，不让他去。"不给他们抬轿子，吹喇叭，想搞文学，别做梦。一开始就给了我当头一棒，我消沉了一年多，一个字儿都没有写。我咬紧牙关，继续跌跌撞撞在井下摸索，活儿虽苦重，交下了更多的窑哥们儿。是他们的幽默气质，是他们不畏艰险、不屈不挠的开拓精神激励了我，直到我在《人民日报》《辽宁日报》等权威性党报发表了作品，日子才好过起来，红灯才转换成了绿灯。

其中的酸甜苦涩是说不尽的。作为一个工人作者，我体尝到了个中滋味。

所以，我忘不了已近退休年龄的刘琪华老师，她在冰上跌倒踝部摔伤，刚刚痊愈不久，为了一篇稿子，为了扶掖我这个青年作者，带我上楼下楼，四处奔波。

我忘不了在渤海之滨，在一次次笔会上，童玉云老师走进我的房间，与我这个性格内向、不会来事的作者促膝谈心。

我忘不了稳重厚道的顾希恩老师，当我的创作有了起色时，热情地组织评论，鼓励我不断突破。

我忘不了新任主编迟松年和一编室主任张颖，热情地用电报约我到沈阳写稿，为我的创作提供便利。他们干事业的劲头，他们办事的效率，都使我振奋，促使我不能不严肃地努力写出像样一点的作品来。

我忘不了也不能忘更不应该忘记的有关《鸭绿江》的人和事很多很多。

我以《鸭绿江》为起点，陆续在四川的《现代作家》、甘肃的《飞天》《上海文学》《人民文学》等刊物发表了一些作品，从鸭绿江之滨走向省外，走上全国。有的作品被《小说选刊》《小小说选刊》《青年佳作》（1986年优秀短篇小说选）等书刊选载、收入。有的作品被《中国文学》《中国报道》以英、法、世界语对外译载。几次获省、市刊物优秀作品奖。

文学创作对于我，永远是一桩困惑的事业。我以现实主义为基本，吸收一些现代派表现技巧，真诚、厚重、新鲜地反映出我所熟悉的生活来。

几十年了，鸭绿江水流过去了很多很多，但我忘不了，《鸭绿江》是我创作航程的源头。鸭绿江水永远在我的血管中沸腾。

作者简介

谢友鄞，祖籍长沙市，1948年生于浙江鄞县，成长于辽西。1984年至1986年就读于辽宁文学院，毕业后调入阜新市文化局戏研室任创作员。1977年开始文学创作，发表近百部中、短篇小说，作品多次被选载与译介。多次获省、市刊物优秀作品奖。1987年荣获辽宁省优秀青年作家奖。

我怎能忘记

刘 齐

从1982年始,我在《鸭绿江》的隔壁工作过五个年头。我认识当时所有的《鸭绿江》人。对于我来说,《鸭绿江》何止一册80页的文学月刊!你全方位多侧面浸润我的心灵,你是一条五彩的河、一座富饶的山。你是和蔼的长者、真挚的老师、辛劳的花农、多情的少女、调皮的"小哥们儿"……但我更愿称你为朋友,我永生永世的朋友。

我怎能忘了你,提携后进的朋友!天南地北的稿件挤满你的案头,稿件里夹着尊敬、渴望和焦灼,甚至夹着疑心重重、怒气冲冲的试探物——发丝、饭粒和糨糊,测测编辑老爷是不是一页一页认真读稿。可你哪里是什么老爷!你用旧皮鞋挤电车、用罐头盒盛烟头、用电热杯煮方便面、用平等赤诚的行为赢得读者、作者和屡投不中的退稿者。你植一茬又一茬幼苗于葱茏的文坛,成名者声雾云天,你却含笑万人丛中。你关心后进,提携青年,让羸弱疲寒的跋涉者鼓起斗志,走向曙光,叫人心里真暖和啊!记得刚到作协工作不久,赶上马克思逝世一百周年的日子。我写了篇文章《真想把你装进行囊》,做梦也没想到竟上了《鸭绿江》的头题,还得到范程同志的赞扬。心里高兴笔头子就快,没几天又写了篇《评一评评论家》。香烟雾浓的编辑室里有同志郑重说:"你才发完一篇,又用你的名再发不好吧?能不能换个笔名?"我险些昏倒。其他同志不语,唯有范主编把稿子弄得哗哗响,像在翻一份死刑判决书。"我看就用本名发表吧,"老范慢条斯理地说,"关键在文章。只要文章好,还可以当专栏作者呢。"他把脸转向我,稀疏的白发和白胡茬透着一片真诚。结果文章又上了头题。

从此,在老范和顾希恩同志的热情鼓励下,一年左右光景我又写了五六篇稿子,统统登在刊物首页的"文坛漫笔"专栏。突出的位置,频频的亮相,使一些局外人误以为笔者是一方领导或理论权威。作为刚出校门的年轻人,我诚惶诚恐,暗自好笑,得意扬扬,又装成满不在乎的样子。心底却深深埋藏着对你、对鸭绿江的感激之情。老师,朋友!至今我虽未写出叫响的好文章,也未当上够格的专栏作者,但我始终铭记着你的关切目光你的殷殷期望。

我怎能忘了你,总也谈不够的朋友!在镶嵌着红绿花瓷砖的楼道拐角,在充塞着液化气瓶、炒勺蒸锅和尿布片的走廊,在纸张狼藉、灰蒙尘盖的桌旁(有时你有点懒,或者说你忙得顾不上卫生),在摇摇欲坠、漏洞百出的破皮沙发上(想已换成新的了),我们兴致勃勃地交谈过多少次!或涓涓碎语,或煌煌宏言,或专题专论,或海阔天空。你理解我,愿意听我唠叨,我信任你,希望向你请教。数不清的思想火花,艺术灵感就在这娓娓的语流中迸发、奔泻。我高兴。我知道你也高兴。因为你善良，你喜欢帮助人，你看重高尚的精神生活，殚精竭虑地追求美的形式美的内心，充实自己也充实别人。

室内谈累了，我们一齐走向二楼宽敞的大平台，胳膊肘抵着砖石栏杆继续畅述，视角却豁然开朗。满目或红花碧草，像你生命一样青春；或白雪皑皑，像你宗旨一样雅洁；或朱楼旧府，像你历史一样沧桑！我们还可以走得更远些，到辽阔的环境中倾吐心声。东陵、北陵、铁西、和平，偌大的沈城几乎处处留存着《鸭绿江》催我昂然奋进的记忆。还记得吗？思基、于铁、阿红、迟松年等领导同志，你们的谆谆告诫、细心点拨，使我获得了何等珍贵的教益！还记得吗？刘元举老弟，我们总是抱怨并肩骑车回家的路途太短，以致不得不在分手处支起车梯，"唠透了"才各奔东西。顺便说一句，你的急不可耐的小说构思总令我惊叹不已。边玲玲，你的居所不像当年那样零乱了吧？那时，你站在褪色的地板正中，认真分析我那蹩脚的小说习作，神情严肃得近乎忧郁。刘琪华大姐，你也记得吧？我跟你的两次恳谈竟是高速运行的飞机上和浪涛起伏的渤海边分别完成的。其后，当我听到大姐扶植业余作者的一段段佳话时，你，还有你、你……你们已经悄然离退了。

我又怎能忘了你，诙谐的朋友！尤其在今天，在刻板的公事房里，在不苟言笑的陌生同事身边，我更加怀念你。《鸭绿江》人爱开玩笑。工作倦了凑到一起逗逗乐子，松弛松弛绷紧的神经，宣泄宣泄压抑的感情，无异于给灵魂做健美操。爱开玩笑、会开玩笑是一种教养、一种心态、一种文化、一种叫人羡慕的达观表现。

于是，不知不觉地，我总溜进你的房间，跟你一齐抿嘴微笑开怀大笑笑出眼泪疼坏肚子然后接着抿嘴微笑开怀大笑。"小闻子"闻超丽娇弱的躯体内装着无穷的笑声。每每你刚说一句话她那边就咯咯笑了，你也只好跟着笑，也喜欢跟着笑。

待久了，我发现，《鸭绿江》不少人都有美不胜收的别称。五十多岁的范程，人们既叫他老范也叫他范老。"老范"是正经称谓，"范老"就妙了，有几分敬重，几分亲昵，还有几分善意的戏谑。童玉云叫"大观"，得名于他所津津乐道的《文学大观》。于成全叫"心长"，是对他函授中心教务长的故意不讲文法却也约定俗成的简称。最绝的是崔琪，居然叫"省长"。其典不得而知，却多有人这么喊他。他也就绷起脸，拉长声，几乎每句尾必置一语气助词"嘛"，念得狠且抻得远，似乎还带点下滑音。人们便哄堂大笑。笑声中，于宗信或吴竞往往插科打诨，使笑声愈演愈烈。

有时，大家不用言语也能会意。我们靠眼神、嘴角和形体就能制造玩笑的默契。这意境只有息息相通的朋友才能悟出。有时，人们的玩笑话有点粗，带点荤腥，彼此也不计较，照笑不误。因为朋友，你有良好的承受能力，或用《鸭绿江》人从来稿中拈出的那个词说，你很"抗造"。老同志风趣，青年人也有意思。刁铁军，这个笑嘻嘻的小伙子就是一员"泡将"。他的笔名"刁斗"，能从歧义上给大家带来笑料。他的语言更好玩。

编辑部还有一个北大毕业生张颖，二十刚出头的小姑娘，不但和小刁一样活泼调皮，而且会唱好多好多的歌。一次创研室和编辑部相会，许振强、林建法和我提出一长串歌名。考她，不料她全给唱出来了。我们颓然，《鸭绿江》的人却气焰万丈。是的，鸭绿江是条活泼的江、欢快的江，兴趣广泛、能歌善舞的江。刘元举在篮球场如下山猛兽横冲直撞。于化龙下象棋遭"围攻"（他总爱独自向群策群力的创研室宣战）镇静自若，尽管总以失败告终，偶尔也有和局。迟松年是"嘣嚓嚓嚓"的积极分子，他身材伟岸、神态安详、舞步滑腾、举重若轻，令人叹为观止。啊，我怎能忘了你，亲切随和、工作好玩得也好的朋友。那首歌怎么唱的啦？"跟你在一起，永远没烦恼。"烦恼还是有的，只不过它微不足道，至多是激励我们前进的助力器。谁说编辑部人员整天正襟危坐，皱着眉考究文学的"深层结构"？那不把刊物办成木乃伊了吗？正因为朋友你的层面如此丰富多彩、婆娑多姿，才吸引了省内外一大批老中青倾慕者。跟你在一起，多好啊！让我们重温昔日的欢乐吧。这时，最好来点酒。

没错，是应该来点酒了。《鸭绿江》不是禁酒的江。而我，又怎能忘了你，善饮好客的朋友！在笔会的桌席旁，我嗅到了你的感情；在节日的聚餐中，我尝到了你的好意。但最令我魂牵梦萦的，却是非正式场合的密友的小酌。没有大虾、没有烹海参、没有燕窝鱼翅熊掌甲鱼，只有肉炒拉皮儿、只有猪肉炖粉条儿，甚至只有凉拌干豆腐或裙带菜或貌不惊人的明太鱼，加上一瓶廉价的老龙口白干，或者几瓶家乡人引以为荣的沈阳啤酒，我们七八人、三五人，有时只有两个人，我们就能喝得痛快淋漓，惬意无比。那是些多么兴奋的时刻哟！三杯酒下肚，原本就很亲密的距离一下子又缩短了不

老少。我有幸，我听到过你心灵的波动；我感慨，我瞥见过你眼角的泪花。夕阳黄昏，华灯初上，你的容颜别有一番风韵。你得到的已经很多了，你已经很美了。但我知道你仍然不满足，你怎么会满足呢？当今文苑千娇百媚、争奇斗艳，谁不想一领风骚、再领风骚，永葆迷人的魅力！我惭愧、我赧然，我满心想为你多出一把力，却缺乏应有的才气和智慧、勇气和毅力。但我能献上一种忠诚、一种信念。我绝对相信，在新的黎明新的正午新的黄昏，你会变得愈发光彩动人。

来，朋友，我们再呷一口胜似琼浆玉液的家乡酒。说什么君子之交淡如水，我们之间，没有酒怎么行呢？我颤巍巍地举起杯，远远地、默默地祝愿你，以诚相待的朋友、无所不谈的朋友、笑声朗朗的朋友、无拘无束的朋友、酒逢知己千杯少的朋友——人情味十足的《鸭绿江》朋友，祝愿你更新更美更有人情味！我知道，祝愿者们早已举起众多的杯盏。啊，朋友，你能看见我那只粗瓷小盅吗？

作者简介

刘齐，1951年生于沈阳。1968年到辽宁开原山区当知青，1971年到沈阳鼓风机厂当工人和厂报编辑，1982年9月毕业于辽宁大学中文系，获硕士学位。曾任《当代作家评论》杂志编委、辽宁省作家协会书记处书记。现居北京，任北京市杂文学会副会长、《南方周末》等媒体专栏作者。出版有《刘齐作品集（八卷）》《形而上下》《中国杂文·刘齐集》《我的串联生活》《中国式幽默》（法文版）等著作。

从《鸭绿江》顺流而下

素 素

1974年之前，我只知道鸭绿江，不知道《鸭绿江》。知道鸭绿江，是因为父亲曾经跨过它，以中国人民志愿军身份抗美援朝，他是个汽车兵，好多战友都阵亡了，他身上竟连个弹片都没擦着。但他总跟我说鸭绿江，鸭绿江，鸭绿江。

1974年，我的确不知道《鸭绿江》，我只知道《辽宁文艺》。

彼时，我高中毕业还乡，有两个岗位摆在我面前，一个是去大队当小学民办教师，一个是回生产队当妇女队长，尽管从生理上不喜欢别人叫我"妇女"，但我不容置疑地选择了后者。当妇女队长的时候，我心有不甘，偷偷地给作家浩然写信，让他教我如何身在乡村写好农民。后来，我被调到公社当报道员，正是这个身份，让我写了此生第一篇散文《红蕾》。里面写了几位大连女知青，全公社的男女劳动力都聚在水利建设工地上，修一条几十公里长的引水大渡槽，她们几个成立了一个铁姑娘队，这个队专门劈石头，然后再用钻子和铁锤把花岗岩凿出一道道花纹，因为要用这些石块砌渡槽的外墙。她们其实是1974届毕业生，来工地不多日子，手和脸就被晒成了酱油色，劈石凿石的样子，竟看不出一点城市女孩儿的娇柔。采访她们的事迹，令我这个刚刚逃离生产一线的村姑暗自惭愧。所以，虽然她们自号铁姑娘，我仍然视她们为一朵尚未盛开的花蕾。

稿子寄给了《辽宁文艺》，写编辑部负责人收，因为我不认识编辑。不久，公社办事组就喊我接电话。电话是从大连打来的，一位女士的声音，她说她叫姜郁文，约我去大连宾馆见面。从复县赵屯公社到大连，需要乘汽车坐火车，那是一百五十公里的距离，因为是谈稿子，我愉快地去了。

1990年，在与姜郁文老师见面十六年后，我把这场难忘的见面写成了一篇《问候远方》，因为我听说她退休了。

我迟疑又迟疑地走进那座到处铺着红地毯，窗和屋顶升空般高远的欧式建筑。

你正坐在一间屋里等我。在你手中，是我那篇生平第一次投进邮筒的散文。那十九岁乡村女孩儿羞涩而又膨胀的渴望，居然使你惊奇，一定要把我从山里喊来，看看我是如何土气傻气或者灵气。

那天太热太陌生，你说了许多话，事后却一句也想不起。只记得你年轻文静穿着白色夏衫，偏分的短发一边一个小卡子，笑容如柔月如母爱如遥远的理想。

或许因了那个夏天的印象，就决定了一生的抉择。几年以后，我也做了编辑。每天早晨，当我安坐在桌前，看刚刚出版的报纸，看副刊上经过我的手编发的作品已排成铅字美丽潇洒，就想起了十六年前，想起印在红地毯上的白色夏衫。记忆越来越抽象，越来越单纯，你已在远方凝成一座金像。

编辑的眼中，不仅有被写进作品的人，还有写作品的人，那是两副重担。可我不知道，当我坐在作者面前时，笑容有没有你那样美丽，心灵有没有你那样清纯。

夏天就在前面不远处，郁文老师，我们还能再见吗？

摘录这么长一段，主要是为了感恩。那篇散文发在1974年第十一期，记得收到样刊那天屋外正下着雪，散着墨香的《辽宁文艺》在公社机关各个办公室传看，我的心像雪花一样飞舞。事实上，姜郁文老师不只是发了我的处女作，而且影响了我的人生。虽然只见过一面，但我无时不在问候远方的她。我查了一下名词解释，"问候"即问好、问安之意，可见我并没用错这个词。

我是后来知道，《辽宁文艺》的前身是《鸭绿江》。就是说，我早就与《鸭绿江》结缘了，只是它当时不叫《鸭绿江》而已。

第一次与《鸭绿江》照面，是在1981年夏天，《鸭绿江》与沈阳军区联合举办"海洋岛笔会"，我有幸受邀参加。在这次笔会上，我不但认识了《鸭绿江》女编辑刘琪华老师，还认识了主编范程、副主编童玉云两位老师。当然，还认识了许多位已经著名和还未著名的作家朋友，陈玙、王中才、刘兆林、迟松年、胡世宗、胡小胡、林和平、刘元举、庞天舒，以及我的老同学高满堂，等等。

这是我第一次登上海岛，并且从此知道了什么叫海岛。海岛是一种与陆地决然不同的存在样式，它的四周被海水围绕，海水让它与陆地隔离，这种隔离也许是在一瞬间发生的，它们彼此的相望却千年万年。命定的孤单，让它只能坐成这种守望的姿态，却让住在陆地上的人写出了八仙过海的神话。我还知道了海岛人怎么生活，海岛的女人守在海边，海岛的男人站在海上，女人扎着花头巾赶海，男人摇着大橹把打鱼。张家楼的女人们用黄花菜和黄花鱼馅包饺子给我们吃，那水灵灵的鲜，这辈子再就没有尝过。那天中午，我一个人在张家楼哨所下面的小海湾游泳，游到深水区突然紧张，呛了好几口，因为手忙脚乱浮不出水面了，危急关头，张家楼哨所一个小战士把我救起来。这次历险，成了海洋岛以及海洋岛笔会留给我的生死纪念。

笔会的时间有一个月，吃和住都非常快乐，就是写作不快乐。

这是小说笔会，左右都是写小说的，只有我是生手，写过几篇散文而已。那时的笔会与现在不同，现在的笔会只是大家会一会，稿子回去写，当年是住在招待所里，一住就是半个月二十天。时光漫长，我也试着写了一篇，但是别人怎么看都说像散文。第一次见《鸭绿江》，我连小说的门儿都没摸着，最后竟交了白卷，每每想起来，都觉得特别对不住慈祥的范程老师、爽朗的童玉云老师、优雅的刘琪华老师，而且对《鸭绿江》的歉疚感，久久不能散尽。

不过，我后来勉强写了两篇小说，一篇叫《海皇》，一篇叫《葡萄架下的絮语》。那时是迟松年当《鸭绿江》主编，大概看我可怜，赖赖巴巴都给发了。有意思的是,《海皇》的作者署名错了,给写成了《天津文学》编辑陈吉蓉。那么烂的小说"王"冠"陈"戴,人家肯定不愿意,记得后来做了更正。可惜的是,有一次搬家,我把早年作品发表的样报样刊装在一个纸箱里,不知被搬家公司搬到哪里去了,发现丢失为时已晚,找人家也不认。呵呵,好容易能在《鸭绿江》发出小说,却以这样的方式遗失。

回头看看,我与《鸭绿江》最近最深的交集,也就这么两次,一次是我的处女作在《鸭绿江》发表,一次是海洋岛笔会受《鸭绿江》邀请。这次笔会最遗憾的是没写出东西,最惊悚的是差点儿掉到海里。但是,还有最意外的惊喜。

我从妇女队长变身为公社报道员,是因为浩然先生给我写了一封回信。1981年夏天,《鸭绿江》在海洋岛开笔会的时候,春风文艺出版社正好在大长山岛开笔会,而且浩然先生也来参会了,当他得知我在海洋岛,当要塞区首长听说他想见我,专门派了一艘快艇接我去大长山。我和浩然先生从1973年开始通信,这还是第一次见面。他刚刚写完一个六万字的中篇小说《姑娘大了要出嫁》,有出版社等着要,便让我和他女儿春水帮忙抄写。后来,《鸭绿江》还用一个专栏发表了我和浩然的通信。因为刊物遗失,我已经记不清发在哪一期。

其实,在我的文学人生中,与《鸭绿江》一直有扯不断理也不乱的温暖牵系,虽然以前从没去过《辽宁文艺》编辑部,以后也从没去过《鸭绿江》编辑部,但是历任《鸭绿江》主编、副主编和散文编辑都给我发过稿子。只是我写的太少,没给《鸭绿江》添什么彩,这是最让我气虚的。

现在想想,或许与姜郁文老师有关,她当年对我的影响不只是当个好编辑,还包括只能写散文。而我的散文,是从《鸭绿江》顺流而下的。当年,我曾用文字问候姜郁文老师。现在,我用文字问候《鸭绿江》。

作者简介

素素,中国作家协会会员、辽宁省作家协会原副主席、大连市文联副主席、大连市作家协会主席、大连大学硕士生导师。曾获辽宁省"最佳写书人"奖、辽宁省"优秀青年作家奖"。散文集《独语东北》获第三届鲁迅文学奖散文杂文奖、《流光碎影》获第二届新闻出版总署三个一百原创工程奖、《张望天上那朵玫瑰》获第三届中国女性文学奖等,已出版十多部散文集。现居大连。

在老龙头写《重合》

洪兆惠

2022年7月，在省评协换届会上见到作家张颖，说起《鸭绿江》杂志在山海关老龙头举办笔会的事。那是1987年，洗海澡的季节。当时，她在《鸭绿江》做小说组组长，由她推荐，我参加了笔会。我问：我还没有真正发过小说，怎么就参加了笔会？她戏谑说：看到了你的潜力。屈指一算，三十五年过去了，如今我仍然在学写小说，学这个，学那个，还是写不好，这是什么潜力啊！

我在省文联理论研究室从事评论，兴趣却在创作上。不光我，研究室还有别的同事，一心想写诗写散文，这让主持工作的老寒很恼火。老寒，就是寒溪先生，我们打心里尊重的长者，但我们愿叫他老寒。老寒会上会下，说起创作，鼻子不是鼻子，脸不是脸：你们，怎么就不能安心搞理论，理论不比创作重要？一时间，创作在研究室转为地下。20世纪70年代末到80年代中期，省文联和省作协都在张氏帅府（现为张学良旧居陈列馆），但理论研究室除外，在省文联现址办公。因为想写小说，一去张氏帅府（现为张学良旧居陈列馆），就愿意往《鸭绿江》的人堆里凑，心想，在那里编小说多好。暂时当不了小说编辑，那就和小说编辑交朋友。《鸭绿江》在我没有作品的情况下，邀请我参加笔会，这是朋友给的好处。我特别珍惜。

《鸭绿江》老龙头笔会，准确地说，叫组稿会。杂志社要求参加者在笔会的时间里完成一篇稿子，笔会上没人讲课，也不开会，两个人一个房间，关起门就写，累了你就到海边散步，或者下海游泳。三顿饭，好吃好喝，晚上那顿，大家放松，能喝的喝个尽兴，不能喝的，也被软硬挟持弄个脸红。我的感觉，晚上聚餐很享受，不是吃鱼虾螃蟹，而是文学家庭里的那种氛围，编辑作者，和洽，义气，其乐融融。

我和史卫国一个房间，我们是同学，一个寝室上下床住了四年。我们也是朋友，大学期间，同时迷上车尔尼雪夫斯基，景仰他在西伯利亚流放苦役中的英勇不屈，我们不知天高地厚，依据史料，写出几万字的话剧《车尔尼雪夫斯基》。我们把剧本送给俞智先老师，俞老师看后说，前半部分细腻，后半部分粗糙。后半部分出自我手，但我认账，不觉得难为情。史卫国的写作基础比我好，入学前写诗，上学后与高满堂合作的小说被《小说选刊》选载过。

我文字功夫差，写什么都离不开字典。去老龙头，我没带书，而背上一本厚厚的《现代汉语词典》，史卫国惊讶：不至于吧？我俩舍不得时间去玩海，吃完饭就猫在房间。我们住的好像是一家疗养院，房间里没有写字桌，我们伏在床上，用钢笔和稿纸写小说。史卫国编党刊，笔会对于他，是难得的文学回归，他靠在行李上，凝神窗外，淡定，从容，胸有成竹时，拿起笔，唰唰写个不停，让人忌妒。我是个笨人，做什么都靠笨功夫，写作也是如此，写了改，改了写，反反复复，一点点苦磨。不管好坏，笔会结束时一定交上一篇用心血煎熬出来的作品，不然就辜负了《鸭绿江》和朋友的扶掖。

参加笔会的还有一个同学，下一级的，叫谈一学。毕业后他一直写作，小说成手。他不像我们，很少憋在房间，玩得潇洒。看海、游泳、轻松、快乐。他大个儿，文质又野性，标致的东北汉子。因为他的身边总有女作者陪伴，我们不时逗他，他不生气，反而得意。我清楚，他这种状态才能写出好东西，因为他心自由，写起来放得开。后来好长时间没有他的音信，一打听，去世了。我不相信，那个高高的、健壮的、一身生命能量等着释放的谈一学，怎么说没就没了？我想找到他提交笔会的作品，特别想看，想知道那时他的内心状态。

我猫在房间，吭哧吭哧七八天，写出两万多字，转年的《鸭绿江》第2期，以"重合"为题发表。这是我真正发表的第一篇小说。今天回头重读，一些段落幼稚可笑，让我无地自容，但总体上，小说体现了我一贯的创作观。小说中的人物，不管男人女人，都是作者自己；他们抗争还是沉沦，都是作者在现实中痛苦折腾的表达。《重合》写了一个作妖的农村女人，她放纵欲望，追求自由，大胆跳出平庸生活。而对这个女人的讲述，是一个知性的现代女青年。被讲述者是舅妈，讲述者是外甥女，她们都有一颗深隐世俗平庸而向往自由的灵魂。外甥女走近舅妈的过程，是一个现代女性对自由灵魂进行体认、反省和证悟的过程。当时为什么会把小说写成这样？这与思想环境有关，与我的精神诉求有关。20世纪80年代，高调倡导启蒙、松绑、解放，由此带来个体的觉醒。个体的发现，对个体诉求的尊重，是社会进入现代的一个标志。我和我写的文字，无不带着时代的这个标记。有趣的是，那时写小说工于构思，讲究布局，而现在，我在作品整体面貌上，追求浑然天成，了无痕迹。我对小说的认知，始终没变，今天写小说，仍然是老派写法，写人物，就写"实心的"的人。所谓"实心的"，是指人的内在丰满。

小说初稿交上去后，责任编辑张颖说了什么，我不记得，不过，交稿时的忐忑至今清晰，像念中学时交上作文，既害怕否定，又期待好评。当然，更希望《鸭绿江》主编迟松年看好这篇小说。我参加笔会，除了完成一篇东西，还有一个期望，那就是得到编辑的点拨，特别像迟松年这样的名家，给我三言两语，肯定会有指点迷津之效。

迟老师一直都在笔会现场。除了照面打招呼，几乎没有跟他说过话。因为他是主编，他沉默，他年长，更重要的，他是全国短篇小说奖得主，他在我的眼中，高高在上，神一样的存在，即使有说话的机会，也会慌乱，不知道说什么才好。笔会结束前的晚上，我们吃了海鲜，夜里几个人拉肚子，闹到医院。我和史卫国无事，睡得香，不知门外事。早上听说后，我们到了迟老师的房间，他大头朝下躺在床上，两只手垫在后脑，看着天棚想心思。他想心思的样子，好像是他的常态。问他夜里怎样，他说："我没事，吃海鲜从来没事。"语气中充满自信。在整个笔会，他给我留下印象的话，可能就是这句。记忆中,关于小说,他没有说过什么,好像小说在他心里,只属于自己,无须拿出来和别人谈论。

没有想到,笔会于我,还有后续。有天老寒找我,说《鸭绿江》调你。我愣了,不知原委,这一点老寒清楚,也就平和,没有往日的急躁和刻薄。他不同意我去,他是理论至上者,在他眼里,搞理论才货真价实,才是真正的高大上。老寒说服不了我。到文联工作后,我发现,我更向往做个文学编辑,那样离小说更近,易于融入小说。为了动摇老寒,让省文联放我,有天晚上,我竟然去了迟老师的家。这非常反常,我不强求什么事,不会为自己的事去央求谁,可见我多么心切。他的家在长江小区,一个人住着,屋里只有我们两个人,常常静场,静场对于他,自然,而对于我,尴尬。我请求,能不能再和文联说说,调我执着一点。迟老师只是重复一句话,三个字:"等等看。"他不解释,也不暗示,这就是他。

2005年4月25日,我去鞍山为省文联商调干部,见到市文联的人,他说刘兆林主席昨晚来鞍,今天早上参加迟松年的告别仪式。我心里咯噔一下,应该去送迟老师啊,他是我一生要感激的人,只可惜,我不知他走了。迟老师23日走的。那天去他家之后,我和他没再来往。我非常自责,爱小说就应该和他走近,这与去不去《鸭绿江》无关,因为他写出过好小说。

作者简介

洪兆惠,退休前供职于辽宁省文联。长期从事文艺评论工作,曾任《艺术广角》杂志主编,辽宁省文艺评论家协会主席。近年在《鸭绿江》上发表的散文和小说有《县志里的那行字》《小小说四题》《我是不是你最疼爱的人》等。

我与《鸭绿江》的情缘

白小易

20世纪80年代初，我还没有毕业，辽宁的三家著名文学期刊《鸭绿江》《芒种》和《海燕》都已经发过我的小说作品。这使我在同学们中间显得十分荣耀。那时中文系的学生中，至少有一半人是想当作家的，但真正在文学期刊上发了小说的，每个年级也就一两个人。我写的第一篇小说是投给上海《萌芽》的《可怜的维纳斯》。过了几天，又把刚写好的第二篇小说《无题》寄给《芒种》。不过《无题》早刊出了一个月，我的处女作也就变成了《芒种》这篇。我记得在《鸭绿江》发表的第一篇小说是《小雨·伞·那扇门》，是我写出的第三篇小说，也是三篇里最长的一篇，是作为"短篇小说"发表的。而那两篇都算是"小小说"。学生有作品发表，学校的大喇叭会当作喜讯来公告，并且全文朗诵，并且重复了许多天。图书馆阅览室里的当期杂志，也被翻阅到卷边起毛。所以说那时写东西是挺有意思的。从那时开始，我的就业意愿就是到本省的这三家期刊中的一家去当编辑。毕业实习，我也是在这三家里选的。因为想顺便实现第一次看海的愿望，我去了大连的《海燕》编辑部。十来天时间，帮一位老编辑看完了案头堆积如山的稿件。但是毕业分配时，这三家期刊都没有"指标"，我就望文生义、自以为是地去了一家体育报社。去了才知道根本不像个报社，人家本来就是以体委的宣传处为班底的。

这家报社组建过一支"辽沈体育记者足球队"，里边有员骁将叫刁铁军，应该是当时某广播电台的记者。我也入了队，但球技差点成色，是担着"队医"的名分跟着玩的。一年多以后，我找机会调入了《芒种》当编辑。而那位铁军，不久也成了《鸭绿江》的刁斗。

此时，做我责编的边玲玲学姐转去做了专业作家，我在《鸭绿江》的下一位责编自然就成了刁斗。不过我们没合作多久，北大中文系学霸张颖的到来，承包了之后我在《鸭绿江》所发的大部分稿件。很多年后张颖换了工作，宁珍志、李黎先后是我的责编。最新的责编，是还未曾谋面的安勇。

两个编辑部离得不远，也都各自居于沈阳的著名老宅里，又有很多共同参与的活动，所以交流就很充分。《鸭绿江》所在的张氏帅府（现为张学良旧居陈列馆）本身也很有吸引力，所以除了各种文学活动之外，有时去就是去玩。在那个老宅子里，听刘嘉陵（他也曾是《鸭绿江》编辑，同时也是我同学）唱过京剧——大宅子真的很适合唱戏，墙壁和天花板挺拢音的；在编辑室和刁斗、宁珍志、李黎打过扑克；在二楼走廊里和刘元举打过乒乓球……有时他们也会跑到《芒种》找我们玩儿。当然我们也不仅仅是玩儿。好像是在1988年参加省作协第某届会员代表大会的某天晚上，我与《鸭绿江》的三个年龄相当的编辑，坐在辽宁大厦的房间里畅聊文学与人生，不知不觉天都亮了。唉，年轻真好啊。

同在沈阳的《鸭绿江》和《芒种》，那时各自聚拢了一些辽沈的青年作家。当时看，两边的"成色"应该差距不大，可多年以后再看，在《鸭绿江》当过编辑的那些人都保持着旺盛的创作热情，而在《芒种》待过的几位却几乎都成了偏居一隅的"隐士"，不但著作稀少，甚至都不愿见人了。这是物以类聚人以群分，还是其他原因？哈哈。

我和《鸭绿江》的缘分可谓不浅，实际上我也曾多次尝试加入其中。二十多岁我就要求调动工作，去那里上班。当时的领导，在我看来也答应了，但不知怎么就不了了之了。最后的一次"机会"，是直到刚跨入新世纪之后的某年。当时《鸭绿江》发公告，面向社会公开招聘主编。我想以前没当成《鸭绿江》的小编，当个主编也算是聊补遗憾了。于是踊跃报名参与。但是万万没想到，我此行却是上演了一出可笑的乌龙。事情是这样的：此前我有过两次在《芒种》参加主编竞聘的成功经历，所以对那套"程序"已经熟知。报名之后先搞个热场的仪式，然后还要调查一下参与者的资历，最后才举行有群众参加的大会，各自阐述大政方针，由专家和群众分别投票，举行竞选。可是《鸭绿江》没这么麻烦，直接一个座谈会就竞选了。我又是被指定第一个发言的，怪我事先也不了解一下程序，以为是随便说说，结果一通东拉西扯……然后发现别人都在真刀真枪说实事，就感觉不对了。以我的性格，又不可能要求再发言一次。结局可想而知，本人就这么失去了最后的一次进《鸭绿江》的机会。

这么多年过去了，这事也不过给自己增加了一个笑料，真去了又能如何？

近来已经很少写东西了，约稿也不敢接。现任《鸭绿江》主编陈昌平先生，与我只见过几面，却每每让我有神交知己的感觉。他嘱我写一篇，我觉得无法拒绝。

写是写了，是否有趣值得怀疑，但不管了。

作者简介

白小易，1960年8月出生在沈阳，汉族，一级作家，中国作家协会会员，辽宁省作协理事。小说《魔鬼超市》获得首届辽宁文学奖短篇小说奖（1999年）。获得辽宁省优秀青年作家（2000年）和沈阳市德艺双馨文艺家称号，另获各类文学奖数十项。代表作《客厅里的爆炸》曾获得中国文联与中国青年报联合征文一等奖，被国内外数百种报刊和选集转载，并入选美国NORTON出版社出版的《世界60篇优秀短小说》。已出版小小说集六部、长篇小说三部。

攀过"青黄岭"

孙惠芬

不知是一个怎样的年月和年龄，不知父母乡亲为一种怎样的心愿所驱使，那些关于谁家闺女找了有钱婆家谁家儿子娶了孤儿媳妇没早没晚的议论，便是我最初懂得人生具有某种意味的第一把钥匙。女的，到了一定年龄，不分力气大小个子高低，都理直气壮不容置疑地拥有一个权利——走到一个完全陌生的家族，一个完全陌生的天地，开始一种完全陌生的生活。这个新的家族、新的天地便对女子的命运有着全新的安排。最初写作，我写了一个乡村女孩面对人类这种现实的种种感情，就是这篇东西，在我心中圣殿一样的《鸭绿江》杂志上发表了，题为《攀过青黄岭》，一个大山深处的女子经不住大山外边世界的诱惑，痛苦而毅然决然地攀过青黄岭，嫁给大山外边辽阔而丰富的世界。从此，我这个黄海边上出生的农家女子，作为一个业余作者，也嫁给了《鸭绿江》这个文学的大家族，命运，在这个家族中，有了新的变化和起色。

难忘新乐小区笔会

加入这个家族，成为家族中一个成员，于是就有了各种情感的渗透，就有人想着我、挂着我、爱着我。1985年夏天，文学院三个月的假期，我又回到一家一户日子的孤独寂寞，无法忍受和无从解脱。突然一封打印信如同天书，召我去沈参加笔会。手捧信纸我心头和眼睛一同湿润了，远在如此偏僻的乡下，竟有人感召、温暖一颗小小的孤独的心。记得那是一个阳光姣好的天气，我平常出门远行很难遇到好天，妈妈说我，人要不聪，出门不下雨就刮风。而那天阳光确实姣好。沈阳，或者说新乐小区，冲荡着夏季的轻风和清爽，军区招待所院内，溢满清香的荟萃园树荫下，编辑老师与大家亲切交谈，谈走文学之路的艰难，谈人生之困惑，谈各不相同的生活中从不间断的小小哀乐，一起吃，一起住，编辑老师是我的朋友，我尝到一次心灵解脱思想解放的痛快，我觉得，新乐小区笔会，在我不算饱经沧桑但也有所经历的人生中，我得到了极难得到的幸福的一瞬，是这一瞬，是这创作的最佳境界造就了我，对我的创作来说，自觉有所起色。《闪光的十字架》，就是在笔会期间创作的。它是我在《鸭绿江》上发表的第二篇作品。

难忘凉水湾笔会

又是一年8月，天气燥热，空气凝结，在庄河，在家乡的每段空间，都难能找到得以乘凉的地方，我上班的办公室狭小而拥挤，乡下家里的房前屋后充满了各色音质的嘈杂，心里没缝，笔也滞涩，正值此时，《鸭绿江》再一次呼唤着我，呼唤着她家族中的每个成员，把大家从乡下从机关从小城从偏远地带一同集到大连凉水湾，集到这空气湿润、每到一处都让你感到彻骨清凉的海边。海，我家住黄海北岸，却是第一次目睹大海的美妙动人之处，也是第一次与它这么亲近，朝夕相处，更是第一次感到产生于大海的博大宁静之中的一种不可遏制的创作欲望，这种欲望如一巨大涌浪溅出的泡沫，淹没吞噬了空气中一切燥热气息，从心灵深处撬开一条缝隙，我回首以往的生活，那种旧文化和新文化接触时产生在自己内心的骚动、迷乱、不平衡、不谐和，使我想到音乐中应该有一个叫作"变调"的曲调，我不懂得音乐，但我想应该有这样的曲调，它的音乐表情是惊惶的、不安的、激动的，有时是古怪的、变幻无常的而最终流向温柔的、谐和的、悦耳的，就像风停雨住的海面，平静、安谧。于是我写了题为《变调》的小说。

《变调》写出后，得到编辑老师的热情推荐，被《小说选刊》选载，《鸭绿江》为我创造了《变调》，《鸭绿江》使《变调》创造了一个新的我，我的创作生活因为《变调》有了更大的转变和起色。

今天，在《鸭绿江》周年纪念日里，我写出以上一段文字，以表对《鸭绿江》的衷情，我要说，我永远感激《鸭绿江》对我的扶持和关怀！

作者简介

孙惠芬，1961年生于庄河。初中毕业曾回乡务农，后当过制镜厂工人，念过函大，1984年至1986年间在辽宁文学院学习创作。著有《孙惠芬文集》七卷、长篇小说《歇马山庄》《上塘书》《后上塘书》《寻找张展》等七部。曾获冯牧文学奖、曹雪芹长篇小说奖、中国女性文学奖、第三届鲁迅文学奖、人民文学优秀长篇小说年奖等，部分作品介译海外。现居大连。

在《鸭绿江》上发小说

津子围

近一段时间以来，不知为什么我对那种强势的、装饰性强的语言产生了天然的反感，觉得那是一种特别自恋、装点门楣的感觉，就像去攀附自己家从未有过联系的旁系亲戚或者祖上有些名气的本家。这样说也不是一点根据没有，比如有人去过一个地方，因为那个地方是大咖的故居，于是洋洋洒洒写出万言文章，其实他不过穿堂而过，在里面拍了几张照片，然后百度一些看似正确、其实经不起推敲的内容来填充，好一点的改成自己的语言方式，粗暴一些的干脆直接使用，不明就里的读者看到，哇，真了不起哦。我在想，写这篇文章的心态是什么呢？一方面昌平先生给我打电话约稿，他说的理由是，本来约了某某，但某某说在《鸭绿江》上只发过一篇稿子，不便写。因为我曾经在《鸭绿江》发过一些小说，所以让我写比较合适。可以这样说，如果不是因为约稿、不是因为我好面子的话，我想我是不会写这样的文章的，因为写这样的文章很容易让自己矫情，像演员表演之前，先酝酿一番情绪，接下来开始使用"难忘""感动""感慨"等高频词，讲述在文学创作成长经历中，杂志多么重要和关键，编辑如何扶持和帮助，最好回忆到或者虚构出感人的细节，这个套路一定没大毛病，应该符合编辑纪念文集的需要，也能让翻到这本书的读者习惯。习惯的东西读者不一定认真去读，但几乎没有风险，不然呢，有人会不舒服，甚至会认为你这个人怎么不懂感恩呢。因此真的写这篇文章时，我的确是有完成任务的压迫感，除了个别小说有印象之外，有一些甚至我自己都忘记是哪年写的、发表在杂志的哪一期上。

为了写这篇文章，我不得不去查找资料，居然找到了十一篇中短篇小说，下面就是发表小说的篇目和时间：短篇小说《大雨》（1998年2期）、中篇小说《我家的保姆梦游》（1999年10期）、短篇小说《马凯的钥匙》（2000年8期）、津子围小说两篇《在河面上行走》《裂纹虎牙》（2000年11期）、短篇小说《手机锁上了》（2001年4月）、中篇小说《陪大师去讨债》（2001年11月）、短篇小说《民工大宝的约定》（2003年5期）、短篇小说《国际哥》（2005年8期）、短篇小说《遗产》（2006年5月）、中篇小说《一县三长》（2014年1月）、短篇小说《大师与棋局》（2018年1月）。回头审视一番，觉得这些小说的发表与自己不同阶段的创作状态有关，也与《鸭绿江》杂志的兴衰际遇产生某种联系。

在我看来，《鸭绿江》就像一座历经风雨的文学老建筑，我写的小说勉强可以算是贴在它墙上的一个瓷片。作者是个烧窑工，编辑就像装修师傅，我的瓷片烧得怎么样取决于我的审美、经验、功力甚至是认真程度，而用不用这块瓷片、把这块瓷片贴在什么位置、贴得牢固与否则是装修师傅的事了。我相信那栋老建筑碰到的作者定会是各色人等，当然老建筑里的编辑也有差别迥异，由于是省内作者，加之《鸭绿江》在我心目中的位置，那些年新写了小说，我一般都先投给《鸭绿江》，不巧的是，我遇到了一位难以琢磨的编辑，几次稿子落到他手里，他都说稿子就差那么一点点，再打磨打磨就完美了，至于怎么打磨他没说，我也不清楚，反正他既不退稿也不发稿。三个月之后，我把稿子投到别的刊物，陆陆续续都发表了。或者说，那两年发在《人民文学》《十月》《当代》上的小说，都曾在那栋老建筑里被那位编辑"盘"过。我相信那位编辑应该知道稿子的最终结果，有意思的是，他见到我像什么都没发生过一般，问我"最近怎么不给我们稿子啦？……你的小说写得好，要是再打磨打磨就完美了！"后来换了别的编辑，我的瓷片终于贴在这栋文学老建筑五彩缤纷的墙上。1998年到2006年，我在《鸭绿江》上发表小说的频次挺高，大多数是约稿，而且出刊时间都非常快，当然也有我主动投稿的，比如短篇小说《马凯的钥匙》和《国际哥》。《马凯的钥匙》发表后，当年《小说选刊》和《中华文学选刊》分别转载，年底收入中国作协创研部编的《中国年度最佳小说·2000年卷》，次年获得了第二届辽宁文学奖。而这篇小说首发的责任编辑却一直默默无闻。时光流转，场景移到二十一年后的2021年12月，辽宁大厦一个会议室召开《鸭绿江》创刊七十五周年座谈会暨《鸭绿江》文学奖颁奖典礼，座谈会上，老编辑宁珍志提起当年编辑《马凯的钥匙》，我这才知道，原来宁先生才是那位默默奉献的"装修师傅"。可惜，座谈会后我因公务匆忙离开了会场，没能参加当日的工作晚餐，至今也没机会向宁先生敬一杯茶。

再说一说另一位"装修师傅"张颖。2005年5月我在北京出差，工作间隙草草完成短篇小说《国际哥》，那时候没有微信联系这么方便，只能把小说的电子版发到编辑部邮箱。两个月后，我正想问问稿子情况，突然收到了《鸭绿江》样刊，小说发在8月号上，责任编辑是张颖。《国际哥》是一篇转载率较高的小说，同年10月《小说选刊》《小说月报》同时转载，先后收入《2005年短篇小说精选》（漓江文艺出版社）《2005年短篇小说选》（长江文艺出版社）《2005最受关注的小说》（上海科学技术文献出版社），还获得《鸭绿江》文学奖。后来张颖又编过我的几篇小说，不过她从没跟我提起编小说的事。2017年在盘锦、兴城参加全国文学名刊主编辽宁行暨2017秋季文学名刊主编高峰论坛活动，餐后大家散步，我跟张颖说起十几年前发稿子的事，她似乎大气地忘记了，只是老朋友一般谈天说地，比如如何下载一个花卉植物识别的程序，边走边拍照，对路边花卉植物的识别准确率不厌其烦地勘误。

2006年之后很多年，没再走进那栋文学老建筑，一方面是它的装修风格不断变化，另一方面因单位工作繁重写的确少了，直到于晓威先生和陈昌平先生办刊，我才又发了中篇小说《一县三长》和短篇小说《大师与棋局》。

回过头盘点一下在《鸭绿江》上发表过的小说，我觉得其中很多"瓷片"都不尽如人意，同时也反映出那个时期浮躁的心态和功利的倾向，比如《民工大宝的约定》就是去蹭所谓的底层写作的热度，而我本人根本不熟农民工生活，用了农民工大宝这个符号，或者是套子来填充了我的主观想象，也就是我自认为的农民工精神和农民工形象，现在自己都不好意思去翻看，甚至想一想都觉得脸红。还有中篇小说《我家的保姆梦游》，这篇小说写于1998年，正是国企脱困期间。小说写的是一位在大型企业环境里长大的职工子弟，无论如何不会想到自己有一天会成为这个大企业的厂长，然而时过境迁，当年兴旺发达的大企业已风雨飘摇面临破产，为了企业的生存和发展，他苦苦挣扎、顽强拼搏。小说发表之后受到一家权威选刊的关注，编辑部多次跟我联系，拟定转载，最后终审时撤下，原因是我的小说中有一个情节。抛开这个话题不说，小说本身完成度不足，比较急促和粗糙，"事件"大于"人物"，故事淹没了叙述。总之，那一时期的创作总不免带有功利的烟熏火燎味儿。抱歉啊！

有一年去波兰的克拉科夫，走在疙疙瘩瘩的老街上，因贸然闯入一家博物馆，我被墙上琳琅满目的艺术瓷片一下子吸引住了。展厅里没几个人，讲解员热情地接待我和陪同翻译，从翻译那里得知，原来那面墙的瓷片很有历史，有的是13世纪、有的是14世纪、有的是15世纪……离开博物馆，我还看了看挂在门口的腐蚀铜牌，可惜我不认识那些组合起来的字母。虚荣心作祟，我也没好意思问翻译。现在，我猜想当时制作瓷片的人和镶嵌瓷片的人或许是非常好的朋友，起码是心有灵犀的相知，不然，那些东西搭配在一起怎么那么协调而恰当呢，风化了几个世纪之后，仍旧散发着迷人的气韵。

作者简介

津子围，一级作家，辽宁省作家协会副主席。著有长篇小说《收获季》《童年书》《十月的土地》等15部。著有中篇小说集《大戏》等7部。作品曾获《小说选刊》中篇、短篇小说奖，中国作家大红鹰奖、小小说金麻雀奖、曹雪芹长篇小说奖、首届鲁艺文学大奖。参与创作多部电视剧获第二十五届、第二十六届中国电视剧"飞天奖"和"全国五个一工程奖"。电影剧本获2019中宣部电影局"夏衍优秀剧本奖"。话剧《北上》获第十七届中国戏剧节"优秀剧目奖"等。

一条大江波浪宽
——我与《鸭绿江》的滔滔情缘

李 铁

在白衣胜雪的 20 世纪 80 年代，我有几本爱不释手的文学期刊，《鸭绿江》就是其中一本。因为是本省的刊物，又多了一份别样的情感，这情感中有一种成分最为明显，那就是觊觎，以觊觎的眼神盯着它，祈望有朝一日，也能以作者身份，和那些自己崇敬的作家一样，登陆这本刊物。那个年代，去邮局的报刊门市部是我的主要休闲方式之一，只要有新出版的刊物上市，我总会要过来翻翻看看，然后选上几本买回家。这几本中几乎都会有《鸭绿江》。

《鸭绿江》历史悠久，自 1946 年创办以来，一直引领着辽宁的文学创作，更是文学青年心中的圣殿。能在《鸭绿江》上发作品，是很多文学爱好者们的目标。《鸭绿江》也是我的文学启蒙刊物之一，在这里，看到过许多喜欢的作家的作品。我 1980 年代中期开始习写小说，就是想往这些刊物投稿，就是想当一名作家。这样的初衷难免带有一定的功利性，年轻人嘛，没有功利心也就没了动力。作家当时有类似明星的光环，这种光环照耀了众多的读者，也造就了一批又一批的文学爱好者。当时锦州的作家孙春平老师，就是我们这些文学爱好者心中的明星，崇拜的对象，幻想着有朝一日也能当上这样的作家。记不得是哪期《鸭绿江》发表了孙老师的短篇小说《吃客》，我在邮局的期刊门市部买了这本杂志，身边的朋友们（绝不仅限于文学爱好者）争相借阅，一睹为快。记得当时的广播电台也播过这篇小说，我住的院子里有个中年人把半导体摆在地上，好几个人坐小板凳收听，表情都相当专注。当作家，名利双收，何乐不为！那个时代，文学是可以立竿见影地改变命运的，如果能在《鸭绿江》上发表一篇小说，或者发几首小诗，没工作的能找到工作，有工作的能调换岗位。我认识的一名文学爱好者，他原本是翻砂工（工厂里环境最差最累的工种），就因为在《鸭绿江》上发表了诗歌，被厂领导调到厂宣传部，做了厂报副刊的编辑。这位仁兄后来虽然不搞文学创作了，但前途顺风顺水，在一连串重要岗位任职过。

第一次向《鸭绿江》投稿，投的是一篇叫《军帽》的短篇小说，六千多字，写的是一个青年人因为一顶军帽，在 1970 年代遭遇的一些事情，里面有理想，有江湖豪气，有生活残酷，也有自我消沉，写完自我感觉不错，投给了《鸭绿江》，两个多月后，收到了退稿和打印的退稿信。这以后，又给《鸭绿江》寄过几次稿子，都被退稿了。现在看来，我写的那些小说虽然文笔流畅，但生涩幼稚，还有些消极，不被采用是合情合理的。

有很多年，《鸭绿江》成了我单恋的对象。

写作者与一家刊物的缘分，其实就是作者与编辑的缘分。20世纪90年代初期，锦州文联每年都在笔架山举办笔会，每次笔会都会请来几家文学期刊的编辑。我第一次参加笔会，也是第一次与期刊的编辑老师近距离接触。文联让每个作者只带一篇作品，我记得第一次参加笔会带的是短篇小说《班组长》，这篇小说曾得到过孙春平老师的肯定，当时也被吉林的一家刊物的编辑看了，提了修改意见，我连夜改完，被编辑老师带走（若干年后，我把这篇小说改写成中篇《杜一民的复辟阴谋》，被《青年文学》发表，被多家选刊转载，还上了《北京文学》最新文学作品排行榜和中国小说学会的年度排行榜）。第二次参加笔会我带的是中篇小说《王国》，当时被黑龙江一家刊物的编辑看中带走了（若干年后，我将这篇《王国》修改，投给了著名的刊物《花城》，很快就被发表了）。这两篇小说当时都没有发出来。同时被编辑带走的还有好友张力（力歌）等人的小说，能被刊物发表出来的往往都是张力的小说（他的小说当时已具备一定水准），不管多少文友竞争，胜出的几乎都是张力，让我十分羡慕（这些事后来成了我和张力见面后的谈资）。

在笔会上热心推介我习作的孙春平老师跟我说，跟编辑要主动一些，这样会有更多学习的机会。我点头称是，可在这几次笔会上，仍羞于主动跟编辑老师打招呼。

记不得是第几次笔会了，市文联请来的《鸭绿江》编辑是张颖老师，在这次笔会上，我头一次主动跟编辑老师有了交流。张颖老师平易近人，虽然她年龄还没我大，但已经是一位成熟的文学编辑，给我的小说很多具体的指导。多少年后，她本人以女真这个笔名也开始发表小说，我们成了同行文友，多有交流。因为太熟悉，也敢直呼其名了，但说实在的，在她身边，我依然还会有一种习作者见编辑的感觉，那种由衷的敬意是永远抹不掉的，这就是编辑之于作者的感受和魅力。这一次我带来笔会的小说依然没有发出来，但两年后，我寄给张颖老师的短篇小说《煤场》却发出来了。

这是我的小说第一次上《鸭绿江》，我也算与《鸭绿江》真正有了互动的恋情，当时那种兴奋难以形容。这也是那些年我参加锦州文联笔会的唯一收获。

还有一次笔会，市文联请来的《鸭绿江》编辑是刁斗老师，他风趣幽默，平易近人，和参加笔会的作者们打成一片，往往在玩笑中就把写小说的真谛给讲透了，令我们受益匪浅。

我在《鸭绿江》发表的第二篇小说，是短篇小说《赵永刚的英雄设想》。小说写完后，我慕名冒昧地投给了当时的执行主编刘元举。元举老师没给我回信，我是在图书馆的期刊阅览室翻看《鸭绿江》时，看到了自己的名字和这篇小说，发的还是头题，激动的心情可想而知。这篇小说是在20世纪90年代中期国企改制的大背景下写成的，写的是一个叫赵永刚的青年工人，怕下岗就工作特别小心，总是在厂房里巡查，靠自己出众的听力，检查设备是否有异常的运行声音，有一次，他真的听到了异常的声音，去跟工友说，工友们听不出来，去跟班长和车间主任说，班长和主任也听不出来，说他疑神疑鬼。几天后，这个设备还是出事故了，负责这个设备维护的他被定为事故责任人。他心里憋闷，怀揣了火药手枪，在下夜班的时候在家属区转悠，射杀猫狗，用枪爆开别人家的仓房门锁等手段泄愤，成了黑夜中的一个"游侠"。不仅是赵永刚，其实我们每个人的身体里都有这样或那样的戾气，这些戾气是许多恶性事件的源头。怎么样化解戾气？是存在于每一个人一生中的问题。当赵永刚举起手枪，冲着镜子里的自己开了一枪时，他自己心目中的英雄已经坍塌了。这既是他个人的悲剧，也是时代的必然。

后来这篇小说还获得了1990年代中后期《鸭绿江》的刊物优秀作品奖。元举老师很欣赏这篇小说，给了我巨大的鼓励，也使我在写作这条道路上脚步迈得更加坚定。

2000年左右，我在《鸭绿江》发表了短篇小说《越来越温暖》《大乔小乔》等，均是头题位置。这时已经能网络邮寄了，这些小说我都是发给执行主编的，这个时期的执行主编就是当年的张颖老师。

这之后，我跟历届主编都有过联系，他们都是我的良师益友，像田永元主编、宁珍志主编、于晓威主编，到现任的陈昌平主编，都约过我的稿子。令我惭愧的是，我一直都没完成作业，2002年以后，约稿的很多，这个时期，我一直都在寻求写作上的突破，每写完一篇小说，都投给了全国影响更大的刊物，期望自己的小说能有更大的影响。说来还是惭愧，自己的写作一直没有期待到所谓更大的影响。写到现在，早已没了那时的心气。少了期许，多了平和，不温不火的写作成了日常，而且很享受这种日常。并要求自己，如果以后给《鸭绿江》写稿子，一定要对自己的稿子要求更严格，写出配得上这个刊物的有质量的小说才行。

2020年后，我身边的好友年轻的小说家安勇成了《鸭绿江》的特约编辑，这也使得我与《鸭绿江》有了更近距离的接触。我和安勇的聊天中就经常加入《鸭绿江》的成分，东拉西扯中隐隐倾听那条大江的涛声。近年来，安勇为《鸭绿江》编辑了不少辽宁新作者的小说，质量不错，受到广泛好评。

《鸭绿江》是一本海纳百川的文学期刊，在这里我读过各种风格的文学作品，一些小说是可以拿来当范本用作学习写作的，各种写作风格的作家也都能在这里找到自己的位置。《鸭绿江》的主编和编辑换了一茬又一茬，但作为一个辽宁的写作者，总是会和它保持着千丝万缕的联系。一方山水养一方人，辽宁这方作家或多或少都得到过《鸭绿江》的恩泽，写作风格中也会或多或少地带有它的影子。

我在多个创作谈中说过，小说其实就是写关系的，人与人之间的关系，人与物之间的关系。每每想起《鸭绿江》与作家，与读者，与我个人的关系，我都会情不自禁地想起远在辽东的那条大江，水气升腾，水势滔滔，一江春水向东流。

作者简介

李铁，20世纪60年代出生。锦州市作协主席。在全国各大期刊发表了《乔师傅的手艺》《杜一民的复辟阴谋》《冰雪荔枝》等大量中短篇小说，出版过长篇小说《锦绣》《热流》等，曾获得青年文学奖、小说月报百花奖、北京文学中篇小说月报奖、中篇小说选刊奖、上海文学奖、辽宁文学奖等多种奖项。

《鸭绿江》与我的众多第一次

苏兰朵

从事文学创作至今十六年，我拜访过的编辑部屈指可数，《鸭绿江》是第一个。

那是 2006 年的秋天，我在辽宁文学院新锐作家班学习。那一年我正准备出版一本诗集，但是尚未在文学杂志发表过作品。同班的同学像安勇、聂与已经发表过小说，我心里很羡慕。《鸭绿江》杂志的编辑某天下午来到文学院和我们座谈，很多同学在座谈后就把稿子给了他们。我当时没有准备。过了几天，我和几个同学去北方图书城买书，去之前大家决定，顺便去《鸭绿江》编辑部看看。

我记得我们买了一个西瓜，提着去了。进了编辑部，大家就散了，各自去找相熟的编辑。我谁也不认识，就说想见见诗歌编辑柳沄老师。柳沄老师当时不在，有人说他打乒乓球去了。我在他的办公桌前等着。过了没多久，他额头挂着汗珠回来了，比我想象中平易随和，我的些许忐忑也随之消失。我把打印的诗稿交给他。他说，我编诗歌一直有个习惯，老作者都知道，你有作品了就寄给我，有我看中的，我就留下，你不要着急，我给你攒着，什么时候攒够一组我都满意的，我再给你发。

2007 年 2 月，《鸭绿江》杂志发表了我的组诗《借着月光》。现在回头看，那依然是我最满意的一组诗歌作品。组诗标题取自诗歌《今天晚上》中的一句，个别字、词，甚至标点，柳沄老师也有轻微改动，使它看起来更完美。自那以后，我在很多杂志陆续发表了诗歌作品，但这些编辑的细节，我再未遇到过。因为有柳沄这样优秀的诗歌编辑，《鸭绿江》诗歌那些年在国内诗坛很有影响。我在转写小说之前，一直断断续续给柳沄老师投稿。2009 年 8 月，他又编发了我的一组诗《距离》。

因为写这篇文章，我回顾了一下自己的创作历程。蓦然发现，我众多的第一次都与《鸭绿江》有关。

《寻找艾薇儿》是我的中篇小说处女作，现在看，也是我的代表作。它发表于《鸭绿江》2011 年 1 期，被《小说选刊》头题转载，获得了 2011 年度中国作家出版集团奖，并且入选了多个文学选本。正是这篇小说，给了我继续小说创作的信心。当时的编辑是高威。她在电话中跟我沟通作品时的音色、语调，甚至笑声，至今我还记得。

这是一本我投稿次数最多的杂志，编辑过我作品的编辑有柳沄、高威、牛健哲、李黎、宁珍志、于晓威、铁菁妤、林雪等，我在其他任何一本杂志都不曾识得这么多编辑。其中，宁珍志老师更是编辑过我创作过的诗歌、散文随笔、小说等所有文体。

2016 年春天，宁珍志老师打来电话，跟我约一篇小说。稿子要得很急。我在写作上从来不是一个快手，尤其是写小说。跟我约稿的编辑，十之八九最后都不了了之了。但我当时觉得，宁老师的约稿不能拒绝。从写诗的时候开始，宁老师就是我的编辑，编发过我多篇诗歌散文作品。作为辽宁诗歌散文创作的年终述评者，他也一直关注我的创作。他曾主编过一套散文丛书《水湄文丛》，收录了我的散文集《曳航船》，这本书后来获得了辽宁文学奖的散文奖。于公于私，他都是我尊敬的前辈。我用了一个星期的时间，构思创作了一篇科幻题材的短篇小说《嗨皮人》，发表在《鸭绿江》2016年5期。这是我的第一个科幻题材短篇小说，后来被《小说选刊》转载。我的第三本小说集也以《嗨皮人》做了书名。

我的第一个文学随笔专栏也是在《鸭绿江》杂志开设的。这要感谢时任主编陈昌平的邀请。2020—2021年间，《钻石与铁锈》专栏以女性艺术家的艺术创作与情感生活为内容，每期展现一个人物。我共写了十二期，近十三万字。这对我来说是个挑战，很感谢《鸭绿江》给了我这个机会和平台，让我完成了自己一直想写的一个题材。

不敢说我最好的作品都给了《鸭绿江》，但发表在《鸭绿江》的作品对我都有着特殊的意义。如果让我选一本文学杂志来见证我创作上的成长，那必然是《鸭绿江》。

作者简介

苏兰朵，满族。一级作家，中国作协会员。曾就职于媒体与大学，现居沈阳。著有小说集《寻找艾薇儿》《白熊》《嗨皮人》、长篇小说《声色》、诗集《碎·碎念》、随笔集《听歌的人最无情》《曳航船》、电视剧本《婚姻治疗师》等。曾获全国少数民族文学创作骏马奖、中国作家出版集团奖、林语堂小说奖、辽宁文学奖、《民族文学》《北京文学》《长江文艺》《鸭绿江》年度优秀作品等奖项。有诗歌、小说作品被翻译成德文、日文，有小说作品被改编为话剧、电影。

《鸭绿江》1946—1956年总目录

《东北文艺》
第一卷1—6期总目录
1946年12月—1947年5月

专论

目前东北文艺运动我见	萧 军	01·001
哈市第一次春节新秧歌总结	向 隅	04·001

短论

和群众结合起来	金 人	02·001
油画和《连环图画》	张 仃	02·001
谈目前的音乐创作	吕 骥	02·002
一个建议	禾	02·018
关于民谣	高 阳	02·037
对新秧歌剧创作的一点意见	丁 洪	03·005
谈年画	华君武	03·010
新演剧的道路	江 凝	03·037
改造旧剧的诸问题	东 川	03·036
培养群众艺术的胚胎	林 珏	04·006
下乡，下乡，尽量多一些人下乡	严文井	05·001
应当照顾一下孩子们	王 奇	05·002
谈"国事痛"后的感想	绒 三	05·036
新"五四"运动在东北	萧 军	06·001

评介

万姐·华西莱芙斯卡亚	金 人	01·036
"采薇"篇一解	萧 军	03·016
读《腐蚀》以后	林 铣	03·028
介绍《李家庄的变迁》	刘和民	03·012
《农民翻身小唱》读后感	东 川	04·035
美国化的林语堂 爱蒙特·威尔逊作 冯亦代译		02·017
关于《手》	萧 军	06·015

讲座

写不出怎么办	李则蓝	01·014
怎样写作	草 明	02·005

史料

记鲁迅十年祭和	冯 明	01·004

东北文协的诞生

鲁迅忌辰在北平	草 明	01·005
王大化同志略史	佚 名	02·003

小说

孟祥英翻身	赵树理	01·006
老战士	周洁夫	01·030
老赵头	方 青	01·016
第一批货	史从民	01·012
米二婶伸冤	魏 伯	02·003
土地和枪	荒 草	02·019
喜事	刘白羽	02·032
徐福琨的遭遇	苏 棣	03·032
今天	草 明	03·014
家乡	陆 地	03·025
山坡语	恨 芝	04·030
伤兵的母亲	纪雪龙	05·003
星星	史从民	05·006
想起来了，8像个手铐	方俊瑛	05·026
手	萧 红	06·008
古镇的愤怒	戴 夫	06·028
歪歪屯的春天	陈 堤	06·039

报告

郭清典的溃减	文 翰	02·011
赵尚志团的组织者	周洁夫	03·016
送俘虏	周 夫	05·021
5号发电机	林 耘 史从民	06·018

通讯

国民党特务怎样毒害剧界	塞 克	01·022
在新秧歌里改造自己	陈 紫	04·007
《艺术还家》运动的开端	杨 蔚	04·012
哈尔滨新音乐的成长	王一丁	04·014
人民艺术的胜利	颜一烟	04·016
新秧歌出现了新演员	张东川	04·018
翻身工人的文化娱乐活动	程海州	06·020
工人歌手董儒元	程海州	06·032

散文

渡河	晋 驼	01·018
早晨	陆 地	01·020
年	白 朗	02·003

新诗

父亲	李 雷	01·021
三皇峁	公 木	01·028
呵，哈尔滨	林 耘	02·015
白沟村	孙 滨	02·035
苦难的历程	秦 丁	03·003
万人坑上开了花	谭 戎	03·023
悼王大化同志	舒 群	03·013
人民的胜利就要来到	林 耘	03·019
蒋介石这家伙	孙 滨	04·036
儿子的安慰	阮金坚	05·012
从新发给咱一杆枪吧	林 耘	05·034
五月之歌	林 耘	06·026
两个爸爸	谭 亿	06·036
杨文有新婚	望 克	06·035

歌曲

我们要高举鲁迅的战旗		
	塞克词 张棣昌曲	01·封三
十二月翻身调	塞声词 雁正曲	02·023
胜利年	集体作词 丁鸣曲	03·封底
三月里	杨蔚词 苏扬曲	04·029
卖国贼	铁道工厂工友集体作词	04·029
献上一朵胜利花	雪立词 张仁曲	05·封底

戏剧

买不动（秧歌剧）	鲁亚农编剧	01·044
收割（秧歌剧）	胡零编剧 陈紫配曲	04·020
蜜蜂与蟿虫（儿童剧）	原野编	05·013
亲骨肉（秧歌剧）		
	集体创作 胡零执笔 刘世纪配曲	05·029
大竞赛（秧歌剧）		
	扬蔚 苏扬 张为编剧 苏扬配曲	06·002

翻译

只不过是爱情①		
	万妲·华西莱芙斯卡亚作 金人译	01·038
只不过是爱情②	同 上	02·038
只不过是爱情③	同 上	03·038
只不过是爱情④	同 上	04·037
只不过是爱情⑤	同 上	05·037
只不过是爱情⑥	同 上	06·044

他的情人	L·梭勃莱夫作 严蒙译	01·024
达吉亚娜	V·斯密尔诺夫作 伊真译	02·029
照片	拉甫列涅夫作 邵天任译	03·029
后代	M·台维莱夫作 严蒙译	05·017

其他

拥爱小故事	先 名	01·011
悼念人民艺术家王大化同志	文 协	03·001
新社会与新秧歌	汝 珍	04·005
我参加了新秧歌剧	张桂云	04·009
我认识了新秧歌	郑锡芬	04·011
新认识的扶植	雪 立	04·010
送水梢	号 夫	05·005
穷人的八路	号 夫	06·025

封面

保卫我们的土地	铸 夫	1期
陕北剪纸		2期
拥军花鼓（王大化同志剧照）		3期
翻身秧歌	朱 丹	4期
小战士	朱 丹	5期
炼铁炉	夏 风	6期

《东北文艺》
第二卷1—6期总目录
1947年7月—1947年12月

专论

| 学习鲁迅精神 | 毛泽东 | 04·001 |

短论

| 到部队去，到前线去！ | 丁 洪 严文井 | 05·049 |

讲座

谈怎样读文学作品——以《阿Q正传》为例	刘和民	01·016
文学有啥用处（文艺问答）		01·046
什么样的文艺有出路？（文艺问答）		02·041

小说

金戒指	立 波	01·003
一个乡长	谭 亿	01·008
不是想出来的故事	沫 南	01·019
进步的故事	戴 夫	02·003
钱	陆 地	02·020
夏红秋（上）	范 政	02·043
夏红秋（下）	范 政	03·048
在四平一间房子里	刘白羽	03·001
孙宾和群力屯	白 朗	03·009
催粮差	赵树理	03·017
好兄弟	周洁夫	04·006
一瓶酒	谭 亿	04·015
东霸天的故事（上）	草 沙	04·047
东霸天的故事（下）	草 沙	05·051
除夕	荒 草	05·012
棺材里的秘密	白 朗	05·006
纲和地和鱼	马双翼	06·011
崇高的信念	鲁 虹	06·022
井	史从民	06·033
耿义华	凡 彬	06·064

报告

小周和班副	西 虹	01·029
途中	中 耀	02·010
孤胆勇士	西 虹	02·040
一乡善人	爱 芝	02·029
天响晴了	史从民	03·032
警戒线上	晓 梅	04·036
反坦克英雄班	西 虹	05·027
悬崖陡壁架重机	西 虹	06·040
十一件衣服	晓 梅	06·050
爆炸勇士	唐 克	06·052

通讯

战士的歌咏活动	凤 官	06·031

散文

他不想回去了（画记）	张 望	03·030

新诗

英雄的纪念册	史松北	01·042
阿拉特·O奥拉	毛 永	01·018
铁树开花	锦 清	02·013
三斗恶霸张文恩	侯唯动	02·032
寿	孙 滨	02·012
斯琴格娃骑在马上	毛 永	02·031
纪念爷爷	孙 滨	03·021
划船歌	杨 宇	03·036
边外之歌	放 平	04·018
人人都说种盐好	公 木	05·010
十瓢水	公 木	05·011
六路解放大军	史松北	06·016
地照到手	侯唯动	06·032
八路军进了彰武县	杨依峰	06·038
哭丈夫	李士勤	06·042
列车长	史松北	06·053

歌曲

青年农民	雪立词 隋航曲	05·060
手榴弹	田学先	06·015
劝五更	哈大文工集体创作	06·017
全国大反攻	黄歌等曲	06·064

戏剧

人民的英雄（歌剧）
　　　　　　张绍杰　冯乙编剧　庄映配曲　01·032
拥军碗（小型歌剧）　莎蕻编剧　莎莱作曲　02·034
劳军鞋（秧歌剧）
　　　　白鸶等集体创作　刘珠玺　王航配曲　03·024
翻身戏（上）
　　　通河县浓河区农民集体演出　张冶记词　03·037
翻身戏（下）　　　　　　　　　　同上　04·038
农会为人民（秧歌剧）
　　　　　　　　　　李熏凤写剧　王也人配曲　04·020
透亮了（独幕喜剧）　　　冯汶方　鲁汶作　05·037
群猴一幕（笑剧）　　　　　　　　宋之的　06·004

译文

只不过是爱情⑦（完）
　　　　　　　　　华西莱芙斯卡亚作　金人译　01·047
斯大林论民间艺术（专论）
　　　　　　　　　玛克娜娃作　沈引之节译　02·001
《钢铁是怎样炼成的》（爱德曼著，评介）
　　　　　　　　　　　　　　　刘宾雁译　03·022

代尾声（西蒙诺夫作，小说）……磊然译	04·028
自然法则（爱伦堡作，散文）…………	05·020
奇怪的故事（A·托尔斯泰作，小说）	
……………………………金人译	05·030
伟大的列宁在斯大林身上活着（江布尔作，诗）	
……………………………朱允一译	05·026
卡达耶夫著小说团队之子（A·斯钱兼可作，评介）	
……………………………何及人译	05·043
瑞娜的功业——长篇《暴风雨》的一节	
爱伦堡著　周洁夫译	06·043
爱伦堡新著小说《暴风雨》——第二次世界	
大战的全景……M·斯科里诺　何及人译	06·047
列宁的故事选	
柯龙诺夫作　亚天·罗焚译	06·59

评介

高尔基的作品在中国…………金　人	01·001
《卖线》及其他民间文学介绍……林　蓝	01·024
蓝桥的主题思想…………………马　可	02·016
翻身工人的创作…………………草　明	03·007
关于语言的一点意见……………石成玉	04·027
鲁迅先生与美术…………………张　望	04·002
关于《夏红秋》的意见……………舒　群	04·013
关于农民创作……………………严文井	06·001
读《夏红秋》………………………桦	05·024
论人物和歌颂……………………草　明	06·001
令人怜悯的性格…………………沙利清	06·018
谈《山坡夜语》……………………中　耀	06·018

木刻

挖壤根·生产（封三）……………夏　风	2期
站岗岗哨（封三）…………………夏　风	3期
劳动英雄得奖（封三）……………夏　风	3期
光荣参军·慰劳我们的军队（封三）…夏　风	4期
打鱼（封三）………………………夏　风	5期

《文学战线》
第一卷1—6期总目录
1948年7月—1948年12月

专论

永远不能忘记……………………刘白羽	01·001
反对美帝扶植日本侵略者………周立波	01·007
"八一五"致苏联作家信……………	
丁　玲　白　朗　宋之的　周立波　金　人　马　加	
陈学昭　草　明　舒　群　刘白羽　萧　军　严文井	
罗　烽	02·001
萧军思想的分析…………………周立波	03·001
从"萁豆悲"来看萧军的原则………马　加	03·010
就教于萧军先生…………………胥树人	03·015
我们要明确的是非………………安　危	03·021
我们在胜利高潮中前进……刘白羽	5、6合刊·001

评论

评《一对黑溜溜的眼睛》……………草　明	01·018
庄严的现实不容许歪曲…………周立波	01·022
从戏剧到电影的《俄国问题》……伊　明	01·104
评《无敌三勇士》…………………舒　群	02·004
注意广大工农兵群众的文艺活动和要求	
……………………………严文井	02·036
形式的构成主义小论……………宋之的	02·040
在社会主义现实主义路程上的苏联文学	
……………塔拉仙科夫作　金人译	03·084

小说·散文

"火车头"又冒烟了	方 青	01·010
变化	周洁夫	01·026
在包围中	井岩盾	01·040
怕死鬼	华 山	01·073
一个生产小故事	朱 寨	01·101
战火纷飞	刘白羽	02·008
金永生	马 加	02·031
南下归来	伍延秀	02·043
奔袭口前	戴 夫	02·055
太阳照在桑乾河上	丁 玲	03·026
老程底自述	白 朗	03·036
舒队长	李尔重	03·062
神峪塔的居民	张 现	03·056
民政助理老杜	魏 伯	04·003
恨绳	陈学昭	04·018
骨肉团圆	由 之	04·024
我的上级	王素孚	04·051
过封锁线	夏 葵	04·074
老管	海 枫	04·054
摆谱	侯相九口述 番清记录	04·000
沾绿豆	杨洪臣口述 高枫记录	04·000
李秀娟卖豆腐	陶 钝	04·041
组织妇女的能手	韶 华	5、6合刊·015
死角	白 朗	5、6合刊·027
孙大娘的新日月	董 速	5、6合刊·060
一个普通的英雄	丁 洪	5、6合刊·080
以心换心	白 刃	5、6合刊·099
明天的英雄	爱 芝	5、6合刊·139
农家姑娘速写	伍延秀	5、6合刊·072

诗歌

山羊坡	褚 嘉	01·055
枪杆诗	高烽彙辑	01·059
句句双	王庆孝 周国君	01·062
咱们的连队	天 蓝	02·028
我们就这样走进自由的天地	李冰封	02·064
"为人民的铁路立功呀"	孙 滨	03·051
安东,永远是人民的	巴 田	03·056
短篇鼓词	陶 钝	03·112
向赵占魁学习	杨崇先	04·040
鹦鹉的故事	铸 夫	04·057
郑家屯和树	邵嘉陵	04·078
团圆	杜 谈	5、6合刊·43
一零四号火车司机	孙 滨	5、6合刊·49
渡河	李北开	5、6合刊·52
拥护《中国土地法大纲》	侯唯动	5、6合刊·55
担架队	史松北	5、6合刊·58

翻译

平安无事的一天	西蒙诺夫作 赵洵译	01·063
西蒙诺夫小传	赵洵译	01·072
迫害	卡察耶夫作 白拓方译	01·091
摩拉瓦河对岸的春天	冈察尔作 金人译	02·068
苏联作家回答英国作家的问题	叶黎编译	03·077
黑人是那样的大撒谎家	克里克作 李则蓝译	04·060
斯大林格勒的剧院	米凯尔·洛库宁作 姚周杰译	04·054
国家与文学	A·卡拉干诺夫作 文戎译	04·080
玛耶可夫斯基与革命	A·可洛斯夫作 叶黎译	5、6合刊·114
斯大林警卫军的旗手	莫尔匡诺夫作 秋江译	5、6合刊·167
鹤的故事	拉式柯夫作 邵天任译	5、6合刊·092

评介

读《母亲》……………………纪云龙 02·081
读《绞索勒着脖子时的报告》后
……………………刘 穆 5、6合刊·109

文学往来

加强文艺组织工作………………中耀等 01·116
部队需要怎样的文学作品………史 乾 02·085
关于出版文艺刊物的几项建议……潘 舒 02·086
孩子们要求读物…………………徐 微 02·087
予新社会儿童一个献礼…………读 者 02·088
目前文艺运动的我见……………甦 旅 02·089
我的意见…………………………刘 绪 03·127
我对《文学战线》的希望…………玲 筠 03·128
答复………………………………井岩盾 04·097
看了《怕死鬼》的感觉……………留 意 04·098
是的！我们需要文艺理论………任 愫 5、6合刊·155
我对文学的意见…………………孙 灼 5、6合刊·157
四平书店同志的来信……………段句章 5、6合刊·158

封面木刻

火线上解放敌士兵………………古 元 1期
飞翔………………………………张 仃 2期
蠹虫………………………………华君武画 3期
木刻………………………………彦 涵 3期
农村小景…………………………古 元 4期
向着胜利…………………………沃 渣 5、6期合刊

《文学战线》
第二卷1—5期总目录
1949年3月—1949年7月

评论

关于文艺上的经验主义…………胥树人 01·026
关于巴尔扎克和他的《伏德昂》…陈学昭 01·073
论文艺批评………………………本 社 09·001
梭罗河夫………列兹内夫作 周立波译 02·023
培养文艺新军鼓励文艺创作……蔡天心 02·007
关于民政助理老杜………………渤 涛 03·074
《旅顺口》读后……………………艾 耶 03·094
论普式庚的创作…………………胥树人 04·001
评奥古洛夫镇……………………严 平 04·081
苏维埃美学底几个问题
……………罗森塔尔作 刘仲平译 04·083
工人们的顺口溜…………………海 涵 04·076
观察的角度………………………陆 地 05·001
苏维埃美学底几个问题
……………罗森塔尔作 刘仲平译 05·073
哈泽·穆拉特……………………谢挺宇 05·094

小说·散文·报告

记东方语言文学…………………丁 玲 01·023
路…………………………………雷 加 01·009
第七班……………………………李尔重 01·087
成物不可损坏……………………马 加 01·040
家务事（青年之页）………………庸 伦 01·060
共产党来咱们就有活干了（青年之页）
……………………………………李默然 01·066
地主招女婿（青年之页）…………郭文宝 01·070
和列宁同志谈话
……………马雅克夫斯基作 戈宝权译 01·001

篇名	作者	期·页
高尔基与杜思退夫斯基……威雅里克作 文戎译		01·076
向着英雄的心……王素孚		01·033
克茂村建政工作散记……丁坚		01·050
一天……草明		02·009
采伐……林一		02·047
第七班（续）……李尔重		02·072
青年作家在苏联……文戎译		02·094
自卫队长（青年之页）……胡昭		02·061
家庭民主会议（青年之页）……陈广海		02·065
王明德（青年之页）……辛毅		02·069
我们的老赵（工人创作特辑）……顿浩然		03·001
小艾丫（工人创作特辑）……红梁		03·004
"五一"歌（工人创作特辑）……栾树吉		03·007
老王讲故事（工人创作特辑）……赵国有		03·008
要老蒋的命（工人创作特辑）……李树勋		03·010
识字（工人创作特辑）……傅瑛琪		03·006
第七班（续完）……李尔重		03·080
雨来……管桦		03·032
陆桥……卡塔耶夫作 邵天任译		03·050
海上的血债……栾激泉		03·064
顾虑上当……董速		04·005
靠山屯小学教员……张节		04·020
拣字工人王兆祺（报告）……谢树		04·039
心总不死（青年之页）……海枫		04·053
赵护士与病室（青年之页）……南国滨		04·053
铁牛号（青年之页）……丹波		04·053
共产党又要来了……苗子		05·004
老主任……海枫		05·024
赵芝……中耀		05·034
翻身战士萧凤岐（报告）……白素		05·052
残废工人刘长庆（报告）……蓝澄		05·043
小心地主的坏心眼……王双也		05·071
工人代表侯明札（工人创作）……静波		05·061
老铁匠王志仁的一辈子（工人创作）……赵国有		05·068
机器的自述（工人创作）……赵长龄		05·067
歌颂劳动英雄号（工人创作）……朱敏生		05·066

诗歌

篇名	作者	期·页
从南到北胜利在召唤……史松北		01·017
寄江南……谢挺宇		01·048
甜瓜香……褚嘉		02·042
赠……李春久		02·071
人民解放军军歌……天蓝		03·031
夫妻双夺旗……戈振缨		03·041
王福祥……芬永彬		03·069
煤的歌……翟炳南		03·049
过年……一工人		03·068
古城的春天……史松北		04·015
廉二嫂……谢力鸣		04·032
陈家大院……刘岱 三川		04·048
普式庚诗五首……锡金 曲秉诚译		05·020
野菜换个小毛驴（外一章）……扬帆		05·032
前面便是他们久待的目标……托尔马托夫斯基作 秋江译		05·048
歌唱人民英雄梁士英……陈旗		05·050

戏剧·演唱

篇名	作者	期·页
夜战大凤庄（鼓词）……陈明		02·14
刘桂兰捉奸（剧本）……蓝澄		03·11
老来红做寿（大鼓）……安波		04·35
董存瑞（大鼓）……石化玉		05·57

文艺动态·文讯

篇名	作者	期·页
文学通讯……周洁夫		01·059
文艺动态……力夫		01·098
读者来信……叶屏		02·097

251

文艺动态		02·098
文艺小组来信	沈阳机器一厂文艺小组	03·097
文艺动态	胡之丰	03·098
文艺动态	波 若	04·094
文艺动态	北 雁	05·098
封面	刘 迅	01—05期

《东北文艺》第一卷1—6期总目录
1950年2月—1950年7月

发刊词		01·009

论文

将文艺提到人民建设时期的新水平	刘芝明	01·010
歌颂生产建设中的新人物 使文艺更好的为生产服务	洛 甫	02·011
贯彻全国及东北文代会精神开展辽东文艺运动	谢力鸣	02·014
从《暴风骤雨》里看东北农村新人物的成长	蔡天心	02·060
歌曲创作的几个基本问题	安 波	02·016
谈谈写作	师田手	03·060

短论

"赶现实，赶任务"的一解	未 易	02·051
歌颂伟大时代里的英雄	草 明	04·015
在和平呼吁书上签名	文 戎	05·009
纪念中国近代伟大的文艺批评家瞿秋白同志	刘芝明	05·012
纪念高尔基，学习高尔基	胥树人	05·013
纪念高尔基，歌颂伟大时代的英雄人物	白 石	05·015
谈业余写作	吴伯箫	06·014

工作指导

有组织有计划地进行创作活动		01·042
今后东北音乐工作问题	李劫夫	01·052
组织文艺小组，展开"写作与阅读"运动	白 石	06·009

工作总结

1950年春节文艺活动初步总结	刘芝明	03·009
沈阳市春节文艺活动概况	郑 文	03·012
旅大春节工人文艺活动概况	方 冰	03·013
松江省农村春节文艺活动情况介绍	关松筠	03·014
吉林春节文艺活动	林 耶	03·017
春节文艺活动的新气象	谢力鸣	03·019
辽西春节文艺活动概况	王立明	03·020
黑龙江各地结合春节普遍开展群众性的文艺运动	张守维	03·020
文艺运动上的新面貌	戴 言	03·021
东北文艺作者协会一九五〇年第一季度工作报告		04·009
黑龙江省文工团第一队三个半月创作简结	蒋贵学	05·066
部队文艺活动概况	部队文艺研究室	05·037

经验介绍

从《熔炉》谈起	白希智	03·030
怎样创造一个角色	严 正	04·042

批评介绍

向苏联漫画艺术学习	张 望	01·087

《北线》与《列宁格勒日记》………	谢挺宇	01·094
人类命运的转折……………………	温 华	02·072
介绍《人民是不朽的》……………	安 危	02·076
"建设斯大林格勒的人们"…………	邓 立	03·068
读《山沟的妇女》…………………	肖 贲	04·062
介绍"美国之音"……………………	韶 华	05·064
读《马》……………………………	杨 哲	05·060
提出一个问题来讨论………………	丕 之	06·016
对丕之同志一文的意见……………	郑 文	06·017
略谈《青工刘克前》………………	李 侃	06·053
对《老张参加互助组》的意见……	陶 平	06·065
介绍《真正的人》…………………	朱 汶	06·066

小说

双龙河………………………………	马 加	01·047
不朽的英雄…………………………	白 朗	01·057
创造…………………………………	江 帆	01·076
一夜…………………………………	舒 群	02·024
儿女们自己的事……………………	韶 华	02·040
红……………………………………	方 青	02·054
童谣与口供…………………………	舒 群	03·041
开不败的花朵………………………	马 加	04·017
张玉蓝………………………………	董 速	04·036
山沟的妇女…………………………	节 操	04·058
小蓝的故事…………………………	鲁 琪	05·018
上学…………………………………	众 牛	05·028
一锅饺子（儿童故事）……………	郑 文	05·034
女厂长………………………………	江 帆	06·019
回到矿山去…………………………	韶 华	06·033
焕然一新……………………………	谭 亿	06·041
林业工人老贾………………………	傅 博	06·057

散文·报告

二月十四日…………………………	吴伯箫	02·022
人类的春天…………………………	朱 汶	02·023
女村干………………………………	赵 英	03·053
在小兴安岭的森林里………………	井岩盾	03·058
五四——我们青春的日子…………	心 岭	04·014
下乡的第一天………………………	安 危	04·050
莫斯科柴可夫斯基音乐院访问记…	瞿 维	06·056

诗·歌词

斯大林和我们在一起………………	井岩盾	01·063
恢复…………………………………	孙 滨	01·086
前进呵北大荒！美丽幸福是你的将来		
……………………………………	鲁 琪	02·046
咱们提防着哩………………………	公 木	02·064
我们的祖国…………………………	三 川	03·057
一双手………………………………	胡 昭	03·063
火光…………………………………	向 一	04·041
台湾人民盼解放……………………	三 川	04·056
人民的新旅大………………………	白 朗	04·030
把名字签在和平呼吁书上…………	侯唯动	05·010
献给党的生日………………………	安 危	06·012
高主席捎来话………………………	公 木	06·031

杂文

更坚定地站在自己的岗位上………	王化南	01·097
欣赏苏联美术作品座谈会记录		
……………………………………	鲁四铭整理	02·028
时间的奇迹…………………………	严文井	03·056
漫谈诗歌写作中的几个问题………	编 者	05·061

253

洋片

苏军救子……………………楚 彦 01·083

鼓词

杨靖宇殉国…………………李白山 02·034
治水英雄里俊才……………李 栈 03·031
骨肉相关……………………姚 文 06·045

习作

你不是喜欢红旗吗…………白 天 04·011
汽锤…………………………张庆芳 04·012
马……………………………程锡级 05·057
老张参加互助组……………萧 风 06·061

剧本

胜利年………………………严 正 01·067
熔炉…………………………唐明轩 03·022
郭大夫………………………蓝 澄 04·063
青工刘克前…………………程思三 05·067
电焊机………………………韩彤里扬 06·069

翻译

苏联文学上的英雄人物（V·奥佐罹夫）
………………………………文戎译 01·089
羊肠小道（B·苏候逗里斯）…乌蓝汗译 02·065
关于《论文学批评的任务》报告的结论（法捷耶夫）
………………………………刘宝雁译 03·064
巴甫连珂（苏联作家介绍之一）…思基编译 03·096
地方党对于文学艺术的领导（A·德列莫夫）
………………………………刘仲平译 04·079
赛甫林娜（苏联作家介绍之二）
………………………思 基 曲秉诚译 04·082
玛驽艾拉·桑柴斯（赫伊斯卡拉依）
………………………………梓鸣译 05·031
歌词的写法（伊萨柯甫斯基）…乌蓝汗译 06·048
玛丽亚·遇尔尼凯黛（涅丽斯）穆木天译 06·054
雅库勃·柯拉斯（苏联作家介绍之三）
………………………思 基 曲秉诚译 06·068

美术

打过长江（套色木刻）………古 元 01·007
普天同庆（年画）……………陈缘督 01·008
建设公债招贴画选…………古 元 王冠安 02·007
百万雄师下江南（年画）……安 林 02·009
进攻列宁格勒的德军被围了（苏联名画）
………………………………诺菲根诺夫 02·010
红旗（油画）…………………赵 域 03·007
集体农庄女庄员（苏联名画）…拉日斯基 03·008
青年们努力学习马列主义毛泽东思想
………………………………安金生 04·007
马克思塑像…………………苏 晖 04·008
招贴画………………………王盛烈 05·007
沈阳各界欢迎苏联青年代表团并拥护世界
和平签名运动大会照片……………… 05·008
毛主席画像（油画）…………潘晴舸 06·007
防汛保田（招贴画）…………姬涛彭 06·008
全东北第一届文艺竞赛大会筹备通告…… 02·080
关于组织《东北文艺》《群众文艺》阅读小组
与加强两刊推销工作底联合决定
………………………东北文联东北新华书店 05·006

《东北文艺》
第二卷1—6期总目录
1950年8月—1951年1月

论文

关于宣传鼓动画	鲁艺美术部	02·0009
用我们的笔揭露美帝的侵略野心和罪行	本刊编辑部	04·0009
集中起来，普及下去	刘芝明	06·0009

杂文

强盗的末日	晋 驼	01·011
要把中华人民共和国的国家观念放在作品里——以新的爱国主义教育人民	刘芝明	03·011
向祖国宣誓	蔡天心	03·012
我爱我的祖国	马 加	03·014
美帝如敢进攻，我们就让他倒在我们的脚下	井岩盾	03·015
写在纪念国庆日的时候	江 帆	03·016
纪念鲁迅保卫和平	草 明	03·021
鲁迅热烈的憎和热烈的爱	安 危	03·022
强盗病	晋 驼	03·024
鲁迅与美术	张 望	04·017
《开不败的花朵》座谈会记录		04·020
我们共同的意志和决心		5、12·031
一屋子鲜花	单 复	06·012

散文·报告

向红旗宣誓	张 忠	01·013
访问桂林村	王操犁	01·029
工人工程师	陈 述	01·064
把荒凉的北大荒，变成祖国的良田	甡 旅	02·013
生死的友谊	谢挺宇	06·014
访问河西村	江 帆	06·017
鸭绿江边之夜	安 危	06·020

小说

女厂长（续完）	江 帆	01·045
铡刀	钱 坤	01·062
宋振甲的心愿	师田手	02·017
穆陵河畔	甘继梁	02·028
团结就是力量	冯 影	02·064
东大坝	大 群	02·066
兄弟俩	草 明	03·029
事故主任	丁 耶	03·033
一口半大肥猪	吴 兢	03·068
锻炼	一 夫	03·074
变	白 朗	04·020
终身大事自当家	田雨丰	04·030
柳河	杨富宽	04·037
车厢夜话	刘 燧	04·051
战斗中的友谊	韶 华	05·032
谣	鲁 琪	05·039
一个老炊事员	王 和	05·050
母亲的愤怒	大 群	05·078
希望	荆 扉	05·082
江边上	蔡天心	06·024
在长白山森林里	同 之	01·056
第一车	舒 慧	06·062

史话

草木葱茏虎归山	井岩盾	01·035

儿童故事

玻璃火车 …………………… 谢挺宇 02·037

诗歌

苏联文化工作者代表团在中国 …… 侯唯动 01·022
日子一年比着一年强 ………… 马 殳 01·015
烈士赞 ……………………… 公 木 02·012
歌颂你！库里申科 …………… 李大桂 02·022
前进！英勇的朝鲜人民军 ……… 张蒲家 02·030
我戴上了解放东北纪念章 ……… 羊 雷 02·061
一年 ………………………… 马 寻 03·019
前进，再前进 ………………… 林 汀 03·031
看见了毛主席 ………………… 成若平 03·065
让我也发出自己的光和热吧 …… 朱 荑 03·066
就是用嘴叼住笔，也要签上我的名字
……………………………… 公羊辛 03·072
纪念章 ……………………… 史松北 04·028
小羊倌 ……………………… 赫 赫 04·034
切齿痛恨在心里 ……………… 石 磊 04·052
把美国鬼子埋葬在朝鲜的土地上 … 蔡天心 05·037
斥战争贩子们 ………………… 冯 明 05·038
战犯画像 …………………… 孙 滨 05·010
啊，血染的汉城 ……………… 杨 奔 05·081
祖国歌 ……………………… 韶 华 03·015
可爱的祖国啊，我们勇敢地保卫你
……………………………… 刘相如 03·017
美国兵 ……………………… 林 莽 06·033
回国杀敌的英雄 ……………… 侯唯动 06·031
凯旋 ………………………… 林 汀 06·034
美国强盗的心，比蝎子还狠 …… 王志敏 06·061
祖国在呼唤 ………………… 岳 莉 06·064
孩子你去吧 ………………… 陶 野 06·042

歌曲

抗美援朝保家卫国 ……… 严正词 秋里曲 05·006
抗美援朝保家卫国 ……………… 安波词曲 06·006

鼓词

一双手也要报仇 ………… 李 越 孙 序 05·046

剧本

师徒连心 …………………… 集体创作 02·054
二龙湾 ……………………… 韩 彤 03·052
在战斗中 …………………… 集体创作 04·010
麻痹不得 …………………… 崔 岚 05·057
侵略者的下场 ……………… 谢文林等 05·067
"好亲戚" …………………… 晋 驼 06·048

翻译

革新者的经验与文学（文学报社编）
……………………………… 桦鸣译 01·056
马雅柯夫斯基（苏联作家介绍之四）
……………………………… 思基译 01·070
苏联埃文化底精华（A·姆雅斯尼科夫著）
……………………………… 文戎译 01·042
莫斯科——北京（M·威尔士宁作）
……………………………… 雨林译 03·037
省党委与文学艺术问题（A·德列莫夫著）
……………………………… 刘仲平译 03·042
M·萧洛霍夫（苏联作家介绍之五）
……………………………… 思基译 03·077
玛丽亚（翻译小说，柏索诺夫著）
……………………………… 汪溪译 04·042
A·托尔斯泰（苏联作家介绍之六）

……………………………… 思基译	04	060
小美丽（V·伊瓦诺夫著）……… 李葳译	05	061
享利·巴比塞评介（尼古拉耶夫著）		
……………………………… 王科一译	05	073
道路拉斯——第一个，也是最后的一个（华西列夫作）		
……………………………… 黄戎译	06	041
坚守岗位（A·查柯夫斯基作）… 金志军译	06	043
苏联新剧作评介（N·卡力金作）刘开宇译	06	045
A·绶拉菲莫维支（苏联作家介绍之七）		
……………………………… 思基译	06	068
国外文讯…………………… 李葳辑译	06	078

批评·介绍·讨论

对于一个剧作问题的意见……… 孙芋	01	018
我也发表一点意见…………… 仲立	01	020
我发表几点意见……………… 房纯儒	01	021
读《小蓝的故事》…………… 杨令	01	058
《小蓝的故事》读后 ………… 郝占杰	01	059
对《青工刘克前》的几点意见… 周琴	01	060
介绍《铁流两万五千里》……… 张清	01	069
谈诗…………………………… 林耶	02	031
关于诗的点滴………………… 邹汉	02	036
谈创作方法和创作态度……… 雷起	02	041
谈谈我的看法………………… 田心山	02	047
读《开不败的花朵》………… 郭锋	02	049
读《张玉兰》………………… 王倜	02	050
介绍《电焊机》……………… 青峰	02	052
人生是为了争取更美好的人生…… 齐驰	02	070
为了个人的"光荣"和"名誉"… 程锡级	02	073
我们的意见…………………… 编辑部	03	038
要正视现实中的矛盾………… 方联	03	038
《一口半大肥猪》读后………… 杨哲	03	070
介绍《幸福》………………… 肖贡	03	078
介绍《家》…………………… 黄赓	04	058
我们需要这样好作品………… 江帆	05	054
对话剧《提》的观感………… 李侃	05	056
《绞索勒着脖子时的报告》读后 … 杨哲	05	087
苏联作家生活讲话记录……… 刘白羽	03	026
介绍《烟草路》……………… 周也	06	065

总结·经验介绍

改进编辑工作，加强本刊的群众性和战斗性		
……………………………… 编辑部	01	009
谈写人物的几件事…………… 陈其通	02	024
创造积极人物的几点经验…… 杜印	06	035

习作指导

要善于发掘进步的胚芽……… 草明	01	066
关于选择写作题材问题……… 陆霁	01	069
要善于表现生活……………… 安危	02	067
没有生活能写诗吗？………… 三川	02	069
关于写歌词…………………… 胡昭	02	072
要通过具体事件表现人物…… 文白	03	070
描写人物的思想转变和故事结构问题		
……………………………… 陆霁	03	072
要从错综复杂的现象中发掘本质… 越明	04	056
读稿杂谈……………………… 知白	04	057
略谈诗的表现………………… 三川	05	085
对处理母爱主题提供一点意见…… 杨哲	06	067

文艺通信·业务研究

初步踏上事业之途…………… 汪洋	01	072
我们要提高…………………… 辽西文工团	01	072
开展工厂文娱活动的一点体会… 石丹	01	074
下工厂搞创作较比成功的一方面… 蒋贵学	01	075
体验与锻炼…………………… 李楠	01	075

如何配合修堤展开文艺宣传鼓动工作		
……………………………… 辽西文联	01	076
《铁流两万五千里》音乐伴奏创作经过		
……………………………… 扈邑	01	077
乐队怎样结合了演员………… 赵奎英	01	077
美术竞赛准备热潮…………… 王 真	01	078
要集中的表现主题………………… 芒	02	075
舞台生活札记……………………… 萧 汀	02	076
演员在演出前的思想准备…… 蒋贵学	02	078
在伴奏工作中，对歌剧音乐的一点体会		
……………………………… 刘洙等	02	079
群众创作里提出几个问题………… 于 今	02	081
我们是怎样创作和修改……… 于正斌	02	081
鲁艺实验剧团舞台工作队访问记… 王 镭	02	082
在工矿中怎样培养舞台工作人员… 李果夫	02	083
找到了问题的关键……………… 孟 浪	03	079
我们的创作………………………… 祁醒非	03	071
道具的选择安排及其使用……… 意 伶	03	082
关于写歌词的一点体会………… 王 真	03	083
记辽东省美术展览会…………… 张正治	03	083
在集体创作中可能碰到的问题…… 二 人	04	063
谈一个剧作上的倾向……………… 村 路	04	064
《牧马》舞创作经过……………… 贾作光	04	066
我怎样演"赵石头"……………… 王龙江	04	067
加强"文艺通讯"工作……… 本刊编辑部	66	071
一个舞台英雄形象的创作过程…… 南国滨	06	072
新《阿力郎》舞剧简介………… 白希智	06	073
在学习排《侵略者的下场》中的体会		
……………………………… 默 然	06	074
关于《美国之音》的排演 孔 方 洪桐江	06	076
儿童们需要作品………………… 韩又寒	06	077

美术

流送（木刻）…………………… 宝音代来	01	007
甘珠庙会上蒙汉人民热烈拥护世界和平（木刻）		
……………………………… 宝音代来	02	007
做毛主席的好孩子（年画）……… 申 申	03	009
和平签名运动在农村……………… 刘 溉	04	007
抗美援朝保卫祖国的生产建设（招贴画）		
……………………………… 赵 敏	05	007
选好粮送公粮（木刻）………… 宝音代来	05	008
把粮食送给抗美援朝保家卫国的志愿军部队（招贴画）		
……………………………… 曲殿甲	06	007
中华人民共和国国徽图案	03	003
全国文联抗议美机侵入我国领空	03	011
关于文艺界展开抗美援朝宣传工作的号召		
………………………………	05	009
东北文联关于深入展开"抗美援朝保家卫国"		
宣传工作的决定…………………………	05	011

《东北文艺》
第三卷1—6期总目录
1951年2月—1951年7月

论文

春节文艺活动应该注意的几个思想领导问题		
……………………………… 刘芝明	01	010
坚决反对美帝重新武装日本（社论）………	02	009
要创造有生命的人物……………… 白 石	02	015
写人物…………………………… 石 昱	03	017
向《在新事物的面前》学习…… 方 冰	03	044
广泛展开爱国主义运动…………… 东 川	04	011
对新秧歌提供几点意见…………… 白 石	04	030
关于镇压反革命创作上的一些问题		
……………………………… 白 石	05	007
要深刻地了解与经常的研究生活… 安 危	05	027
歌颂党、创造党的伟大形象……… 白 石	06	009

杂文

幽灵的逻辑	严文井	01·012
纪念"三八"加紧抗美援朝	草 明	02·010
孤独的悲哀	艾 柏	02·013
徒劳的奔波	单 复	03·014
杜鲁门的替死鬼	单 复	04·015
纪念瞿秋白同志	林 艺	05·022
我们的党	韶 华	06·011

散文·报告

走向农场的大路	林霁融	01·042
老徐头学文化	高 原	01·072
和平与胜利的象征	白 朗	02·011
紧张的抢修战	安 危	02·028
伪君子	吴梦起	02·038
雪夜晚会	谢挺宇	03·028
下乡记	节 操	03·047
雪天	门 枢	03·016
试水	井岩盾	04·016
母亲的控诉	梁志異 意 华 碧 佳	05·010
在李大爷家	张 钟	05·068
第六颗手榴弹	陆 霁	06·026
我们的姊妹	井岩盾	06·030
暴风雨之夜	韦 岚	06·064

小说

给爸爸报仇	丁以之	01·026
小游击队员	韶 华	01·033
血肉相连	东 方	01·067
爱与恨	大 群	01·078
爱国心不老	江 帆	02·018
误会	董 速	02·032
宝音得利	众 牛	02·064
爷爷的心愿	潘 青	02·069
距离	蔡天心	03·019
谁也不能忘记	乌兰巴干	03·031
一家人	卢 纶	03·059
在竞赛中	江 帆	04·018
中国客人	韶 华	04·025
四十日夜	冯 影	04·053
师徒合作	洛 毅	04·057
悲愤的回忆	程锡级	04·060
抗联的少先队	郭 墟	05·030
列车在行进中	柯 欣	05·041
小凤子和双喜	古凤武 张叔子	05·056
巴特尔的一家	白乐耕	05·059
报仇	卢 纶	05·064
不屈的孩子——小娃	伯 宁	06·032
深厚的友谊	鲁 苓	06·053
人财两旺	大 群	06·060

鼓词

异国同心	毛化羽词 潘岗图	04·032

诗歌

在北朝鲜的土地上	陈 旗	01·029
赶粮车上凤城	丁 耶	01·041
起来，保卫祖国	李野光	01·039
又将要战斗在一起	卢 纶	01·071
新中国的母亲	李 落	01·075
保卫咱们的苹果园	路道明	01·080
裴大姐	吴 琼	02·026
在朝鲜西战场	林 汀	02·014
伏击	孙鹏飞	02·025
战士的话	周望望	02·037

歌颂毛主席	王枢平	02·068
老师，俺这孩子交给了你	大可 高嵩	02·073
战斗诗抄	马寻	03·025
出发	陈萍	03·034
爱	王鸿臣	03·043
为了幸福的明天	邵金山	03·056
爱和恨	成若平	03·051
祖国啊，我要保卫妳	郭春雷	03·052
我们战斗在森林里	赵澈	03·057
来，参加"五一"示威大游行	蔡天心	04·009
歌颂毛泽东	师田手	04·040
就只这两斤面	安危	04·040
追击	周望望	04·029
背阴河之歌	鸣戈	04·042
意志在支持我们	颜开	04·056
娘让你去保卫和平	周洲	04·059
仇恨的回忆	卢逸鸣	04·061
一碗白饭	刘文玉	04·062
难逃出人民的法网	侯唯动	05·009
镇压反革命	三川	05·009
双红灯	宋军	05·029
大快人心	老雷	05·058
军医院	宁静	05·063
爷儿俩拉闲话	杨农坤	05·069
毛泽东是我们的太阳	夏葵	06·013
只因为有了你	刘相和	06·014
用行动写下新爱国主义的诗章	曹汀	06·041
草原上的故事	刘健	06·058
告别	钟山	06·062
这样的爸爸	吟青	06·063
准我再去前线	王榴生	06·029
飞机"沈阳文教号"	郭春雷	06·077
送英雄重上战场	冯乍人	06·056

剧本

战斗的乡村	崔健作 金耕 徐源泉译	01·014
一把钳子	春茂 舒慧执笔	01·058
清川江桥	雪立执笔	02·050
起来，善良的人们	孙芋 谢文林 姚文	03·072
难逃法网	高节操	04·071
两条路	陈玙	05·014

歌曲

朝鲜人民游击队战歌	转载	01·006
新年秧歌	转载	01·006
志愿军之歌	吕剑词 马可曲	02·006
打坦克	星辉词 秋松曲	03·006
国际歌	转载	04·006
看你往那里逃	江帆词 刘守义曲	05·006
毛主席万岁	沙青记谱译配	06·006

翻译

我们要和平（Н·及Г·高马洛夫斯基）	尹广文译	01·048
奈辛·海克米特（T·莫依赛茵科著）	王科一译	01·051
作家——社会的活动家 苏联《文学报》社论	克恒译	01·056
Н·吉洪诺夫（苏联作家介绍之八）	思基译	01·084
人是要生活的（依里亚·爱伦堡作）	金志军译	03·045
A·法捷耶夫（苏联作家介绍之九）	思基译	02·075

把独幕剧引上新现实主义的道路（Ю·格拉契夫斯

260

基）……………………	金志军译	04·035
B·葛罗斯曼（苏联作家介绍之十）		
……………………	思基译	03·066
为了和平（V·耶尔米洛夫）…	王科一译	04·044
K·西蒙诺夫（苏联作家介绍之十一）		
……………………	思基译	04·063
高尔基——和平的战士（耶尔米洛夫作）		
……………………	王宾阳译	05·024
论活的人物（谢妙巴巴耶夫斯基）		
……………………	金志军译	05·046
苏联民间文艺中的斯大林（齐切洛夫作）		
……………………	杜黎均译	05·048
作家的技巧 ……………	王科一译	06·048

批评·介绍·讨论

战斗的史诗 ……………	阿泰	01·081
读《宝音得利》…………	越明	02·067
读《爷爷的心愿》………	叶蓝	02·072
真正的"幸福"…………	简慧	03·063
读《巴特尔的一家》与《小凤子和双喜》		
……………………	越明	05·062
《库斯尼兹克地方》读后	挚凡	05·070
武训的阶级成分 ………	安危	06·016
剥开皮来看武训 ………	蔡天心	06·019
评电影《关连长》………	刘和民	06·023
再读《第四十一》………	简慧	06·065
关于洛毅同志的抄袭事件	编者	06·066
评《战士的话》…………	石化玉	06·069
看了歌剧《幸福山》……	萧甫	06·070
不应这样画 ……………	陈南	06·071
对《雨后路》有几点意见……	章光肖	06·072
读《中国客人》的感想		

…………… 郭焕义 何均地	韩略	06·073
加强与读者的联系 ……	郁维莲等	03·009

写作指导

从来稿谈起 ……………	林希	01·065
是否可以不加选择的反映客观事物		
……………………	念都	02·063
对结构题材的一点感想	杨哲	02·062
要更正确地表现主题 …	杨红	04·049
如何在诗中描写英雄人物	三川	04·051
读稿漫谈 ………………	伽蓝	06·057

读者中来

关于电影《腐蚀》………	晓端	03·068
《小游击队员》的真实感	鲁贾	03·069
太偶然了 ………………	莫贾	03·069
一点心得 ………………	甘凤龄	03·070
我们对《一把钳子》的一点意见		
…………………… 史马	魏鸣	03·070
读《好亲戚》……………	常辛	03·071
《在新事物面前》观后 …	李实用	04·065
看过《星星之火》………	高柏苍	04·066
《爱国心不老》读后 ……	漫洪	04·067
对诗作《裴大姐》的意见	宁鉴	04·067
我们需要这样的作品 …	北雁	04·068
读者的愿望 ……………	张青	04·069
需要短小精悍的文艺作品	寒梅	05·073
《距离》读后 ……………	王克信小组	05·073
一点意见 ………………	刘和	05·074
看过看电影《两家春》…	蕤葳	05·075
读《在竞赛中》…………	于飞	05·075
要创造健康的人物 ……	周明	05·076
不要凭空创作 …………	鲁明	05·077

重要的地方不要一笔带过……………张 华 05·078
希望多登这样的短诗……………陈诗信 05·078
几篇新颖的作品…………………厉 风 05·079
不要掩盖阶级本质…………………毅 05·079
我们的态度……………………王克信小组 06·075
谈谈橱窗诗………………………果 军 06·075
批评电影《武训传》来教育文艺工作者
　……………………………………卢 纶 06·076
两点小意见………………………韩 钢 06·076
我看了《无形的战线》……………郝占杰 06·077

业务研究

对扮演角色提供一点意见…………肖 贡 01·086
不要离开生活恩空臆造……………卉 贝 02·078
我对表演的几点体验………………张 羽 02·079
谈太平鼓…………………………路道明 03·080
谈目前剧作中的几个问题…………村 路 04·078
加强学习改造自己提高作品……陈旗整理 04·081
歌剧《星星之火》打击乐配置上的
一点体会…………………………张正治 04·083
我们的创作过程……………………孙 芊 05·080
对《起来，善良的人们》的意见……话 语 05·082
要更深刻地表现爱国主义的主题……萧 令 05·083
钻进去……………………………史 马 05·084
由"绸子舞"与"扇子舞"谈起………肖 贡 06·078
如何向中国民族旧有的艺术学习……孔 方 06·079

美术

伟大深厚的爱……………………王冠安 01·封面
我们多出钢铁，就是打击敌人……李家璋 01·007
女司机与女拖拉机手………………张 玉 01·007
送到朝鲜去慰问中朝人民英雄……杨丕淑 02·007
到朝鲜去，消灭美帝，保家卫国

　……………………………………杨 角 03·封面
保卫和平…………………………贡庆余 03·007
爱国主义劳动竞赛…………………原 碌 03·007
志愿军搜山（木刻）………………沃 渣 04·007
东北抗日联军的斗争………………杨 角 06·封面
我们不分男女老少都展开爱国的增加生产增加收入捐
献飞机大炮（剪纸）………………金 林 06·007
坚决镇压反革命，保卫生产建设
保卫运输安全（剪纸）……………关爱铸 06·007

其他

关于开展春节群众宣传工作
与文艺工作的指示…………………………01·009
东北文联关于春节文艺运动的指示…………01·010
给阅读小组同志们的一封信…………………02·074
东北文艺创作研究班半年来的学习总结……03·082
东北文艺工作者协会会员一九五〇年
创作计划完成情况调查（一）（二）
　…………………………………03·084、04·024

《东北文艺》
第四卷 1—6 期总目录
1951年8月—1952年1月

社论

有组织有步骤地展开文艺批评………………01·009
为在一年半时间内创作一百套质量较好的
连环画而奋斗…………………………………02·007
庆祝《毛泽东选集》出版，深入学习毛泽东思想
　………………………………………………04·007
迎接一九五二年，展开北文艺界的整风运动
　………………………………………………06·007

通知

关于布置春节文艺宣传活动的通知············ 05·007

论文

东北区文工团的基本情况和所存在的若干问题
···························· 东 川 02·008
东北一年来美术工作概况和今后的任务
···························· 曼 硕 03·016
在普及基础上提高绘画创作的质量
···························· 杨 角 03·021
纪念鲁迅，学习鲁迅············ 李卓然 04·010
学习鲁迅精神，检查我们自己······ 安 波 04·011
坚决贯彻"普及第一"的编辑方针
···························· 蔡天心 05·009
真理的发扬···················· 吴伯箫 05·015
提高连环图画的创作水平·········· 张 望 05·045
正确反映群众的现实生活和美丽远景
···························· 刘芝明 06·008
深入群众，深入生活，结合自我改造
···························· 石 昱 06·014
为提高音乐创作水平及广泛开展
歌诵运动而斗争················ 李劫夫 06·034

短论

反对抄袭，肃清文盗············ 编辑部 01·026
反对脱离群众，脱离实际的作风···· 任 捷 03·018
我们是怎样培养工人文艺作者
···················· 新工人报社工人文化组 03·088
一个迫切需要表现的主题·········· 白 石 04·008
要写婚姻题材的作品·············· 江 山 04·009
体验生活散记···················· 夏一厦 04·037
多写短小的作品·················· 捷 然 05·017
正确表现新旧事物的斗争·········· 向 阳 05·028
创作要结合实际·················· 白 石 05·031
注意发展工厂中的快板诗·········· 三 川 06·062

杂文

食粮霉烂事件的比喻·············· 陆 霁 03·010
学习鲁迅先生结合实际的创作精神
···························· 单 复 03·030
学习鲁迅先生的战斗精神·········· 军 韦 04·015

评论

评话剧《清官外史》·············· 刘 穆 01·056
对《伪君子》的意见·············· 王声裕 01·057
读《光荣的胸章》················ 寒 梅 01·060
我从电影《阴谋》中学到了什么？
···························· 梁志异 01·061
要表现人民的力量················ 白 水 01·062
必须明确地方文艺刊物的对象和方针
···························· 寒 梅 02·061
读《火车头》后的几点意见········ 吴梦起 02·062
评《火车头》··· 郑 变 王 弓 郝 志 02·065
评《草原上的故事》·············· 乌兰巴干 02·066
反对歪曲劳动人民的形象·········· 麦 风 02·067
评《一夜》的主人公·············· 林 希 03·033
谈谈《报仇》···················· 林景煌 03·034
对《伪君子》的检讨·············· 吴梦起 03·036
评《副排长谢永清》·············· 秦 路 03·037
要克服主观主义的编辑思想
······················ 《辽西文艺》编辑部 03·038
评《在竞赛中》·················· 张 帆 04·017
评《郭大夫》···················· 简 慧 04·010
评《对面炕》···················· 白 戈 04·023
对《对面炕》的几点意见·········· 尔 夫 04·026

263

反对在《阶级观点》掩变下传播错误思想
······························ 寒 梅 04·028
评《火车头》中的正面人物李学文
······························ 单 复 05·018
一个失败的英雄形象······ 郭 锋 寒 梅 05·021
奥斯特洛夫斯基笔下的英雄人物······ 李 若 05·023
对如何创造正面人物的看法········ 吴梦起 05·026
《他不走了》是对技术人员的歪曲
······························ 之 君 05·028
评《女厂长》中的正面人物········ 每 成 06·019
从"如何创造英雄人物"谈起······ 胡 零 06·021

小说

对面炕·························· 师田手 01·034
穿插出去，堵住敌人·············· 韶 华 02·015
长白山下························ 蔡天心 02·020
穿插···························· 谢挺宇 03·040
拒贿···························· 杨文冰 03·047
秀珠结婚的前几天················ 田雨丰 03·082
出国之前························ 周玉铭 04·034
事故···························· 雷 加 04·042
警钟···························· 白 朗 04·048
好大娘·························· 刘 真 05·034
军属···························· 大 群 06·040
抢救电动机······················ 傅余森 06·045

报告·速写

突破临津江之战·················· 井岩盾 01·015
真挚的友谊······················ 傅 博 03·078
找窍门·························· 佳 邻 04·039
锅炉房的潜在力·················· 大 山 06·024
大炉的故事······················ 程 启 06·027

诗歌

光辉里蹲动的生命················ 戈 情 01·012
朵朵红花开满地·················· 高桂馥 01·019
我是人民的司机手················ 蓝 田 01·067
生命···························· 艾 林 01·070
悼朝鲜人民诗人赵基天同志········ 钟 红 02·036
干到底·························· 任奇智 02·044
我们的心飞向北京················ 若 平 02·035
万岁，中华民族大团结············ 孙 瑶 02·055
经过老房东的家门口·············· 尹一之 02·075
我见到了毛主席·················· 鲁 铃 02·077
歌颂伟大的祖国·················· 大 江 03·010
国庆节阅兵······················ 甘 韧 03·015
祖国，我的母亲·················· 陈 旗 03·014
飞向北京························ 冀 民 03·013
献给国庆节······················ 军 毅 03·015
感谢我们最亲爱的人·············· 朱 荧 03·081
我们已锻炼成一个整体············ 宁 静 03·085
欢迎志愿军归国代表团············ 李汝伦 04·031
回答···························· 林 汀 05·030
帮助军属秋收···················· 王 玲 05·050
五挂大车跑安东·················· 丁 耶 06·032
柳条儿青，柳条儿长·············· 独 木 06·054
贺元旦·························· 张 捷 06·049
我难忘祖国的一草一木············ 宁 静 06·016

散文

普式庚城及其他·················· 郑 文 01·030
在前进中的一年·················· 漫 湘 01·053
关于《小凤子和双喜》及其读后···· 越 明 01·068
谈民间剪纸······················ 姜清池 01·045
祖国和前线······················ 韶 华 03·011
展望祖国的将来·················· 力 明 03·015

苏联的演员……………………郑 文 04·070

剧本

细节………………………………曹世达 01·076
五条红领巾……………………赵育秀 02·056
这是给志愿军的………………郭介人 03·068
蜕化………………………………陈 玙 04·054
婚姻………………………………刘一华 06·049
红花开满太平山………………向 一 06·064

蹦蹦戏

王二嫂拥军……………………赵连华 05·052

翻译

那怕是一碗饭（诗，朝鲜林和作）
　　……………………………张显相 01·029
百灵鸟（小说，冈察尔作）……朱林译 01·045
爱伦堡是怎样创作的（论文，K·斐定作）
　　…………………………王科一译 02·047
论文学底民族特征（论文，A·布拉郭依作）
　　…………………………李致远译 02·052
谢谢志愿军伤员们（诗，朝鲜金常午作）
　　……………………………並多译 03·032
莫斯科（诗，A·苏尔克夫作）李致远译 03·051
作家的学校就是生活（论文，巴甫连珂作）
　　…………………………金志译军 03·064
向那边（诗，朝鲜金常午作）…金 伟译 05·032

习作

张凤英…………………………何更辰 01·064
王技术员………………………潘洪玉 02·071

支援………………………………冯 影 03·086
护校………………………………苗可禄 04·063
抢险………………………………张 钟 04·065
车工老谢…………………………林波涛 05·058
找潜在力量……………………何文友 05·062

阅读·指导·介绍

介绍爱伦堡的《暴风雨》………吴逸明 01·072
要虚心向作品学习……………编 者 01·074
读《巴库油田》后的一点体会…朱 澜 02·069
建立正确的写作态度…………林景煌 02·073
踏踏实实地工作、学习、写作…张 山 04·067
给初学写作者的一封信………李 林 04·068
要正确地反映现实……………刘敏然 05·051
读《为了幸福的明天》…………吴逸明 05·053
读《车工老谢》…………………周 铭 05·059
介绍叙事诗《白头山》…………三 川 05·060
一本充满爱国主义精神的散文集…简 慧 06·059
最近写什么？…………………编 者 06·060
"辽西文艺"介绍………………寒 梅 06·069

业务研究

要认真地研究剧本……………丁 帆 01·080
演员身体动作的回忆…………星 华 01·082
舞蹈创作与演员的表演………丁 实 01·084
康藏舞蹈介绍…………………可 平 02·078
对"渔夫运粮曲"的意见………青 野 02·080
略谈"渔夫运粮曲"……………良 声 02·081
演员的责任感…………………李默然 04·072
注意发展木偶戏………………东 川 05·040
谈木偶剧及其发展方向………韩 毅 05·024

265

读者中来

对"歌颂毛泽东"的一些意见…… 徐仁民 01·068
要正确地表现政策思想………… 董会琪 01·086
要突破描写个人仇恨的公式… 王哲佩小组 01·087
阅读小组四个月的小结………… 何均地小组 01·088
关于抄袭事件的反映………… 于泽泮 02·082
《要虚心向作品学习》读后感…… 程锡级 02·083
改正对生产漠不关心的态度…… 海 枫 02·083
不要歪曲"我们最可爱的人"的形象
　　　　　　　　　　　　　　赖应棠 02·084
"建立正确写作态度"读后……… 李 汀 03·090
对"用行动写下新爱国主义诗章"
的两点意见………………… 沈 思 03·091
关于《小凤和双喜》………… 古凤武 03·092
评《战士的话》读后………… 朱木荣 03·092
读《一碗白饭》……………… 卢哲之 03·091
改正不正确的写作态度… 丁明翔阅读小组 04·074
《建立正确写作态度》读后…… 适 中 04·074
读《要虚心向作品学习》后的自我检讨
　　　　　　　　　　　　　　荦 荦 04·075
对《拒贿》的一点小意见……… 孔宪铎 04·075
评《王技术员》……………… 高年生 04·075
关于小组半年总结…………… 王克信 04·076
八月份汇报………………… 宁静阅读小组 04·076
《这是给志愿军的》写得不真实
　　　　　　　　　　　　王拯民　韩了 05·046
不要把险恶的特务写成熊蛋包
　　　　　　　　　　　　陈泰颙　阎春林 05·064

歌曲

我们是天下无敌的力量… 晓星词 肖冷曲 01·006
金星西藏民歌……………… 沙青记配 02·006
全世界人民心一条…… 招司词 瞿希贤曲 03·006
上工歌……………… 厉风词 唐纪曲 05·006
争取月月满堂红…………… 厉风词 马炬曲 06·006

封面·画页

封面图案……………………… 原 碌 01~06
沈阳解放…………………… 石泊夫 01·007
人民领袖毛泽东（摄影）……………… 03·007

《东北文艺》
第五卷1952年2月号—12月号、
1953年1月号总目录
1952年2月—1953年1月

社论

文艺界应展开反贪污、反浪费、反官僚主义的斗争
（文艺报社论）……………………………… 02·007
坚决击退资产阶级向国家企业和工人阶级
领导权的进攻………………………………… 03·007
抗议美帝进行细菌战的滔天罪行……………… 04·007
克服资产阶级思想的侵蚀，贯彻毛泽东的
文艺路线……………………………………… 05·007
坚决进行文艺整风，为配合国家的经济建设
任务而奋斗…………………………………… 06·007
彻底批判资产阶级的文艺思想………………… 07·007
新中国胜利前进的三年………………………… 10·005
迎接1953年和我们的希望……………… 1953·01·003

评论

要加强自我批评（短论）………… 编辑部 02·014
我对《女厂长》的检讨……………… 江 帆 02·015
深入群众、深入生活、下定决心、改造自己
　　　　　　　　　　　　　　　　鲁 琪 02·017

篇名	作者	期·页
肃清音乐上的单纯技术观点	百 津	02·019
不能创造出英雄形象的原因何在	乌兰巴干	02·020
关于"警钟"和"蜕化"	编 者	02·023
对写婚姻题材作品的几点意见	郭 锋	02·041
脱离生活,是你作品失败的主要原因(写作指导)	佳 郯	02·043
是何居心?!是何用意?!	刘芝明	03·009
现实主义与爱国主义的光辉榜样	中耀 单复	03·012
东北局宣传部李、刘部长给东北人民艺术剧院的信		03·014
在"三反""五反"运动文艺宣传战线上		03·077
提高地方文艺刊物"三反""五反"运动创作的思想性战斗性	寒 梅	03·080
要表现三反运动的实质(写作指导)	李 光	03·082
做好通俗读物的出版工作	于 飞	03·093
大量组织创作,打退资产阶级的猖狂进攻	刘芝明	04·013
刘兆琪是怎样向人民戏曲进攻的	臧永昌	04·017
堕落到资产阶级泥坑里的仇戴天	天 哨	04·019
把国家的文工团变成私人的公馆	明 旭	04·021
全身浸透了资产阶级思想的冯毅	张 豪	04·021
"戏衣庄"套上了王宝庆和曹瑛琦	于 影	04·022
美术供应社是出"老虎"的地方	东 文	04·023
文艺部门中的"虎窝"	会 云	04·024
严重脱离实际的旅大文工团	合 明	04·025
建设人民的剧场艺术	塞 克	04·027
巩固与发扬剧场结合政治、联系群众、及时演出的正确作风	刘芝明	05·020
资产阶级侵蚀旅大文工团竟至如此惊人地步	中耀 三川	05·009
我们脱离生活的创作倾向	白晓虹	05·015
东北戏曲实验学校教育上的严重问题	林曦 单复	05·017
保卫世界和平,保卫人类的科学和文化	铠 平	05·025
坚决纠正脱离生活、脱离政治的倾向,提高作品质量	东 川	05·042
评"三反""五反"运动中某些歌曲的创作	唐纪 百津 崔耶	05·076
写诗必须深入生活(写作指导)	羽 佳	05·067
检讨过去,加强思想改造	白 朗	06·009
思想改造是实践毛泽东文艺路线的出发点	安 危	06·011
贯彻毛泽东文艺思想是提高美术业务的关键	张 望	06·013
我们需要在普及基础上提高的作品	鲁 琪	06·015
论田风的资产阶级文艺思想	蔡天心	06·017
关于田风艺术思想的批判	至 铭	06·020
旅大文工团创作上脱离生活的错误倾向	艾 伯	06·025
在资产阶级文艺思想侵蚀下旅大地区的文运工作	刘 敏	06·028
从《赵桂兰》看田风同志的创作思想	王同禹	06·029
《潜在力》是怎样失败的?	康桂秋	06·031
田风同志把人民的文艺事业当作发展个人名利的工具	董 伟	06·032
自由主义的错误倾向	方 冰	06·033
旅大文工团的文艺整风应该深入贯彻下去	记 者	06·036
鲁艺教学中存在着严重问题	单复 厉风	06·037
我在"五反"工作中	王熙民	06·040
到战斗中去	万籁天	06·041
从"五反"斗争的实践中,认识资产阶级并清算我自己	傅鑫华	06·042
将文艺整风正确地贯彻下去	玉 铭	07·012
纪念七一的感想	田桂英	07·014

267

党培养了我	刘景贵	07·015
党时刻在教育着我	佟俊山	07·016
青年写作者在生活实践中存在着什么问题		
	白 韦	07·017
彻底清洗资产阶级的思想污毒	孙立昌	07·021
我的初步检讨	田 风	07·023
认识错误，改正错误	马 纳	07·029
我要歌颂她们	白 朗	07·032
在莫斯科曙光照耀下前进	蔡天心	07·036
我对在评戏基础上发展新歌剧的看法		
	程光华	08、09·009
钻进去，别掉进去	穆惠民	08、09·011
一要从发展上看问题	刘 洙	08、09·012
评戏不能表现我们今天伟大工人阶级		
的思想感情	尔 文	08、09·013
评戏可以作为创造新歌剧的根据		
	齐复春	08、09·015
民间艺人能做我们的老师吗	朱 蓝	08、09·016
如何丰富音乐的表现力	吴 蕤	08、09·017
对话剧如何向民族、民间艺术学习		
的几点意见	刘谦等	08、09·018
关于评剧改革问题的几点意见	高源兴	08、09·019
《曙光照耀着莫斯科》提高了我们		
	严 正	08、09·021
可贵的启示	胡 零	08、09·026
从《曙光照耀着莫斯科》看我们文艺创作		
	韶 华	08、09·028
向《曙光照耀着莫斯科》学习		
	谢挺宇	08、09·030
《曙光照耀着莫斯科》的主题与结构		
	寒 梅	08、09·031
悼张枫、胡秀昌同志	谭 亿	08、09·046
编导古典舞剧《雁荡山》的几点体会（业务研究）		
	徐菊华	08、09·036
曲艺创作要不要生活（写作指导）		
	未 辞	08、09·071
略谈作品中新旧思想的冲突（写作指导）		
	景 煌	08、09·061
谈谈怎样深入生活	中 耀	08、09·066
在实践中锻炼改造	晏 甬	08、09·080
关于向民族、民间艺术学习的讨论	佚 名	10·023
评剧的生长和发展	美 晨	10·036
还是思想问题	单 复	10·037
吉林文艺在前进中	韩 毅	10·047
从几篇创作看东北的工人文艺		
	郭 锋 高 越	10·048
塞克同志的艺术思想（读者意见）		
	晓 星	10·052
我对塞克同志的希望和意见（读者意见）		
	齐复春	10·053
我们要明确理解"百花齐放"与		
"推陈出新"的方针	纪又鸣	11·025
我对于以评剧为基础发展新歌剧的看法		
	显 谛	11·026
由评剧的发展来谈发展民族的新歌剧		
	东 川	11·027
虚心向民族、民间艺术学习	编辑部整理	11·030
关于塞克同志艺术思想的批判	安 危	11·032
为坚决贯彻"普及第一"的文艺方针而奋斗		
	东北文联研究室	11·039
苏联电影艺术给予我们的启示与借鉴		
	安 危	12·003
向苏联的先进表演艺术学习	张守维	12·004
思想教育的良好课本——苏联电影		
	陆 霁	12·005
英雄性格的成长	林景煌	12·006
统一认识、稳步前进	编辑部	12·009
关于我们的写作指导工作	编辑部	12·023
谈谈沈阳市的文艺会演	崔 扬	12·030
和平必须立即实现	单 复	1953.01 1·005

学习政策，深入生活
……………… 寒梅 新兵 1953.01 1·006
谈谈深入生活的态度…… 魏 华 1953.01 1·019
审定修改评剧原有剧目问题笔记
……………………… 徐汲平 1953.01 1·030
曲艺的语言问题……… 张啸虎 1953.01 1·026

小说·散文

他们为了祖国……… 冯 影 殿震画 02·025
一个小布包（习作）……… 张 仲 02·065
猪……………………………… 村 路 02·067
在新的战线上……………… 韶 华 03·015
廉洁奉公……………… 白 晓 殿震画 03·026
从一支金星笔开始（习作）… 关 晨 03·084
春节的前夜（习作）……… 刘成轩 03·089
粉碎奸商的圈套…………… 佟震宇 03·091
人老心不老（习作）……… 溪 岩 03·096
暴风雨中…………………… 丁 帆 04·047
篡夺（习作）……………… 少 青 04·053
冒着敌人的炮火，前进！… 李 班 05·029
共同负责…………………… 吴梦起 05·052
桥（习作）………………… 北 桥 05·053
通讯员小刘（习作）……… 聂钦民 05·072
从国外归来………… 孙 丽 阿 力 05·056
孩子的控诉………………… 草 明 06·046
一个被细菌战破坏了的幸福家庭… 韶 华 06·049
雪上的毒虫………………… 大 林 06·051
捕灭华尔街的毒虫………… 马 英 06·052
红旗插遍小兴安岭………… 尔 夫 06·053
责任………………………… 吴梦起 06·060
三面红旗…………………… 佟震宇 06·062
祖国领空的保卫者………… 大 群 06·063
婚礼（习作）……………… 傅余森 06·066
小问题（习作）…………… 根 全 06·068

堵击………………… 韶 华 张甸图 07·041
岚河风暴…………………… 尔 夫 07·052
笼灯红……………………… 草 地 07·063
马驹………………………… 秋 霜 07·065
红旗（习作）……………… 刘仁秀 08、09·044
堵坝（习作）……………… 里 华 08、09·072
上中学国庆（征文）……… 黄 杰 10·006
光荣任务国庆（征文）…… 胡 捷 10·011
工地一日国庆（征文）… 北 桥 张 岱 10·019
新厂长……………………… 孟 浪 10·010
回到互助组（习作）……… 赵雪澄 10·041
路（征文）………………… 田 憧 11·007
友情（征文）……………… 丁履枢 11·010
抗旱（征文）……………… 李彦林 11·014
麦收（征文）……… 王英杰 孟庆文 11·017
文化大翻身………………… 谢挺宇 11·035
砖罐合窑（习作）………… 海 枫 11·049
在基本建设工地上………… 姜 群 12·038
谁也不能阻挡它前进……… 谭次民 12·014
炊事员老孙………………… 锐 锋 12·025
急件………………………… 常佃樵 12·028
通讯员王福（习作）… 王 安 王永厚 12·039
再见………………… 韶 华 1953.01·010
报矿有功…………… 张 振 1953.01·023
速度………………… 胡 捷 1953.01·033
自行车……………… 吴梦起 1953.01·039

诗歌

工厂快板诗（八首）…… 机械七厂等 01·009
祖国在笑…………………… 杨绪基 02·038
给母亲……………………… 杨士成 02·039
工厂快板诗（十首）…… 张宝相等 03·033
虎狼毒计…………………… 三 川 03·038
奸商脸谱…………………… 厉 风 03·044

269

奸商画像	安 危	03	083
向资产阶级来个反冲锋	马 寻	03	094
野心狼	熙 明	04	056
智慧的光芒	张啸虎	05	008
纪念果戈里	侯唯动	05	028
防疫要清扫	熙 明	05	066
我们的彭总司令	岚 洋	05	057
石人煤矿的快板诗	李光荣	05	085
耕耘	刘嘉林	06	059
毛主席对咱们好	于永江	06	071
毛主席的光辉照在草原上	周 蒙	07	040
绣个红旗表心意	王 玲	07	068
运输线上争取立大功	荣乃林	07	048
工厂快板诗（六首）	张维敬等	07	049
去串阔亲戚	丁 耶	07	056
绿色的帐篷	高士心	8、9	038
眼睛亮了	雪 白	8、9	069
不灭的号声	格 方	8、9	072
马良山，我们的阵地（国庆征文）	袁 征	10	013
毛主席的话没有错（国庆征文）	冷 风	10	022
会有这么一天	陈 旗	10	046
志愿军诗话	刘岚山	12	021
丰收	鲁 琪	12	012
苏联的闷罐车床	小 凤	12	008
志愿军向前进	蒋 云	1953.01	008
王老好	崔德志	1953.01	017
这日子有多好	庄 汉	1953.01	028
土连土、心连心	庄稼汉	1953.01	016

剧本·曲艺

金班长	李大桂 鲁风	02	045
劳动英雄孟泰舍身救高炉（鼓词）	朱赞平等	02	053
往远看（蹦蹦）	路匆等	02	056
一张图纸	傅墨等	02	061
识时务者	胡 零	03	054
建设的破坏者	韦 恺	03	065
开出去的列车	李大桂等	04	060
是谁在进攻？ 东北人民艺术剧院集体创作		04	066
消灭细菌（评戏）	马越潭	05	058
不要麻痹不要怕（莲花落）	刘 鸿	05	062
消灭细菌毒虫（活报剧）		05	064
粮耗子（蹦蹦）	谢文林	05	069
一台万能铣	闻若 赵煜	05	078
事故	颂 扬	06	072
为最可爱的人报仇（山东快书）	吕 贵	06	079
抢救国家财产的英雄何有传（新洋片）	晨 升	06	083
争模范（演唱）	徐声汉 刘慧敏	06	087
防疫保命（相声）	韩汝诚 韩春生	06	090
抢救精溜塔的故事（山东快书）	宏林 贾放	07	059
消灭细菌毒虫（单弦）	先程 宝生	07	066
监督	宏林 党光	07	069
战士之家（数来宝）	李大成等	08、09	047
父女进城（蹦蹦）	杨 旗	08、09	054
又快、又好、又省（相声）	王文凯等	08、09	063
增产快书（山东快书）	刘岱 刘中	08、09	076
周德功学文化（蹦蹦）	陈谷音	10	015
给毛主席写信（鼓词）	周 正	10	021
劳动就业（莲花落）	魏 则	10	044
马拉收割机（鼓词）	火 立	10	045
雨夜（快书）	予谷 培煜	11	050
割麦之前	谭 亿	12	031
选种籽（快板）	沈庆久	12	027
会亲家（山东快书）	王 昕	12	042

牛倌徐凤山（大鼓）············ 李培基 12·040
速成识字法（相声）············ 景　熙 12·036
谁是英雄（山东快书）········ 丁笑风 1953.01·035
杨大嫂找马（蹦蹦）
················ 赵育秀　郎纯林 1953.01·040
英勇的电话兵（相声）········ 张道扬 1953.01·042
水流千里归大海······ 高节操　郭　锋 1953.01·044

批评·介绍·讨论

《猪》的读后 ·················· 浦　林 02·068
《从一支金星笔开始》读后 ······ 明　辉 03·088
《粉碎奸商的圈套》读后 ········ 漫　湘 03·092
参加"三反""五反"运动的体验··· 齐复春 04·034
文化馆进行"五反"宣传的几点经验
························ 郑　文 04·036
吉林文艺领导存在着严重问题······ 大　华 04·042
克服"三反""五反"创作中的混乱思想
························ 韩　毅 04·044
落在"三反""五反"运动后面的
辽西省文联 ···················· 郭　锋 04·046
《篡夺》读后 ·················· 杨　陌 04·055
读《桥》 ····················· 大　宽 05·055
读《通讯员小刘》 ·············· 高　望 05·075
《小问题》读后 ················ 杨　麦 06·070

歌曲·翻译

恨奸商（歌曲）······ 齐复春词　周东升曲 03·006
你这个坏东西（歌曲）陈沼琳词　满瑞曲 03·064
把侵略的血手全斩断（歌曲）··· 成敦词曲 04·006
防疫小唱（歌曲）····· 谭谔词　刘宛如曲 05·006
爱国丰产之歌 ············· 沙青词曲 06·0封底
志愿军汽车驾驶员之歌··· 刘才词　万福曲 07·006
都因为有了咱们领袖毛泽东
············ 秋里曲　曹订　潘芜词 07·0封底
我们是解放军，来自老百姓
················ 华黎曲　贾达胜词 08、09·08
百战百胜，前进无阻挡··· 刘才词曲 08、09·封底
建筑工人歌 ············ 张黎词　张瑞曲 11·022
团结起来，争取和平······ 唐纪词　崔琪曲 11·028
和解（翻译）
················ ［匈］尚多·纳吉作 11·043
和解（翻译）················ 陈殿兴译 12·045

《东北文学》
1953年10月号—12月号总目录
1953年10月—12月

评论

更好地为经济建设服务（发刊词）············ 10·005
关于语言问题（写作指导）········ 陆　霁 10·068
为创造更多的优秀的文学艺术作品而奋斗
························ 周　扬 11·004
新的现实和新的任务 ············ 茅　盾 11·024
思想情感和形象（退稿信）········ 寒　梅 12·089
批评、讽刺什么？（短论）········ 玉　铭 12·081
"堵"不住的"坝"（短论）········ 陆　霁 12·082

小说·散文·诗歌

"言词"和"行动"（小品）······ 罗　烽 10·008
保卫我们的孩子 ················ 白　朗 10·013
刘喜上矿山 ············ 黄主亚作　董程图 10·021
群众心上的人 ·················· 高节操 10·028
最后一炉钢 ············ 赵蓝作　王秋图 10·071
长白山绵绵山岭 ········ 高士心作　王秋图 10·053
毕业以后 ············· 吴梦起作　朱鸣岗图 10·045
地图上的工程（小品）············ 海　枫 10·035

271

篇名	作者	期·页
"冷板凳"上的坐客（小品）	朱赞平	10·027
毛主席的玉石像	丁耶	10·018
登松门	胡昭	10·011
妇女小组好榜样	冷风	10·051
"演说家"	王枢平	10·037
农村体验生活记	寒梅	10·038
老哥俩	王金石	10·074
粮食保管员——常永	杨再	10·082
"图样"	维维	10·066
喜盈门	潘燕	10·077
异地相逢	朱寨	11·055
在水泉村	江帆作 王秋图	11·060
郭永生和测远镜	大群作 张若懿图	11·076
揭榜	陈桂深	11·086
乡土的歌	鲁琪	11·045
给"统计家们"	韩汝诚	11·071
北京三首	夏葵	11·085
希望	宁静	11·095
"要"和"不要"（小品）	汪波	11·058
朱科长的"调查报告"（小品）	黎丽	11·083
几道命令和几次事故（小品）	朱相江	11·094
"灾难性的后果"	单复	11·069
雨衣故事	公羊辛 乐于时 解甲兵	11·092
孟泰新事（故事）	古凤武	11·091
李金芝鞍钢（特辑）	温俊权 单复	12·004
鞍山颂诗五首（特辑）	韶华	12·016
在金红色的火光照耀下（特辑）	汪受善	12·020
战斗的第一天（特辑）	胡更	12·028
刚毅顽强的人（特辑）	朱赞平	12·031
为鞍钢就是为全国（特辑） 张声伦 黄昌年 汪受善		12·038
苇青河上	蔡天心	12·044
夜渡	谢挺宇	12·065
幸福	黄谷柳	12·076
卖新粮	冷风	12·061
"说"和"做"	许克	12·084
"签署公文"者的工作	殷树楷	12·086
"健忘病"	殷树楷	12·086
一所新建楼房的厄运（小品）	白燕	12·088
在到鞍山的火车上（故事）	萧蘋	12·094
运油（故事）	于革	12·096

文艺消息·美术

东北区举行第一届戏剧、音乐、舞蹈观摩演出大会		10·084
东北作家协会创办业余文学研究班		10·070
东北作家协会会员创作计划		10·086
那里是我们的工地（画页）	黄锡龄	10·插页
封面设计	东北美专 周光远	10、11、12
东北作家协会会员创作计划		11·096
读者来信综述	编者	12·098
文艺消息		12·064、087

《东北文学》
1954年1月号—8月号总目录
1954年1月—1954年8月

评论

文艺必须为总路线服务	毛星	01·005
在总路线照耀下检查我们的创作实践	草明	01·010
颂"灯塔"	吴伯箫	01·018
严重的任务	师田手	01·019
《三千里江山》写作漫谈	杨朔	01·070
文学——教育的有力武器	吴伯箫	01·077
怎样写短篇小说	越明	01·069
试谈《归来》的人物创造	林景煌	01·072
关于曲艺作品的故事性问题	张啸虎	01·078

关于省、市文艺作者在创作上的几个问题		
…………………………………	鲁 琪	01·082
新人物近在身边为什么不能发觉…	冷 岩	01·086
红楼梦的思想性与艺术性…………	俞平伯	02·020
我对于《回家》的意见……………	霜 林	04·079
怎样提高省、市文艺作者的水平…	盛光荣	04·087
在残酷的压榨下（书评）…………	旭 日	04·083
《从鞍钢来的战士》读后…………	临 木	04·068
反对文盗………………………………	编 者	04·090
读《钢与渣》………………………	越 明	06·084
给王枢平同志（退稿信）…………	井岩盾	07·051
工作的教课书（评介）……………	吴伯萧	07·056
一部描写工人生活的杰作（评介）…	单 复	07·064
作者的生命力………………………	韶 华	08·049

小说·散文·诗歌

金色的秋天…………………………	崔 璇	01·024
春天的早晨…………………………	碧 野	01·050
苇青河上（续）……………………	蔡天心	01·055
回家……………… 韩汝诚作	任梦璋图	01·036
一辆破汽车…………………………	丁 耶	01·034
海洋岛………………………………	方 冰	01·049
英雄凯旋回家乡……………………	钟 山	01·053
"转马灯"科长………………………	朱 红	01·091
说不上为啥…………………………	熙 明	01·054
偿……………………………………	董 伟	02·005
拖拉机做媒…………………………	梅汝恺	02·041
康拜因……………………… 刘彩	高音	02·050
大伙房水库纪行……………………	鲁 渤	02·057
马头琴奏起来了……………………	周凯山	02·018
朝鲜诗抄三首………………………	鸣 戈	02·039
鞍钢之夜……………………………	谷 木	02·049
分红…………………………………	冷 风	02·054
"保"密………………………………	亚 克	02·063

严格要求		
……… 苏谢·安东诺夫作 尹白荻	黄钢羽译	02·035
公事皮包（小品）…………………	陆 霁	02·060
"开工！""停工！"…………………	海 枫	02·065
自我表现的结果……………………	李嘉廉	02·062
工人诗选………………………	傅憎享编选	02·066
胶鞋…………………………………	梅 玲	02·089
买公债………………………………	文亦如	02·091
不落的太阳…………………………	化 鸣	03·004
心祭…………………………………	安 危	03·005
斯大林永远活着……………………	师田手	03·006
永念不忘………… 波列伏依作	周同忠译	03·010
无人区的哨兵………………………	大 群	03·017
老潜水师和潜水工们………………	傅 博	03·031
兄弟相处的日子……………………	肖 贲	03·044
夜客冯桂英…………………………	于 革	03·050
一张照片……………………………	张十方	03·053
把江边畔的朴陶和姑娘……………	白 桦	03·027
轰响…………………………………	殷树楷	03·043
祖国的画片…………………………	崔 岚	03·068
急密件………………………………	靭 磊	03·069
三个意见箱…………………………	何树林	03·057
裤子…………………………………	崔 璇	04·004
维·瓦·库恰也夫同志……………	舒 群	04·030
草原上的新路（任梦璋图）………	扎拉嘎胡	04·015
大营村的喜事………………………	蔡天心	04·036
从鞍钢来的战士（王秋图）………	山 鹰	04·065
一支红蓝铅笔（儿童故事）………	周玉铭	04·070
边疆的夜……………………………	周 蒙	04·028
为什么，她的心这样欢腾…………	何 叶	04·034
鞍钢诗草……………………………	潘 芜	04·054
验收员………………………………	谢挺宇	05·005
赵二婶………………………………	江 帆	05·023
森林中的足迹（朱鸣岗图）………	海 默	05·042
第一台机器…………………………	万忆萱	05·070

273

鱼		平 凡	05·080	伊春素描	高 越	08·043
创造奇迹的人们		陈 旗 刘 忠	05·063	果树开花的时候	李根全	08·073
送粮去（外一首）		安 危	05·060	祖国之宝	董 伟	08·069
松林岗闪耀着金黄色的阳光（外一首）				我们歌颂	安 危	08·021
		马牧边	05·039	马车夫	吕 远	08·032
荣军赞		王成刚	05·019	入朝诗抄	杨允谦	08·046
春天		杨允谦	05·020	银燕	阿 红	08·048
牧歌		杨 威	05·022	灵魂的母亲	徐书绅	08·056
杨春山入社		吴梦起	06·004	最好的礼物	毕百灵	08·058
硬席车上		师田手	06·039	记者	田 地	08·068
换地		王荣伟	06·027			
森林中的足迹（续完）		海 默	06·070	**剧本·美术·文艺消息**		
女挖土机手宋玉琴		寒 梅	06·018			
共产党引我见青天		公 木	06·048	小司号员（演唱）	李大成	01·083
我从乡间来		井岩盾	06·026	农业生产合作社小麦丰收（年画）		
诗二首		万忆萱	06·016		王盛烈	01·插页
不灭的火炬		厉 风	06·037	劳动后的休息（画页）	孙恩同	01·插页
在大家庭里（儿童故事）		瓦伦克娃	06·063	友谊（画页）	高齐寰	01·插页
买公债与买料子		朱 红	06·060	百年大计（剧本）	丛 深	03·071
理论的巨人，行动的矮子		世 凯	06·061	文艺消息		03·016
春天来到了松花江畔		安 危	07·001	文艺消息		04·086
翻译员病了的时候		姜 远	07·006	玉香（演唱）	冷 岩	05·088
和平的力量		井岩盾	07·011	我来教你（淡彩速写）	孙恩同	05·插页
搬家		丁 耶	07·026	对祖国财产负责（画页）	朱鸣岗	05·插页
纪念契柯夫		师田手	07·030	操纵手（画页）	朱鸣岗	05·插页
轻些，不要把她惊醒		胡 昭	07·037	井（剧本）	籍 华	07·072
祖国，你吩咐吧		鲁 琪	07·038	大伙房水库工地速写四幅（画页）		
俺坐在粮车上		鲁 丁	07·010		黄锡龄 杨玉淑	07·插页
李野原连队		山 鹰	07·040	封面设计	王家树 黄孟敷	01~08
快刀刘		王荣伟	08·003			
王光武		穆 明	08·024			
创造		正 凡	08·059			
小主任		傅 博	08·079			
六月的鞍山		草 明	08·018			
夏天的小兴安岭		单 复	08·035			

《文学丛刊》
1—3辑总目录
1954年12月—1955年5月

评论

质问《文艺报》编者	袁水柏	01·003
走什么样的路	李希凡 蓝翎	01·007
论中国原始文学（论文）	杨公骥 公木	01·140
苏联共产党中央委员会致第二次全苏作家代表大会的贺电		02·004
关于《文艺报》的决议		02·009
三点建议	郭沫若	02·013
良好的开端	茅盾	02·023
我们必须战斗	周扬	02·026
怎样认识《红楼梦》（论文）	师田手	02·121
关于《红楼梦的思想性与艺术性》	韶华	02·134
读《春天来到了鸭绿江》（评介）	单复	02·139
论中国原始文学（论文）	杨公骥 公木	02·148
马克思主义不容歪曲	草明	03·004
论胡风的"生活实践"与"思想改造"	林珏	03·010
论胡风的"主观战斗精神"和"创作实践"	师田手	03·029
胡风先生"真诚的心愿"是什么	冉欲达	03·025
对《东北文学》编辑作风的意见	盛光荣	03·179

小说·散文

在朝鲜的日子	马加	01·015
吸引	谢挺宇	01·088
兄弟俩	吴梦起	01·106
记全苏农业展览会	金肇野	01·131
风雪中的桥	关沫南	02·040
亲爱的妈妈	王星	02·056
徐贵和	江帆	02·073
邻居	温俊权	02·087
在白雪覆盖的山麓上	朱赞平	02·093
红榜的故事	陈淼	03·114
在湖岸上（童话）	朱丹	03·162
杰出的作家——安徒生	谢挺宇	03·173
工地上的兵	林里 石梅	03·123
女电焊工	文戎	03·132
建设的尖兵	高节操	03·139
在维克多的家里	申蔚	03·146
朝鲜西海岸岛屿中的守卫者	哈华	03·152

诗·剧本

家乡传说	胡昭	01·123
建设新保安屯	申蔚	01·128
归来	杨允千	01·129
送走的信剧本	柯夫 王琅	01·165
白玉的基石	丁耶	02·101
橘	缪群	02·106
八月的早晨	安危	02·108
十月草原的夜	周蒙	02·113
如此这般政治讽刺诗	公木	02·117
煤层	鲁企风	03·158
怀念斯大林	山青	03·160
前进再前进（剧本）	胡零	03·034

美术

封面设计	朱鸣冈	第1辑
封面设计	朱鸣冈	第2辑
封面设计	陈东哲	第3辑

植树（石版画，插页）……… 孙思同　第3辑
一个女车工（速描，插页）……… 王盛烈　第3辑

《文学月刊》
1—6期总目录
1955年7月—1955年12月

发刊词·评论·评介

发刊词……………………………… 01·005
必须从胡风事件吸取教训（社论）…… 01·008
中国文联、中国作家协会主席团联席扩大
会议决议………………………… 01·009
作家协会沈阳分会、辽宁省文联筹委会拥护
开除胡风作家协会会籍等决议的声明…… 01·010

坚决肃清胡风反革命集团和一切暗藏的反革命分子

乘胜追击……………… 草　明　01·011
一个也不能叫他们逃脱……… 师田手　01·013
提高战斗能力彻底消灭敌人…… 张斐军　01·015
猛醒起来吧，是时候了……… 马　琰　01·016
我们必须警惕敌人…………… 关沫南　01·017
吸取教训，提高警惕………… 戴　言　01·018
不让一个胡风分子漏网……… 王化南　01·019
彻底肃清胡风反革命集团…… 方　冰　01·020
提高警惕，肃清胡风反革命黑帮和
一切暗藏敌特……………… 蔡天心　01·021
百倍地提高我们的革命警惕性吧
……………………………… 柯　夫　01·022
坚决彻底揭露一切暗藏的反革命分子
……………………………… 谢挺宇　01·023
严惩反革命分子胡风………… 张　望　01·025
坚决彻底镇压罪大恶极的反革命分子
……………………………… 沙　青　01·026

是可忍孰不可忍……………… 胡　零　01·027
提高警惕，克服麻痹………… 江　帆　01·028
再接再厉……………………… 井岩盾　01·029
对敌人宽恕就是对人民犯罪… 希　扬　01·030
彻底击碎胡风反革命集团…… 崔　璇　01·030
不能让他们"滑过去了"……… 罗　丹　01·032
坚决彻底粉碎胡风反革命集团漫画
……………………………… 周　立　01·014
胡风反革命集团的真实面目漫画… 晨　日　01·022
《海鸥》和它的作者比留柯夫…… 邓　立　01·093
加强对党员和群众的政治教育　进一步
推动反对胡风集团的斗争…… 02·005
控诉胡风分子刘雪苇对旅大青年的毒害
……………………………… 于冶青　02·022
胡风分子吕荧在旅大《人民文艺》的罪行
………………………… 雪　洁　康心源　02·025
胡风反革命黑帮的丑恶面目… 编辑室　02·029
太阳，照出恶鬼的原形……… 蔡天心　02·037
"晴雨表"不灵了……………… 刁云展　02·039
不要做可欺的"君子"………… 敬　宜　02·041
前言………………………………… 03·005
把青春献给豪迈事业………… 文　军　03·008
伟大的计划，光荣的任务…… 唐景阳　03·012
在"奴隶的语言"底后面……… 思　基　03·014
略谈几篇文学作品的警惕性主题… 谢挺飞　03·016
略谈高玉宝及其他…………… 解甲兵　03·118
作品和作者…………………… 吴伯箫　05·005
马加新作《在祖国的东方》…… 汪齐邦　05·102
谈《"113"号烟头》…………… 申　蔚　05·107
胡风分子鲁藜的圈套………… 希　扬　05·111
关于农业合作化问题………… 毛泽东　06·004
学习毛主席《关于农业合作化问题》
……………………………… 蔡天心　06·024
我的体会……………………… 江　帆　06·027
读《断线结网》……………… 于长江　06·1141

小说·特写·散文

篇名	作者	期·页
新生的光辉	马 加	01·034
在大孤山上	朱赞平	01·046
他是好党员	柳 涵	01·058
草原的冬夜	乌兰巴干	01·068
烟雾上升	胡 昭	01·075
井	傅长合	01·083
勇敢的威希尔	伊凡·伐佐夫	01·086
神意	埃林·皮林	01·089
冰河	师田手	02·043
两个电话兵	源 植	02·080
崇高的人	井岩盾	02·060
清川江渡口	丁 帆	02·063
第一颗红星	蒋道平	02·066
五分钟的空战	吴胜凯	02·068
"一一三"号烟头	曹大澂 曹德澂	03·023
黑影	胡 捷	03·047
炮阵地旁边的瓜地	大 群	03·060
危险的路途	苏河尔达马斯基 苏铭熙译	03·067
于改秀	马 琰	03·078
秘密战线	翟秉铎	03·104
是谁泄露的机密	王 石	03·115
生活第一课	李云德	04·040
赵志美和他新的战马	万忆萱	04·058
女开船工的诞生	张秉舜	04·066
年轻的爷爷	李根全	04·072
断线结网	谢挺宇	04·086
危险的路途	苏铭熙译	04·129
"依万诺夫"老师	汪谊闻	05·010
苏华的诞生	张福元	05·015
向更新的纪录前进	赵郁秀	05·021
为了生命	王在翔	05·030
前途	向 一	05·035
危险的路途	苏铭熙译	05·070
扩社	王荣伟	06·031
且看将来	张长弓	06·055
一杆老洋炮	李敬信	06·061
扎玛丹	扎拉嘎胡	06·076
牧场上	马 加	06·083
老狗熊安家记	周韶华	06·089
危险的路途	苏铭熙译	06·095

诗歌

篇名	作者	期·页
友谊农场诗钞	井岩盾	01·065
在密林深处	胡 昭	02·056
绝不让敌人霸占台湾	詹 耶	02·069
站在边疆高山上	牛成明	02·070
我们保卫着发电厂	魏宝贵	02·071
我拿起这支枪	李万杰 新兵	02·072
静静的海岛	余述真	02·073
搜山	杨凤瑞	02·077
红松	周 蒙	03·058
在套勒河岸的草原上	长 弓	04·078
他仍然是战士	何 鹰	04·080
渔港	俞云星	04·084
向森林行进	满 锐	04·077
晨	满 锐	04·079
夜在边疆的天空	刘军 寒枫	04·083
鲜花	曦 晨	04·085
人民有了自己的今天	师田手	04·005
伟大的祖国光荣的人民	柯 夫	04·009
莫斯科二首	夏 葵	05·096
争吵	公 木	05·098
再见，朋友	张天民	05·100
在海岸上	张天民	05·097
向日葵	胡景芳	05·099
儿童歌谣	胡景芳辑	05·101
高粱晒米了	刘饶民	06·054

夜的歌	…………………	何 鹰	06·075	《友谊农场诗抄》读后	………… 王 雨	05·127
老饲养员	…………………	郭瑞年	06·081	读者对《断线结网》的意见	……………	06·145
				读者来信综述	…………………	06·146

戏剧·曲艺

警惕	…………………	温俊权 石 英	03·091
一筐海棠果	…………………	马 殳	03·111
红色技术员	…………………	王 瑯	04·012
"二一八"号设计图纸	…	铁 军 夏 星	05·054

在总路线灯塔照耀下

老孟泰	…………………	朱赞平	04·143
在胜利路上	…………………	谷金白	04·147
我们的刘站长	…………………	张 慰	05·118
雨夜	…………………	王继栋	05·123

寓言

花脖公鸡	…………………	关守中	05·115
送给国王的礼物	…………………	关守中	05·115

写作与阅读

工地主任	…………………	汤成梁	02·090
《工地主任》读后	…………………	于 雷	02·091
小胖姑娘	…………………	洪 玉 成 城	02·096
我在鞍山的一天	…………………	王富涛	02·097
厂房夜歌	…………………	沈 沏	04·153
读《厂房夜歌》	…………………	葛 兰	04·154

读者中来

提高革命警惕	…………………	方 亭	03·122
读《他是好党员》	…………………	黄广武	03·124

绘画·雕塑

长征（玻璃版画）	…………………	黄丕星	封面
揭露	…………………	王复祥	02·032
一个血统	…………………	赵洪武	02·040
守卫在祖国边疆	…………………	晁楣	封面·02
杨靖宇将军纪念碑	…………………	刘荣夫	02·画页
解放四平纪念碑			
	刘荣夫 黄心维	王熙民	02·画页
同志，你擦亮眼睛吧！当心"前途"			
	…………………	张 望	03·015
坚决彻底、干尽、全部地肃清一切反革命分子			
	…………………	禾 余	03·封面
高梁红了	…………………	路 坦	05·封面
秋收水彩速写、习作	…………………	王盛烈	05·插页
秋翻地	…………………	富 穹	06·封面
农村女社员	…………………	陈东哲	06·封四

歌曲

提高警惕，擦亮眼睛	…………………	舒 模	03·封底

动态·其他

文艺动态	…………………	01·082、085
编后记	…………………	01·099
答读者问	…………………	01·100
"在总路线灯塔照耀下"征文启事	…………	封2
文艺动态	…………………	02·028、062、076
编后记	…………………	02·100
文艺动态	…………………	04·128

编后记		04·155
文艺消息		05·114
文艺消息		06·074
编后记		06·150

《文学月刊》
7—18期总目录
1956年1月—1956年12月

评论·评介·论文

社论		07·003
把脚步放快一些	杨 角	07·005
充分描写生活中的主导力量和本质事物	周韶华	07·020
和初学写诗的同志漫谈关于写诗的问题	公 木	07·032
"中国农村的社会主义高潮"序言	毛泽东	08·002
人民服务员和"包工头"	旭 旦	08·060
要关怀文学创作的新生力量	文 菲	09·002
大量地培养青年作家	鲁 坎	09·004
刻苦学习、认真创作	方 励	09·015
剧作《黄花岭》的艺术表现	孙 芋	09·018
习作《黄花岭》的一点体会	舒 慧	09·021
略谈不能骄傲	罗 丹	09·051
无愧于这样的时代	云 泥	09·052
谈学校中的业余写作	戴 翼	09·054
中国作家协会关于加强电影文学剧本创作的决议		10·002
中华人民共和国文化部、中国作家协会联合征求电影文学剧本启事		10·003
一点愿望	马 加	10·005
跟着文学队伍前进	崔 璇	10·005
培养新生力量——我们的社会责任	韶 华	10·006
看图有感	亚 丁	10·019
粗暴和严格	投 石	10·020
普洛克拉斯提之床	云 泥	10·021
躲开点,评头品足的先生们	一 丁	10·022
读大群的创作	李 明	10·028
我是怎样开始学习写作的	大 群	10·051
学习鲁迅对待权威和新生力量的态度	梦 华	10·053
谈巴金的《激流》三部曲	思 基	10·055
走向生活	任晓远	11·068
深刻的教育	佟震宇	11·068
我们生长在幸福的时代	满 锐	11·069
要写出更多作品来	周 蒙	11·070
社会就是学校	云 亭	11·070
一点感想	潘洪玉	11·071
为什么再也写不出来	吴时音	11·054
谈不朽	仁 康	11·055
温水式的电影评论	张云熏	11·056
坚持业余文学创作	厉 风	11·057
让生活做证	克杞 贾放 宏林 康企	11·058
必须克服违反社会主义现实主义的创作倾向	张 望	11·063
剧作《刘莲英》的主题和人物	陈丁沙	11·065
真实与集中	松 如	12·043
高尔基——青年文学作者的导师	刁云展	12·046
一个好剧本	孔 方	12·049
从生活到创作	吴 琼	12·052
豪迈的歌	羽 佳	12·055
正确地对待业余创作	胡景芳	12·061
尊师爱徒	潘 芫	12·062
关于业余创作	张秉舜	12·063
是"抓住时机"的问题吗?	江 陵	12·064
对典型问题的一点粗浅的认识	艾 叶	13·032

作家的目的性	丁洪	13·034
典型漫谈	蓝澄	13·035
关于美术特征问题	张望	13·037
共性与个性	刘和民	13·039
一个洋溢着斗争激情的剧本	曹汀	13·061
"离婚"	沈仁康	13·066
关于"苹果""星星"及其他	易允武	13·069
帽子和摇摆	一丁	13·069
要刻苦地劳动	齐邦	13·070
同志，扩大你的眼界吧	朱贵	13·071
"照猫画虎"和独立思考	陈语	14·003
去掉批评和创作上的障碍	吴山	14·004
曲光镜与棍棒	真塞	14·005
习惯的力量	梁季	14·006
光辉的战斗的结晶	孙中田	14·056
试谈《十五贯》的艺术成就同它的现实意义	方冰	14·060
谈精练——兼评《两个心眼》	陈丁沙	14·063
《姻缘》及其批评	单复	14·065
典型问题随笔	师田手	14·071
谈"社会本质"	显德	14·072
生活与典型	苏凯拉·凯特玲斯卡娅	14·073
典型杂谈	苏瓦·尼·索布柯	14·074
解放个性、放宽尺度	杨角	15·003
漫谈"百家争鸣"	唐景阳	15·004
在"百家争鸣"中让戏曲的花朵开得更多、更美、更好	丕一	15·005
百家争鸣与研究精神	亚丁	15·006
应当"万紫千红、引吭高歌"	代一	15·056
"梳子"和"斧子"	梁季	15·058
评论文章应该是艺术品	沈仁康	15·058
为什么会公式化概念化	沙丁	15·059
这能怨领导吗？	艾非	15·060
多余的人	代云	15·055
推敲	阿红	15·065
谈谈《姻缘》及其讨论中的问题	朱敦源	15·061
谈谈特写	唐景阳	15·063
激动心弦的生活之歌	一丁 末已	15·066
介绍剧本《两个姑娘》同它的创作经过	方冰	15·069
读《祝福》	沈仁康	15·072
鲁迅思想发展的道路	唐景阳	16·003
谈鲁迅的散文诗《野草》	思基	16·007
鲁迅所给我的影响	师田手	16·013
鲁迅介绍苏联及世界各国美术的成绩	张望	16·016
学习鲁迅先生	斐	16·022
谈思想解放	谢挺宇	16·052
生活创作杂谈	柳拂	16·054
文艺批评是可怕的吗？	代言	16·055
谈"好人"	眉青	16·056
"菊花可以酿酒"	刘辛	16·057
关于文学创作中的语言问题	老舍	16·058
"蠢才"加"党性"等于编辑	蓝为水	16·075
编辑书简	羽佳	16·076
请关心关心编辑吧	大宽	16·077
编辑要有朋友	端木羽	16·078
谈"看花容易绣花难"	高桂馥	16·080
打击和赞扬	寒江	16·080
鲁迅诗本事	锡金	17·009
鲁迅精神的几个方面	李昭恂	17·015
默默的启示者	郭墟	17·019
音乐门外谈	剑吟	17·062
文采和风流	冉欲达	17·063
从"听不懂"谈起	霍存惠	17·064
排除庸俗社会学的批评空气	沙丁	17·065
感激呢，还是	夏雨穿	17·066
一个动人而新颖的描写爱情的短篇	一丁	17·067
谈"妻"和"加丽亚"	杨羽 芦萍	17·069

提高文学作品翻译的水平	辛 乙	17·070
读《雨天的故事》	肖 蕤	17·077
鲁迅的三次大规模的战斗及其思想发展		
	锡 金	18·003
鲁迅关于讽刺文学的意见	胡雪冈	18·008
鲁迅和新诗歌运动	吴忠医	18·011
艾登过于疲劳	谢挺宇	18·014
谈"龋"	欧阳江	18·039
疥疮	代 言	18·057
"推敲"及其他	北方客	18·068
不准"模特儿"做证吗？	克企放	18·072
从"不真实"谈起	云 泥	18·077
乱弹	未 萌	18·073
扩大题材，百花齐放	伟 群	18·077
关于《姻缘》和对它的评论	时 音	18·044
试谈加丽亚这个人物	丹 为	18·069
为加丽亚鸣不平	孟 冬	18·070
自居易作诗	北方客	18·047

小说·特写·报告文学·散文

重逢	谢挺宇	07·008
小滑雪家	祖小洵	07·016
邱玉和小平	峰 火	07·020
红领巾	陈国华	07·027
扶持	蔡天心	07·042
老贫农的欢欣	江 帆	07·060
月兰	崔 璇	07·063
郭工长	徐光夫	07·070
寄自九高炉工地	赵郁秀	07·076
画家幻想的破灭小品文	珂 秋	07·082
海滨的友谊	申 蔚	08·004
他们三个	陈 森	08·014
在区委会里	崔 璇	08·009
扶持	蔡天心	08·021

中苏友谊钢	舒 波	08·044
梯比利斯——鞍山	［苏］梅尔维诺夫	08·051
摸鱼的乡邮员	王白石	08·057
"人民的好医生"	吴 用	08·058
肥皂泡	［苏］格雷克林	08·058
雪梨树	葛翠琳	08·053
沸腾的沈阳	芦 文 芳石	09·023
突破陈规	胡 更	09·025
在实现五年计划的道路上	高 深	09·027
号角唤醒了古寨	吴源植	09·030
分岐	杨 麦	09·037
勘察一日	李云德	09·046
早晨	井澄波	09·049
听了广播的时候	张士俊	09·056
在"为公"的帽子下	何沫华	09·058
旅伴	淳 金	09·059
在规划的日子里	徐光夫	10·007
老工长	于 非	10·013
在工业高潮中的汽车厂		
	黄洁民 赵鹏万 刘允章	10·017
地界	刘 燧	10·023
和好	白 晓	10·033
熊掌印	汛平 晓凡	10·042
在雨夜里	李根全	10·046
祖母和孙子		
	［苏］密克哈依·普利希文 罗斗译	10·059
灯罩和礼帽	竺光译	10·064
新胶鞋	孙国凡	10·067
送信	王子述	10·064
最初的几天	陈 森	11·003
咱们生活里的一件事	草 明	11·009
初乘	杨 烜	11·015
雪后的故事	宏 林	11·022
老滕的喜悦	梅 禹	11·026
火焰	罗富钧	11·032

281

进京之前	胡 捷 11·035	一畦菜花	丁仁堂 16·061
战斗	贺 武 11·038	巡道员的儿子	梅 禹 16·081
"莫斯科叔叔"来了	石 丹 11·042	炉边	叶 今 16·085
行前	张岫龙 11·044	羊	方 彦 16·060
山村的孩子	胡景芳 12·003	新茶杯和水	方 彦 16·060
鸽子的故事	温俊权 12·007	拜潮蟹	李之果 16·071
友谊葵花园	肖 丁 12·011	草原夜话	梁学政 朱玫 17·021
共产主义的花朵	李民权 12·015	无头无尾的故事	温俊权 17·042
温淑芳	井岩盾 12·028	到新厂之前	徐光夫 17·048
获得光明的人	申 蔚 12·033	秋天的夜里	陈 淼 17·034
长林回来了	张志民 12·038	龙潭山下花盛开	刘 燧 17·040
故乡——和平的土地	韶 华 13·008	祝贺你,祖国现代化的电缆厂	李民权 17·038
羚羊角	陈希平 13·019	种花老人	葛翠琳 17·058
工会主席哪儿去了	李大桂 13·025	雨天的故事	王宝华 17·072
转社	张长弓 13·041	结果枝	申 蔚 18·016
"救援列车"司机	付长合 13·044	病	贾 放 18·023
一张未完成的照片	高 深 13·047	儿童乐园	韩汝诚 18·027
奇袭嘉陵江	张云勋 13·059	"这还是秘密"	蔡天心 18·035
扯皮	徐光夫 13·072	大年夜	卞祖芳 18·040
永不落的红星	杨大群 14·008	积极的苍蝇	金 江 18·034
春夜	丁仁堂 14·014	小鸟	严 濯 18·078
在草地上	马 加 14·026		
窗下	邵默夏 14·029	**诗歌·散文诗**	
大地的铁链	李光月 14·021		
也是"本报内部消息"	边 羽 14·069	儿童诗二首	楚读歌 07·015
"我可怎么办呢?"	竺光译 14·069	劳模会上	沈 泂 07·080
眼镜	金 江 14·031	探矿之前	佟明光 07·090
三人驾船	金 江 14·031	爷爷同意入社了	田 陇 07·081
在悬崖上	邓友梅 15·008	打鞦靼的姑娘	金秋野 07·069
小白马的故事	扎拉嘎胡 15·022	在欢乐的中苏国境线上	叔 平 08·047
齐步前进	张十方 15·029	东海前线诗抄	俞云星 08·049
捡庄稼	胡 昭 15·034	我又看见了一颗耀眼的红星	万忆萱 08·046
幸福的晚年	刘文玉 15·038	沙漠上有驼铃响	周 蒙 08·008
宋桂兰和小"梅达"	王子述 15·040	中国的牧人	沙里夫 08·048
水电站工地上	崔 璇 16·023	和平的火箭	一 峰 08·059

密叶遮蔽着阳光	满 锐	09·042			公 木	14·039
小会计的歌	王书怀	09·044	从朝鲜寄来的诗	赞洪业	14·041
我的劳动	方 钢	09·041	我的阵地我的岛	俞云星	14·042
密什喀尔茨的冰泉	夏 葵	09·057	天黑前一定架起来	吴德祥 于萃林	14·048
印花工人之歌	段郁武	09·044	黑尾子	王济亨	14·047
夜	曦 晨	09·045	狱中来信	进先译	14·045
在第一汽车制造厂重逢	刘允章	10·039	大学生情歌	林畏石	15·042
高原散诗	昌 耀	10·040	农村散歌	王书怀	15·045
鸟儿悄悄地栖息了	万忆萱	10·041	沿着矿井的小路	赤 叶	15·046
迁坟	刘饶民	10·070	"建筑家"和"生物家"	邢业文	15·047
寄自鞍钢的诗	王维洲	11·047	在河边	高 深	15·048
我爱我的布机	沈 漱	11·050	树海新歌	满 锐	16·072
纪律	白仁俊	11·052	唉，我多么想	厉 风	16·073
在公私合营以后	段 殷	11·049	保卫祖国的钢铁工厂	牛成明	16·074
组长，让我上工去	何 鹰	11·051	讽刺诗两首	方 正	16·074
下工	陈国基	11·031	朝鲜族民歌	野莺辑译	17·003
游泳	何 鹰	12·018	鞍钢，我歌颂你	金淳基	17·005
爸爸的工装	何 鹰	12·018	母亲	金 哲	17·006
参观	王维洲	12·018	雾	金 哲	17·006
小船	王维洲	12·018	草原上鲜花开	金 哲	17·007
走向孩子的时候	迟 耶	12·019	泉水呀，流吧	任晓远	17·007
女生产队长	郭瑞年	12·058	骤雨过去了	任晓远	17·007
农村散歌	王书怀	12·058	蓝蝴蝶结	朱善禹	17·008
是星星降落的地方	赤 叶	12·059	栎树	朱善禹	17·008
唉，我也在爱着你呀！	周 蒙	12·060	油灯	朱善禹	17·008
向长白山前进	揣家诚	12·060	海中短诗六首	井岩盾	17·036
党给我们无上荣誉	沈 泖	13·003	护林防火队员	中 流	17·026
森林的早晨	胡 昭	13·004	致埃及	方 冰	18·048
寄三门峡	刘良民	13·005	再致埃及	方 冰	18·049
拾铁者	青 野	13·006	致埃及妇女部队	曦 晨	18·048
星星	宋广文	13·006	雁来红	沈 浮	18·050
雾啊，好大的雾	寒 星	13·007	抒情诗三首	阿 红	18·054
试车	晓 凡	13·007	我们驾驶着起重机	何 鹰	18·055
爱情的歌谣	晶日辑	13·065	台湾民歌	洪永固	18·056
据说，开会就是工作，工作就是开会					

283

在总路线灯塔照耀下

为了建设	刘允章	07·083
信任	梅禹	07·086
打成一片	金光	08·063
主人	佟震宇	08·065
细水流成河	玮磷	08·068
五一节前夕	何坪	10·068
老矿工	刘永衡	10·071
波澜	胡捷	12·071
一笔好字	袁庆望	12·075

志愿军一日

穿行在烈火中	刘静波	14·032
炸掉北汉江桥	陈惠明	14·033
一个朝鲜家庭的团圆	池晶英	14·035
夜袭水原城	代汝吉	14·037

在第一汽车制造厂

我怎能不歌唱	北桥	16·027
金色的理想	万忆萱	16·032
汽车厂的早晨	靳以	16·038
友人的故事	韩汝诚	16·040
美丽的汽车城	丁丹	16·046
喷漆祖国的第一辆汽车	赵鹏万 刘允章	16·049

汽车工人的诗

深蓝色的眼睛	侯钺	16·044
我是个维护工人	侯钺	16·044
汽车城之夜	立民	16·045
我爱我这生活	费华君	16·045
在姑娘的窗外	祝平安	16·048
汽车开出汽车城	胡昭	16·050

写作与阅读

鲁大娘	树政	07·091
读《鲁大娘》	崔琪	07·094
滑冰赛	袁庆望	08·076
途中	王追	08·076
读《滑冰赛》和《途中》	裴秀筠	08·080
生活委员	张弢	09·060
鞋	马天启	09·063
《生活委员》和《鞋》	符今	09·066
欢迎这样的作品	阿千	09·067
在工地里	周健行	11·072
给妈妈的信	西耕 如先 立纪	11·075
到生活中去锻炼	伟群	11·078
对"侦察小说"的一点意见	寒江	11·079
我和班长	姚玉霞	12·065
两块玻璃	黎桦	12·067
读《我和班长》和《两块玻璃》	郭墟	12·069
热试轧前夕	戴月	13·074
信号	张弢	13·076
读《热试轧前夕》和《信号》	孟令乙	13·079
装车	严濯	14·076
读王书怀的诗所想到的	青林	14·078
让人物活起来	寒江	14·079
给青年同学	肖音	14·080
年猪	张少武	15·075
早晨	王林	15·078
略谈"特写""通讯"文学体裁	关晨	15·079

戏剧

| 暴风雨中 | 符·符拉基米洛夫 | 08·070 |
| 家务事 | 陈桂珍 | 09·007 |

小铁匠	胡 零	12	020
两个姑娘	于学礼	13	051
成绩统计表	杜希功	14	048
同学之间	刘一华	15	049
在营房附近 靳 洪 田成仁	廖 玮	18	058
表扬	胡景芳	18	074

美术作品·雕塑

红艳春晓	赵梦朱	07	封面
毛主席访问咱庄稼院来了	温读耕	07	画页
青年垦荒者	孙思同	07	画页
秋	张晓非	07	画页
老饲养员	张玉礼	07	画页
苹果	钟质夫	08	封面
湘夫人	古 塞	08	插页
麻姑	古 塞	08	插页
女庄员	郭振和	08	封三
桃花	钟质夫	09	封面
幼苗	吴宝东	09	封三
玉簪花	钟质夫	10	封面
姐妹们	王松强	10	封三
愉快的劳动	高庆禄	10	封三
进村小路	贡振宝	11	油画
牡丹花	钟质夫	11	封面
休息	王松隐	11	封三
队日	朱鸣岗	12	封面
打麻雀	关 竞	12	封三
韶山毛泽东的故居	黎雄才	13	封面
千山"无量观"中之一景"一步登天"			
远眺 葛文山	王 信	13	封三
千山"龙泉寺"之一景"古刹龙泉"			
王 信	葛文山	13	封三
大连造船厂的一角	梁 栋	14	封面
思考	梁君楣	14	封三
归来	王松稳	14	封三
千山远眺	王 信	15	封面
出海	龟乃轩	15	封三
绍兴风景写生"看社戏图"	温读耕	16	封面
河清有日	刘旦宅	16	画页
鲁迅像	刃 锋	16	画页
第一汽车制造厂画页	戈沙等	16	画页
青田石雕《西厢记》	王培珍等	16	画页
朝出	张明龙	17	封面
青田石雕嵌选登	王培珍等	17	封三
接待人民来访	张怀江	18	封面

读者中来

我们对《断线结网》的一点看法	张景敏	07	095
读《和好》	汪 洪	12	078
《生活委员》读后感	赵殿清	12	078
读《小会计的歌》	青 林	12	079
一首激情的颂歌	温松生	16	087
儿童园地的一朵鲜花	汪 洪	16	087
对小说《初乘》的意见	本刊编辑部	16	088
读者对本刊的意见	刘若瀛等	17	079
文艺动态		17	018

文艺动态·编后·其他

文艺动态	07·06·023·041·079	
编后记	09	068
文艺消息	11	057
编后记	11	080
编后记	12	080
文艺消息	12·077、080	
征文启事	15	封二
《文学月刊》一九五六年青年文学创作征文启事		
	13	封二